新文学：新观念新文本新交流

苏光文　著

西南师范大学出版社
国家一级出版社　全国百佳图书出版单位

图书在版编目(CIP)数据

新文学：新观念新文本新交流 / 苏光文著. — 重庆：西南师范大学出版社，2020.1

ISBN 978-7-5621-9514-6

Ⅰ. ①新… Ⅱ. ①苏… Ⅲ. ①中国文学—文学研究—文集 Ⅳ. ①I206—53

中国版本图书馆 CIP 数据核字(2018)第 164120 号

新文学:新观念新文本新交流

XINWENXUE:XINGUANNIAN XINWENBEN XINJIAOLIU

苏光文　著

责任编辑:张　昊

责任校对:李　君

装帧设计:观止堂_未　氓

排　　版:重庆大雅数码印刷有限公司·王　兴

出版发行:西南师范大学出版社

地址:重庆市北碚区天生路 2 号

网址:http://www.xscbs.com

邮编:400715　电话:023-68253705

印 刷 者:重庆康豪彩印有限公司

幅面尺寸:170mm×240mm

印　　张:22.5

字　　数:413 千字

版　　次:2020 年 3 月　第 1 版

印　　次:2020 年 3 月　第 1 次印刷

书　　号:ISBN 978-7-5621-9514-6

定　　价:88.00 元

学术记忆与学科发展
——西南大学文学院“雨僧文库”序

西南大学文学院“雨僧文库”丛书即将出版了，这是一件令人非常高兴的事。为它写上几句话也让我从心底里生出一种特殊的感怀。岁月的流逝总会让人忘却许多往事，而有些记忆无论经过多少岁月，却总是很难消失，因为它已经成为人们前行道路上的重要标记。一个人的成长如此，一个学科的发展和一个学院的建设也是这样。

西南大学文学院的前身为1940年建立的国立女子师范学院国文系和1942年建立的四川省立教育学院的国文系，1950年合并为西南师范学院中文系，2003年更名为西南师范大学文学院。中国的大学包括学科的建立及发展的时间并不长，拥有近80年的学科历史也就算比较久远的了。所以，在介绍时说它历史悠久，此言不虚也。一大批名家先贤先后汇聚于此，探研学术，传承文脉。1949年前，有胡小石、吴宓、高亨、商承祚、唐圭璋、台静农、罗根泽、詹锳、李何林、魏建功、李霁野、赖以庄、吴则虞等在这里潜心治学，为科学研究建立了严谨求实的学术传统。1949年后，亦有吴宓、高亨、赖以庄、钟稚琚、郑思虞、何剑薰、徐德庵、杨欣安、魏兴南、曹慕樊、徐无闻、李景白、谭优学、李运益、刘又辛、荀运昌等学者继续在此传道授业，筚路蓝缕，为学院的发展奠定了坚实的基础。今天的文学院设有中文系、影视艺术系、汉语国际教育系；拥有中国语言文学一级学科博士学位授权点，戏剧与影视学一级学科硕士学位授权点，美学二级学科博士学位授权点；建有中国语言文学博士后科研流动站。其中国语言文学为重庆市重点学科。

我相信一个学科的历史和发展总是由一代又一代学者创造的成果累积而成的。为了坚守学术精神，保存学术记忆，发扬学术传统，学院积极筹划了这套“雨僧文库”。我们选取了文学院前辈学者的代表性成果，主要有曹慕樊先生的《庄子新义》，谭优学先生的《唐诗人行年考》，徐无闻先生的《徐无闻批注〈唐人万首绝句选〉》，荀运昌先生的《诗词及楹联写作》，熊宪光先生的《亦说文稿》，徐洪火先生的《中国古代戏曲史纲》；刘又辛先生和方有国教授合著的《汉字发展史纲要》，杨欣安先生的《杨欣安现代汉语论集》，翟时雨先生的《语言漫议》；苏鸿昌先生的《大旨谈情：苏鸿昌文艺美学文集》，曹廷华先生的《文艺美学论稿》；苏光文先生的《新文学：新观念新文本新交流》和胡润森先生的《胡润森论戏剧》等13册。如做一个简单划分的话，它们可分为古代文学及文献学、汉语言文字及语言应用、文艺学及美学，以及中国现当代文学等学科板块和知识领域。这些论著的选择不拘形式，有的是旧作再版，有的是论著新编，有的是学者选集。这些前辈学者和他们的论著都曾在学科和学术史上产生了重要影响，也代表或者说体现了西南大学文学院中国语言文学学科的历史特点和学术优势。有点儿小遗憾的是，名为“雨僧文库”，却没有编入吴宓先生的著述，只有等待以后再来弥补了。

西南大学文学院高度重视人才培养和学科建设，长期坚持以人才培养为根本，以学科发展为龙头，以科学研究为中心，以队伍建设为支撑，以社会服务与文化创新为动力的学院发展之路。就学术研究和学科建设而言，坚持有所为有所不为，不好高骛远，不追逐时尚，把人才培养和学术研究工作落到实处，做向深处，不搞花架子，紧紧抓住人才队伍、学术成果和学术环境等条件要素，去做学科建设。搞学科建设，首先要有人，其次要做事，另外还要有做事的环境和心情。有人就是要有从事教学科研的人，做事就是做教学科研之事。大学教师不仅要从事教学工作，还要积极开展科学研究。教学科研形式不同，目标相近，都是为了人才培养，它们会有偏重，但不应分彼此。学科建设亦非一朝一夕之事，要一步一个脚印，守正笃实，久久为功，还要有“功成不必在我”的心态和境界。在学术建设和学科发展的链条上，历史总是一环扣一环，后来者不应忘记前行者的坚实步履。学术研究是个人的人生事业，学科建设也是学院的名山工程。对个人而言，学术研究要有兴趣，更要有理想、有毅力。过去的学术氛围和学术环境不同于当下，不像今天这样，从学校到学院都在一个劲儿地鼓噪。他们为什么对学问有兴趣？为什么那么执着？为什么做？怎么做？做得怎么样？他们肯定是有思考的。我想，从这些论著里，我们既可学习到一些做学问的方法，悟出一点儿做学问的门径来，也能感受到他们严谨认真的学术道德和高贵豁达的学术精神。今天的学术环境虽然变化了，做学问的条件和成效也不一样了，但高远的学术理想和执着的学术精神还是应该继承下来，坚守得住，才能发扬光大。

这套前辈学者成果的出版应是西南大学文学院学科建设的大喜事。近年来，我们连续筹划了“博导文库”和“中青年学者文库”，正在筹划“学科及学术专题文库”。“雨僧文库”主要是前辈学者文库，它是西南大学文学院历史发展中的学术积淀和学科基因，它的出版，有助于学院的学术传承，也让学院的学术史更加清晰明朗，学科发展更有底气。在此，我要特别感谢这些前辈学者的家人及弟子们的大力支持，感谢学院相近学科同仁们的积极参与，有了他们的理解和参与，这项工作才得以顺利而圆满地完成。也要感谢西南师范大学出版社吕杭女士的辛勤劳动。

就此说上几句，既表达对“雨僧文库”出版的祝贺，也有对学院学科建设的希冀。

王本朝

2020年1月

目　录

|上|篇　文学观念新/多元

|中|篇　文学文本新/多样

|下|篇　文学交流新/深广

| 上 | 篇

文学观念新/多元

中国现代无产阶级文学及其生存境遇

什么是中国现代无产阶级文学？中国现代无产阶级文学是否已有过历史的现实的叙述？中国现代无产阶级文学与其同时段上的中外文学有何关系？中国现代无产阶级文学与中国传统文学以及“五四”以来的中国新文学有何系连？中国现代无产阶级文学处于什么样的生存境遇之中？这些问题，应属于中国现代无产阶级文学研究的应有之义，而且需要首先加以探讨。

一

中国现代无产阶级文学这一命题的提出(或称建构)，并非要给繁富的中国新文学划分阶级成分：哪些是无产阶级文学？哪些是资产阶级文学？哪些是封建阶级文学？资产阶级文学中哪些又是大资产阶级文学？封建阶级文学中哪些又是大地主阶级文学？如此等等。不是的，绝无此意。中国新文学研究史上，曾在一个历史阶段里(20世纪五六十年代)确实曾有过这样类似的划分，甚至居霸主地位。不过，这样的划分法与思维方式，在20世纪

80年代便被颠覆了。“中国新文学研究回到中国新文学那里去”,早已成了中国新文学研究界的共识。事实证明,那种纯政治的形而上学的给文学划阶级成分进行阶级定位的行为,不仅严重地破坏了文学之为文学应有的规律与特点、文学研究之为文学研究应有的规则与方法,同时也亵渎了政治与阶级,贻害匪浅。我是不会再回到那个历史时段中去,重做那类劳而无功的蠢事的。

那么,中国现代无产阶级文学这一命题的提出(或称建构)是什么意思?有何依据?

如果说,1917—1949年的中国新文学是一支浩浩荡荡的文学大军的话,那么,中国现代无产阶级文学便是这支大军中的一块巨型的红色方阵。也就是说,在中国新文学30年的历史上,存有中国现代无产阶级文学这样一种重大文学现象。20世纪20年代的“革命文学”、30年代的“左翼文学”、40年代的“工农兵文学”,便是这一巨型红色文学方阵或称重大文学现象的历时性体现。这三种不同名称、不同时段的文学现象,有一个根本性的共同点即是顺应于或服务于或介入于中国无产阶级及其先锋队中国共产党领导的民族解放与人民解放事业,并逐步成为这一革命事业的有机组成部分,甚至成为与军事战线相呼应的文的战线。这三种名称不同的文学,或由共产党员理论工作者发难,或由共产党员文艺工作者倡导,或由共产党最高领导人提出。这三种不同名称的文学,在精神脉系与作家队伍构成等方面,有着承接、发展、超越的“递进”关系。正是这一“递进”关系,才使得时段不一、名称不同的三种文学成为一个整体——中国现代无产阶级文学,形成一种逐渐壮大的文学流动过程——中国现代无产阶级文学发生发展定型的历史。我正是通过对这三种文学现象的缜密考察与分析,才提出中国现代无产阶级文学这一命题的。也就是说,中国现代无产阶级文学这一命题是建立在既成的大量的文学历史事实的基础之上的,此其一。其二,我是吸收王瑶、丁易、刘绶松、唐弢等前辈撰写的中国新文学史著作的养分而“起家”的。他们依据1949年7月第一次文代会对“五四”以来的中国新文学(又称现代文学)的定性而认定“五四”以来的中国新文学是无产阶级领导的人民大众的反帝反封建的新民主主义文学。当然,第一次文代会给“五四”以来中国新文学的定性是遵循毛泽东在《新民主主义论》一文中关于新民主主义文化性质的论述的。同时,以此为标准区分和评价作家作品。经过20余年的“中国新文学研究回到中国新文学那里去”的研究过程，我深深感到这个定性用于整个中国新文学是不科学的，而用于“革命文学”—“左翼文学”—“工农兵文学”这一文学流动过程形成的总名称“中国现代无产阶级文学”则是十分贴切的。因此，我的这个中国现代无产阶级文学命题的命意，实际上是借用了20世纪50年代初中国新文学前辈研究家们对中国新文学属性认定的叙述话语。

那么，中国现代无产阶级文学研究的向度规范标准为何？应当说，这是一个十分棘手的问题。中国现代无产阶级文学发生时，发难者和推动者们对自己所提出的文学概念就有不同的诠释。有从题材角度来诠释的，有从思想倾向来诠释的，有从作家的政治态度与世界观来诠释的，等等。在其发展过程中，也有过不同的理解意见出现。这自然就增加了我今天提出规范准则的难度。我以为，中国现代无产阶级文学研究向度应有一个规范准则。而这个规范准则，过宽过严，都不理想。严了，易画地为牢；宽了，易泛化而天马行空；适中为上。什么是“适中”？思来想去，提出这么两条以做自我约束之用吧！一是作家或作家群体（包括社团流派）的政治态度；二是作品的思想倾向。两者结合，而非取一。在政治态度上，或同情或倾向或参与无产阶级及其先锋队中国共产党领导的反帝反封建的新民主主义革命事业的作家或作家群体（包括社团流派），都在我审视与选择之列；在作品思想倾向上，直接或间接服务于无产阶级及其先锋队中国共产党领导的反帝反封建的新民主主义革命事业的文学作品，都在我选择与叙述之列。这，仅仅是一个大致的“自我约束”的规范而已。因为，中国现代无产阶级文学和所有的重大文学现象一样，只是精神文化领域里的一种独特的精神文化现象，只是精神文化领域里生活感受与精神感受的一种独特的载体。中国现代无产阶级文学创作，也和所有的文学创作一样，既要受到作家在不同时空条件中形成的政治态度与思想意识的影响乃至制约，更要受到作家在不同时空条件下产生的心理情绪与情感状态的影响乃至制约。即使政治态度与思想意识相似的作家，面对相似的社会人生境遇时，因各自的心理状态的不一与审美经验的有别而在题材的选择、立意布局、叙述方式与手法等方面都千差万别。正因为如此，中国现代无产阶级文学和所有重大文学现象一样，才显得多姿多彩。但是，中国现代无产阶级文学又有其自身的独特性，那就是：它不仅仅是一种文学，也是一种思想，甚至在某一阶段、某一地区它还是一种政治色彩浓烈的意识形态。这些,可以说便是中国现代无产阶级文学与同一历史时期存在的其他文学相似而又相异之处。也正是这些相似而又相异之处,成为我提出选择与解读对象所遵循的两条规范准则的依据。同时,也正是基于我将中国现代无产阶级文学视为一种重大的文学现象,一种独特的思想态度,甚至是一种对政治、文化和社会的认识与评价方式,所以在研究对象、研究范式和研究目的意义上都与纯粹的政治或文学层面上的无产阶级文学研究相区别。而且,我的中国现代无产阶级文学研究不应是也不可能是对"前辈"或"同辈"研究家的"革命文学""左翼文学""工农兵文学"研究的重复式合并,而是一种新体系的建构、新领域的探索和新意义的开掘。

总之,发生发展定型于1923—1949年间中国大地上的中国现代无产阶级文学,是中国新文学史上的一种重大文学现象,是中国新文学史的重要组成部分。中国现代无产阶级文学系无产阶级的人民大众的反帝反封建的文学。在这里,"无产阶级的"是指其阶级属性;"人民大众的"是指其服务对象;"反帝反封建的"是指其担当的历史使命。中国现代无产阶级文学是中国新文学史上代表先进阶级的先进思想意识的文学。中国现代无产阶级文学完全融入了中国共产党领导的中国人民大众求生存、求温饱、求发展而开展的彻底变革中国社会人生的斗争洪流之中,做出了自己的独特贡献。同时,中国现代无产阶级文学又在这一斗争洪流中发展了自己,提升了自己。但是,中国现代无产阶级文学在这一双向互动关系中,又受到了限制——中国现代无产阶级文学之为文学应有的特性与功能受到了限制、中国现代无产阶级文学作家之为作家应有的个人精神空间与艺术个性受到了限制,以致出现了诸多不尽如人意的缺陷。

二

中国现代无产阶级文学,既然是中国新文学史上存在着的一种巨大文学现象,那么同历史上存在过的任何一种重大社会历史现象一样,它总是会在历史演进过程中不断地被叙述着。这种共时性或历时性的叙述现象,反证出被叙述者本身具有的价值意义、生命活力及后续秉性。

中国现代无产阶级文学，可以说，从诞生之日起，便被叙述着。不过，共时性的叙述，除了内部营垒言说之外，主要来自两个方面的外部营垒的言说。一个是中国新文学中的自由主义文学营垒——“新月派”“自由人和第三种人”“民主个人主义者”的言说；另一个是执政的国民党及其呵护的政治文学——“民族主义文学”与“戡乱文学”的摧残、打杀、排斥。

这里，拟着重论析的历史叙述，是出现于中国现代无产阶级文学走完它26年征程之时及其以后的言说。

1949年7月召开的中华全国文学艺术工作者代表大会(第一次文代会)，对中国新文学和其中的中国现代无产阶级文学的后两个阶段的文学即“左翼文学”与“工农兵文学”的叙述，具有极大的权威性与经典性。也从此开始，中国新文学和其中的中国现代无产阶级文学的后两个阶段文学的叙述，便纳入了“国家工程”，进入了政治意识范畴，并日益与政治权力——中华人民共和国的缔造者之一的中国共产党的最高领导人毛泽东的有关文艺指示与发动的政治文化运动紧紧结合在一起，直到20世纪70年代末。

在这次被称为“继往开来”的“文代会”上，郭沫若做了《为建设新中国的人民文艺而奋斗——在中华全国文学艺术工作者代表大会上的总报告》，周扬做了《新的人民的文艺——在中华全国文学艺术工作者代表大会上关于解放区文艺运动的报告》。这两个报告虽然各自叙述的侧重点不完全一样，但着眼点却完全相同，都是从文艺与人民大众的关系这一结合上来叙述中国新文学和其中的中国现代无产阶级文学后两个阶段文学的。什么是“五四以后的中国新文艺”？郭沫若根据毛泽东关于新民主主义文化性质的界定在“总报告”中斩钉截铁地答道：“五四以后的中国新文艺是无产阶级领导的人民大众的反帝反封建的新民主主义文艺。”他还认为：“五四”以后的新文艺的主要缺点就是和人民大众结合不够；“五四”以后的新文艺的成功经验就是文艺工作者自己必须经过各种不同途径去和人民大众结合；1942年以来解放区文艺工作者开始做到真正和广大人民群众相结合，开始做到真正首先为工农兵服务。周扬在报告中指出：“五四”以后以鲁迅为首的一切进步的、革命的文艺工作者，为文艺与现实结合、与广大人民群众结合，曾做了不少苦心的探索与努力。但只有到1942年以后的解放区，文艺才真正开始了与人民大众结合，解放区的文艺才是真正的人民的文艺。周扬进而指出:解放区的文艺才是新中国文艺的发展方向,这是毛泽东规定的新中国文艺的发展方向。

无论是郭沫若的“总报告”,还是周扬的“分报告”,其实都是将“五四”以后的中国新文学与其中的中国现代无产阶级文学视为同一对象在叙述。在他们的叙述里,中国新文学等同于中国现代无产阶级文学,都是新民主主义文学。我认为,“无产阶级领导的人民大众的反帝反封建的新民主主义文艺”,应当算是中国现代无产阶级文学的界定内容,用于对中国新文学的界定,显然有一部分失真与错位——用于对中国新文学中的无产阶级文学的界定是可以的,用于界定中国新文学这个“五四”以后中国新文学整体却不尽符合文学历史事实。因为,事实是“五四”以后的中国新文学,包含了多种形态的文学价值观念、思想理论、审美意识与创作流派。有阶级烙印的也有非阶级烙印的思想情感倾向与审美倾向,大量存在。尤其是中国新文学创作,更是异常丰富多彩,呈现出更多的是十分繁富的思想意识现象、心理现象、精神现象、情感现象等,这是更难于给以简单、明确的“阶级”定性的。同时,他们在叙述“左翼文学”与“工农兵文学”时,只注重了与人民大众结合、与革命实际斗争结合这一共同性而忽视了“左翼文学”与“工农兵文学”中诸多文学现象的个体性,更忽视了“左翼文学”与“工农兵文学”内在的艺术规律与审美特性,同时更无视了“左翼文学”与“工农兵文学”在理论与创作实践上存在的问题。这种依然站在革命战争环境里和用革命战争年代形成的思维方式与价值观念来总结“五四”以后的中国新文学和其中的中国现代无产阶级文学的后两个阶段文学,而又不加转换地用来预拟新中国文学甚至规范新中国文学,不能不说是这次文代会,特别是郭沫若和周扬的报告留给后来中国新文学研究界的应大加反思和言说的话题。但是,郭沫若和周扬的叙述却主宰了其后20年间中国新文学研究的历史叙述走向,以至于成为中国新文学研究界的叙述内容、叙述方式以及叙述语言的取舍或选择的准则——一种霸权、霸主的叙述模式形成了。

老舍、蔡仪、王瑶、李何林于1950年接受中华人民共和国中央教育部委托并按其指示“运用新观点、新方法,讲述自‘五四’时代到现在,中国新文学的发展史”而编写出的《〈中国新文学史〉教学大纲(初稿)》,以及1950—1955年间先后问世的王瑶撰写的《中国新文学史稿》、张毕来撰写的《新文学史纲》、丁易撰写的《中国现代文学史略》、刘绶松撰写的《中国新文学史初稿》，都一致地将中国新文学定位于新民主主义文学——无产阶级领导的人民大众的反帝反封建的文学，都一致地在相关篇章中着重论述了"革命文学""左翼文学""工农兵文学"。至于镇压"胡风反革命集团"和"反右"斗争之后推出的多种《中国新文学史》版本，更是将中国新文学叙述为无产阶级领导的人民大众的反帝反封建的新民主主义革命斗争的反映史，用"革命文学""左翼文学"和"工农兵文学"来代替中国新文学，形成一种绝对"一边倒"的叙述方式。"文革"十年，"左翼文学"被认定贯穿了一条"文艺黑线"，甚至将其中的"国防文学"称为"汉奸文学""卖国文学"而加以打杀，形成又一种"一边倒"的叙述方式。当然，这两种"一边倒"的叙述，无论在政治内涵上，还是政治用意上，都是不同的。不过，似乎也有一定的联系，即后一种"一边倒"叙述方式是前一种"一边倒"叙述肌体上长出的一种"毒瘤"。

新时期伊始的1977年年底，北京大学等院校召开了"30年代文学讨论会"，把"文革"十年中颠倒了的"30年代文学"与"左翼文学"的叙述颠倒了过来，而且从此开始了中国新文学研究界乃至整个中国文学界的"拨乱反正"。随之而来的是《文学评论》和《中国现代文学研究丛刊》等刊物，发表了严家炎、杨占升、马良春、张大明等一批学者和周扬、茅盾、夏衍、沙汀等一批健在的左翼文学家的文章。他们或从理论与创作结合上，或从史料梳理上，论述了"30年代文学"与"左翼文学"的成就。与此同时，还出版了《三十年代左翼文艺资料选编》《"两个口号"论争资料选编》《革命文学论争资料选编》等专书。这些文学著述，都旨在恢复"30年代文学"与"左翼文学"的本来面目。这种大规模的"30年代文学"与"左翼文学"研究与史料搜集，确实是前所未有的。不过，呈现出来的思路与观点，似乎尚未完全脱离郭沫若与周扬的叙述范畴。

大概正是基于此种状况，王富仁于1985年2月在《文学评论》上发表了《"左联"研究点滴谈》一文，认为：这几年关于"左联"和"30年代文学"的研究，"没有多少实质性的突破"。他呼唤新的开拓。1986年，"20世纪中国文学"和"重写文学史"的口号与主张提出后，中国新文学研究和"左翼文学"研究开始向纵深方向发展。这以后，"一边倒"的叙述方式算是彻底被颠覆了。1989年间，权威性、经典性的毛泽东文艺思想受到冲击之际，否定"左翼文学"与"工农兵文学"

的叙述现象出现了。在这一叙述现象被质疑之际的1990年3月,上海举行了盛大的“左联成立六十周年纪念大会暨学术讨论会”,对中国左翼作家联盟(简称“左联”)的成就做了全方位的研讨,会后出版的《左联论文集》便是这次讨论会的成果结集。同年底,张大明积十余年之功研究与撰写的专著《不灭的火种——左翼文学论》问世了。这部著作的撰写动机与著作的实际状况,依然在“恢复左翼文学的本来面目”。不过,这部学术著作,却倾注了作者作为学者应有的品格、良知与学术胆识。这些都是值得称道的。翌年,艾晓明推出了《中国左翼文学思潮探源》,这是一部很有学术眼光与学术见解的学术专著。1998年,旷新年的《1928:革命文学》专著问世了,作者以全新的视角与方法,论述了1928年“革命文学”及其论争的必然性与价值意义。1999年与2000年间,中国新文学研究界回眸20世纪中国文学时,上海又举行了“左联成立七十周年学术研讨会”,并出版了《左联成立七十周年学术讨论论文集》,就“左联”在中国新文学史上的历史意义、“左联”的历史地位、“左联”成立时的国际国内背景、“左联”的文艺批评、“左联”与五四文学、“左联”与通俗文学等问题,展开了较为深入的讨论,显示出了“左翼文学”研究在世纪末达到的学术水平。2002年,《中国现代文学研究丛刊》第1期在“左翼文学与现代中国”栏目里刊发了十篇笔谈文章。这组文章,“已经涉及了左翼文学及其研究的许多方面的问题,尽管未能充分展开,仍能给读者及同行的人有益的启示”。这组笔谈文章所涉及的问题及其见解,标志着“左翼文学”研究在新世纪有了新的开端。近年来,在较多的“左翼文学”研究文章中,王富仁关于“左翼文学”研究和“左翼文学”的价值意义以及主流文学与非主流文学等问题的见解,对于“左翼文学”研究、中国现代无产阶级文学研究乃至整个中国文学研究以及现今文学事业的发展,都是有着较佳的建设性与启发性的。

列举充满是非恩怨而又风波跌宕的中国现代无产阶级文学中的两个阶段文学的历史叙述事实,对于建构“中国现代无产阶级文学”研究新文本以及确立新的审视视角、选择新的叙述方式,都是极有启示意义的。缕述中国现代无产阶级文学的历史叙述的目的也就在这里。俄国大文豪列夫·托尔斯泰曾这样说过:“正确的道路是这样:吸收前辈所作的一切,然后再往前走。”是的,我以为,至少从“前辈”与“同辈”对中国现代无产阶级文学所做的历史叙述中，可以吸收这样一些东西：

第一，他们收集和整理的有关“左翼文学”的史料，为我“再往前走”积累了不可或缺的信息资源。同时，我可以从既有的史料中发现还缺一些什么史料，以便充实这些史料、强化史料意识。研究历史，离开了大量的确凿的史料，无异于“做无米之炊”，得到的判断或结论是绝对不可信的。这，不仅会亵渎历史，而且会贻误今人与后人。

第二，他们对“左翼文学”反复的历史叙述，发掘出了“左翼文学”的历史价值与深远影响，确实功不可没。虽然，他们的叙述中也涉及了“革命文学”与“工农兵文学”，但始终未能把20世纪20年代的“革命文学”、30年代的“左翼文学”、40年代的“工农兵文学”作为同一属性的不同表现形态的文学联系起来加以整体审视。这种缺乏史的整体与流动过程的叙述，恰恰为我“再往前走”留下了广阔的空间。

第三，“再往前走”，应当避免历史叙述中曾经存在过的居垄断地位的单一政治历史的思维方式、审视眼光、评判标准及做出的“充分肯定”，同时又要排除至今还存在着的一种新的对“左翼文学”贬斥与否定的叙述的干扰。而代之以历史学的、社会学的、美学的，或政治文化的、艺术的眼光，非线性的思维方式，始终着眼于叙述对象繁富的文化内涵及其纵横联系，既要把它作为文学史来对待，又要把它作为思想史来审视。包括“左翼文学”在内的任何重大历史现象，都是复杂的，其总有存在的依据与合理性。因此，叙述时，不可以随意加以臧否，不可以随意用一些政治术语加以评说，不可以轻率地给以阶级定性。

缕析历史叙述并从中吸取有益的启示，这是形成新的研究文本“中国现代无产阶级文学”不可缺少的一个环节。当然，要真正形成“中国现代无产阶级文学”研究的新文本，还必须让中国现代无产阶级文学回到自身生存的历史语境——社会历史的内在驱动和传统文学的现代性改造以及外来文化文学的本土化转化等因素所构成的生存语境中去。

三

中国现代无产阶级文学是在“现代性”境遇里发生发展定型的。

“现代”或“现代性”,这是流行于今的热门话语与话题,众说纷纭,莫衷一是。我在这里讲的“现代性”,是指中国现代无产阶级文学生存境遇的标志性特征。所谓“现代性”,是指中国现代无产阶级文学发生发展定型的文化语境是一个过渡性的文化语境。用我们已经非常熟悉的语言来表述即中国社会由半封建半殖民地转变为新民主主义社会、由农业文明转变为工业文明、由传统文化转变为现代文化。这种转变既充满东西方文化、传统文化与现代文化的矛盾冲突,又充满政治的、战争的、文学的尖锐争斗。就无产阶级本身而言,他们既充满对民主、自由、平等的希冀,又担心这一现代意识给自身带来消极影响。因此,这一转变过程之中,充满矛盾、充满无奈、充满尴尬。换言之,有四种主要因素构成了中国现代无产阶级文学生存的“现代性”境遇:一是革命、战争,二是地域文化资源,三是非无产阶级文化文学,四是世界无产阶级文学。

中国现代无产阶级文学是随着中国无产阶级及其先锋队中国共产党登上中国政治舞台之后而兴起的,又是随着中国无产阶级及其先锋队中国共产党领导的工农革命运动与民族解放战争和人民解放战争的推进而发展与定型的。中国现代无产阶级文学不是一般意义上的配合或参与中国无产阶级及其先锋队中国共产党领导的工农革命运动和民族解放、人民解放战争,而是直接日益成为它的两支部队中“文”的部队的组成部分(另一支部队是“武”的部队即军队)。因此,工农革命运动和民族解放、人民解放战争便是构成中国现代无产阶级文学“现代性”生存境遇的第一个基本要素。事实也正是这样。1923年间,中国现代无产阶级文学萌芽时,正值工农革命运动蓬勃兴起之际。同时,中国现代无产阶级文学萌发不久的1926年,北伐战争就开始了。这表明,中国现代无产阶级文学是在血与火的年代里萌芽的,幼芽时期就经历了血与火的洗礼。中国现代无产阶级文学的发展期,恰恰是“十年内战时期”。执掌国家大权的国民党及其政府,一方面对中国无产阶级及其先锋队中国共产党领导的工农革命运动和红军,施以重兵镇压及反复“围剿”;另一方面又对声势浩大的“左翼文学”运动施以政治的、经济的、文化的扼杀。但是,左翼文学运动、左翼文学队伍、左翼文学创作,却在"反文化围剿"中获得了巨大发展。中国现代无产阶级文学定型期,正是抗日民族解放战争和三年人民解放战争时期。中国现代无产阶级文学在这期间,建构起了属于自己的文学理论体系、文艺方针政策和文学创作规范。可见,中国现代无产阶级文学确实是血与火炼铸成的文学,在革命运动中萌生,在革命战争中成长壮大完成。因此,建构中国现代无产阶级文学这一新文本及其叙述,必须面对与正视这一血与火的历史事实。这一历史事实,实际上是我历史地、科学地叙述中国现代无产阶级文学的一个不可或缺的平台。明乎此,才有可能进入中国现代无产阶级文学的肌理,才有可能对中国现代无产阶级文学的价值意义、成就与缺失、是与非,做出合乎历史事实的、科学的、公允的阐释。

同时,中国现代无产阶级文学的生存,还与一定的地域文化文学资源有关。中国现代无产阶级文学不属于地域文化文学之列,这是不争的事实。但是,中国现代无产阶级文学为什么在上海萌生而又在上海形成壮大的文学运动?而后又为什么在延安完成与定型?难道与上海的地域文化文学资源、延安的地域文化文学资源就没有一定关系?我以为,这是考察中国现代无产阶级文学生存文化语境时不应当忽视的问题。上海位于长江之口,它背靠蜿蜒曲折而流程数千公里的长江,面向浩瀚无垠的大海。海洋文化与内陆文化集于一身。这,可以说是造物主为上海赋予的特有的双重文化内涵。世界资本主义列强用坚船利炮轰开中国的古老大门之后,上海被迫成了中国最早对外开放的门户之一,西方物质文化、精神文化涌进了上海。上海固有的中国传统文化虽然受到冲击,但依然存在。20世纪20年代末期,中国新文化人物先后汇聚上海。归国留学文化人,也多驻足于上海。中国新文化与世界近现代文化浸染于上海。这,可以说是历史时代赋予上海的多重文化内涵。20世纪二三十年代的上海,在社会、经济、文化、交通等诸多方面,已优于其时中国任何一个都市,处于领先地位。其时上海,已是一个较为开放的都市,接纳能力强劲的都市,包容性空间较大的都市。如此厚实、宽泛、多元的文化内涵,既是中国现代无产阶级文学在上海发生发展的文化资源,我以为还是中国现代无产阶级文学在上海未能被执政的国民党及其政府推行的文化专制主义"剿灭"的一个重要原因。中国现代无产阶级文学正是在上海这种多重文化语境中开辟出一条生存之路与发展之道的。自然,上海这些多重文化资源所形成的相互冲突、相互依存、相互牵制的关系,也在一定程度上限制了中国现代无产阶级文学理论体系的建构。

延安是一座有着较悠久历史的郡府之地。春秋时为白翟,秦时为上郡,隋时为延安郡,宋、明、清时为延安府。但是,延安却远离历朝历代帝王统治中心。这种“山高皇帝远”的状况,造成了延安郡府地方势力的相互倾轧与斗争以及对广大民众的严酷压榨。由此,也引发了广大农民的起义——李自成、张献忠领导的对封建王朝产生了巨大威慑力的农民起义。因此,延安郡府的历史,一是积淀了一种远离王朝主导文化的边缘文化,如秧歌、信天游、花儿、秦腔等民间文化文艺;二是积淀了一种深藏于民众中的反抗意识与自救自立精神。但是,这里却又地处黄土高原中北部,山大沟深,交通不便,地广人稀。整个延安郡府时期以及19世纪末至20世纪中期的延安,经济、文化都十分落后,特别是文化方面,大有“文化沙漠”之慨,直到中国共产党建立边区政府前夕,这里的广大民众中真正识字的人还不到1%。延安在文化方面,确实如一张白纸。而白纸最大的好处就是没有什么束缚与干扰,画什么便是什么,画广大民众需要的就会是广大民众需要的。这样一种既存的文化语境,便是中国现代无产阶级文学完成自身的文学理论体系与文学创作规范的特定场景——一个没有外界文化因素干扰的场景。中国现代无产阶级文学之所以在这里完成了自身文学理论体系与文学创作规范的建设,主要还有这么几个因素在起作用:一是中国共产党在延安已经建立了较稳定的政权和较安定的社会;二是左翼文学思想,已于1937—1941年间在这里得到了广泛传播;三是已形成了以周扬、丁玲为代表的文学队伍,这三点共同为中国现代无产阶级文学理论体系与文学创作规范的完成提供了“物”“人”“思想”的保障;四是一个起决定作用的因素也即毛泽东及其为核心的中共中央的决策。毛泽东为核心的中共中央,为彻底改变广大民众、特别是农民既有的生存状态与生活理念,使之真正成为社会与文化的主人,以利于民族解放与人民解放战争的顺利推进,便于1942年5月开展了文艺整风,以“为群众”和“如何为群众”为焦点,从根本上解决了文艺工作者与广大民众的关系,特别是与工农兵的关系,真正确立文艺为广大人民服务、首先为工农兵服务的文艺方向。中国现代无产阶级文学正是在这张文化白纸上,经过文艺整风和贯彻毛泽东文艺思想的过程,完成自身的建设的。这时,也只有在这时,中国现代无产阶级文学才有了属于自己的文艺理论体系与文艺政策方针。

与中国现代无产阶级文学共存的还有其他多种文学现象,姑且称之为非无产阶级文学。非无产阶级文学也是构成无产阶级文学生存的文化语境的重要因素。人类社会,无疑是一个由多种社会人生现象构成的共同体。几千年承传下来的阶级社会,有着多个阶级阶层,而且它们之间有着千丝万缕的联系。不同阶级的人,既有各自不同的阶级属性,更有或多或少、或强或弱的共同人性。文学,不论哪个阶级、哪个民族、哪种时空里的文学,都是"人学",都是生活感受与精神感受的载体。因此,不同阶级属性的文学、不同民族属性的文学,总是彼此系连、彼此渗透的。无产阶级文学与非无产阶级文学的关系也未能例外。事实就是这样的。中国现代无产阶级文学发生时——"革命文学"出现之时就已有了"为人生的文学""为艺术的文学",还有"新月派"文学,"象征派"文学,等等。其时是一个文学社团林立、文学思潮流派纷呈的时期。"革命文学"正是在这样繁富的文学氛围里发生的。中国现代无产阶级文学发展期——"左翼文学"时期,非无产阶级文学依然十分繁富。有"京派""海派""现代派",还有"自由人和第三种人"文学,等等。"左翼文学"正是在与这些非无产阶级文学既相批评又相联合的关联中,反击执政的国民党及其政府推行的"文化围剿"而获得发展壮大的。中国现代无产阶级文学的定型期——"工农兵文学"期,非无产阶级文学流派并不存在,没有前两个时段那样的繁富文化背景。但是,陕北本土化的民间文艺并不缺少。工农兵文学从秧歌、信天游、花儿、秦腔等本土化民间文艺中吸收养分,形成为中国老百姓所喜闻乐见的、具有中国作风与中国气派的文学。总之,中国现代无产阶级文学就是在与这些林林总总的非无产阶级文学的彼此系连、彼此渗透的过程中发生发展定型的。"再往前走",建构中国现代无产阶级文学研究新文本,也必须将这些非无产阶级文学因素纳入其中,只有如此才能较为公允地评估中国现代无产阶级文学的历史地位与价值意义。

世界无产阶级文学,也是构成中国现代无产阶级文学生存境遇的一个十分重要的因素。世界无产阶级文学为中国现代无产阶级文学的发生发展,提供了有力的国际文学背景与支撑。因为20世纪二三十年代(特别是三十年代),无产阶级文学在全世界风起云涌,先后组建了国际革命文学联络机构、革命文学国际局、国际革命作家联盟等无产阶级文学组织。同时,世界无产阶级文学理论也先后传入了中国,促进了中国现代无产阶级文学的发生发展与定型。世界无产阶级文学理论即马克思主义文艺思想,在中国现代无产阶级文学的发生期就译介到了中国,在无产阶级文学发展与定型期,更是得到了广泛传播与采用。不过,在中国现代无产阶级文学经历的三个时段上,译入的马克思主义文艺思想及其产生的影响不完全一样。最初译入的世界无产阶级文学理论,主要是马克思主义文艺思想中列宁的部分文艺观点和描写苏俄社会人生的文学作品所体现出的文艺思想。形成期译入的马克思主义文艺理论,主要有马克思、恩格斯、列宁关于文艺问题的论述,同时也译入了苏联的“拉普”(俄罗斯无产阶级作家联合会)的“唯物辩证法的创作方法”和苏联的社会主义现实主义,还有日本无产阶级文学中关于“促既成作家转向”的思想理论及方式方法。最后,马克思、恩格斯、列宁、斯大林关于文学问题的论述文字,系统地译入了延安文坛,成为中国现代无产阶级文学思想理论体系化建设的重要依据。

可见,中国现代无产阶级文学的“现代性”生存境遇,内容是十分繁富的。总的说来,既有自身发生发展过程中形成的一种主观性的生存境遇,同时更有现实社会的文化文学构成的一种客观性的生存境遇。这些因素构成的整个生存境遇中,属于社会意识形态的生存境遇因素无疑处于强势地位,而属于审美范畴的生存境遇因素无疑处于弱势地位。这种反差与错位的生存境遇特征,大大强化了中国现代无产阶级文学之为中国现代无产阶级文学的根本标志即服务于无产阶级及其先锋队中国共产党领导的人民大众的反帝反封建的新民主主义革命的功能意识。但是,如何服务于这一革命,又因作家的个体差异、理论见解不一而存在分歧。也正是有了这样的分歧,才使得中国现代无产阶级文学具有丰富的文本意义世界,才使得中国现代无产阶级文学有了现代化色彩,才使得具有启蒙与救亡的文化内涵的文学作品有了厚重的现代文化分量。

四

中国现代无产阶级文学的发生发展,除了有其现实社会历史条件与现实文化文学条件之外,还有其深厚的民族传统文化文学的根基。这正如鲁迅所指出的:“新的阶级及其文化,并非突然从天而降,大抵是发达于对于旧支配者及其文化的反抗中,亦即发达于和旧者的对立中,所以新文化仍然有所承传,于旧文化也仍然有所择取。"[1]那么,中国现代无产阶级文学从中华民族传统文化文学中吸收了一些什么因素作为自身发生发展的依据呢?要说明这个问题,我以为必须对中国几千年的社会历史形态与文明状况,有一个粗略的梳理与考察。

中国社会从古代到20世纪,都是一个农业经济居主导地位的农业大国。在这样的农业社会里,形成了庞大的社会群体即士、农、工、商。《谷梁传·成公元年》里写道:"古者有四民:有士民,有商民,有农民,有工民。"当然,四民之中,农民无疑是主体是多数,其他三民莫不与农民息息相关。《礼记·少仪》中这样写道:"问士之子长幼,长则曰耕矣。"后来,"士"成为知识分子的统称。"工民",在古代指手工业技术劳动者,夏朝的制陶人与纺织人为工人;商朝后,手工业发达,"工民"有了"百工"之称,从事多种多样手工业产品生产。"工民"中有不少人,则是从"农民"中分化出去的,有些"工民"生产的就是农耕工具。"商民",从事农产品和手工业产品的贩卖。《周礼·天官·大宰》中写道:"六曰商贾,阜通货贩。"这种士、农、工、商,特别是以"农"居主导的社会,一直延续到近现代。因种种原因,近现代中国社会成了列宁在《中国的民主主义和民粹主义》一文中所说的:"亚洲一个最落后的农民国家。"在这样的农业经济社会里,孕育并形成了一套超稳定型的农业文明,其核心便是"耕读"——所谓的"天下耕读最为本",成为中国人祖祖辈辈相因相袭的一种人生理念与人生行为规范。这一"传家之宝",直到20世纪40年代,老舍笔下的赵庠琛家客厅里仍挂着"耕读人家"的标志性横幅。可见,这一农业文明核心,作为一种意识、观念,完全浸入了中国人的骨髓,成了一种割舍不断的文化基因。"耕"即耕种、种地,种地的人——农民——劳力者;"读"即读书人——士——劳心者。农民与士即劳力者与劳心者,事实上是"四民"中的两大基本群体。由"士"而"仕"的人,成为统治阶层的成员;也有"士"未能上升为"仕"而成为商人的。因此,整个农业经济社会里,除了统治阶层外,还有一个由士、农、工、商组成的中下层社会。其中,"农"为多数,处于整个农业经济社会最下层。这样多个阶层共处于同一社会结构之中而繁衍生息,靠的是一套自律与他律的理念与规则。这套自律和他律的理念与规则,主要是以孔孟为代表的儒家文化思想及以其为依据而形成的道德原则与法规。孔孟的修身养性与治理管理的"规训",如金科玉律般存在于几千年中国农业文明之

① 鲁迅:《〈浮士德与城〉后记》,《鲁迅全集》第7卷,人民文学出版社1981年版,第355页。

中。但是,事实上,孔孟“规训”的作用更偏重于下层民众,有些甚至成为下层民众的精神枷锁。上层统治者们,或违背孔孟“规训”或凭着孔孟“规训”掠夺下层民众创造的财富,置下层民众生死于不顾,造成“官逼民反”的大大小小的无数次农民起义。不过,也有部分由“士”而为“仕”的人,从社会、国家、民族利弊得失出发,以“民为邦本”为“规训”,同情民众,关注民众的疾苦。这就为中国农业社会中两大文学现象的存在提供了条件。一大文学现象是为统治阶层服务,特别是为帝王服务的;一大文学现象是为民众服务的,特别是为农民服务的。后一种文学现象,从原生态来说,本起源于农民劳作,经“士”或“仕”的二度创作而成为文学作品。进入文学殿堂的这类文学作品,多为“士”或“仕”根据自己对“农”的认识、感受、体验而创作的,且贯穿于中国传统文学的始终。大量存在于中国传统文学中的这类文学作品,大多写统治者的穷兵黩武与横征暴敛及其给民众造成的苦痛与伤害。《诗经》中的《何草不黄》,采用比兴手法,再现了“周室将亡,征役不息,行者苦之”的状况;《伐檀》《硕鼠》《相鼠》等诗篇,更暴露了统治者的贪婪与丑态。《伐檀》中列数了统治者的不劳而获,那一声声的责问犹如一支支利箭直刺被斥责者的心窝。《史记》中的《秦赵长平之战》,写出了“恬军败,数十万之众遂降秦,秦悉坑之。赵前后所亡凡四十五万”。这被坑的45万兵士,无疑大多数来自下层民众,特别是来自农民。杜甫的《兵车行》写“武皇开边”造成的“汉家山东二百州,千村万落生荆杞”的恶果。杜甫的《三吏》与《三别》,暴露了官吏们的取巧豪夺及其给民众带来的灾难。苏轼的《关中田妇叹》,写“西北万里招羌儿”给后方农民造成的困苦:“牵牛纳税拆屋炊,虑浅不及明年饥。”再现这一惨状的还有元好问的《岐阳三首》,之二就这样写道:“百二关河草不横,十年戎马暗东京。”“野蔓有情萦战骨,残阳何意照空城!”这里,还应提及的是晚唐诗人皮日休。他不仅出身于农民家庭,而且还参加过王仙芝、黄巢领导的农民大起义。他的诗文多写农民的困苦生活与暴君的丑行。皮日休及其诗文,堪称中国农业文明中“耕读”文化的典型。中国民族传统文学中,一些叙事文学作品,以更大的容量和灵活多变的手法,再现了如上所列诗文描写的内容,而且更写出了作家们对民众的生活感受与精神感受,赞颂了民众的复仇意识与反抗精神。志怪小说中《搜神记》里的《干将莫邪》,集中反映了被压迫民众的复仇意志与反抗行为。传奇小说《柳毅传书》,写出了拥有中华民族“脊梁精神”的人物柳毅与钱塘君的刚毅及侠义品格。元杂剧《窦娥冤》，赞颂了一位反压迫的中国女性典型形象窦娥。她的不屈意志与反抗精神，惊天地泣鬼神。相传参加过张士诚农民起义的施耐庵所写的《水浒传》，呈现了农民起义发生发展的全过程，对其时社会进行了全方位的透视，所塑造的“一百单八将”人物形象浓缩着中国农业社会中各阶层英雄人物的品质，揭示出了“官逼民反”的普遍性真理。至于近代文学中的《官场现形记》《二十年目睹之怪现状》《老残游记》《孽海花》四大谴责小说，更是直接切入了中国人民反帝反封建的现实生活。

上面所述的中国传统文学作品，都浸染着作家的批判意识与忧国、忧民、忧己的忧患情绪以及历史责任感与使命感。不过，这类意义世界的文学作品，只是为中国现代无产阶级文学的发生发展提供了民族文学因素的依据，而不能直接通向中国现代无产阶级文学。原因很简单，这类意义世界的文学作品，依然存在着程度不一的致命弱点，那就是“忠君”意识——“忠君爱国”意识。作家们感受到了封建社会大厦存在的种种弊害而加以挞伐，并非要彻底颠覆这个大厦，重建一个新的大厦，而是加以“修补”，并把“修补”的希望寄托于明君贤臣身上；他们同情民众，特别是同情农民的苦难，赞扬民众，特别是颂扬农民的反抗精神，但并不把改良社会的希望寄托于他们的身上。就是《水浒传》最后还是写了农民起义军的接受“招安”。中国现代无产阶级文学作家们，在现代性社会文化境遇里，思想意识、思维方式、价值观念都发生了“现代性”的大转换，“忠君爱国”意识为国家独立富强和民族解放、人民解放的意识所代替。因此，他们对中国传统农业社会的本质比任何一位中国传统文学史上的有志之士都看得更为深透。他们以中国和世界的眼光，从中国民众、特别是中国农民的生存理念、生存状态与生活方式看整个民族的过去、现在与未来的走向。因而，他们的批判与暴露，是要摧毁被批判与被暴露的对象，重建一个适合中国人民生存与发展的新社会，而不是“修补”；并把这一希望寄托于已经和正在觉醒的广大民众身上，寄托于无产阶级及其政党中国共产党的身上。因此，哪怕都是写民众苦难与反抗斗争题材的作品，其内涵与价值意义却大相径庭。茅盾的“农村三部曲”《春蚕》《秋收》《残冬》，叶紫的《丰收》《电网外》，赵树理的《小二黑结婚》《李有才板话》《李家庄的变迁》，丁玲的《太阳照在桑干河上》与周立波的《暴风骤雨》，等等中国现代无产阶级文学作家作品，既蕴含有中国民族传统文学的精神脉系，更充溢着中国现代无产阶级文学的精神意识。这样的文学作品,无疑既是民族的又是现代的、世界的。

中国文学史翻到了20世纪初叶,出现了崭新的篇章。中国文学现代化的开端期——五四文学革命发生了,属于“现代型”的中国文学开始形成了。五四文学革命是对几千年承传下来的中国文学的彻底革命。从此,中国文学由传统转到了现代。五四文学革命的思想特质与文学价值观念及其创作实绩,为中国现代无产阶级文学的发生提供了较为厚实的、现代性的文学因素的准备,同时也成为中国文学再次转型的参照——由“国民文学”“人生文学”转为无产阶级文学。

中国现代无产阶级文学呼应着中国无产阶级及其先锋队中国共产党领导的民族解放与人民解放时代潮流而兴起,进入民族解放与人民解放战阵而发展而定型,肩负着民族解放与人民解放事业的一翼,在思想意识领域和精神世界里尽着“武器的批判”所不能替代的作用。中国现代无产阶级文学贴近时代、贴近社会生活、贴近工农大众,形成的拥有着广大民众的生活感受与精神感受之脉系,直接流贯于20世纪后半期中国文学行程之中。中国现代无产阶级文学这一精神脉系,应该说为21世纪中国文学的发展与建设积累了多面的乃至有着一定后续价值意义的因素。

本文由三篇文章合成:《论中国无产阶级文学的现代性生存境遇》,原载《西南师范大学学报(人文社会科学版)》2003年第2期;《论中国现代无产阶级文学的历史进程》,原载《贵州师范大学学报(社会科学版)》2003年第2期;《论中国现代无产阶级文学的历史叙述》,原载《贵州社会科学》2003年第4期

胡风的“主观”论

一

胡风的文学思想理论，简称为“主观”论。胡风的“主观”论有一个形成过程，有其鲜明的独特内容，并对其文学创作产生了重要影响。

胡风的文学思想理论及其形成过程，似乎可以做这样的表述：生活实践↔主观精神。这一表述，与其做“主观精神源于生活实践，而又反作用于生活实践”的诠释，不如做“生活实践与主观精神的双向活动，相互融合、相互渗透、相互拥抱与搏击”的理解，这更带有胡风文艺思想理论本身的色彩即“胡风味”一些。

20世纪30年代中期即左翼文学运动末期，一些左翼文学思想理论家，在苏联文艺界清算“拉普”影响和提出“社会主义现实主义创作”口号的感召与启迪之下，为摆脱左翼文学运动的困境，开始反思和探索左翼文学运动的新出路。胡风的文艺思想理论正是孕育与萌发于这一反思与探讨的过程中。胡风较早发现左翼文学运动的危机，较早消除困惑，以一个独具个性特征的文艺思想理论批评家的姿态登上了中国新文坛。

1934年12月，胡风写了《林语堂论》。翌年5月，他写了《张天翼论》。这是他最初献给左翼文学的有影响的文艺批评文章。如果说，《林语堂论》还残存着左翼文学处于阵痛期的痕迹的话，那么，《张天翼论》就初露了他那新的文艺思想理论的批评光芒。他在文章中这样写道：

> 艺术活动的最高目标是把捉人的真实，创造综合的典型。这需要在作家本人和现实生活的肉搏过程中才可以达到，需要作家本人用真实的爱憎去看进生活底层才可以达到；如果只是带着朴素唯物主义观点在表面的社会现象中间随喜地遨游，我想，他的认识就很难深化，他的才能就很难发展的吧。

并由此指出朴素的唯物主义给张天翼作品带来的三大缺陷："证明一个'必然'——流俗意义上的'必然'""表现一个观念""人物关联底图解式的对比"。这里，胡风非常明确地提出了一种新的创作理论——文艺创作过程实际上是作家主观与现实生活客观肉搏的过程，在这一过程中，作家主观作用的发挥有着决定性的意义。同时，胡风也明白无误地将这作为新的文艺批评尺度与标准。这在当时左翼文学理论界实无第二人。

1935—1936年间，胡风集中精力探讨发展左翼文学运动的道路，撰写出《文学与生活》一书，提出一系列文艺思想理论主张。这些主张包括这样几个方面的内容：

> ——文艺是从生活产生出来的；
>
> ——文艺是反映生活的；
>
> ——作家对于人生要有积极的态度，要有在实际斗争里面所蓄积起来的生活知识与生活经验；
>
> ——作家必须对他用来创作的生活素材进行详细的调查、慎重的研究；

——创作中作家要有丰富的想象力，并且要有较强的认识能力与分析能力。

胡风把这一切称为文学创作之路。这若干点，都是从生活实践与主观精神的不可分割关联中，讲文艺的来源及功用。所以，其精髓还是在生活实践与主观精神的辩证关联上。

胡风正是以他的这一文学思想理论同正在介绍社会主义现实主义文艺思想理论以探讨左翼文学运动发展道路的周扬展开关于典型问题的论争的。胡风也正是以他这一文艺思想理论反对左翼文学创作与非左翼文学创作中存在的公式主义与自然主义倾向。胡风与周扬的论争、胡风对公式主义与自然主义的批评，反映出胡风文艺思想理论的卓然不群。他同周扬虽然都有本于社会主义现实主义理论，虽然都为着探讨左翼文学运动发展道路的同一目标，然而强调的侧重点却不同。胡风强调的是在生活实践中主观精神作用的充分发挥，强调的是"真实"。他反对按抽象的理论、世界观、方法论去观察生活，去写现实。在《文艺站在比生活更高的地方》一文中，他认为"那结果只有把生活弄成死板的模型，干燥的图案"。这就失落了"真实"的客体。他反对这一公式主义倾向，首先是从"真实"出发的。他反对平面地写身边琐事，平面地铺叙故事经过，认为这种文学作品只是"生活现象底留声机片，失掉和广大的人生脉搏的关联；既没有作者底向着人生远景的热情，又不能涌出息息动人的生活底真情"，这就失落了"真实"的主体。他反对这一自然主义倾向，首先也是从"真实"出发的。这正是胡风同周扬等理论家所持的社会主义现实主义理论分野之所在。

全民族抗战爆发后，胡风这一文学思想理论获得了大的发展，很快趋向体系化、系统化。

二

抗日民族解放战争，首先改变了中国人民的精神风貌。胡风在《论现实主义的路》中对此有过这样的描述，他说："战争带来了民族意志觉醒的高峰：人民的苦闷消歇了，人民的热情爆发了，人民的希望燃烧起来了。"在这一民族精神、爱国主义思想高扬的气氛中,作家们离开了大城市,走向了广阔的天地——前线、敌后、后方,中国新文学第一次最大限度地走向中国民众与中国现实生活。抒写战斗激情、英雄壮举、乐观情绪的作品,一时间独占文坛。但是随之出现了"前线主义""抗战八股"倾向。这时,胡风将他的目光更多更重地放在了抗战文学运动的问题一面。他在1937年10月到1939年年底,写了《愿和读者一同成长》《关于鲁迅精神的二三基点》《论战争期的一个战斗的文艺形式》《关于创作的二三理解》《高尔基的殉道与我们》《民族革命战争与文艺》等文章。这些文章大体论述了这么几个问题:

第一,希望"文艺作家不应只是空洞地狂叫,也不应作淡漠的细描",而应"用坚实的爱憎真切地反映出蠢动着的生活形象。在这反映里面提高民众的情绪和认识,趋向民族解放的总路线"。并且,他还希望作家像鲁迅那样"把'心''力'完全结合在一起",使作品具有反击外来侵略、攻击内部浪费民族力量的黑暗与愚昧的作用。

第二,提出主观与客观的关系中,主观的决定作用。他认为现实主义文学的路一向是,现在是,将来也永远是要求情绪的饱满的。没有情绪,作者将不能突入对象里面,没有情绪,作者更不能把他所要传达的对象在形象上、在感觉上、在主观与客观的融合上表达出来。

第三,批评抗战文学创作中出现的公式主义和客观主义倾向,并提出克服的办法是向题材肉搏。

这里,"真切的爱憎""情绪的饱满""向题材肉搏",通通讲的主观精神。可见,主观精神已经成为胡风文艺思想理论的核心了。胡风正是企图以此来引导与匡正抗战文学运动,使之向现实主义道路深入发展。

抗战中后期,尤其是皖南事变后,抗战阵营中的黑暗势力浓重了,全民族的澎湃热情沉静了。抗战文艺界出现了新的动向:或在根据地、敌后、沦陷区、大后方城乡,各自在特定的客观条件下,在可能发展的基础上,开始进一步与民众的结合;或仍停滞在一般性的爱国主义上面,然而却消失了抗战初期那种人生渴望的热情;或对政治现象做些表面的观念性的适应,未能深入地接触到历史变动的实际内容;或用"技巧"来编造故事以吸引读者;或偏重于讽刺黑暗与落后的社会现象;等等。与此同时,以延安为中心的边区广泛开展文艺整风运动,学习毛泽东的《在延安文艺座谈会上的讲话》(以下简称《讲话》)。以重庆陪都为中心的大后方，也相继开始了文艺整风和学习毛泽东的《讲话》。毛泽东的《讲话》，阐释了文艺为群众以及如何为群众的问题，强调了文艺工作者学习社会、学习马列主义理论改造思想的问题。这一理论对无产阶级文艺的发展具有重大的指导意义。坚持社会主义现实主义创作原则中作家的共产主义世界观和用社会主义精神从思想上教育和改造民众的观点，在这一极具权威性的理论支持下，成了无产阶级文学理论的主潮。

胡风在这一尖锐而又复杂的历史与文化背景下，思考着如何发展新文学、如何促使抗战文学得到进一步发展。胡风的文艺思想理论在这一思考中达到了系统化、体系化的完成度。他连续写了《关于创作发展的二三感想》《文艺工作的发展及其努力方向》《置身在为民主的斗争里面》等文章。1948年，他为了回答邵荃麟等人在香港对他的批评写了《论现实主义的路》这一长篇论文。这些文章体现了胡风文艺思想理论的全部内容，概括起来有这样几个要点：

第一，关于文艺与生活的关系。他认为：现实生活是产生文学的土壤，文学是生活现实或生活要求的反映。

第二，关于作家与生活的关系。他认为：作家不能脱离现实的生活基础。作家的热情或精神力量在现实生活里面才能得到培养。作家与生活的结合，才能使主观精神和客观精神彼此融合、彼此渗透。作家的人格力量或战斗要求，都是在现实生活里面形成的，都是现实生活的反映。作家在与生活结合过程中，要进行不断地自我斗争，以改造主观和客观，使思想立场化为实践的生活意志。

第三，关于文学创作过程。他首先认为：文学创作的对象是人，要写真实的人、活的人。大后方这个灰色战场的文学，应写人民的负担、觉醒、潜力、愿望和夺生路这个火热而坚强的主观的思想要求。其次，他认为：文学创作过程是从对于血肉现实人生的搏斗开始的。这种搏斗是对对象的摄取过程，也是克服对象的批判过程，其中包含作家不断地自我扩张与自我斗争。所谓自我扩张，是指作家的创作对象、作家写的人，是通过作家自己的感情去体验过的，人物的感情化作了作家自己的感情。他认为这是作家创作的源泉。

第四,关于文学理论批评。他提出了一套文学批评理论与法则,认为:(1)批评与创作具有辩证关系——批评是创作实践过程或实践内容的反映,同时对创作实践起指导作用,文学创作的发展促使文学批评的发展。(2)作家与批评家的关系——批评家要深入作家的创作心理过程,但不一定要和作家共鸣,反而更多地向作家反抗。(3)文学批评的对象——具体作品,具体文学现象。(4)文学批评的任务——对于落后的心理意识及其美学特征的批评和对于进步的心理意识及其美学特征的发扬,对于旧生活传统及其美学传统的反抗与摧毁和对于新的生活萌芽及其美学萌芽的发现与养成。其重心是向着广大人民与进步读者,开拓思想方向、建立思想影响、培养健康的文艺欣赏力量。作家与批评家协力地发掘而且改造时代精神。(5)文学批评的基本方法——社会学的评价和美学的评价之统一。(6)批评家应具有的品格——认真的生活者,积极的战斗者,一代的精神战士。批评家不但要有战斗的热情,而且要有对民族现实生活、国际局势与世界文学遗产的深刻理解,还要具备在批评过程中生出战斗的力量。

第五,执着地批判公式主义与客观主义。他认为:这两种创作倾向在新文学中由来已久,根深蒂固,成为新文学发展的障碍。公式主义是作家廉价地发泄感情或架空地去迎接政治任务,离开了客观的主观,又称主观公式主义。客观主义(20世纪30年代,他称为自然主义)是离开了主观的客观,它的认识和反映现实,只是凭着客观的态度,没有通过和人民共命运的主观思想要求突入对象,进行肉搏。这是现实主义本身的两个偏向,但本质上是反现实主义的。

胡风文学思想理论的五大内容,其核心乃是实践与主观战斗精神、战斗要求、人格力量。而且,他认为这是现实主义文艺生死攸关的主要问题之一。因此,胡风的文艺思想理论就其本质与特征讲,是主观现实主义或主观论。这种理论并不带主观唯心主义色彩,相反是建立在辩证唯物主义认识论的哲学基础上的。他强调主观与客观的双向活动,在生活实践中获得正确认识,用正确思想意识加深对生活的理解,从事改造生活现实的战斗,并在这一过程中获得创作源泉,从事文学创作。这种理论不失为社会主义现实主义创作原则中的一种重要理论,不失为发展新文学和抗战文学的一种重要理论。

胡风这一体系化了的文学思想理论，对于为人民服务、为工农兵服务这一文艺新方向很少正面提及；对于学习马列主义、深入工农兵、改造思想更未提及，而主要讲实践，通过实践与主观精神的双向活动达到辩证唯物主义认识高度，特别反对善男信女式的忏悔的改造思想；对于写新人物、新英雄也未提及而强调在大后方灰色战场应写精神奴役的创伤；等等。这些便是胡风的“主观”论与毛泽东文艺思想的分歧所在。这些表层的分歧，包含一种深层的分野：一个是从文艺角度来谈文艺、来谈文艺干预政治；一个从政治角度来谈文艺、来规范文艺。

胡风这一体系化了的文学思想理论，存在着一定的偏狭性。他把自己的理论作为衡量一切文学现象、文学作品的得失的标准与尺度，而把茅盾、沙汀等作家的作品视为客观主义的标本加以批判。这不仅使他的理论含有排斥异己的色彩，而且烙上了教条主义的印记。

三

20世纪40年代是胡风文学思想理论体系化的年代。因此，他的文学思想理论与整个20世纪40年代的文学不能不发生广泛而深刻的联系与影响，尤其是与抗战文学的联系与影响更是如此。

胡风及其文学思想理论对抗战文学的影响与贡献，最大最主要的是因他而及于别人所形成的文学流派。这个文学派的名称，按传统的叫法为“七月派”，而且仅仅是指“七月”诗派。我以为，这个文学流派的名称，与其叫“七月派”不如叫“胡风派”更为名正言顺，而且它的内涵深广——“胡风诗派”“胡风小说派”“胡风理论派”。它们囿于胡风文学思想理论的核心即“主观”而联结，活跃于抗战文学的各个领域，为民族解放事业与抗战文学运动的发展而恪尽职守。

胡风是一位诗人。全面抗战爆发时，他以“血誓”的喊声，结集为《为祖国而歌》，这大概是全面抗战诗坛上最早的诗歌集子吧。他写的一些诗歌评论文章，阐明他对新诗的见解，算是他对中国新诗理论做出的贡献。他的诗歌理论见解，特别强调了现实主义诗歌人民性的战斗品格和现实主义诗人的品格——诗人必须是一个真正的人、无愧于一个人的人。正是得力于胡风文学思想理论、诗歌见解以及诗歌创作的倡导与指导,也正是得力于他先后主编的《七月》《希望》杂志的扶持,一个大的诗歌流派形成了,这便是"胡风诗派"。该派的诗人中以S.M(阿垅)、绿原、鲁藜等最为引人瞩目。他们都是生活与战斗在根据地、敌后、大后方的年轻人。他们迎着抗日烽火,怀着沸腾的热血,集合在"我们革命战争的道路上""为祖国而歌"。初期,他们多写抒情诗歌,抒发自己和民众的爱国主义精神与抗战必胜的信念。他们的诗歌节奏欢快、色彩鲜明、基调高昂。20世纪40年代初中期,他们被政治逆流所冲击,各自为战了。生活于大后方的诗人们,以《诗垦地》和《希望》为阵地,多以叙事诗和政治讽刺诗,抒发自己和民众的苦难与悲愤。沉郁悲怆、悲愤与控诉是他们这时的诗歌的基调。他们的诗歌始终抒发那从现实生活中来而又为改造现实生活的昂扬的主观精神。《纤夫》,不仅是S.M的代表诗作,也可以视为该派的代表诗作。我们读读该诗最后一节吧:

前进
强进!
这前进的路
同志们!
并不是一里一里的
也不是一步一步的
而只是——一寸一寸那么的,
……
但是一寸的强进终于是一寸的前进啊
一寸的前进是一寸的胜利啊,
以一寸的力
人底力和群底力
直迫近了一寸
那一轮赤赤地炽火飞瀑的清晨的太阳!

这朴实而淳厚的语言，抒发了逆流勇进的意志，艰苦跋涉的毅力与美好的向往，深深印上皖南事变后的时代标记。这是因为他们本身有着如路翎在《关于绿原》一文中说的“向复杂的现实生活搏斗，与现实人生并进的坚忍的内在力量”。该派的诗始终跃动着抗战时代的脉搏，始终与民众心心相印、息息相关、休戚与共，成为“射向敌人的子弹”“捧向人民的鲜花”[①]。该派的自由体诗歌，对中国现代新诗的发展也有着重要意义。可以说，它是继郭沫若的《女神》自由体诗之后，中国现代新诗史上又一座高峰。该派自由体诗歌“在形式上所表现的弹性和动力，在词句上所散发的新鲜气息和感情色泽，在形象上所反映的个人独创性和社会内涵的一致”[②]，都是对中国现代自由体诗歌的发展与创新所在。该派在整个抗战诗歌海洋里，是战斗的愤怒的波涛。它没有回头，也绝少涟漪。总之，如牛汉在《并没有凋谢》一文中说的它“把中国的新诗从沉寂的书斋和肃穆的讲坛呼唤出来，让新诗自觉地与人民接近，并在人民的苦难和奋战之中经受磨炼，用前所未有的朴素、自然、明朗、健康的声音，为祖国和亿万人民的命运而歌唱”。

胡风曾写过小说，也翻译过外国短篇小说和中篇小说，但他未能成为一个小说家。“胡风小说派”的出现，主要得力于胡风的文学思想理论与小说批评理论的倡导和指导，也得力于胡风的实际的支持。该派主要作家有丘东平、彭柏山、路翎、冀汸等。他们的小说在真实的客观现实人生的描绘中高扬主观精神，带有强烈的主观性和抒情性以及壮美的审美特征。这，不仅充分体现了胡风的文学思想理论给予的影响，从中国新文学创作发展史看，也承接了20世纪20年代兴起并形成一时创作热潮的浪漫抒情小说而使之转换到现实主义文学创作主潮。

该派作家在现实社会生活中挣扎、反抗、战斗。他们的创作态度与人生态度是一致的，他们小说创作所体现的美学上的斗争与社会性的战斗使命是紧密相连的。丘东平不仅是一位握笔为文的作家，而且首先是一位民族解放战争的战士。他一生大部分时间都是在战场上度过的。全面抗战爆发后，他参加“8·13”淞沪战争与山东战场，后加入新四军，把生命奉献给了中华民族解

① 绿原：《白色花·序》，《白色花》，人民文学出版社1981年版，第5页。

② 绿原：《白色花·序》，《白色花》，人民文学出版社1981年版，第8页。

放事业。他的人生历程,铸就了他的气质与个性特征——民族英雄主义,或如胡风所指出的“纯钢似的斗志”。他的小说也主要是写他的战斗生活及其感受。《一个连长底战斗遭遇》是他的代表作,也是抗日民族解放战争中的一首壮丽的史诗,“在叙事与抒情的辉煌的结合里面,民族战争的苦难和欢乐通过雄大的旋律震荡着读者的心灵”①。彭柏山、路翎、冀汸都是生活于血与火的现实生活中的,都是直面惨淡人生的。他们的小说都具有该派小说的共同特征。其中,尤以路翎小说成就最高。日本帝国主义的铁蹄践踏了祖国的河山。路翎被迫与众多的知识青年流浪到了四川,并在重庆陪都的北碚天府煤矿工作。因此,他与流浪者、矿工、农民、船夫、小商人、地痞、恶徒、恶霸地主等有了接触。他在与他们的生活中间,感到了很深的悲凉与忧郁,但仍不倦地追求着抗战的胜利与祖国的明天。这反映在文学创作上就是对矿区生活的描写。由于他“常在矿区里徘徊,观察矿区里的人生:恶毒的包工老板,戴黑眼镜的特务职员,疲劳、全身黑煤污染、帽子上亮着矿灯的矿工,矿工和他们的家人的简陋的、在风里颤抖着的破烂的棚子宿舍,残废的矿工和他们妻女开设的小馆子,矿工们的拾煤渣的衣服褴褛的儿童,负伤的痛苦的呻吟和从矿井里抬上来的牺牲者的尸体,死亡者的寒碜的、荒草里的小小的坟墓”②。因此,他的小说多以矿区生活为题材,描绘出了矿区的种种人生面影,特别是那些“夹在锤与砧之间”的矿工顽强的生命力和主观战斗精神。《卸煤台下》《饥饿的郭素娥》等便是其中的优秀篇章。作家把他的“主观战斗精神”“战斗要求”“人格力量”化作了文学人物的血肉之躯,达成如作家自己说的“鞭挞落后反动的,寄托着我的愤慨,讴歌正义正直的,寄托着我的安慰与希望”“我用我的攻击和讴歌,用我的文学向往,来响应人民解放战争”③。这是不是把人物形象当成了作家的政治传声筒了呢?不是。因为,作家是忠实于客观描写的,是在描写人,与具体的历史相连的社会的活人。也正是在这一点上,路翎等“胡风小说派”作家们把浪漫主义的抒情小说创作手法融入于现实主义的客观描写之中,从而丰富了中国新文学现实主义文学的宝库。

① 胡风:《忆东平》,《希望》第2集第3期,1946年7月。

② 路翎:《路翎小说选·自序》,《路翎小说选》,四川文艺出版社1986年版,第3页。

③ 路翎:《路翎小说选·自序》,《路翎小说选》,四川文艺出版社1986年版,第6页。

胡风是一位文艺理论批评家。在他的批评理论影响下形成了一个“胡风文艺理论批评派”。胡风、王戎、亦门等是该派的重要成员。他们的文艺批评理论贯穿于整个抗战文学理论发展过程之中。如果说,可以把抗战文学理论分为建设理论和论争理论的话,那么该派在这两个方面都做出了各自不同的重要贡献。这里,着重评述胡风与亦门的理论活动及成就。

现实主义的抗战文学理论是在激烈的论争中向前发展的。胡风积极参与了一些重大的论争活动,诸如“暴露与讽刺”的论争、“与抗战无关”论的论争、“作家的主观与艺术的客观性”的论争以及“民族形式”讨论。这些论争的中心点是“文艺与政治的关系问题”“作家的世界观与创作的关系问题”“作家与大众的关系问题”。胡风始终强调拥抱生活,始终强调现实主义的真实性原则,始终强调作家的主观精神,并认为这能弥补作家世界观的缺陷与不足,能使作品成为现实人生的一面明澈的镜子和坚利的武器。他正是基于这样的理论观点而主张暴露与讽刺、批评“与抗战无关论”、批评“民族形式的中心源泉是民间形式”的观点。他的这些批评理论文章比当时参加论争的一般批评文章具有更深层次的理论价值。在如何建设抗战文学理论、如何促使抗战文学创作沿着现实主义道路深入发展等问题上,胡风也始终坚持通过生活实践反映人民的真实和历史动向的现实主义道路,也始终自觉地抵制教条主义和客观主义两种不良倾向,并通过对诗歌、小说、戏剧等具体文学作品的评论,加强现实主义的总阵势,为建设抗战文学理论做出了巨大贡献。

亦门原名陈守梅,又名S.M,笔名阿垅。他多才多艺,既会做诗,也会写小说,而且诗歌理论批评文章也写得甚为精当。他那三册诗论集《诗与现实》,集中反映了他的诗歌理论主张与诗歌批评理论主张。在诗歌批评方面,他着眼于雄壮的魄力、战斗的气魄和悲壮等审美特征的评议。他在《诗的战略形势片论》中评论根据地和大后方诗人诗作的区别时,就这样写道:“北方的诗是坚毅的推进,欢乐的进军。南方的诗是激越的战斗,惨痛的雄辩。”“例如田间的鸣鼓而前,鲁藜的光明和谐,孙钿的大军长征的行动性,天蓝的带血的宁静,就不是南方的诗人所能够有的了。当然,南方的诗人并非不是理想主义的,并且正是理想主义的。但是却不可能有那种晴空万里的乐观主义,即使也流露了出来他的乐观主义吧,也同时流露了出来他的凄厉或者悲壮的鸣声。”这种充分揭示诗歌的现实主义冲击力的批评观点,正体现了胡风的批评理论原则。

胡风的文学思想理论及其一派的批评理论,在当时,特别是在皖南事变后大后方"灰色人生战场"上,引起了普遍的反响与共鸣。当时,较多的理论家都强调要发挥作家的主观精神。这种现象,除了说明客观现实生活需要作家充分发挥主观战斗精神而外,恐怕不能说与胡风及其一派所坚持的理论不无关系。1943—1944年间,《新华日报》《中原》《群众》等报刊上发表的《人民不是一本书》《论生活态度与现实主义》《论艺术态度与生活态度》《方生未死之间》等文章所宣传的"生活态度论",与胡风的"主观论"简直达到了相似的程度。因为这些文章论述大后方当时文化思想界与文艺界出现的"精神危机"时,强调地指出了产生这一"精神危机"的主观因素,着重地指出了属于主观范畴的生活态度和创作态度在克服"精神危机"中的作用。冯雪峰的文学思想理论也是与胡风的文学思想理论相一致的。

胡风派的报告文学、诗歌、小说等文学作品,在抗战文学领域中也占据着重要地位。胡风派在促进中国抗战文学与世界反法西斯文学的交流方面,也出力不少。

原载《抗战文艺研究丛刊》总第31期,1990年1月

论中国现代自由主义文艺思想派别及其消长

中国新文学在其发展过程中，除了涌现过众多的文学创作流派之外，还产生过一些文艺思想派别，诸如“现代评论派”、“第三种人”和“自由人”、“与抗战无关”论以及民主个人主义者等由自由主义知识分子构成的自由主义文艺思想派别。这些派别，就其阶级属性来看都是自由资产阶级的文艺思想派别。它们与众多的文学流派，充实了具有中国作风和中国气派的中国新文学的宝藏，而使之绚烂多姿。研究这些自由主义文艺思想派别及其消长，阐明它们在中国人民反帝反封建的革命斗争和中国新文学发展过程中的功过是非，对于总结中国新文学的经验教训和发展规律，繁荣社会主义文艺，是有着重要意义的。

一

任何一种文艺思想派别和文学流派的产生与存在，都不是偶然的，必有其客观现实生活的规定性和文艺自身的内在依据性。中国现代自由主义文艺思想出现于20世纪20年代、30年代和40年代,并形成一个派别,震动当时文化思想界和新文坛,也是有其深刻的、多方面的缘由的。

1840年,帝国主义用大炮轰开了中国古老的、腐朽的大门。从此,中国社会逐步沦为半殖民地半封建社会。中华民族和帝国主义的矛盾、中国人民和封建主义的矛盾成为这个社会的两大基本矛盾,成为这个社会网上的焦点。由大资产阶级、自由资产阶级和小资产阶级构成的中国资产阶级的存在,更增加了这个焦点的复杂性。

自由资产阶级和大资产阶级、小资产阶级是不同的。大资产阶级与帝国主义、封建主义是沆瀣一气的;小资产阶级基本上是站在人民一边的;自由资产阶级是介乎于人民和人民的敌人之间的,属“中间营垒和第三派”势力。自由资产阶级在政治上,一心要组织“第三党”,走“中间路线”,企图在中国大地上建立一个欧美式的资产阶级专政的“天堂”,然而,历史时代和中国特殊国情都向它宣布:此路不通。因而,它在存在的几十年里,总是处于风雨飘摇之中,左右颠簸着。一方面,它力图脱离帝国主义、封建主义和官僚资本主义的压迫与控制而独立发展;另一方面,它又压迫工农与剥削工农。当人民大众的反帝反封建革命斗争对它有利时,它在一定时期、在一定程度上,有同情革命乃至赞助革命的一面;当人民大众的革命事业遭受挫折或革命胜利危及它的利益时,它为了自身的生存而又有倾向乃至倒向反革命势力一边的一面。中国现代自由主义文艺思想派别便是从这样的中国自由资产阶级的土壤中滋生起来的一支文艺思想派别。它是中国自由资产阶级的社会理想、政治要求和美学观念在文艺领域内的反映。

中国现代自由主义文艺思想派别的出现,还有其思想理论基础,那就是民主、自由、平等、博爱、人性这些欧美资产阶级上升时期反封建、反神权的思想理论武器。这些思想在“五四”时期潮水般地涌进中国。中国自由主义文艺思想派别的代表者们,不少人本身就留学于欧美,深受欧美资产阶级的社会思潮和文艺思潮的熏陶,他们如获至宝般地接过这些思想理论武器,用来作为斗争生存的旗帜。

中国自由主义文艺思想派别就是在这种社会的阶级的思想的土壤中发生着、存在着,时隐时现地出没于中国新文坛。它随着中国社会的基本矛盾和中国自由资产阶级的升沉而消长,这在中国现代革命史和文学史上是有着明显轨迹可循的。

二

"现代评论派"是中国新文学史上出现的第一支自由主义文艺思想派别。它出现于20年代中期的新文坛。当时,正是中国共产党领导的工农革命运动和北伐战争轰轰烈烈进行的年代;早期共产党人倡导的革命文学主张在新文学界得到广泛响应的年代;北洋军阀政府加紧勾结帝国主义镇压革命运动,企图维护其摇摇欲坠的封建大厦的年代;也是一批自由主义人士掀起"好人政府"运动的年代。"现代评论派"一登上中国新文化、新文艺思想论坛就显示出自由主义知识分子和自由资产阶级的特色,表现出鲜明的矛盾性。

1924年12月13日,《现代评论》杂志创刊,从此形成了以陈西滢为代表的"现代评论派"。看看《现代评论》杂志的宗旨和编辑方针吧:

该杂志编辑同人声称《现代评论》是"交流和联络思想的杂志""拥护真理"的杂志,"无论孙中山也好,康圣人也好,陈独秀也好,只要他们言论是'真理',都可在评论上公开发表"。

陈西滢在《閒话》中也写道:本刊对于"投稿的人,不论社内或社外,有名或无名,文坛的老将或新进的作家,甲派或乙派,都受同样的看待"。

这是典型的自由资产阶级的折中、公允、不偏不倚的旗号。在这样的旗帜之下,该派参加了反帝反封建的斗争,然而表现出软弱、妥协,乃至动摇。

"五卅"惨案和"3·18"惨案后所掀起的工人运动、进步爱国运动,震撼着中国大地,北洋军阀统治岌岌可危。在这一场革命暴风雨中,"现代评论派"及其代表人物陈西滢的表现是矛盾的,总的情况是:同情、赞助而又反对以至于攻击革命力量。

1925年6月13日出版的《现代评论》第2卷第27期的"时事短评",称北京市的工人、农民、学生及市民为声援上海工人大罢工而举行的国民大会及游行示威,是"中国人心未死的一个铁证""对于如此热心爱国的民众,表示十分的敬意"。并认定和呼喊:"我们打倒强权的时机,已经到了!"

陈西滢也在同期发表的《閒话》中,对于罢工、罢市、罢课表示赞同,并主张建立一个联合组织进行斗争。

1926年3月27日出版的《现代评论》第3卷第68期,可以说是“3·18”惨案的专号。《现代评论》编辑王世杰在《论三月十八日的惨案》一文中,指出“3·18”的“枪杀”是北洋军阀政府的“预定计划”,并提出对枪杀民众的“元首犯罪”加以“制裁”的主张。记者在《悼三月十八日的牺牲者》文章中,对“忍心害理的政府”表示谴责,对死难者寄予沉痛的哀思。

如果就此认定“现代评论派”及其代表人物的政治倾向是坚决地反帝反封建的,那就带有很大的片面性。因为,这仅是其中的一面;还有另一面,即反对、嘲笑轰轰烈烈的、彻底的、毫不妥协的反帝反封建的群众运动。

1925年8月29日出版的《现代评论》第2卷第38期的“时事短评”,声称北京女子师范大学的进步学生运动是“打学潮糊涂仗”“驱杨”“逐章”是“小题大做”“把爱国置诸脑后”。

陈西滢在一些《閒话》中,由对帝国主义和封建主义的妥协到嘲弄、蔑视中国人民的反帝斗争。他依据中国人“是一盘散沙”与“团结不起来”的认识,而认为“现在的中国人”不配喊打倒帝国主义的口号。所以,他在《閒话》中发出这样的吼叫:“打!打!宣战!宣战!这样的中国人,呸!”

陈西滢在女师大事件中,基本上是站在校方一边的。他散布流言蜚语,中伤进步爱国学生运动,攻击鲁迅。

“现代评论派”及其代表人物陈西滢这一政治倾向的矛盾现象,也反映在反击“甲寅派”的斗争过程中。

1925年10月31日出版的《现代评论》第2卷第47期上,刊登了郁达夫斥责章士钊的《评新文学运动》和嘲讽段执政的文章《咒甲寅十四号的评新文学运动》。

1926年1月2日出版的《现代评论》第3卷第56期的“通信”中,斥责“‘甲寅’思想腐朽,议论琐碎”。

陈西滢与章士钊(“甲寅派”的代表人物)有一定的私交,《甲寅》复活时,他还买了股票。但在新文坛的一片“打倒拦路虎”的喊声中,陈西滢也随声附和。章士钊在《创办国立编译馆呈文》中说白话体的盛行造成出版书籍稀少。陈西滢在《閒话》中认为章士钊的说法“却实在可笑”，并说：“这是我们思想根本不同的地方。”陈西滢在这则《閒话》中指出当时出版书籍稀少是“政治腐败”造成的。这是剔肤见骨的见解，应当加以肯定。但是，他又说：“一般野心政客”“一般好活动的教员”，“利用学生的热心”“鼓动种种风潮，为他们出头进身的梯阶”，“把学校造成了政治运动的集合所”，这样一来，“又有谁能够专心学业呢”？出版书籍又怎么不会稀少呢？这一议论，显然是含沙射影的。

“现代评论派”及其代表人物陈西滢，不仅政治倾向呈矛盾状态，而且其文艺思想倾向也呈矛盾状态。

陈西滢在1925年11月7日出版的《现代评论》第2卷第4期上发表的《閒话》中，主张文艺创作是作家“心灵中最美最真实的东西”的抒写。他在1926年2月20日出版的《现代评论》第3卷第63期上发表的《閒话》中，提出创作需要天才，他说：“文学家的天才正在他的感觉特别的灵敏，表现力特别的强，他能看到人所不能见，听到人所不能闻，感受到别人所不能觉察，再活泼地写出来。”由此，我可以认为陈西滢及“现代评论派”的文艺观是唯美的为艺术而艺术的。但是，这样的结论依然具有片面性，因为这还不能包括其文艺思想的全部。它依然是注重文艺的功利性的，强调文艺作品要让读者“认识人生正义”。陈西滢在1926年2月20日出版的《现代评论》第3卷第63期上发表的《閒话》中就这样写道：我认为“特殊的精神，还是在尊自由，重个性，描写自然，实现人生的里面。这当然是新文学，活的文学当取的唯一途径”。可见，陈西滢将这一文艺主张看得多么重要！文艺是无目的，超功利的。这可视为该派共有的文艺观。但该派文艺家，往往在这一招牌下，贩卖功利。“现代评论派”及其代表人物陈西滢的文艺思想的矛盾现象正是这种矛盾性的曲折反映，陈西滢正是在这一文艺思想指导下，在《閒话》中用了一定的篇幅对新文坛的作家作品进行评介，这种评介也依然呈现出矛盾状态。

陈西滢在1928年4月17日、24日出版的《现代评论》第3卷第71期、72期上发表的《閒话》，专题评介了新文学阵营中有代表性的作家作品。

他既肯定鲁迅描写回忆中故乡人和风物的作品“都是很好的作品”，《阿Q正传》是“不朽的”作品；而又贬低《孔乙己》《风波》等小说，更妄称鲁迅的杂文除《热风》外“实在没有一读的价值”。

他既称赞郭沫若的《女神》有“雄大气魄”,又说“力量不足”,“像一座空旷的花园,只有面积,没有亭台池沼的点缀”。

他极力推崇的是徐志摩的《志摩的诗》,丁西林的剧作《一只马蜂》,杨振声的长篇小说《玉君》及冰心、白薇等“新文坛的明星”的作品。

上述政治倾向和文艺思想倾向的矛盾现象,正是自由资产阶级的两面性的典型表现。正是这种两面性,使得它在一定时候、一定场合、一定程度上表现出反帝反封建和反封建文化的积极性;也正是它的软弱、妥协一面,而使得它在1927年“4·12”反革命大屠杀中,蒋家王朝建立之后,政治上向大资产阶级营垒倾斜。

以鲁迅为代表的新文化进步力量,对“现代评论派”及其代表人物在反帝反封建斗争中表现出的软弱性、妥协性进行过严肃批评,也肯定它“比较地着重文艺”。这是必要的、正确的。

基于上述,我们可以得出这样几点认识:

第一,“现代评论派”属于中国自由资产阶级政治范畴和文艺范畴的自由主义文艺思想派别。

第二,“现代评论派”跟以鲁迅为代表的新文学队伍的分歧,根本点在于对帝国主义和封建主义要不要进行彻底的毫不妥协的斗争。这充分反映了文艺上跟政治上一样,中国自由资产阶级是不能够领导新文艺向前发展的。

第三,鲁迅为代表的新文学队伍对“现代评论派”的批判是必要的、适时的,因而也是正确的,引导了新文艺向前发展。

第四,过去中国新文学史教学和研究者们对“现代评论派”的评价——“反动的资产阶级的文化派别”是不公允的、不科学的。

三

20世纪30年代初期,中国新文坛上出现了又一自由主义文艺思想派别,这就是胡秋原与杜衡(苏汶)为代表的“第三种人”和“自由人”。他们跟“现代评论派”相比较,同属自由资产阶级的文艺思想派别,其政治倾向和文艺思想倾向亦呈矛盾状态。不过也有稍异之处,即其在一定时间内,反帝反封建的色彩更鲜明浓烈，跟左翼文艺队伍靠得更近一些。

20世纪30代初期，反革命军事围剿与文化围剿十分严酷。国民党反动派在其统治区内，大搞法西斯专政，竭力推行文化专制主义，抛出旨在扼杀左翼及一切进步的文化、文艺活动的“出版法”“图书杂志审查法”，随意查禁书刊、封闭书店、逮捕和屠杀左翼及进步文艺工作者。同时，还一手策动“民族主义文学运动”，围剿进步文艺。但是，这毕竟不是当时全部的社会现实。农村革命深入和文化革命深入，则是当时代表中国人民的解放事业和中国新文学事业发展方向、希望的另一方面的社会现实。中国左翼作家联盟的成立、左翼文艺队伍的形成、马列主义文艺理论的广泛传播、大众化文艺问题的讨论、大批优秀文学创作的问世，便是文化革命深入和反文化围剿取得胜利的重要标志。

正是在这样一种情势之下，标明自由主义文艺思想的刊物出现了。1931年12月，胡秋原编辑的《文化评论》创刊了。1932年5月，施蛰存编辑的《现代》杂志问世了；同年9月，林语堂、邵洵美编辑的《论语》杂志发刊了。《读书杂志》《人间世》《宇宙风》等刊物也相继问世。围绕这些刊物，形成了一个自由主义文艺思想派别。这一派别，像一股小小的波涛，在新文坛上上下翻滚。

“第三种人”和“自由人”，顾名思义，不偏不倚，走中间路线，走第三条道路。这一名目便标明了它的旗号。

1931年12月25日，《文化评论》发刊词《真理之檄》，开宗明义地写道：“我们是自由的智识阶级，完全站在客观的立场，说明一切，批评一切。”《文化评论》同人在《是谁为虎作伥》一文中也声称：“我们无党无派，我们的态度是自由人的立场。”同一意思的话，胡秋原和杜衡也不止一次说过。这便是自由资产阶级的典型的政治观。

这一派别在文艺思想上，高高举起自由主义文艺的旗帜。这面旗帜上写着四个大字：自由、民主。胡秋原在《第三种人及其他》一文中写道：“文学与艺术，至死也是自由的、民主的。”而且主张各色各样的文艺并存，他说：“中国新文学运动以来的自然主义文学，趣味主义文学，浪漫主义文学，革命文学，小资产阶级文学，普罗文学，民族文学以及最近的民主文学，我觉得都不妨让它存在。”这是自由资产阶级的政治观在文艺思想上的反映，这当然也是一种典型的自由主义文艺思想。

他们声称,提出这种政治主张和文艺主张是为了打碎“重重枷锁”,使人成为“自由人”,使文学成为“自由主义文学”。也正是基于此,他们为自己规定了十分明确的艰巨的反帝反封建的斗争任务。《文化评论》发刊词《真理之檄》中这样写道:

> 要继续完成五四之遗业,以新的科学的方法,彻底清算,再批判封建意识形态之残骸与变种。
>
> 又要以新的方法,分析批评各种帝国主义时代的意识形态。
>
> 更必须彻底批判这思想界之武装与法西斯蒂的倾向。
>
> 不仅在理论上作严正的批判,同时还要努力作社会上一般实际腐败现象之批评与暴露。

他们为自己规定的这一战斗任务,有着鲜明的政治倾向性,这与当时无产阶级的要求与左翼文艺队伍所担负的任务是一致的,有利于中国人民解放事业和新文学事业的发展。

不仅如此,他们在行动上,在一定时间内,对国民党反动派的法西斯统治与文化专制主义做过针锋相对的斗争,表现出反帝反封建的积极性。

他们对国民党反动派大搞白色恐怖,对进步文艺工作者采用“最末手段”的行径,发出强烈的控诉。胡秋原在《读书杂志》第3卷第7期上发表的《第三种人及其他》一文中,猛烈地抨击道:“这是千古黑暗的杀”“古今中外没有此时此地这样的腥暗”“昏天暗日满地红,地狱的中国”“以最卑残的方式,绝灭社会的英良,以维持最黑暗的统治,完成其出卖于那凶恶的帝国主义的使命,使国民只有驯羊蠢豕与走狗为目的的”。对国民党反动派屠杀政策的手段、目的及罪行所作的这一揭露是十分深刻的。

他们对国民党反动派的另一手即玩弄保障言论自由的花招,也曾做过猛烈的抨击。胡秋原在《现代》第2卷第2期上发表的《浪费的论争》一文中指出:“国民政府一面说保障言论自由,但你一‘言论自由’,他们又说是‘反动’。”

他们对日本帝国主义的入侵和国民党推行的不抵抗政策,也曾表示过最大的义愤。胡秋原曾在《读书杂志社声明》中公开表示:“我宣言”,“站在反帝的立场上”。他在《第三种人及其他》一文中，揭露了国民党的卖国罪行：“卖国部长院长和杀人总司令正在出卖我们最重要的血，吃我们的肉，葬送我们最后的灵魂”。而且，还指出：对此进行斗争“需要笔墨以上的抗议”。

国民党的法西斯统治严重地危害着“第三种人”和“自由人”的“自由”，所以，他们对国民党的诅咒、揭露，特别严厉、深刻、尖锐。政治上如此，文艺上也如此。

他们深恶痛绝国民党一手策划的民族主义文学运动，对其实质、目的所做的揭露，近乎鲁迅等左翼文艺战士的观点。胡秋原在《读书杂志》第2卷第1期发表的《钱杏邨理论之清算与民族主义文学理论之批判》一文中指出：“民族文学运动就是对于时代解放运动之扑灭运动”。他在《文化评论》创刊号上发表的《阿狗文艺》一文中，称“民族文学运动”是“中国文坛上一个最可耻的现象”。“民族主义文学”是“法西斯蒂的文学(?)，是特权者文化上的‘前锋’，最丑陋的警犬”。“民族文学家”是“借暴君之余焰”，“巡逻思想上的异端，摧残思想上的自由，阻碍文艺之自由的创造”，“残虐文化与文艺之自由发展”。这些揭露，针针见血，痛快淋漓。

“第三种人”和“自由人”的政治主张与文艺主张及其实践，虽然是从“自由”“民主”立场出发的，但确实在客观上有利于共产党领导的人民解放事业，有利于左翼文艺的发展，实际上起了“同路人”的作用。这一点应予肯定。

冯雪峰在《现代》杂志第2卷第3期上发表的《关于“第三种文学”的倾向与理论》一文中，论述这一文艺思想派别的产生及其两面性时指出：在革命与反革命的严酷的阶级斗争现实生活中，中间阶级在政治出路问题上陷入了矛盾、苦闷之中。他们囿于历史的阶级的一切性质和偏见，特别是他们的鄙视群众的观念，妨碍他们对于客观事实与革命的明确的认识，他们不了解群众在干些什么，“而他们的态度就不得不是不帮反动统治阶级的政治，也不帮群众，同时不满意谁的时候就骂谁了。”这一论述十分精当地揭示了这一文艺思想派别的本质特征。据此，我以为不应把视线仅仅停留在这一派别的反帝反封建的一面上，还应把视觉深入到他们对于左翼文艺的不满、咒骂的另一面去。他们在将火焰向国民党扫射时，也中伤、攻击乃至否定左翼文艺运动。胡秋原和苏汶在一些文章中，多次称左翼文坛用狭窄的理论来限制作家的自由，左翼独霸文坛，弄得作家搁笔,公开向左翼文坛要求创作自由。尤其是,他们错误地将钱杏邨的文艺理论与民族主义文学的法西斯理论并列,并进而借批评钱杏邨文艺理论的偏颇否定马克思主义文艺理论的基本原理。钱杏邨文艺理论中关于文艺宣传政治、关于文艺组织社会生活等观点是可以也应该讨论并正确加以解决的。问题不在这里,而在于他们借机否定马克思主义文艺观,大肆宣传他们自己的文艺思想。他们认为,文艺应当也能够脱离政治、脱离阶级而自由;文艺不能影响社会生活,只是反映社会生活,如镜子反映人形不过是把这种生活照出来,如此而已。在左翼文艺勃兴,反文化围剿取得节节胜利的情况下,这一言论无疑是极有害的,客观上帮了敌人的忙。这一言论及1934年后胡秋原与苏汶倒向革命对立面,似乎正是自由资产阶级阶级性的另一面的必然反映与必然归宿。

当胡秋原和苏汶倒向敌人之前,以鲁迅为代表的左翼文艺队伍,是将这一派别作为“同路人”文学派别来批评、教育的。这无疑是正确的。

由上述可知,“第三种人”和“自由人”这一文艺思想派别发展了“现代评论派”的政治主张与文艺主张。一是好的方面的发展,即反帝反封建言辞更为激烈;二是坏的方面的发展,即从文艺思想理论主张上“中伤,软化,曲解”乃至否定左翼文艺。1934年以后,这一派别发生了分化,便是这两个方面发展的必然结果。

四

1938年12月到1939年4月,梁实秋提出并坚守的“与抗战无关”论,亦属中国现代自由主义文学思想的范畴。

1938年12月,梁实秋应约编辑《中央日报》副刊《平明》。同年12月1日,《平明》创刊了。梁实秋的《编者的话》短文发表了。这篇文章,共四个自然段落。第一段的后半部分是:“报馆的人请副刊编辑是用什么眼光,我不知道,我揣测报馆请人编副刊总不免是以为某某人有‘拉稿’的能力。编而至于要‘拉’,则好稿之来,其难可知。这个‘拉’即是‘拉夫’之‘拉’,其费手脚,其不讨好而且招怨,亦可想而知。拉稿能力较大者即是平夙交游较广的人。我老实承认,我的交游不广,所谓‘文坛’我就根本不知其座落何处,至于‘文坛’上谁是盟主,谁是大将，我更是茫然……”引文中的最后几句，最为关键。第四段的前几行文字是这样的：“文字的性质并不拘定。不过我也有几点意见。现在抗战高于一切，所以有人一下笔就忘不了抗战。我的意见稍为不同。于抗战有关的材料，我们最为欢迎，但是与抗战无关的材料，只要真实流畅，也是好的，不必勉强把抗战截搭上去。至于空洞的‘抗战八股’，那是对谁都没有益处的……”同年同月6日，梁实秋发表《“与抗战无关”》一文，说：“我相信人生中有许多材料可写，而那些材料不必限于‘与抗战有关’的。”1939年4月1日，梁实秋发表《梁实秋告辞》一文，说道：“四个月的《平明》摆在这里，其中的文章十之一二是我认为‘也是好’的‘真实流畅’的‘与抗战无关的材料’。”他说的“十之一二是我认为‘也是好’的‘真实流畅’的‘与抗战无关的材料’”是指《平明》1938年12月2日、10日、22日发表的《睡与梦》《说酒》《吃醋》。

这里，我换一个角度说说这场论争与批评问题。

梁实秋确实提倡可以写“与抗战无关的材料”的主张，茅盾、胡风、罗荪、张天翼、宋之的、沈起予、魏猛克、金满成、陈白尘、黄芝冈、潘孑农、张恨水、何酩生、巴人等人在《抗战文艺》《文艺阵地》《读书月报》《新蜀报》《新民报》《国民公报》《大公报》《时事新报》《新华日报》以及《云南日报》《鲁迅风》《文汇报》等报刊发文予以批评。论争的焦点有二：一是现实生活中有没有“与抗战无关的材料”；二是可不可以写“与抗战无关的材料”。梁说，相信现实生活中有无关抗战的材料；批评者们认为，现实生活中没有与抗战无关的材料。梁主张可以写，批评者们主张不可以写。这就是分歧所在！双方唇枪舌剑。梁实秋势单力薄，很快败下阵来，但坚持认为自己主张没有错。批评者们共有的逻辑思维方式是：抗战现实生活中，一切都与抗战有关，就连无生命的地瓜也与抗战有关——卖地瓜的小贩因受战争影响，地瓜卖不出去。陈白尘在《地瓜与抗战》一文中，就是这么说的。既然，大家都认为抗战现实生活中一切都与抗战有关，那么你梁实秋提倡写与抗战无关的材料，“是所为何来”？所以在批评过程中，很快转入目的追究了。陈白尘在《地瓜与抗战》一文中，就追问道：梁实秋“不劝人把抗战文章写好，而反劝人家写点不抗战的文章，是所为何来？”张恨水在《老板与厨师》一文中，借说厨师与老板的关系指出：“大家忘了他是糕饼师，更忘了他的老板是吃淡食的。”黄芝冈给《新蜀报》副刊《新光》主编沈起予的公开状《我只想和你说说》一文,从报纸副刊与正刊关系出发,指出:梁实秋的"与抗战无关"论是与《中央日报》"正张的使命"相"配合"的。这些暗示性的文字,无非是说梁实秋的"与抗战无关"论是具有党派政治背景与政治底色的。胡风还说道:梁实秋"这样的主张结果是要拆开战争与文学的姻缘的",是要"把战斗里的作家拉回到寺院或者沙龙里去。"[①]这样的追问,就把梁推到国民党政治旋涡里去了。"与抗战无关"论就成了传递国民党要"妥协投降"的信息。20世纪50年代,有的中国新文学史书,说梁实秋是"与国民党反动派一鼻孔出气",大概与此推论有关。至此,我想有三点是梁始料未及的。一是他未想到会引来群起而攻之,二是他未想到会被追究到政治目的上去,三是他未想到会成为大陆持续批判的人物之一。关于梁《编者的话》中另一观点"至于空洞的'抗战八股'那是对谁都没有益处的"的批评问题。卢沟桥事变到1938年底,抗战文学有没有"抗战八股"问题?绝对有的。这不是梁实秋对抗战文学现状的攻击或诬蔑。同时,茅盾等不少文学家已发现而且著文公开予以批评。既然如此,那么为什么又会出现批评梁的这一说法呢?问题症结在何处?批评者们认为,梁实秋是以此现象来否定抗战文学,是以此现象来提倡写与抗战无关的材料的根据。批评者认为,他们指出这一现象是为消除这一现象,使抗战文学健康发展。这样的批评合不合梁实秋的本意呢?我以为是离开了梁的本意的。首先说,梁实秋不反对写"与抗战有关的材料"。他在《编者的话》第4段文字中,说:"与抗战有关的材料,我们最为欢迎",然后才是说"与抗战无关的材料,只要真实流畅,也是好的"。其次是他编《平明》副刊三四个月时间发表的文章,绝大部分确实是与抗战有关的材料。

关于这场论争是梁实秋与"文协"集体的论争,还是梁实秋与"左翼仁兄"之争的问题。我以为这是两个实难分开的问题。实难分开者在人——"左翼仁兄"。这场论争,如果只靠"左翼仁兄",不会有这么大的规模的,张恨水等作家都卷入了,连在几千里之外的上海孤岛的文人也卷入了。因为这时的"左翼仁兄"还没有形成像20世纪30年代前半期上海"左翼仁兄"那样的强劲阵势与强劲影响力,哪怕当时内部还有分歧,甚至严重对立。而这时,周扬已去了延安,鲁迅早在1936年10月19日就去世了。"左翼仁兄"中,尚未形成如鲁迅与周扬

① 胡风:《关于时代现象》,《中央日报》,1939年9月24日。

那样的引领人、撑旗人。但是，这场论争，“左翼仁兄”确实是发难的、打冲锋的。“左翼仁兄”在这场论争中，形成了阵势，形成了一股强大力量，在以后的文艺思想理论论争中，起到左右论争走向的作用。我以为，这是这场论争中“左翼仁兄”的一大收获。“文协”迁渝不久(才四个月)，可以说是立足未稳，就遭到梁实秋的挑衅。梁实秋说他不知道“文坛座落何处”“谁是盟主，谁是大将”。显然是蔑视“文协”，不承认“文协”。这对“文协”总务部主任老舍和“文协”众多同人来说是不能接受的。而在“文协”中的“左翼仁兄”，在论争中已看清楚了这一问题的严重性和需要加大力度批驳的必要性。所以，“文协”的需要和“左翼仁兄”的需要，这两者的“合力”才造成了这么一场声势浩大的批判运动。再加上当时广大中国文艺家高强度的抗日热情和汪精卫叛国及其造成的恶劣影响之一——担心国民党内部出现更多的汉奸与叛国人物。所以，这场批判运动不仅声势大，而且日益向顶层政治——妥协投降方面去追问、去提升。这场大批判，使“文协”的地位得以稳固，使“文协”权威形象得以形成。这场批判运动，可以说，还强化了一种文学理念即抗战文学为抗战的文学。平心而论，我现在以为，梁实秋存在的问题主要不在“无关”论与“八股”论，而在其态度——对“文协”和已形成的抗战文学队伍的蔑视、不承认。大概正因此，老舍在致《中央日报》负责人的公开信中，才有这样的针对性极强的指责，说：“贵报《平明》副刊，梁实秋先生之《编者的话》中，竟有不知文坛座落何处，大将盟主是谁等语，态度轻佻，出语儇薄，为抗战以来文艺上所仅见。”

五

以萧乾、朱光潜、沈从文为代表的自由主义文学思想派别是中国新文学史上最末一支自由资产阶级文学思想派别，存在于20世纪40年代后期。它发展了20世纪30年代前期“第三种人”和“自由人”的政治主张和文艺主张，而具有鲜明的时代特色。

1947年下半年以后，我国政治思想领域内出现了一个自由主义运动。这是在美国帝国主义的诱惑和煽动之下由民主个人主义者构成的。当时正是我国历史发生根本性转折的时候，即如毛泽东在《目前形势和我们的任务》一文中所指出的:“中国人民解放军已经在中国这一块土地上扭转了美国帝国主义及其走狗蒋介石匪帮的反革命车轮,使之走向覆灭的道路,推进了自己的革命车轮,使之走向胜利的道路。这是一个历史的转折点。这是蒋介石的二十年反革命统治由发展到消灭的转折点。这是一百多年以来帝国主义在中国的统治由发展到消灭的转折点,这是一个伟大的事变。”人民革命的胜利,蒋家王朝的败局注定无疑了。就在中国人民革命的航船接近胜利彼岸的时候,美国总统特使魏德迈和美国驻华大使司徒雷登先后约见中国自由资产阶级的学者、教授、名流,鼓吹结成一个新的政党,其目的是在必要时取蒋介石集团而代之,以维护其在华的利益。一批对资产阶级专政的共和国津津乐道、对美国帝国主义存在幻想的如艾逊奇所说的“民主个人主义”者便应声而出,形成一个自由主义运动。《大公报》连续发表几篇社评,宣扬“自由主义”“中间路线”,公开挂出“自由主义”招牌。民社党革新派倡言建立新的中间派组织。“中国社会经济研究会”和《新路周刊》《周论》等中间路线组织与刊物相继问世。他们以代表“绝大多数人”的意愿自居,不满意于共产党,也不满意于国民党。他们的基本倾向,表明他们不属于国民党反动派的行列。但是,他们却企图扭转人民革命胜利的航向,朝着资产阶级共和国的航道行进,这是反历史潮流的,也是十分有害的。

这一社会思潮在文学领域内卷起了不大不小的旋涡。处于这一旋涡中心的便是民主个人主义者萧乾、朱光潜、沈从文等人。他们政治上崇奉自由主义,文学上也崇奉自由主义。

朱光潜在《苏格腊底在中国》一文中散布的观点,可视为“自由主义”言论的典型。他在文章中,借林老先生之口,混淆是非,颠倒黑白,说什么“国内有两个大政党,都不体念人民的痛苦,一味用私心,逞意气,打过来,打过去,未建设的无从建设,已建设的尽行破坏”。萧乾也把中国人民推翻蒋家王朝的人民解放战争,说成是“自相残杀”“民族自杀”“自杀性的内战”,而一概加以反对。类似这样的话,也见诸沈从文的文章。沈从文在《从现实学习》一文中,要中国人民与蒋介石反动派讲“爱与合作”,否则会同归于尽。他写道:“历史上,玩火者的结果常是烧死他人时,也同时焚毁了自己。”他们正是在这一政治观的指导下,不满意于国统区人民掀起的反饥饿、反迫害、争民主的群众运动。沈从文在《一种新的希望》一文中,将进步的青年学生斥为“比醉人酒徒还难招架的冲撞大群中小猴儿心性的十万道童”。朱光潜在《谈群众培养怯懦与凶残》一文中，责备革命群众“沉醉在怨恨里发泄怨恨而且礼赞怨恨。这怨恨终于要烧毁社会，也终于要烧毁怨恨者自身”。这些无视共产党领导的革命战争和群众运动所代表的阶级的民族的利益、时代潮流与历史发展趋势的言论，充分反映了这一批人对人民革命胜利的疑惧心理，这至少是一种极糊涂的观念。

在文艺思想上，他们重提自由主义文艺主张。萧乾在为《大公报》所写的“社评”《中国文艺往哪里走？》一文中高喊：作家“绝不宜受党派风气的左右”，而应根据“社会与良知”进行创作；应把文艺“一律交给自由主义者”。朱光潜在复刊的《文学杂志》上公开祭起“纯正文艺”和“自由主义文艺”的旗帜。他在《自由主义文艺》一文中，宣扬文艺纯粹是作家个人心灵的体现，同社会、阶级无关，并认为这种“充分表现了人性的尊严”的“艺术的自由性”是不可侵犯的。沈从文也在文章中反复强调所谓不受任何政治干涉的纯正文艺主张，强调文艺的“独立”与“尊严”。这是一种典型的超阶级、超政治的文艺观，是20世纪30年代前期“第三种人”和“自由人”的文艺主张的翻版。

这样的政治观和文艺观，还反映在他们的文艺创作中。《芷江县的熊公馆》《吾家有个夜哭郎》便是蹩脚的，然而也是最典型的自由主义文艺代表作。

这种“不要对蒋介石太失望，不要对中共抱希望”的政治主张、文艺主张与创作实践，其共同目的是散布对资产阶级共和国的幻想，企图引导人们走资本主义道路。这是铁一般的事实，不是超阶级超政治的遮羞布所能掩饰得了的。

为着打破民主个人主义者的幻想，挽救和教育自由主义人士，加速蒋家王朝的覆亡，团结全国人民将革命进行到底，郭沫若、胡绳、邵荃麟、冯乃超、林默涵、叶以群、杜埃等人对自由主义运动和自由主义文艺进行了严肃的批判。尤其当人民革命胜利的前夕，毛泽东连续为新华社写的《丢掉幻想，准备斗争》等五篇社论，揭露了美国对华政策的帝国主义本质，批评了自由资产阶级知识分子对美帝国主义的幻想，并对中国革命的发生和胜利做了科学的理论阐述。萧乾、朱光潜、沈从文及一批自由主义人士，接受了中国共产党的团结、教育、争取、改造，随着中国革命的全面胜利，逐渐改变了糊涂、错误的政治观念，转到了人民的一边。至此，自由主义文艺派别与“中间路线”和“自由主义运动”一样，成了历史的陈迹。

基于上述,我可以得出这样的认识:20世纪40年代后期的自由主义文艺思想派别是20世纪30年代前期的自由主义文艺思想派别的一大发展,是它的动摇、妥协一面的"恶性"膨胀,也是它企图实现自由资产阶级"天堂"理想的"良性"爆发。然而,人民革命胜利了,帝国主义和反动派在中国统治的日子结束了。这一末代的自由主义文艺派别因此而得到了好的归宿。这是它的幸运,也是它与其前代不同之所在。

六

中国现代自由主义文艺思想派别在中国现代史和中国新文学史上的升沉消长,几起几落,说明了些什么问题呢?可以从中得出一些什么带有规律性的认识呢?

第一,中国现代自由主义文艺思想派别属于中国自由资产阶级的政治范畴和文艺范畴的一个派别。30年的演变,呈现出一个共同特征,即政治上对统治阶级离心离德,而又存在着幻想,文艺上主张超阶级、超政治、超现实,但都未逃掉严酷的阶级斗争的惩罚。这是自由资产阶级的要求、愿望和他们的社会观、政治观、文艺观的反映。它与无产阶级文艺的斗争,始终围绕着中国新文学由谁领导、沿着什么道路和朝着什么方向发展的大问题而展开。历史证明,政治上,中国自由资产阶级没有资格领导中国新民主主义革命,文艺上也没有资格领导新文学。中国新文学,正是在与形形色色的反动文艺的斗争中,在排除自由主义文艺干扰与批判自由主义文艺的过程中,在中国无产阶级的影响与领导下,走完了自己的战斗历程的,由文学革命到革命文学到左翼文学而后走上工农兵大众文学的发展道路。一批自由主义文艺派别的文艺工作者,也不得不随着历史的进程而渐次转到了工农兵大众文学一边。

第二,中国现代自由主义文艺思想派别,就整体来说,属于无产阶级文艺的"同路人"。正如1932年11月3日中共中央机关刊物《斗争》第30期上发表的歌特的文章《文艺战线上的关门主义》一文中所指出的:他们"不是我们的敌人,而是我们的同盟者"。历史时代和中国国情,注定了他们在政治上只配给无产阶级当盟员,文艺上也只能如此。"第三种人"和"自由人"苏汶在《"第三种人"的出路》一文中曾公开宣称："只以'同路人'自期"。这应当说是有自知之明的表白。因此，中国自由主义文艺思想派别，应当在中国新文学史上占有一席之地。既要批判它的动摇、妥协与软弱及其对无产阶级革命、文学事业有害的一面，又应当肯定它反帝反封建的积极性及其向国民党法西斯文化专制主义要创作自由、要民主的主张，因为这种向老虎口中讨肉吃的言行，在客观上是起着援助无产阶级的作用的。同时，属于这一派别的报刊与杂志，刊载过大量进步的革命的作家的作品，如20世纪30年代前期仅《现代》杂志就刊登过鲁迅、郭沫若、茅盾、冯雪峰等左翼文艺工作者相当数量的文章，这在当时左翼文艺刊物连遭查禁的情况下，客观上无疑为左翼文艺提供了一块难得的阵地。这些都需要实事求是地加以评价。

第三，怎样对待这一"同路人"及"同路人"文艺派别呢？在新民主主义革命30年中，共产党承认并争取"中间营垒和第三派"的势力，形成了以毛泽东为代表的正确方针。30年的中国新文学史，也在对待"同路人"文艺上，积累了正反两方面的经验教训。鲁迅、冯雪峰在20世纪30年代前期对"第三种人"和"自由人"所持的态度、方式及意见是正确的。鲁迅、冯雪峰在指出"第三种人"和"自由人"的实际"做不成"及其出路时，还指出：左翼作家"不但要那同走几步的'同路人'，还要招致那站在路旁看看的看客也一同前进"①。还指出："第三种人"和"自由人"是"混杂的一群"，"在这混杂的一群中，有的能和革命前进，共鸣；有的也能乘机将革命中伤，软化，曲解。左翼理论家是有着加以分析的任务的"②。类似鲁迅的这些意见，冯雪峰在《关于"第三种文学"的倾向与理论》等文章中也强调过。当这一文艺派别的代表人物胡秋原和杜衡倒向敌人时，鲁迅、冯雪峰便予以坚决的打击。这正体现了无产阶级的斗争原则和策略原则。在20世纪40年代后期，毛泽东为共产党和无产阶级文艺树立了争取"同路人"及"同路人"文艺的榜样，这是我们应当久远记取的。但也应指出，在对待自由主义文艺派别上，简单化、"左"的毛病是比较严重的。对此，我们也应当引为鉴戒。

① 鲁迅：《论"第三种人"》，《鲁迅全集》第4卷，人民文学出版社1981年版，第439页。

② 鲁迅：《又论"第三种人"》，《鲁迅全集》第4卷，人民文学出版社1981年版，第534页。

第四,中国现代自由主义文艺思想派别,虽已成为历史的陈迹,但其政治思想和文艺主张的影响,至今尚存。前一个时期出现的旨在脱离共产党的领导和社会主义道路的"资产阶级自由化"倾向,便是明证。前车之鉴不可覆!为人民服务、为社会主义服务的文艺主潮必定滚滚向前。这是我们在回顾中国新文学史上自由主义文艺思想派别的升沉消长时,应当得出的认识。

原载《西南师范学院学报(哲学社会科学版)》1982年第4期;中国人民大学书报资料中心《中国现代、当代文学研究》1982年第21期全文转载

中国现代“民族主义文学”及其走向

一

“民族主义文学”作为一种政治性十分裸露的文学现象，自有其消长过程。它在中国新文学三十年的历史中，始终与少数人的政治、统治阶级的政治结合在一起，始终为反人民反民主的政治服务。只要对其消长过程稍加剖析，这一特性便会凸现。

“民族主义文学”伊始于20世纪30年代初期。对于它的伊始，鲁迅当年作过深刻的揭示：

> ……古人也早经说过，“以马上得天下，不能以马上治之。”所以要剿灭革命文学，还得用文学的武器。
>
> 作为这武器而出现的，是所谓“民族主义文学”。[①]

事实上也是这样。20年代末30年代初，无产阶级革命文学运动蓬勃兴起。企图剿灭这一文学

① 鲁迅：《中国文坛上的鬼魅》，《鲁迅全集》第6卷，人民文学出版社1981年版，第154页。

运动,国民党当局抛出了“三民主义文艺政策”,陈立夫等人立即策动“民族主义文学运动”与之呼应。1930年6月,《民族主义文艺运动宣言》问世了,《前锋周刊》《前锋月刊》《新文学评论》等刊物相继创办了。“民族主义文学运动”在中国大地上第一次闹腾起来。“民族主义文学”的理论核心是否认文学有阶级性,竭力鼓吹文学的中心意识为“民族意识”。他们所谓的“民族意识”即“改造”了的“三民主义”与注进“时代内容”的“忠孝仁爱信义和平”的混合物。其实质为当时一批无产阶级文艺家所揭露。石萌(茅盾)在《“民族主义文艺”的现形》一文中指出:“被压迫民族本身内也一定包含着至少两个在斗争的阶级——统治阶级与被压迫的工农大众。在这种情况下,民族主义文学就往往变成了统治阶级欺骗工农的手段,什么革命意义都没有了。”“至于在中国,则封建军阀,豪绅地主,官僚买办阶级,资产阶级联合的统治阶级早已勾结帝国主义加紧向工农剥削,所以民族主义文学的口号完完全全是反动的口号。”“民族主义文学”与“三民主义”政治、政策的一致性,是众所周知的。就连“民族主义文学运动”发动者之一的潘公展在他的《从三民主义的立场察看民族主义文学运动》一文中,也毫不掩饰地说:“民族主义文学”与“三民主义”“并不乖离”。这次喧嚣一时的“民族主义文学运动”犹如泛起的沉渣一样,在无产阶级革命文艺界以及“第三种人”与“自由人”的猛烈抨击之下,沉了下去。

“左联”解散、文艺界抗日民族统一战线已成雏形、“国防文学”和“民族革命战争的大众文学”在理论与创作上大兴之际,“民族主义文学”这一沉渣重新泛起。“民族主义文学”的中坚分子范争波等人,涉足文坛,且大有吞灭“国防文学”之势。王平陵发表《清算中国文坛》一文,范争波等创办《民族文艺》刊物,高喊“要清算文坛”,要“检讨”“国防文学”,要把文艺作为“培植、激励民族意识的工具”。这次泛起的“民族主义文学”沉渣,在全国人民要求抗日救亡的怒吼声撞击之下,仍旧沉了下去。

1940—1942年间,“民族主义文学”再一次翻腾起来,有在前台的,有做后盾的。办刊物、写文章、搞创作、演戏剧,可算是“民族主义文学”沉浮史上的高峰,集上两次“民族主义文学”之大成,其政治思想文化意蕴更为充实。这是下面三节要着重论述的内容,这里从略。

“民族主义文学”的最后泛起是在国民政府于大陆消失前夕,其口号是充满杀机的“戡战文学”。余公敢在《文化先锋》第12卷第3、4期合刊上发表《我们需要戡乱文艺》一文，诬称革命文艺“破坏国家建设”“挑拨军民感情”“宣传失败主义”“扰乱治安”，扬言要来一个“戡乱文化运动”，“要建立并发动戡乱文学”。这次“民族主义文学”——“戡乱文学”的泛起，自有其来龙去脉。抗日战争结束时，“戡乱”之声就见诸报刊。《和平日报》曾刊出一位国民政府宣传官员为“戡乱”下的定义。何谓“戡乱”？他说：“国家对乱臣乱民，最后平之以兵，则谓之戡乱”。1947年7月，国民政府当局发布《戡乱总动员令》，大肆镇压民主运动，加紧进攻解放区。同年8月，张道藩著文与之呼应。他在《文艺作家对于当前大时代应有认识和努力》一文中，表示要对共产党和革命文艺从理论上加以打击。于是，1948年4月，就出现了余公敢提出的“戡乱文艺”。“戡乱文化”“戡乱文艺”的直接结果，便是色情文学、黄色书刊充斥文坛；便是大批文化人士和文艺家上了黑名单，遭到迫害，大批进步的、健康的书刊被查禁。这次闹腾的“戡乱文艺”，则是“民族主义文学”本相的彻底裸露：与当权者做最后的挣扎，尽着“送丧”的任务。

列宁在谈“两种文化”时，对“民族文化”及其口号的实质做过这样的论述。他指出：“‘民族文化’一般说来是地主、神甫、资产阶级的文化。”“因为资产者的全部利益要求散布超阶级的民族文化的信仰。”[①]所以，“民族文化的口号是资产阶级的（而且常常是黑帮——教权派的）骗人工具”[②]。中国“民族主义文学”的生存过程及其升沉起伏状态，不是十分清楚地表明了“民族主义文学”的阶级属性吗？不是十分清楚地表明了“民族主义文学”与其时当政的国民政府和国民党的关系吗？而且到后来，不是连一片“民族”的遮盖布、一丝“民族”的面纱也不要了吗？从中国“民族主义文学”消长过程的考察，我完全可以得出这样的结论：“民族主义文学”——“民族文学”——“戡乱文学”是道道地地的政治文学甚至是国民党当局的党化文学、党治文学。它在20世纪30年代初期、30年代中期以及40年代末期，是作为中国新文学的主流的对立面出现而存在的，属于逆流；它在20世纪40年代初期，也是作为大后方文学主流的对立面而存在的。它的“沉滞猥劣和腐烂的运命”始终如一。真正的“民族主义文学”“须到无产阶级革命的风涛怒吼起来，刷洗山河的时候”[③]才会出现。

① 列宁：《列宁论文学与艺术》，人民文学出版社1960年版，第930页。

② 列宁：《列宁论文学与艺术》，人民文学出版社1960年版，第926页。

③ 鲁迅：《“民族主义文学”的任务和运命》，《鲁迅全集》第4卷，人民文学出版社1981年版，第320页。

二

1940—1942年间,大后方政治舞台和文坛上出现了一个“战国派”。陈铨、林同济等人,先后在昆明、重庆创办《战国策》半月刊、编辑《大公报》副刊《战国》。由此,形成了以陈铨、林同济为代表的“战国派”。该派的任务,就是要掀起一场“民族主义文学运动”,以适应大后方当权者的政治需要。该派的政治观与文艺观,便是明证。

“战国派”的政治观是什么?我以为是它的代表人物所津津乐道的“民族主义”。

首先,看看它的代表人物对“民族主义”的解释。林同济在《民族主义与二十世纪》一文中,对“民族主义”做了这样的解释:“民族主义即英文的Nationalism。是一种社会现象,也是一种政治主张。”“一群人”有了“内在要统一,外在要独立”的“感觉和渴求,我们便可以说在这群人发生了民族主义的社会现象。承认这种现象是合理的,是‘应当’的,并且须设法培植、增进、加强,使它那种感觉和渴求充分实现——这便是把民族主义变为一种政治主张”了。

其次,看看它的代表人物对“民族主义”的职能的认识。也是这位林同济在同一篇文章中,认为“民族主义”是在“个人意识的伸张”和“政治组织的加强”两个矛盾潮流之间,搭起一座桥梁,使之融合一体。这两个矛盾潮流越发达,越需要民族主义“做调人”。陈铨说:这样“人们才可以牺牲小我,顾全大我,牺牲个人,保卫国家”[①]。

最后,也是主要的,看看它的代表人物运用“民族主义”所发表的政见。关于抗战时代的认识,林同济认为:抗战时代和第二次世界大战时代是“战国时代的重演”。“‘战’与‘国’两字必须是我们此后一切思维与行动的中心目标。”[②]陈铨认为林同济的“意思,还不够清楚,还需要更明白的申说”。陈铨“申说”的精髓部分是“民族主义,至少是这一个时代环境的玉律金科,‘国家至上,民族至上’的口号,确是一针见血”。由此,他还“申说”为:“在目前紧迫情势之下,我们需要一个强有力的政府”,来“提倡民族意识,鼓励全民族生存意志和权力意

① 陈铨:《指环与正义》,《大公报》(重庆版),1941年12月17日。

② 林同济:《战国时代的重演》,《大公报》(重庆版),1941年1月28日。

志”[①]。关于生存意志与权力意志，陈铨在《指环与正义》一文中，说得最充分也最露骨。他说，“意志是人类一切行为中心”“意志是本体”。一个民族，一个国家要立于不败之地，必须要有生存意志与权力意志。而要求得生存、求得权力，就只有靠“指环”。他所说的“指环”是他所转述的利比亚牧羊人“引诱王后，谋杀国王，代替了君主位置”故事中的那块魔力无边的“宝石指环”。在他这里“指环”实际上就是骗术、魔术、武力的代名词。他认为“指环”“就是满足生存的意志的根本法宝”“为着要满足权力意志，指环更是民族不可一刻缺乏的东西”“愈是优秀人物，他的权力意志愈是伸张”。于是，自然而然得出结论：“一个国家民族有先知先觉的政治领袖，更可以使国家民族少上许多的当。”[②]如果，我把“战国派”代表人物的政见加以简化，其政治用心便昭然若揭。那就是：当今时代是“战国时代”，“民族主义”是其时代精神；这一时代精神，对外求得生存，对内求得意志集中、权力集中；这一时代精神能使人们“牺牲小我，顾全大我，牺牲个人，保卫国家”“领袖，是国家民族精神所寄托”。实质上，不过是当时“军事第一，胜利第一”“国家至上，民族至上”“意志集中，力量集中”的“国策”和“一个党，一个领袖，一个主义”的政令的弯弯曲曲、吞吞吐吐的说法而已。

“战国派”在文艺方面，竭力倡导“民族主义文学运动”。创建“民族主义文学”成为“战国派”的根本文艺目标。“战国派”的“民族主义文学”观与它的“民族主义”政治观，有何关系呢？陈铨在《民族主义文学运动试论》一文中，做过这样的阐释。他说：

> 民族主义的形成，由于民族意识的抬头；而民族意识的抬头为促成民族主义文学运动的主力。……民族文学运动如果不以发扬民族意识为前提，就根本失掉它的意义，而且会一败涂地的。

可见，“民族主义”与“民族主义文学”都是“民族意识”这根藤上的一对瓜、派生物，不同的只是，一个来源于“民族意识”，一个“发扬民族意识”罢了。“民族意识”是根本，是准则。“民族主义文学”就是为着发扬“牺牲小我，顾全大我，牺

① 陈铨：《政治理想与理想政治》，《大公报》（重庆版），1942年1月28日。

② 陈铨：《政治理想与理想政治》，《大公报》（重庆版），1942年1月28日。

牲个人,保卫国家”的“民族意识”,就是为着宣扬“服从”“领袖”,“崇拜“领袖”的“民族意志”。说到底就是培植服从国民党当局的“国策”与“政令”的意识,服从和崇拜“最高领袖”的意识。这一“说到底”的“底”,并非我之臆测,而是陈铨自己说的。陈铨在上述同一篇文章中说道:

> 这次抗战发生后,由于民族意识的普遍觉悟,正是中华民族感觉到自己是一个特殊民族的时候,也正是民族文学运动应运而生的时候。因此:我今天愿意向大家提出这个号召。说这个号召新鲜吗?并不新鲜。因为民族运动早经国民党提倡过的。但是怎样把民族主义运用到文学运动里面去,就不能不来一次运动了。

陈铨在谈论为什么“不能不来一次运动”的理由时,更是将这个“底”说尽无余了,那就是“要达成一种政治任务,需要文学的帮忙”。这真是一语道破天机!“战国派”的“民族主义文学”原来才是“帮忙文学”!

为着实践“民族主义文学”的“发扬民族意识”,“帮助”和“推动”“民族政治运动”,陈铨和林同济大肆倡导反理性主义的文学观点。关于文学的本质,陈铨认为:“文学是各种不同的作家,在他特殊的心性与环境之下所产生出来的东西。”“特殊的心性”指什么?就是指“民族性”“民族意识”;“环境”指什么?他说的“这个环境就是当一个民族离开其他民族的羁绊,觉悟到它是一个特殊的民族的时候”,也即是“民族意识”。“强烈的民族的意识,才能产生真正的民族文学。”[①]一句话,文学反映“民族意识”,来源于“民族意识”。这是一种典型的“民族意识”的文学本源论,地道的唯心主义文学观。与此相联系的是“天才”论。陈铨在《文学批评的新动向》一文中,反复说道:“天才,意志,力量,是一切问题的中心,创造发展,是全世界人类共同努力的方向。”“天才是时代和民族的代表”“天才随时可以创造规律”“一个时代有一个时代的文学,一个民族有一个民族的文学,一个天才有一个天才的文学”。“天才”就是一切,“天才文学”就是一切。这成了合乎逻辑的结论。这实际上,就是陈铨的“权力”与“英雄”观的翻版。林同济“托词于萨拉图斯达而写的《东游寄语》一书中一段”的《寄语中国艺

① 陈铨:《民族文学运动试论》,《文化先锋》第1卷第9期,1942年10月17日。

术人》，通篇宣扬的是文学的“自我表现”本源说。他以“自我”与时空的关系，讲述了“自我”的情绪、精神的流程，规定了文学描写的“母题”。这当然也是宣扬的一种地道的唯心主义的反理性主义的文艺观点。他认为：人在与时空的激烈战斗过程中，必然会产生三种情绪或精神：一是恐怖，二是狂欢，三是虔恪。人“面对无穷的时空，生命看出了自家最后的脆弱，看出了那终究不可幸逃的气运——死亡、毁灭。恐怖是生命看到了自家最险暗的深渊：它可以撼动六根，可以迫着灵魂发抖”。这就是“恐怖”。“狂欢”，“是时空的恐怖中奋勇夺得来的自由乱创造！没尝过恐怖的苦味的，永远尝不到狂欢的甜蜜”。因此，狂欢与恐怖就有了密切的关系：狂欢是恐怖的正对头，然而狂欢必生于恐怖。“虔恪”，“就是神圣的绝对体面前严肃屏息崇拜”，是由“恐怖与狂欢”的“体验”而得。“狂欢是自我毁灭时空，自我外不承认有存在。恐怖是时空毁灭自我，时空下自我无存在。虔恪呢？虔恪是自我外发现了存在，可以控制时空，也可以包罗自我，由是自我与时空的战场上，降下了一道濯濯白旗，彼此鸣镇收鼓。”可见，“自我”是主体，“自我”在战斗中的心理流程由“恐怖”到“狂欢”，到“虔恪”。“虔恪”是最高的精神境界。到了这个最高境界，你就会对那个“伟大”“崇高”“圣洁”“至善”“万能”“光明”的“神圣的绝对体”，“解甲投降”“邪念全消，自认渺小”“不敢侵犯，不敢亵渎”“愿服从，愿自信，愿输诚，愿皈依”，“把整个生命无条件地交出来在兢兢待命之中，严肃屏息崇拜!”并且反复哀告“弟兄们”写这三道“母题”。如果，我们将林同济的这段话与陈铨的一段论述相对照，不是完全可以认为前者是为后者提供的形象注脚吗？陈铨说：“领袖，是国家民族精神所寄托，群众就必须要服从他们，崇拜他们，牺牲自己来帮助他们完成伟大的事业。”[①]这就是“战国派”的“民族主义”“民族主义文学”的出发点与最后归宿。“民族主义”“民族主义文学”的特质，于此大白于天下。

三

“战国派”的政治观与文学观，贯穿于“战国派”的文学创作之中。或者说，“战国派”的文学创作，最充分地实践着（或演绎着）“战国派”的政治观与文学

① 陈铨：《德国民族的性格和思想》，《战国策》第6期，1940年6月25日。

观。“战国派”的作家作品中,陈铨及其作品,具有极大的代表性和派别意识。因此,剖析陈铨的作品,便可窥“战国派”作品之全貌,更能揭示“民族主义文学”之特性。

陈铨先后创作了多幕剧《野玫瑰》《金指环》《蓝蝴蝶》,独幕剧《自卫》《衣橱》,长篇小说《狂飙》《冲突》,等等。他的这些作品,尤其是他的三个多幕剧作,的确“是有深意的。剧中的主要人物,为了一个崇高的理想……愿意牺牲一切,甚至于生命,亦所不惜”。而且他在《青花》中特别强调指出:“我认为这种摆脱物质主义的浪漫精神,是中国现代人最需要的。”他在这里所说的“崇高的理想”“浪漫精神”指什么?就是“民族主义”和“民族主义文学”的核心——“民族意识”“权力意志”,由“恐怖”到“狂欢”升腾到的最高境界“虔恪”。

四幕话剧《野玫瑰》,写的故事并不新鲜,并非陈铨所独创。然而,在这个并不新鲜的故事中,却注进了新鲜的“崇高的理想”和“浪漫精神”。夏艳华是剧本着力歌颂的人物,“崇高的理想”和“浪漫精神”集于一身。在这种“理想”和“精神”驱使下,她抛弃了爱情和与其相爱的刘云樵,而嫁给一个50岁的老头子“北平伪政委会主席”王立民。她后来对刘云樵就这样说道:“当时我已经加入了政府的间谍工作。同你结婚,我的工作就不能继续进行。我心里虽然爱你,为着国家民族的利益,我不得不忍心抛弃你!”夏艳华,为了“国家民族”,抛弃了爱情与其相爱的人。她嫁给汉奸头子王立民又为了什么呢?最初是受命“刺杀他”,后受命“利用他来探听日本人各方面的消息”。她在这个“地狱生活”期间,为“政府”传递了重要情报,救了抗日人士,使“北平伪政委会”里的“重要的消息,常常泄漏出去”,“到处都听说”她这个“天字十五号的厉害”!当刘云樵恭维她时,她说:“这本来是我的志愿,任何的牺牲,我都不顾惜,我永远也不追悔。”剧本最后,写她使用手段,让王立民杀死另一汉奸警察厅长,她又用毒药毒死王立民。王立民临死时对她说:“艳华,我承认你是我生平遇见最厉害的敌手!”她却严正回答道:“立民,我还不算是你最厉害的敌手。你最厉害的敌手,就是中国四万万五千万人的民族意识。它像一股怒潮,排山倒海地冲来,无论任何力量、任何机智,都不能抵挡它!”可见,战胜汉奸头目的是“民族意识”,而她就是“民族意识”的化身,就是绝对服从的典范。她凭“民族意识”,抛弃了相爱的人;她凭“民族意识”,嫁给了汉奸头目;她凭“民族意识”,刺探情报、救助抗日人士;

她凭“民族意识”，致汉奸头目于死地。总之，“民族意识”就是一切。这就是陈铨的“民族主义文学应该以发扬民族意识为前提”的理论的具体演绎。

《金指环》中的尚玉琴，也是剧作者陈铨竭力赞颂的“高尚理想的人物”“民族英雄”。她的“理想”就是“为着国家民族，个人的牺牲，没有太大的!”她的“英雄”业迹，就是“拯救”了“归德全城五万的军民”，就是“悲壮”的“牺牲”。她不顾丈夫马德章的阻止，不畏惧丈夫的手枪，而只身去到主宰“归德全城五万军民”生杀大权的刘志明司令部。她对刘说：“我这次来，充分表现中国四万万五千万人的民族意识。”她引导刘志明“弃暗投明”，她最后用有毒的金指环自杀身亡，换得了刘志明与马德章成为“战友”，携手抗日。剧作者唯恐歌颂不足，还借她丈夫马德章的儿子马月超之口，称颂道：“她虽然死了，她的精神是永远存在的。假如她不死，两位民族英雄怎么会联合，中国的抗战怎么会胜利呢?”同时，陈铨还借剧中群众之口，高呼：“马夫人万岁！”“中华民国万岁！”在这个剧本中，尚玉琴这位“国军旅长”夫人，俨然是一位“民族意识”的化身！俨然是一位“救国救民”的“英雄”!

依然是“浪漫悲剧”的《蓝蝴蝶》，歌颂的也是一位“民族英雄”。不过，这位“民族英雄”，既不是沦陷区里的夏艳华式的，也不是抗战前线兵营里的尚玉琴式的，而是上海孤岛租界里的法官钱孟群。但是，其特性是相同的：强烈的“民族意识”、为国家民族“就是牺牲也是光荣的”。“上海公共租界里边，一方面有本国同胞的爱国活动，一方面有日本浪人、汉奸、流氓的威胁利诱。”钱孟群就在这个“困难”的“处境”里，“站在国家民族的立场上”“做了三年的法官，从来不受任何方面的威胁引诱”。剧本着力写了他做的一件“锄奸”“伟业”。“夏三是上海的流氓头子，抗战以来，在租界专门帮助日本人屠杀中国的爱国志士。现在他又犯了几件凶案，孟群派人捉他。”这是剧中人物玉瑛叙述的钱孟群这次“锄奸”的原委。钱孟群面对“左手拿一张支票，右手拿一支手枪”的夏三的威胁利诱，“爽性坐在椅子上，同时告诉瞄准一点，省得打第二枪”。他也俨然是一位“大气凛然”的“英雄”。

国民政府的间谍人员是“民族英雄”，“国军旅长”太太是“民族英雄”，孤岛公共租界里的中国法官是“民族英雄”。广大农村里的地主豪绅呢？陈铨回答：也是“民族英雄”。《自卫》这出独幕剧颂扬的就是这类“民族英雄”。据说，一个地方,日本军打来了,农民们愚昧、胆小,个个没有办法;而地主有胆有识,最坚决,成为组织群众抗日的领袖。地主是“英雄”,“民族意识”发扬得最充分。这是多么裸露的政治倾向和情感倾向啊!至于,“我们的最高领袖蒋委员长”,那当然是集“民族主义”“民族意识”“民族英雄”之大成。我们虽然没有见着陈铨写有这一方面的剧本,然而我们在《金指环》一剧中,却听见了陈铨借剧中人物马小琴、马月超之口所表明的“心迹”。马小琴说:“我们的最高领袖,三战定国。”马月超说:“据父亲说,当时中国是一个差不多完全没有军备的国家。卢沟桥事变发生的时候,中国不过十几条破军舰,几百架旧飞机,沿海没有设防,内地没有军需工业,军队没有完全统一,学校没有实行军国民教育。在这种艰难困苦的状态之下,居然有一个人出来,领导民众,全面抗战,不到十年工夫,三战三捷,把中国建设成世界第一等国家。你想,这是多么伟大的事业!”这里的“一个人”指谁?明显的是指马小琴说的“我们的最高领袖”!也就是陈铨在小说《狂飙》中要人们“热诚的拥护”的“蒋先生”,而且要人们“佩服蒋先生的精神!”

国民政府的社会基础——地主是“抗日英雄”,国民政府的核心——特务机关人员是“抗日英雄”,国民政府的工具——军队里的长官、太太是“抗日英雄”,国民政府的“最高领袖”——“蒋先生”更是“三战定国”的“抗日英雄”。地主、特务、军官及其太太等人物,个个为“民族”为“国家”,个个为“最高领袖”,赴汤蹈火。这就是陈铨的作品、特别是他的剧本的要义与主旨之所在!“民族主义”“民族主义文学”的价值取向与政治倾向,鲜明突出。这也就是陈铨的把“民族主义运用到文学运动里面去”所做的努力。

陈铨的这一努力,很快得到了国民政府的支持与奖赏。这主要体现在两个方面:一是制定“文艺政策”与“文化纲领”,使“民族主义文学”法典化了。国民党中宣部长张道藩在《我们所需要的文艺政策》一文中,强调“当前的急务”是“建树独立的自由的民族文艺”;国民党中央颁布的《文化运动纲领》,为建树“民族文化”“民族文艺”,规定了“指导原理”和“实际行动的纲领”。二是当大后方文学界批判陈铨的剧本时,国民政府教育部部长陈立夫、国民党中宣部部长张道藩、国民党中央文化运动委员会主任委员潘公展,公开为之辩护,说什么《野玫瑰》应当提倡,应该得奖。同时,国民政府让《野玫瑰》等剧本演遍大后方城乡,并将《野玫瑰》改编为电影,由舞台搬上银幕。青年党一部分人也撰写文章,与“战国派”相呼应，扬言要联合起来，形成一道主潮，主宰大后方文坛[①]。由此，进一步表明了“战国派”的“民族主义文学”与国民党当局的政治的密切联系。

四

历史的辩证法总是这样的：有支持必有反对，有反对也必有支持。因为“物以类聚，人以群分”；因为阶级社会中，人是一切社会关系的总和，人性有之，阶级性更有之。不同阶级、阶层的人，因政治观与文艺观等诸多因素的不同，对待同一社会现象的态度与看法，总是千差万别的。尤其是，抗日战争处于相持阶段，文化界对于“战国派”这样的政治文艺派别，形成壁垒森严的论战，便是天经地义的。

广大进步文艺工作者以《新华日报》《群众》《野草》《救亡日报》《大公报》《读书月报》《新蜀报》《时事新报》《文艺生活》以及延安的《解放日报》等报刊为阵地，对“战国派”开展严厉的批判。

茅盾首先著文，指出“战国派”的出现是一种非常危险的事情。并指出它犯了“时代错误”[②]。紧接着，汉夫、欧阳凡海、颜翰彤、谷虹、方纪、洪钟等人发表文章奋力抨击。汉夫在《“战国”派的法西斯实质》和《“战国”派对战争的看法帮助了谁?》两篇文章中，比较系统地批判了“战国派”对内对外的政治主张。指出它的主张是故意混淆国家和战争的性质，颂扬法西斯，散布失败主义。其“立场和精神完全是希特勒的法西斯侵略主义的应声虫”，是“替法西斯侵略者张目”；同时，批判“战国派”对内实行独裁统治的主张。指出，“战国派”“对内的所谓‘力’，就是民主已成过去，统治笼罩一切的意思，是理智应用已成过去，强力统治横行一时的意思”“其实际目的在于反对民权自由，反对个性发展，提倡人民做驯服的奴隶罢了”。从而，批驳了“战国派”的政治观念，揭露了“战国派”为法西斯势力和国民政府的独裁统治作宣传的实质。欧阳凡海在《什么是“战国”派的文艺》一文中，批判“战国派”鼓吹反理性主义文艺的要害所在。指出：“恐怖、狂欢和虔恪的理论实质上是反理性的法西斯主义的另一个说法”，是“一篇用现

① 燕生：《介绍一种可看的定期刊物》，《新中国日报》，1940年9月12日。

② 茅盾：《时代错误》，《大公报》(重庆版)，1941年1月1日。

代的语言装饰得漂漂亮亮的猿人哲学,‘战国’派要我们根据这种猿人哲学去赞美猿人时代的‘恐怖’‘狂欢’与‘虔恪’,去赞美‘自由’乱创造,在文艺上散布反理性的法西斯野蛮主义”。洪钟在《“战国”派文艺的改装》一文中,指出“战国派”的文艺观念“是主观观念论的‘文学观’,是心灵幻影的文学观”的唯心主义实质。还指出:“在社会斗争特别激烈的今天,生命力的歌颂,原始兽性感情的赞扬,是特别适合某种强有力集团的要求的。试看生命哲学在德意日等国之受御用的推崇,由此可知,这种说法在如何帮助法西斯的侵略行为。”

与此同时,进步文艺界对“战国派”的政治观与文艺观的标本《野玫瑰》进行了剖析。颜翰彤在《读〈野玫瑰〉》一文中,尖锐指出:《野玫瑰》“存在着严重的问题——它隐藏了‘战国’派思想的毒素”,美化了汉奸,宣传了法西斯的“力”。谷虹在《有毒的〈野玫瑰〉》一文中,指出:该剧“在戏剧艺术方面,助长了颓废的、伤感的、浪漫蒂克的恶劣倾向”“是抗战以后最坏的一部剧本,也可以说是最有毒害的一部剧本”。1942年3月,《野玫瑰》在重庆上演。上演前,进步戏剧工作者拒绝排练;演出后,戏剧界要求国民政府教育部撤销给予的“学术审议委员会三等奖”,并指出该剧通过一个平凡乃至庸俗的侦探小说情节,宣扬了法西斯思想与“力”的宇宙观,颂扬了所谓的“民族精神”。

后来,茅盾、何其芳在总结大后方文学的有关文章中,进一步批判了“战国派”的作品。茅盾在《八年来文艺工作的成果及倾向》一文中,指出:“有一种表面上与抗战‘有关’,而实则是有害的作品,这就是夸张‘特工’的作用而又穿插了桃色纠纷的东西。理论上,在沦陷区做‘特工’——对敌的各种工作,如组织地下活动,搜罗情报,破坏敌人机构等等——的人物及其活动,亦未始不可描写;但应当从有民众掩护,民众组织的背景上去写‘特工’,也只有这样的‘特工’才不是牛鬼蛇神的两面人,才有意义。可是我们所见的这一类作品却并不如此。它们把‘特工’人员写成黄天霸、白玉堂一类,而又夸张其所谓‘锄奸’的作用,对于沦陷区民众抗敌活动却避而不谈,这就不但歪曲了现实,而且暗示给读者,抗战只要有‘特工’就成了,不需要组织民众,发动民众。这样的作品,尽管与抗战有关,然而是有害的,且在唯其表面上‘有关’,故其危害不在色情作品之下。”何其芳在《文艺的堕落》一文中,指出:《野玫瑰》和《自卫》等剧本,是公开地正面地提倡歌颂反动统治阶级及其鹰犬的文学，这是作者“向上爬”人生观与最堕落的艺术观的综合表现。

这场论争，不仅批判了“战国派”，遏止这一派别的横流，同时也间接地抨击了国民政府推行的片面抗战路线以及文化专制主义。这场论争，是20世纪30年代初期无产阶级革命文艺界批判“民族主义文学运动”的继续，也是20世纪40年代后期进步文艺界批判“戡乱文艺”的开始。不过，这场文化文学批判纯政治化了。

原载《当代电大》1994年第4期

抗战文学声名鹊起

什么是抗战文学?抗战文学的内容、性质、特点、规律是什么?抗战文学与“五四”以来中国新文学尤其是与20世纪30年代左翼文学以及与中国当代文学有何承传性?中国抗战文学与世界反法西斯文学有何关系?这些问题是抗战文学的本质的基本的理论与创作实践的问题,也是一切研究中国抗战文学的人所不可能回避的问题。本文试对这些问题作些探讨。

一

抗战文学的本质及其时空观,曾在一个较长时间内没有形成公论,也曾在一个较长时间内无人再行研究、议论,以致抗战文学在人们头脑中或者淡漠或者陌生或者无知。因此,为抗战文学正名,实属必要。

早在抗战初期,从事抗战文学的人们,对抗战文学的理解便不一致,归纳起来主要有这么四种分歧意见:

或曰,抗日战争的文学,直接描写我国军民的英勇抗敌斗争故事和英勇壮烈斗争场面。这里,抗战文学被理解为抗战的文学。

或曰，抗战时期的文学，描写抗战时期多方面的生活，反映接近抗战时期的现实。这里，抗战文学被理解为战时文学。

或曰，抗日民主斗争的文学，直接或间接反映和推动抗日民主斗争生活。这里，抗战文学被理解为抗日民主斗争文学。

或曰，为新民主主义而斗争的文学，新民主主义文学是“抗战文学”的具体内容和姓名。这里，抗战文学被理解为新民主主义文学。

上述抗战文学论，虽然有其共同点即反映抗战现实，但仍反映出人们对抗战文学本质的不同认识，反映出人们的社会观、政治观和文学观的差异，而且都带有程度不一的偏颇性。“战时文学”论，未能揭示抗战文学所反映的当时中国社会生活的基本内容，更没有严格的时空观念，因此，显得含混，也因此未能发生什么影响。“新民主主义文学”论也未曾发生什么影响。“抗战的文学”论与“抗日民主斗争文学”论，却发生过十分广泛的影响，一时几乎成为抗战文学的代名词。当时，有一种较普遍的呼声是：应直接描写抗战与民主斗争，“要用铁的笔，蘸着鲜红的血，在大众心头着力刻画，使每一个人都怒吼，暴跳，这才是抗战的文艺”。这不只存在于认识与主张上，创作实践上亦复如此。卢沟桥事变、淞沪战争、台儿庄战役，一时间成为文学描写的主要题材，以显示出中国军民对于抗战的决心与勇敢、认识与希望、对于牺牲之忍受与对于最后胜利之确信。事件的文艺性与文艺的事件性，成为一时文学创作的主要倾向。这两种“抗战文学”论及其创作实践的实际价值意义，是不可低估的。但也因此而出现了偏离文学规律的现象——题材过于狭窄，公式化、概念化的作品的产生，也是不应忽视的，1938—1939年，进步文艺界对此进行广泛讨论，便是明证。抗战中后期，人们对抗战文学本质的认识，趋于一致。

抗战文学虽然成为一种文学历史陈迹，然而人们于今对其认识尚未一致，甚至迥异。

首先，表现在时间概念上，主要有这么三种认识：一、认为抗战文学的上限为1931年“九一八”事变；二、认为抗战文学的上限为1935年“一二·九”运动后；三、认为抗战文学的上限为1937年“七七”事变。至于下限则都认为是1945年8月日寇投降，抗战胜利结束。

其次,表现在本质及其意义的认识上,主要有这么三种意见:第一,抗战文学是中国新文学的重要组成部分,是世界反法西斯文学的一翼;第二,抗日战争时期是中国新文学的“凋零期”“中国新文学在抗战时期,开了倒车”(暂名之曰“凋零论”“开倒车论”);第三,抗战文学处于“右倾”状态(暂名之曰“右倾论”)。

凡此几种抗战文学叙述观,便是现今海内外人们对抗战文学的基本认识。我认为,关于抗战文学的时间概念的分歧不是本质的分歧,也易于统一,因为抗战文学不仅是或者说不主要是一个时间概念,它有着深广的抗战时期的时代精神与时代意义,它受着抗战时期国内外种种因素的影响。倒是流行于海外而影响于海内中国新文学研究界的“凋零论”“开倒车论”,不是一下子就能解决的。因为,这两种观点颇含政治的、历史的、文艺的偏见,涂上鲜明的政治色彩。不过,倒也无损于中国抗战文学的光辉。

抗战文学右倾论,是抗战文学组织者、领导者们从严要求自己所从事的文学事业而加给的结论。这是可以理解的,但它不科学,也不符合抗战文学实际。

马克思主义告诉我们:研究任何一种历史现象,应当把它放在产生它的特定的历史环境里去考察,并且顾及它的上下左右前后的联系。毛泽东在《新民主主义论》中也告诉我们:“一定的文化(当作观念形态的文化)是一定社会的政治和经济的反映,又给予伟大影响和作用于一定社会的政治和经济;而经济是基础,政治则是经济的集中表现。”文学是一种较为特殊的历史现象,是作为观念形态的文化中的重要部分。抗战文学是抗战时期发生、发展、成熟的特殊历史现象,反映和作用于那一个时期的政治和经济。只要把它放在中华民族抗战那个血与火的年代里去考察,放在世界反法西斯斗争那个特定历史环境中去考察,看看它受着怎样的政治、军事、思想及精神文明的影响,看看它在那个特定历史长河中怎样发生、发展、成熟的,就不难发现其本质意义及价值了,也就不难弄清它的时空概念了。

1931年“九一八”事变后,日本帝国主义把它的侵略魔爪伸进中国,这就直接引起中国社会生活和社会矛盾逐步发生变化。也正因此,1935—1936年间,出现了“国防文学”和“民族革命战争的大众文学”的口号与理论主张及其部分创作实践。但是,当时中国社会生活的主要内容仍不是抗战,主要社会矛盾还不是民族矛盾。两种反革命围剿与两种革命深入,仍日益严酷地进行着,构成当时中国社会生活的基调。直到1937年“七七”事变以后，抗日救亡、抗日民主才成为中国社会生活的中心内容。所以，“九一八”事变以后到“七七”事变以前的文学就其本质与整体讲，仍不是抗战文学。同时，这个时期，决定中国新文学的发展方向、性质与内容的文学力量仍处于左翼文学阶段。所以，把抗战文学的上限划在“九一八”或“一二·九”是值得研究的。1945年8月，日寇投降了，中国人民英勇的抗战胜利结束，第二次世界大战以德意日法西斯惨败告终。作为抗日战争历史时期的下限划在此时，无可非议，而作为抗战文学进程的下限划在此时，未免一刀切了，原因很简单，也很特殊，那就是因为它是文学！

我认为：作为观念形态的抗战文学，所反映而又给予伟大影响的是中华民族抗战时期的社会生活，体现它的本质与主流的是反映抗日民主斗争生活而又反作用于这一斗争生活的文学。它的上限为1937年7月，下限为1946年5月。

中国抗战文学分为国统区抗战文学、边区抗战文学、沦陷区抗战文学以及港台抗战文学。它们各以鲜明的特点构成中国抗战文坛，成为中国新文学的一个重要发展阶段。这里，我所论及的是国统区的抗战文学。

二

抗战文学随着中华民族全面抗战的爆发、发展、胜利而勃兴、扩展、成熟。它的发展过程，应该说是有着明晰轨迹可循的。

抗战文学这一概念自然与抗战密不可分，其发展阶段也必然受着抗战发展阶段的影响，但它是文学，又必然受着文学规律的制约。清理抗战文学发展路径，揭示出潜在于这一路径中的规律，归根到底应以抗战文学发展过程本身为依据。抗战文学在历时近九年的岁月中，分四个阶段完成自身的发展过程。

第一阶段，从1937年7月7日到1938年12月底，为抗战文学勃兴阶段。

这一阶段，中国社会生活的基本内容是抗日救亡。中国一切不愿做亡国奴的文艺工作者，不分党派、流派、社会观与文艺观，先后投入抗日救亡洪流。大批文艺工作者到前线、敌后、后方乡村，从事抗日救亡宣传鼓动工作，开辟出许多新的文学据点，并逐步形成以武汉为中心的抗战文坛。这就是说，随着全民族全面抗战的爆发，中国社会生活的结构形态发生变化，中国新文学旧的文学结构形态亦随之解体,新的抗战文学结构形态逐步形成。中华全国文艺界抗敌协会的成立,国民政府军事委员会政治部第三厅的组建,演剧队和抗宣队的创办,这些均标志着以无产阶级文学力量为核心的广大的抗战文学队伍的结成。报告文学的大量问世,街头剧、朗诵诗的形成运动,诗歌、戏剧、小说的长足进步,抗日救亡成为这些文学创作压倒一切的主题,这些均标志着抗战文学创作独霸文坛,出现了一个新的抗战文学创作局面。激励人们的抗日救亡情绪,成为评定文学价值意义的准则,这标志着文学的定义与观感的彻底改变。《抗战文艺》《文艺阵地》《七月》《战地》以及《新华日报》《群众》等大大小小报刊的相继创办,标志着抗战文学阵地的确立。这一切构成了抗战文学勃兴阶段的繁荣景象与轰轰烈烈的局面。

第二阶段,从1939年1月到1943年12月底,为抗战文学的扩展阶段(上)。

随着武汉、广州的沦陷,以及国民党政策重心的转变,抗日民主斗争成为中国社会生活的中心内容。这一社会生活内容在国统区被压抑、被浓雾所笼罩。雾都——重庆便是这一社会生活内容的集结点,也成为抗战文学的中心文坛。广大文艺工作者由兴奋转入沉思,由热情奔放转入静默观察。他们的视野向生活的纵深处突进,深入生活的里层,渐次强烈地感受到了时代的本质与人民大众的心声。抗日民主化为他们的血肉,成为写作的主题。所以,这一阶段的抗战文学活动、思想理论与创作都有大的变化,呈现出较之上一阶段的不同特点。

首先,集中地、规模较大地开展了抗战文学思想、理论与创作的论争。这一阶段,开展了"民族形式"的讨论,企图进一步解决文艺与人民大众相结合的问题;由张天翼的小说《华威先生》引发的"暴露与讽刺"的论争,试图解决抗战文学仍旧需要暴露与讽刺的问题;批判梁实秋提出的"与抗战无关"论,强化"文艺必须抗战,抗战需要文艺"这一文艺与抗战的关系问题;批判以陈铨、林同济为代表的"战国派",抨击法西斯主义政治观与文学观。这些论争,本身就表明了抗战文学是沿着抗日民主轨道和现实主义道路向前发展的。

其次,抗战文学创作转入了一个新的方向——暴露与讽刺国统区的黑暗,描写在浓雾笼罩下的人民大众的生活。虽然,开辟这一新方向的文学作品《华威先生》问世于上一阶段,但是,这一新方向成为文学创作的主潮则是这一阶段的事。郭沫若的《屈原》,茅盾的《腐蚀》,夏衍的《法西斯细菌》,阳翰笙的《天国春秋》，巴金的《火》，艾青的《火把》，宋之的的《雾重庆》，沙汀的《淘金记》，陈瘦竹的《春雷》等或取材于历史或取材于现实的作品，便是这一文学创作主潮的代表作。这些作品的发表或演出，表达了国统区广大人民群众要抗日、要民主的呼声，起了极显著的政治作用。同时，如果说，小型多样的文学作品独霸了上一阶段的文坛的话，那么，长篇巨著便成了这一阶段文坛的优势。

再次，广泛开展了抗战文学检讨。"文协""文工会"，《抗战文艺》、《文艺生活》、《新蜀报》副刊"蜀道"等文艺组织和文艺刊物召开座谈会，或讨论抗战以来的抗战文学或检讨1940年、1941年的抗战文学，郭沫若、茅盾、夏衍、田汉、阳翰笙、以群、罗荪等人参加座谈会、发表讲话或撰写文章，总结抗战文学发展的得失及经验教训，推进国统区抗战文学向抗日民主道路突进。

这一切，都表明抗战文学的扩大与发展，抗战文学全面进入成熟阶段。

第三阶段，从1944年1月到1945年10月，为抗战文学的扩展阶段(下)。

这一阶段，争民主斗争成为国统区社会生活之轴心。广大文艺工作者，自觉地站在争民主斗争的前列。因此，这一阶段虽仍为抗战文学的扩展阶段，却有其鲜明的特点——文学运动汇入民主运动。这一特点，主要表现在以下三个方面：

一是广大文艺工作者自觉地投入民主运动的洪流。重庆、昆明的文艺工作者先后召开座谈会，讨论和研究文艺的民主问题，倾吐在国民党法西斯文化专制主义统治下的痛苦与愤怒的呼声。重庆、成都、昆明等地数百名文艺工作者发起了签名运动，发表对时局的进言，要求民主，要求结束国民党一党专政。

二是对国民党推行的文艺政策，进行有理、有利、有节的抨击。国民党的文艺政策，虽然颁发于上阶段的末期，抨击也同时开始，然而从各个方面加以抨击，还是本阶段的事。国民党的文艺政策是国民党文化专制主义的重要内容，是置国统区抗战文学于死境的政令。国民党虽然动用了它所控制的报刊，动员了受它影响与裹胁的文人，一次又一次地大吹大擂其文艺政策，然而，广大文艺工作者把抨击国民党的文艺政策与抨击法西斯主义、要求民主的斗争结合起来，采用迂回曲折、此起彼伏的方式予以批判，使之体无完肤，成为一纸空文。

三是创作了一批刺向国统区黑暗的"黑心"的文学作品。茅盾的《清明前后》，夏衍的《芳草天涯》，巴金的《第四病室》与《寒夜》，陈白尘的《升官图》，袁俊的《万世师表》,沙汀的《困兽记》,文坛新人郁茹的《遥远的爱》、路翎的《财主底儿女们》,以及袁水拍、臧克家的政治讽刺诗和老舍等人的杂文,都是一支支刺向国统区"黑心"的利箭,不同程度地呼喊出人民大众要民主的心声。

这一阶段,国统区抗战文坛上还有一件大事,即毛泽东文艺思想与中国共产党的文艺政策的传播,为人民服务的文艺方针的确立。中共中央南方局和周恩来通过各种渠道,运用多种形式,向国统区广大文艺工作者宣传毛泽东文艺思想,胡乔木、何其芳、刘白羽受中共中央委托先后来到国统区协助南方局传播毛泽东文艺思想。重庆、成都、贵阳、昆明、桂林乃至香港等地的进步文艺工作者,初步接触和学习了毛泽东文艺思想,并联系国统区抗战文学的实际,开展了大后方文艺的中心问题是什么的讨论,提出了文艺"面向农村"的口号,创作出了一些反映工农大众生活的作品。这标志着国统区抗战文学与毛泽东文艺思想的初步结合。

关于这一阶段下限的划分,我是这样思考的:抗战虽然于1945年8月14日日寇无条件投降而结束,但抗战文学并未因此而戛然终止。一些抗战文学活动还在继续开展,一些抗战文学创作还在问世,中华全国文艺界抗敌协会还存在。1945年10月,中华全国文艺界抗敌协会易名为中华全国文艺协会。从此,抗战文学接近尾声。故这一阶段的下限划在1945年10月。

第四阶段,从1945年11月到1946年5月,为抗战文学的全面总结阶段。

这一阶段,国民党在美国帝国主义支持下积极准备发动内战,企图侵吞中国人民用鲜血和生命换来的抗战胜利果实,重新把人民打入血泊之中。广大文艺工作者,在这一新的形势下,为着担负起新的斗争任务,除积极参加要和平、民主、统一的斗争之外,还对国统区抗战文学进行了全面总结。重庆举行了文艺座谈会,检讨了八年来的抗战文学;郭沫若写有《抗战八年来之历史剧》等文章,茅盾写有《八年来文艺工作的成果及倾向》等文章,老舍写有《八方风雨》,肖协写有《抗战戏剧的路子》,冯雪峰写有《论民主革命的文艺运动》,等等,从而揭示了抗战文学发展过程的路径,阐明了抗战文学发展过程中的功过是非、经验教训以及特点、规律。

郭沫若、茅盾、田汉、阳翰笙、冯乃超、罗荪等在这一阶段里先后离开重庆。《抗战文艺》于1946年5月4日终刊。

至此，抗战文学作为一个文学过程的发展，宣告结束；作为中国新文学中一个部分的抗战文学整体，成为过去；抗战文学及其中心文坛重庆，成为中国新文学史上的历史陈迹。

三

国统区抗战文学是中国抗战文学的主要组成部分，是特定的历史阶段和历史环境的产物，其来龙去脉和继往开来的历史传承性，值得研讨。

国统区抗战文学与以延安为中心的边区抗战文学，以上海孤岛为主的沦陷区抗战文学，虽然所生长的具体生活土壤不同，形成各自的特点，但是，它们却有共同的政治目标和功利性，那就是抗日救国，直接或者间接地服务于民族解放战争；同时也有着共同的领导力量，那就是中国共产党及其领导的无产阶级文学，并由此形成广泛的统一战线。因此，这三个不同地区的抗战文学是相互声援，相互支持，相互交流而结成一体的。这是有着大量史实为证的。诸如，皖南事变后，国统区的艾青、欧阳山、草明等部分进步文艺工作者撤离重庆去延安；太平洋战争爆发后，上海"孤岛"的于伶等进步文艺工作者撤离上海来到重庆；延安文艺座谈会后，毛泽东文艺思想和中共中央的文艺政策以及边区的人民文艺创作相继传播到国统区与沦陷区，文学作品更是常常交叉发表。这样，就使国统区抗战文学经常获得边区人民文学的新鲜血液与精神食粮，也使"孤岛"不"孤"！三个地区的抗战文学各以自己的特点构成抗战文学的整体，成为中国新文学发展历史长河中的一个重要阶段。

抗战文学虽然是在中华民族与日本侵略者做殊死斗争的年代里，由中国人民大众用淋漓鲜血浇灌而成的新的文学奇葩，然而也是由鲁迅开创的，郭沫若、茅盾等文学大家们所成就的反帝反封建的文学功利性与现实主义相结合的优良传统的继承与发展，是20世纪30年代左翼文学的继续与发展；"国防文学"和"民族革命战争的大众文学"的理论与创作实践，是它发展的坚实基础。我以为，这些继续与发展主要表现在三个方面：一是广泛的文艺统一战线的结成，二是文艺论争的深入开展，三是现实主义创作原则的普遍采用。

中国新文学从五四文学革命以来就是一个以进步文学力量为主体的包括多种文学因素的统一战线文学。20世纪30年代中期,“国防文学”和“民族革命战争的大众文学”口号的提出与论战,扩大和加深了文学统一战线的认识与实践。鲁迅当年在《答徐懋庸并关于抗日统一战线问题》一文中就这样指出:

我以为文艺家在抗日问题上的联合是无条件的,只要他不是汉奸,愿意或赞成抗日,则不论叫哥哥妹妹,之乎者也,或鸳鸯蝴蝶都无妨。

“抗日”,成为中国一切文艺家联合,结成广泛统一战线的前提与政治基础。正因为如此,鲁迅带着沉重的病躯与郭沫若、茅盾等人共同努力,发表了《文艺界同人为团结御侮与言论自由宣言》;萧军、萧红等文艺家创作了《八月的乡村》《生死场》等文学作品。这就为抗战文艺统一战线的结成和抗战文学创作的勃兴,奠定了思想理论基础、组织基础与创作基础。1938年3月27日,中华全国文艺界抗敌协会的成立,便是文艺界最广泛的统一战线的告成。由此,随之而来的是领导责任问题。这个问题如果不加以正确解决,抗战文学就会失去正确的方向,偏离现实主义创作道路。这一点,在“国防文学”和“民族革命战争的大众文学”的论战中,是基本上解决了的。鲁迅在《论现在我们的文学运动》一文中就这样指出过:

广泛统一战线的告成,“决非革命文学要放弃它的阶级的领导的责任,而是将它的责任更加重,更放大,重到和大到要使全民族,不分阶级和党派,一致去对外”。

鲁迅在对《救亡情报》记者的谈话中,还尖锐地指出:

在这个问题上“就是小小的忽略,毫厘的错误,都是整个战斗失败的泉源”。

抗战文学在它勃兴和发展的整个历史进程中，都体现出无产阶级文学力量的坚强领导。“第三厅”“文工会”，是无产阶级领导的文艺统一战线的战斗堡垒，“文协”是无产阶级影响与领导的文艺界最广泛的统一战线组织；《抗战文艺》《文艺阵地》《七月》《战地》《文艺生活》《现代文艺》《野草》《文学月报》《中原》等近百种文艺刊物，《新蜀报》《新民报》《时事新报》《国民公报》等十余家大报副刊，基本上都由无产阶级文艺工作者和进步文艺工作者编辑发行；《新华日报》和《群众》杂志是体现无产阶级思想政治领导的司令部。无产阶级在抗战文学统一战线中的领导，更多的还是通过统一战线中的多层次关系实现的。首先，以抗日为基础，团结了一切不愿做亡国奴的中国文艺工作者；其次，以抗日争民主为基础，团结一切爱国而又不满或反对国民党的独裁统治的文艺工作者；再次，以革命现实主义为创作原则，将革命文艺工作者凝成一股牢不可破的战斗力量。唯其如此，抗战中，无论日本帝国主义怎样狂轰滥炸，汉奸怎样捣乱，国民党顽固派怎样压迫与摧残，抗战文学仍深入扩展。正如郭沫若在《新文艺的使命》一文中说的：“一切从事于文笔艺术工作者，无论是诗人、小说家、批评家、文艺史家、各种艺术部门工作家及从业员，乃至大多数的新闻记者、杂志编辑、教育家、宗教家等，不分派别、不分阶层、不分新旧，都一致地团结起来，为争取抗战胜利而奔走，而呼号，而报效。”由此，我可以说，抗战文学统一战线，是五四文学革命以来新文学统一战线的扩大、发展，积累了为中国当代文学所应汲取的宝贵经验。

中国新文学是在斗争中成长起来的。正如在“国防文学”和“民族革命战争的大众文学”的论战过程中，鲁迅在《论现在我们的文学运动》一文中所指出的：“所以，决非停止了历来的反对法西斯主义，反对一切反动者的血的斗争，而是将斗争更深入，更扩大，更实际，更细微曲折……”他还说过：“在文学问题上，我们还可以互相批判。”[①]抗战文学正是继承和发展了这一战斗传统，在反动派的压迫下斗争和发展，在批判各种错误的文艺思想、理论、创作中前进。

在国民党消极抗日积极反共的面目裸露的时候，中国青年党机关报《新中国日报》副刊“动力”编辑在成都公开征集所谓“纯文学”作品；国民党中央党部机关报《中央日报》副刊“平明”编辑梁实秋在重庆公开提倡写“与抗战无关”的

---

① 鲁迅：《答徐懋庸并关于抗日统一战线问题》，《鲁迅全集》第6卷，人民文学出版社1981年版，第530页。

作品。川东川西,互相呼应,企图使抗战文学脱离抗日民主斗争的政治方向和现实主义创作道路,成为“后方紧吃”的少数人的消遣品！进步文艺工作者对这股文学逆流奋起反击,一时间形成强大的攻势,批得梁实秋只得“告辞”并逃之夭夭。稍后,还批判了“战国派”,批判了国民党的“文艺政策”,都属于对反动的文艺思想和文艺政令的斗争。这样,批判了资产阶级文艺思想,打破了国民党对抗战文学的控制的企图,保证了抗战文学继续沿着抗日民主的方向和现实主义创作道路向前发展。同时,还开展了“民族形式”“现实主义”“主观论”等有益的讨论。尤其是,对国民党政治、经济、文化专制主义三重的压迫与摧残,更是采取了“有理、有利、有节”的斗争。直接斗争与声东击西相结合,文艺座谈会、“文协”纪念会、鲁迅纪念会、作家祝寿及创作纪念会等集会广泛举行,援助贫病作家运动的发起,大型戏剧的演出与展览,政治讽刺诗与杂文的创作,便是普遍采用的行之有效的斗争方式,显示出迂回曲折、此伏彼起、乘虚伺隙、互相呼应的斗争特点。这些也从一个方面,表明了抗战文学是中国新文学的更加成熟的阶段。

现实主义创作原则,随着中国文学的发展日益充实和完善,成为中国新文学的创作主流。这一主流到了抗战文学阶段,普遍深化开来,可以说独占了抗战文坛。广大文艺工作者不同程度地投入了抗战时代洪流的旋涡中心。他们自身是这个战斗时代的战斗者,他们的经历与感情,也就是这个时代的经历与感情。即便是20世纪二三十年代躲在文艺“象牙之塔”里的“象征派”“新月派”“现代派”的李金发、戴望舒诸文艺家,这时也已不同程度地转向现实主义文学道路,为民族解放事业而讴歌。这样,就从整体上,使文学的甘泉由都市的知识分子和小市民中流到战斗的士兵、乡村的民众和敌后人民的心田。题材广泛,形式多样,风格各异,反映生活度深广以及价值意义重大的成批问世的各种文学作品,犹如烂漫的山花开遍中国的大地。同时,成就了一代文学新人。这些都是中国新文学史上其他文学阶段少见的壮观。

这一切表明了抗战文学是五四文学革命以来中国新文学尤其是20世纪30年代左翼文学的继续与发展,也为中国当代文学的迅速成长奠定了坚实的基础。

四

抗战文学的发生与扩展，不仅与五四文学革命以来中国新文学有其历史的延续性，而且与当时世界反法西斯文学有着密切联系，是世界反法西斯文学的重要一翼，这是自然的、合乎逻辑的。也正因为如此，研究中国抗战文学的人们，不能不把他们的视野扩大到世界反法西斯文学领域中去；研究世界反法西斯文学的人们，也不能不把他们的视野扩伸到中国抗战文学领域中来。

中国抗战文学与世界反法西斯文学的联系以及相互影响，大致以1939年欧战爆发为界，显示出不同的特征。

欧战爆发前的一年半，正是中国抗战文学的勃兴期。中国敢不敢抗击日本帝国主义的大举进攻？中国会不会亡？这是当时世界舆论最敏感的问题，也是同情中国人民的世界进步的人们所关切的问题。摆在中国抗战文学界的紧迫任务之一，自然也就是如何尽快地让世界舆论和世界人民了解与认识中国人民的抗战力量与抗战信念，以期得到世界人民的声援。所以，这一个时期，中国抗战文学与世界反法西斯文学的联系，主要表现在两个方面：一是开始组织联系，二是开始文学创作"出国"。

中华全国文艺界抗敌协会成立以前，中国抗战文学与世界文坛的联系虽已开始发生，但那仅是自发的、零星的、无组织的，因而其影响与作用甚微。"文协"成立以后，此种状况大为改观。"文协"设立了国际宣传委员会，"第三厅"第七处主管国际宣传工作。"文协"的成立宣言称：切实表明中国抗战文艺工作者支持世界反法西斯运动、维护世界和平的态度与立场，以及与世界反法西斯的文艺家携手共进的迫切愿望。"文协"成立时发布的《告世界文艺家》《致日本被压迫作家的公开信》等函件与决议，由盛成、戈宝权等译为英、法、德、俄、世界语等文字，发表于世界各大报上。此后，"文协"多次致电国际作家保障文化自由协会以及苏、英、法等国的文化组织，感谢他们对中国抗战的声援。"文协"还多次声援西班牙人民反法西斯的正义斗争。一些报刊发表文章阐述抗战文学"出国"的意义。《抗战文艺》第3卷第3期的"每周论坛"就发表了一组这样的文章——蓬的《翻译抗战文学到外国去的重要性》、猛的《关于翻译作品到外国去》、权的《加紧介绍外国文学作品的工作》，推动了抗战文学出国运动的兴起。于是，《中国抗战小说选》《中国抗战诗选》《中国抗战文艺集》,先后在英国、美国、匈牙利出版发行。外国文艺家也陆续来华。他们出席中国抗战文艺界举行的集会,听取中国抗战文艺的情况介绍,并到各战区采访,陆续创作出反映中国抗战生活的作品,以饷世界读者。以上所举事实,充分表明了中国抗战文学已经进入世界文坛。从而,初步改变了世界舆论对中国抗战“似隔岸观花”的隔膜状态,更改变了它们“以为中国必不敢战”的错误认识,感知了中国军民对于抗战的英勇顽强。

欧战爆发后,全世界大多数人卷入了反法西斯侵略战争的洪流。随之,反法西斯文学占据了世界文坛。中国抗战文学与世界反法西斯文学融为一体。这不仅表现在文学组织与文学活动上的互相声援,还主要表现在文学创作的译介方面。

如果说,欧战爆发前中国抗战文学界注重于苏联战前文学作品和世界古典名著的译介的话,那么,欧战爆发后则集中在苏联和世界反法西斯战争的文学译介了。于此,可以从这么三个方面加以考察。

一是文学翻译队伍初步形成。这支队伍有专业的翻译家,也有业余翻译家。翻译苏联反法西斯文学的有曹靖华、戈宝权、王语今、葛一虹等人,翻译英国反法西斯文学的有马耳、铁弦等人,翻译法国反法西斯文学的有马宗融、金满成等人,翻译日本反战文学的有夏衍、胡风、适夷等人,从世界语中翻译反法西斯文学的有胡愈之、孙用等人,陈瘦竹、方敬、秦似、彭慧、穆木天等也翻译了部分世界反法西斯文学作品。

二是热心出版发行的部门的涌现。在重庆的上海金星书店就编辑出版过一套《国际文学丛刊》,集中了反法西斯斗争中各国著名的报告文学作品,诸如意大利反法西斯作家西龙著的《意大利的脉搏》、德国作家棱著的《纳粹贫血症》、日本反战作家岛木健著的《黎明》。生活书店、万叶书店、世界书店、商务印书馆、读书出版社等都是出版发行反法西斯文学作品的最热心的部门。

三是苏联和法国的反法西斯文学的重点译介。苏联是当时反法西斯战争的战斗堡垒之一,中国人民与苏联人民命运相关,休戚与共。中国人民与法国人民同样遭受着法西斯侵略者的蹂躏。因此,中国抗战文学界把注意力偏重在这两国的反法西斯文学的译介上,并形成译介热潮。当时中国的报刊上发表了不少苏联作家创作的反映苏联人民反法西斯斗争生活的短篇小说、诗歌、独幕剧作，还出版发行了长篇小说和多幕剧作，诸如《俄罗斯人》(剧本，西蒙诺夫作，桴鸣译)、《侵略》(剧本，李昂诺夫作，曹靖华译)、《虹》(小说，瓦希列夫斯卡作，曹靖华译)、《复仇的火焰》(小说，巴甫林科作，茅盾译)、《不朽的人民》(小说，葛洛斯曼作，林凌译)。法国作家创作的反映法国人民抗击希特勒法西斯侵略的作品，也译载于中国报刊上，诸如短篇小说《土伦》，中篇小说《海的沉默》，剧本《巴黎的搜查》。中国人民从这些作品中，尤其是从苏联反法西斯文学作品中，汲取了巨大的精神力量。这些作品，滋养了中国抗战文学，充实了中国抗战文学宝库。

正是因为有了一支文学翻译队伍，有了较多的热心翻译文学作品出版发行的部门，所以翻译文学才形成了运动。这是中国新文学史上其他阶段所不曾有过的。

本文由两篇文章合成:《抗战文学简论》，原载《西南师范学院学报(哲学社会科学版)》1984年第3期;《论抗战文学的历史地位》，原载《西南师范大学学报(哲学社会科学版)》1995年第3期，中国人民大学书报资料中心《中国现代、当代文学研究》1995年第9期全文转载

抗战文学爱国主义的历时性话语

一

抗战文学的爱国主义,集中于一点即文学为抗日民族解放战争服务。那么,文学如何为抗日民族解放战争服务呢?这是进入抗战文学领域和考察、分析、把握其爱国主义母题的关键所在。

胡风从抗日民族解放战争爆发后中国文学存在的状况,归纳出了文学为战争服务的两种表现方式与行为途径。其一,"通过正确地反映生活现实,反映人民大众底生活欲望和战斗意志这一条道路"去为抗日民族解放战争服务[①]。其二,"把文艺作用限定在使人民单纯地做战争'工具'的鼓动宣传"式去为抗日民族解放战争服务[②]。同时,胡风把前者称为"全民性的爱国主义",把后者称为"抽象的爱国主义"。进而,胡风要求"从抽象的爱国主义解放出来。通过人生苦恼和理想燃烧对于战争胜利和民族新生的渴求,这种带着全民性的爱国主义依然

① 胡风:《民族战争与新文艺传统》,《胡风评论集》(中),人民文学出版社1984年版,第147页。

② 胡风:《论现实主义的路》,《胡风评论集》(下),人民文学出版社1985年版,第278页。

是历史要求底反映，因为它是通向人民底方向的；然而，只是简单地企图用抽象的民族气节动员人民参加战争，使人民成为战争工具的那种‘爱国主义’，已经完全转化成了抹杀历史要求的反动的武器。这在文艺思想上就是虚伪的主观公式主义”①。这里，胡风已经涉及爱国主义和文学创作中爱国主义繁富内涵的界定即广义的爱国主义与狭义的爱国主义范畴了。其实，爱国主义和文学创作中的爱国主义内涵、母题，始终是多样的、丰富的而非单一的、偏狭的。中国爱国主义积淀的存在状态、中国传统文学中爱国主义的表现形态以及中国抗战文学的爱国主义母题，莫不如此。我在研究与撰写本文过程中，自然倾向于“全民性的爱国主义”和认同于“全民性的爱国主义”，但对“抽象的爱国主义”做具体的、深入的、冷静的分析，而视其服务对象——战争的正义或邪恶等属性，予以取舍、褒贬或抑扬。我倾向和认同的“全民性的爱国主义”，也是多层次的、多维度的，有民族解放意识、苦难意识、孤愤意识、孤儿意识、批判与自省意识等。

爱是自从人类出现之后就有的一种情感，是人的本性之一。父母之爱、兄弟姐妹之爱、情侣之爱、祖宗之爱，都属于人与生俱来的血缘与亲情之爱。也许，其中存在着不爱的事与人，然而那个血缘与亲情基因却是一个永恒的存在，始终无法抹去，也不能选择，不以人的爱与不爱为转移。人类社会，历史悠久。就中国而言，从古至今，上下五千年，纵横八千里，经历着多个发展阶段和朝代更迭，但是这一与生俱来的血缘与亲情之爱，确实如一条永不干涸的河水流淌其间，联系着你与他、我与你、古与今乃至中与外。

那么，爱国主义同人的这一与生俱来的血缘与亲情之爱有何关联呢？

可以这么说：爱国主义是不同或相同的血缘与亲情之爱的人们，在不同历史时期及不同历史条件下，逐渐积淀而成的一种共有的情感、意识、精神乃至行为方式。据此，似乎又可以这么说：爱国主义是血缘与亲情之爱的扩展和提升。也即爱国主义是“家”之爱的扩展与提升。这正如卢梭在《社会契约论》中所说的：“一切社会中，最古老而唯一自然的社会，就是家庭。”也如梁启超在《新大陆游记》中所说的：“吾中国社会之组织，以家族为单位，不以个人为单位，所谓家齐而后国治是也。”中外古今的社会中，家庭与社会的关系，大体亦然，“家国同构”“家国同体”。《孟子·离娄》里说得十分明白：“天下之本在国，国之本在

① 胡风：《论现实主义的路》，《胡风评论集》（下），人民文学出版社1985年版，第283页。

家。”家庭——社会——国家,便是这么一种分拆不开的关系。当然,爱国主义主要是人们后天拥有的,是伴随着国家的出现而形成的,爱国主义是一种历史范畴,不同历史文化语境中的爱国主义有着千差万别的繁富形态[①]。

爱国主义作为一种情感形态,主要表现为对人的爱、对“家园”的爱、对“祖国”的爱。这种爱带有泛爱的特性。爱人和爱“家园”,早在中国古代禹之前就出现了。《礼记·礼运篇》描述道:“大道之行也,天下为公,选贤与能,讲信修睦。故人不独亲其亲,不独子其子。使老有所终,壮有所用,幼有所长,鳏寡孤独废疾者皆有所养。男有分,女有归,货恶其弃于地也,不必藏于己。力恶其不出于身也,不必为己。是故谋闭而不兴,盗窃乱贼而不作,外户而不闭,是谓大同。”这里,描绘的是禹之前“大同世界”的和谐、呈祥景象,显然涂染上了较多的浪漫夸张色彩,然而字里行间却充溢着那时人与人之间的相亲相爱,以及人对家园的钟爱。这一爱人与爱家园的情感,在千百年的历史演进中,成了中国人共有的情感基因,浸入了中国人的骨髓。中国人无论在任何生存环境里,总是对自己的家园里的山水与草木怀有眷恋之情,对家乡的人怀有深厚的乡情。“美不美,乡中水;亲不亲,故乡人。”这一俗谚,便浓缩着这一深情厚谊,表述着一种恋乡情结。“国家”出现以后,这一爱人与爱家园之爱,扩展而为对国家的爱与对人民的爱。《尚书·五子之歌》中说:“民惟邦本,本固邦宁。”便是说的“民”与“邦”的关系,爱民与爱邦的关系。《汉书·陆贾传》中有一段描述“中国”屹立于东方的情景:皇帝“继五帝三王之业,统天下,理中国。中国之人以亿计,地方万里,居天下之膏腴,人众车舆,万物殷富,此由一家,自天地剖判未始有也”。作者虽然把一个地大物博、人口众多的“中国”的营造归功于汉高帝刘邦的组织与领导,然而却也透露出其时中国人对这个统一国家的热爱之情。爱乡人与爱家园同爱国人与爱国家,融为一体了。因此,爱国主义作为一种情感形态,反映和标志着人与人、人与国家的一种人生态度与情感指向。

爱国主义作为一种意识形态,表达了人们对所生活的国家的一种思想政治态度与行为方式。爱国主义进入意识形态,根据《礼记·礼运篇》的记述,大约是在禹之后开始的。《礼记·礼运篇》这样记述道:“今大道既隐,天下为家,各亲其

① 爱国主义这一概念及其完整内涵,中国现代史学界认为始于19世纪中后期而完成于20世纪20年代的第一次人民大革命阶段。

亲,各子其子,货力为己,人大世及以为礼,城郭沟池以为固,礼仪以为纪,以正君臣,以笃父子,以睦兄弟,以和夫妇,以设制度,以立田里,以贤勇知,以功为己,故谋用是作而兵由此起,禹汤文武成王周公由此其选也。”这就是说,禹之后,私有制度建立,血缘与亲情以及由此而扩展的属于情感范畴的爱,被一种公共的礼仪所取代。这种礼仪,规范着君臣、父子、夫妇、兄弟之间的关系,且贯穿于制度的构建、疆界的划分、人才的选用、个人利益的谋取以及用兵打仗等一切领域之中。在这里,“礼”“礼仪”作为其时的社会规范与道德规范以及制度准则,就有了爱国主义意识这一基本含义。从西周到秦汉,爱国主义作为一种意识形态,逐渐演变为儒家的一种政治思想意识,或者说儒家思想意识构成了爱国主义意识的基本内涵。西周以前,“村”“邦”“邑”,实为氏族与部落的聚居地或诸侯领地。这种“村”“邦”“邑”,统称之为的“国”,星罗棋布,有“国土相望,鸡犬之声相闻”的说法。周武王之后,西周吞并了99个国家,降周的还有652个国家。生活于东周时期的孔子,创立儒家学说,“祖述尧舜,宪章文武”,崇尚“仁义”,提倡“忠恕”。《中庸》中说:“仁者,人也,亲亲为大。”讲的就是人要有仁爱之心,要有人人相爱之情。这就适应了氏族制被家族制所取代的社会发展的需要,这就把血缘与亲情形成的一种内在情感与道德意识而提升为人际关系中的一种道德规范:人与人之间、家族与家族之间、国家与国家之间,应相互关心、相互热爱、相互尊重,“和为贵”。“忠恕”则进一步规范人与人之间、家族与家族之间、国家与国家之间的关系:个人对国家“忠”,臣对君“忠”,人对人“恕”。孔子开办学校,招收学生,传播其以“仁义”和“忠恕”为核心的儒家思想学说,张扬“身修而后家齐,家齐而后国治,国治而后天下平”的大旗。汉武帝,“罢黜百家,独尊儒术”。从此,儒家思想成为中国2000余年封建社会的主要统治思想。其间,凝结而成的“忠君报国”“忠君爱国”“精忠报国”信念,成为一代又一代爱国志士仁人奉为圭臬的思想意识准则与行为方式标准。但是,以家族为单位构成的宗法社会国家,把血缘与亲情之爱推进到超血缘与亲情之爱的范畴,这就不能不使血缘与亲情之爱发生变异,出现“忠”与“孝”不能两全的分裂现象。这就使得相当一部分志士仁人常常舍“孝”而从“忠”。在漫长的宗法社会历史演进过程中,还出现了与“君本位”相并存而呈弱势的“民本位”爱国主义观念。这种“民本位”观念,似乎始于孟子,他认为:“民为贵,社稷次之,君为轻。”他还提出了“民本位”的忧乐观:“忧民之忧,乐民之乐,乐以天下,忧以天下。”这一观念得到了后世一代又一代的儒家志士仁人所认同且加以发挥,一直到黄宗羲喊出石破天惊的话语:“为天下之大害者君而已矣。”作人臣者,“不在一姓之兴亡,而在万民之忧乐”。由此,形成了以“民本位”为核心的另一种形态的爱国主义观念。在漫长的社会历史演进过程中,这两种爱国主义意识形态始终存在着。这就使得作为政治思想意识的爱国主义,在不同阶级、阶层、集团那里,有了不同的具体内容。被统治阶级、阶层、集团的反抗斗争,无疑是爱国主义的一种构成成分;敞露统治阶级的黑暗与社会弊害,无疑也是爱国主义的又一种构成因素。反之,统治阶级为维护其统治秩序和巩固其统治地位,也在爱国主义名义之下实施种种行为措施。因此,爱国主义烙上了浓厚的政治色彩与阶级印记。

爱国主义作为一种精神,尤其是作为一种民族精神,便具有了全民性与民族性,成为全民与民族的凝聚力与向心力。中国是一个多民族国家,中华民族是由多民族构成的整体。中华民族的形成经过了数千年的漫长历史过程。远古时代,东方居住着“夷族”,北方居住着“狄族”,南方居住着“蛮族”,西北方居住着黄帝族。这些不同氏族或部落,在不断的相互冲突与争斗中,黄帝族终于获胜,强大起来,并融合其他一些氏族或部落定居中原,形成了华夏族。“居四方之内,天下之中”的“中国”华夏族,得天时地利之便,有了巨大发展。这就是所谓的“中国有礼仪之大,故称夏;有服章之美,谓之华。”华夏族也就成了战国,特别是秦汉以后多民族的统一中国的主体。以汉族为主,由多个民族构成的中华民族,就在数千年的历史演进中而形成而生生不已。作为一种共有的精神支柱的民族精神,也就在这一求生存求发展的历史演进中积淀而成,且充分地体现了出来。无论朝代如何更替,帝王如何更换,民族间如何斗争,中华民族而不散、中国而长存乃至延续至今,走向未来,靠的就是这一最基本的内在的民族精神的支撑。那么,这一以贯之的民族精神是什么?自然,可以说出多种多样的具体内容。但是,其内核则是夏、商、周为源头的刚健有力、坚韧不拔、自强不息的精神。吸收“夏易”与“商易”内容而成为中国传统文化之大源的《周易》,阐述的便是天地、宇宙、社会、人生的发展变化及其规则与规律。《周易》开篇即是“象曰:‘天行健,君子以自强不息’。”天体运行,周而复始,刚健有力;人求生存求发展,也如天体运行那样,坚韧不拔,自强不息。这一精神力量内化为一些至今仍具活力的故事传说,如:夸父追日、精卫填海、愚公移山、大禹治水等。我以为,这就是以汉民族为主体的中华民族的民族精神的内核,这就是中华民族生生不息的内在张力得以生长的酵素。以这一内核构成的民族精神,便是中华民族的"民族魂",便是中国的"国魂"。中华民族,正是依赖于这一内在的"民族魂",才渡过了一次次劫难繁衍至今,成为人类文明史上历史最为悠久的民族;中国这只航船,也正是依赖于这一内在的"国魂",才在一次次狂风巨浪搏击中,不断驶向新的航程。

爱国主义,作为一种行为方式,集中体现为一个人或一群人的一种行动。原始社会时期,爱氏族或爱部落,表现为为本氏族或部落的安全而抵御其他氏族或部落的侵犯的一种自卫行动;也表现为为本氏族或部落的生存与发展而掠夺其他氏族或部落的财物与人的一种侵犯行动。奴隶制社会以后,爱国主义表现为为维护本阶级的利益及执政阶级的权力稳固的一种行动。如果遭受异民族的侵扰,则表现为维护本国的安全与领土完整的一种行动。这种行为,带有较大的指令性乃至强制性,因而也带有或多或少的盲目性,并非完全出于一种清醒的自觉意识与精神的支配。但是,在这里,爱国主义却成为人或人们的一种行为准则或道德规范。

正值中国抗日民族解放战争与世界反法西斯战争时期,中国人民和世界爱好和平人民的根本任务就是打败法西斯的侵略战争,求得民族解放。中国人民在这场战争中承受着空前的民族灾难,担当着民族解放和推进世界反法西斯战争胜利的艰巨使命。这场战争,也是中国自身改造和中华民族洗雪百年耻辱获得新生而做"世界市民"的契机。因此,中国广大军民的爱国主义精神,被空前地激活了,爱国主义内涵也同时具有了前所未有的繁富形态。

抗战时期,中国人的爱国主义,较之于中国人的传统爱国主义,无疑既有承传,更有发展与超越。刚健有力、坚韧不拔、自强不息的大智大勇精神,发扬得最为充分,得到淋漓尽致的展现;"忠君爱国""忠君报国"的传统爱国主义意识与行为,日渐为民族解放和国家的独立而战斗的意识与行为所代替,爱国主义由传统向现代开始了大转换;中国抗日民族解放战争与世界反法西斯战争在消灭法西斯势力和维护世界和平、营造中国与世界各国能够共同发展的环境这一基本点是完全一致的,因此中国的爱国主义与国际主义又是融合在一起的,这又是爱国主义由传统向现代大转换的一个重要标志。

抗战时期,中国大地被分割为多维空间,其中主要有抗日民主根据地、大后方、沦陷区、香港与台湾、澳门。中国抗日民族解放战争之所以能取得胜利,除了诸多外在的条件以外,最根本的内在因素则是这些不同地区的不愿做亡国奴的中国人共有的这一爱国主义精神支柱。不同地区的不愿做亡国奴的中国人,也正是得力于这一爱国主义的支撑,而渡过了那个中国历史上空前的劫难而开始获得新生,并为世界反法西斯战争的胜利尽了本民族应尽的责任。

二

"文学是人学",无论从传统还是现代意义上说,都是讲的"文学与人"的关系,自然其中是有较大差异性的。前者,似乎只讲了文学是人写的,写人的,写给人看的;后者则延伸为文学是人的存在形态,人的生活方式,人的构成要素,人是一种文学符号,文学是人的一种代码。有2000余年历史的中国传统文学,我认为,既有"文学是人学"的传统意义,也隐含"文学是人学"的现代意义。爱国主义既然浸入中国人的骨髓而代代相传,并积淀于中国传统文化之中,成为一种永不枯竭的意识流与行为方式,那么作为"人学"的中国传统文学来说,流贯着爱国主义母题便是自然的了。

中国传统文学中的爱国主义,同中国传统的爱国主义,既有区别又有联系。区别在于:一个属于思想意识的行为方式的范畴,一个属于审美范畴。联系在于:属于审美范畴的爱国主义文学母题则是由属于思想意识的行为方式的爱国主义"内化"或"转化"而来。这种"内化"或"转化"的"中介"自然是作家创作主体乃至读者主体。应当说,这些都是不言而喻的文学基本常识。

中国传统文化中,有"文史哲一家"的说法。照我的理解,这一说法,应当包含这么几层意思:一是说作者集文学家、史学家、哲学家于一身,二是说作品(著作)的内容有深刻的社会人生见解以及哲理寓意,三是说文本形式于文史哲的神形兼备。事实上,这一说法与理解是有根据的。这根据就是既存的中国传统文化与传统文学的历史事实。从发生学这个角度上讲,中国传统文学就源于

"史"与"哲"。氏族社会时期，黄帝族把掌管文化的人叫作史，而另一氏族苗黎族又把掌管文化的人叫作巫。"史重人事，长于征实；巫事鬼神，富于想象。"范文澜《中国通史简编》中的这一论断生动形象地描述了"史"与"巫"的不同职责及其思维方式。历史演进到周朝时，"史"的职责扩大，作品新形式出现了。周朝的史官，掌管记事，也兼作诗歌。于是"风雅颂"的诗歌形式出现了。同时，《周易》与《山海经》问世了。《周易》与《山海经》既是中国传统文化的源头，也是中国传统文学的源头。这两部著作，堪称典型的"文史哲一家"的作品（著作）。这两部作品（著作），浸透着的自然、社会、人生的发展变化的哲理内涵，是通过形象生动的描述传达出来的。特别是《山海经》更是通过一系列故事传说与山川风物的描绘而体现出大智大勇与坚韧不拔的精神特质的。春秋战国时期，诸子百家的寓言、故事、神话乃至小说诸种文学作品问世了。特别是老子的《道德经》与庄子的《庄子》以及孔子的《论语》，可以说既是优秀的文学作品，又是盈溢形而下与形而上内涵的哲学著作。屈原更是创作出了不朽的《离骚》。秦汉时期，司马迁创作出了亦史亦文的巨著《史记》。隋唐五代时期，韩愈写了《原道》《原毁》，柳宗元写了《封建论》。宋朝，苏洵写了《六国论》，王安石写了《答司马谏议书》，苏轼写了《留侯论》，等等。可见，秦汉之前，文史哲就结下了不解之缘，且延绵于后。也就在这一不解之缘的缔结与延绵于后的过程中，渗入了文人们的使命意识与社会良知，使作品（著作）干预了或参与了社会人生活动。功能意识，进入了文学价值观念与审美意识的中心地带。中国传统文学，也就在一个漫长的稳定型结构的社会文化语境中，日渐凝固为稳定型的文学形态。一代代的中国文化人，既是中国文化的继承者与创造者，也是中国文化的传播者与阐释者。他们胸怀"修身齐家治国平天下"的抱负，"居庙堂之高，则忧其民；处江湖之远，则忧其君"。这一社会角色与身份地位，并不因为社会历史的变迁或生存条件的改变而弱化以至消失，似乎层层相袭，代代相依。形态各异的爱国主义，成为中国文化人一脉相传的思想意识与精神、行为。形态各异的爱国主义也内化或转化为了中国文学的一以贯之的中心话语之一。

人类社会是在多灾多难中从古代走到近现代的。仅就战争而言，据统计，从公元前2000年到近现代，发生过大的战争就共达2000多次。其中，有内战、暴动、国际战争、世界大战等。中国是人类社会进程中，历史最为悠久的国家之一,朝代的兴衰更替,几乎都是通过战争实现的。战争,自然有正义与邪恶之分;战争,也自然有侵略与反侵略之别。尤其是邪恶的侵略战争,对于广大民众(包括广大官兵)来说,是一种致命的灾难,因为它造成大量人的伤亡与物的毁坏,因为它摧残人情与扭曲人性。因此,战争也就成为有良知的一代代文化人议论的话题,描写的重要题材。

纵观中国传统文学中描写战争题材的文学作品,其爱国主义母题,大抵呈现出这么一些类型。

一是抗争与主宰意识型。这一形态的爱国主义,可以说贯穿中国传统文学的始终。《山海经》中的《大荒北经》和《大荒东经》,也许是中国传统文学中反映战争的最古老的作品。"蚩尤作兵,伐黄帝。"胜利者是黄帝。作品称颂了黄帝的足智多谋,勇敢善战。这种内涵,应当说顺应了为后来事实证明了的历史发展潮流。因为黄帝得胜后而定居中原,形成华夏族,并由此相传而为唐尧、虞舜与夏、商、周的祖先。《诗经》中,《无衣》一诗,抒写了秦统一过程中,广大兵士的精神风貌与心理状态:"岂曰无衣?与子同袍。/王于兴师,修我戈矛,与子同仇。//岂曰无衣?与子同泽。/王于兴师,修我矛戟,与子偕作。//岂曰无衣?与子同裳。/王于兴师,修我甲兵,与子偕行。"由《左传》《公羊传》与《谷梁传》合称为的《春秋三传》,描写了春秋时期大大小小的战役与战斗场面。流贯其中的多为抗争意识、主宰意识与称霸意识。集军事家、政治家、文学家于一身的曹操的一些诗篇,在那博大的胸怀与雄豪气势的张扬中,跃动着一颗图王谋霸的心:"山不厌高,水不厌深。周公吐哺,天下归心。"(《短歌行》)"老骥伏枥,志在千里。烈士暮年,壮心不已。"(《步出夏门行》)南宋名将岳飞的《满江红》词,凛然正义与威震山河的氛围,辉映着"待从头,收拾旧山河,朝天阙"的抗争意识与"精忠报国"精神。太平天国将领杨秀清的《果然英雄》诗,在抒写太平军将士赤胆忠心与奋勇杀敌的英雄气概里,透视出太平军将士们所具有的"摧枯拉朽逞威风"的主宰意识。

二是英雄主义与献身行为型。这一形态的爱国主义是与抗争意识、主宰意识相联系的。屈原的《国殇》,虽是一首悼亡诗,然而礼赞为国捐躯将士们的英雄主义精神与献身行为,却力透纸背:"出不入兮往不返,平原忽兮路超远。带长剑兮挟秦弓，首身离兮心不惩。诚既勇兮又以武，终刚强兮不可凌。身既死兮神以灵，子魂魄兮为鬼雄！"司马迁的《史记》中不少篇章，虽然是通过描写战争来揭示胜败与兴亡的缘由，意在借"古"鉴"今"，然而一个个鲜活的将领形象，却闪现出耀眼的义无反顾的英雄主义气概与献身行为。王昌龄的《从军行》（之四），一反将士怀乡情结的抒写，而直接把将士们的报国之志融入诗行："黄沙百战穿金甲，不破楼兰终不还。"张巡的《守睢阳作》一诗，将将士坚守孤城、抗击安禄山叛军围攻的坚定信念与行为，充分抒写了出来："裹疮犹出阵，饮血更登陴。忠信应难敌，坚贞谅不移。"同时，在这一形态爱国主义文学作品中，还有不少作品抒写爱国知识分子对出征将士的激励和表达投笔从戎的愿望。陈子昂《送魏大从军》中的激励之情溢于言表："匈奴犹未灭，魏绛复从戎。怅别三河道，言追六郡雄。雁山横代北，飞塞接云中。勿使燕然上，惟留汉将功。"唐朝进士祖咏在《望蓟门》一诗中，表达了投笔从戎而立功报国的壮志："少小虽非投笔吏，论功还欲请长缨。"陆游其人其诗都流贯着英雄意识与献身行为。他从小就立下了"上马击狂胡，下马草军书"（《观大散关图有感》）的以身许国之志，临终还告诫儿子"王师北定中原日，家祭勿亡告乃翁"（《示儿》）。

三是批判意识型。这一爱国主义形态，也成为中国传统文学经久不衰的母题之一，集中表现于对战争弊害的揭露与批判和反战与厌战情绪的抒写。《诗经》中的《何草不黄》，采用比兴手法，再现了"周室将亡，征役不息，行者苦之"的状况。《东周列国志》和《史记》中的一些篇章，更是写出了战争的残酷性。《秦晋韩之战》中写道："秦兵乘胜掩杀，晋兵大溃，龙门山下尸积如山，六百乘得脱者，十分中之二三耳。"这场战役，究竟死亡了多少人？没有具体数字。《秦赵长平之战》写的死亡人数却令人胆战心惊！这场战役，也许是古代战争中投入兵力最多和死亡人数最多的一场战役了。"括军败，数十万之众遂降秦，秦悉坑之。赵前后所亡凡四十五万。"这真是骇人听闻，触目惊心的大屠杀！赵军主将赵括，"纸上谈兵""胶柱而鼓瑟"，被秦将白起"射杀"，实属活该！但是，因其"本本主义"导致失败而死亡的45万兵士，大多为无辜者。作者用这一血淋淋的事实，指斥战争的残酷和绝灭人性。杜甫在《兵车行》中，也描述了穷兵黩武者连年征战带给士兵与民众的苦难，那情景也确实令人不寒而栗："边庭流血成海水，武皇开边意未已。君不闻汉家山东二百州,千村万落生荆杞。”“新鬼烦冤旧鬼哭,天阴雨湿声啾啾”。而且,给人们造成一种反常心理:“信知生男恶,反是生女好,生女犹得嫁比邻,生男埋没随百草。”这无疑更深刻地暴露了战争的罪恶及给人们造成的伤害。张籍在《征妇怨》中,借一位征妇之口,诉说了战争带给妇女们的苦难:“妇人依倚子与夫,同居贫贱心亦舒。夫死战场子在腹,妾身虽存如昼烛。”战争摧残人情,扭曲人性,历历在目。苏轼在《关中田妇叹》中,写出了“西北万里招羌儿”给后方民众造成的困苦:“卖牛纳税拆屋炊,虑浅不及明年饥。”

四是忧患意识型。忧国忧民忧己的忧患意识,是纵贯古今文学作品中的一种“战争情结”和“爱国主义情结”,多表现为对生存环境的忧患、对国家安危的忧患、对传统文化的忧患、对宇宙人生的忧患。这些忧患,可以说是爱国主义母题中最深层次的富有终极价值关怀的一种意识。屈原和从屈原那里吸收影响而兴起的“汉赋”到魏晋南北朝的所谓“小赋”及其他诗文,忧患意识犹如一股“意识流”,连绵不断。屈原的《离骚》乃“发愤之作”。这“愤”自然颇含“悲愤”与“忧愤”成分。“长太息以掩涕兮,哀民生之多艰”,忧君、忧国、忧民及其不得而发的悲愤。“小赋”及较多诗文,更是“忧患意识”的载体,形成忧患意识群。其中,曹植的诗与陆机的赋,颇有代表性。曹植的《杂诗》写不得志而产生的忧患意识:“闲居非吾志,甘心赴国忧。”尤其是,他在《求试表》中更写道:“诚与国分形同气,忧患共之者也。”潘岳在《哀永逝文》中,也抒写了同一意识:“忧患众兮欢乐尟。”陆机的赋将这一群体性的忧患意识提升到了宇宙人生的高度及形而上的哲学寓意境界。他在《双逝赋》中写道:“伊天地之运流,纷升降而相袭……经终古而常然,率品物其如素。譬日及之在条,恒虽尽而弗寤。虽不寤其可悲,心惆焉而自伤。亮造化之若兹,吾安取夫久长?”他在《感丘赋》中,更写道:“伊人生之寄世,犹水草乎山河。”在战争、动荡、王朝如走马灯似替换的生存背景里,思考着社会人生变迁,悟出生与死、升与降、兴与衰,本是整个宇宙的一种永恒的常态及唯一的存在。这种忧患意识,显然进入了宇宙意识的幽深境界。孙绰在《游天台山赋》中更是明白无误地写道:“浑万象以冥观,兀同体于自然。”如果说,南北朝的“小赋”及其他诗文偏重于忧患意识的抒写的话,那么宋朝的诗词则偏重于“悲愤”意识的抒写了。时任建康留守的张孝祥,眼睁睁地看着国土被葬送，而以一首《六州歌头》倾诉其悲愤之情："忠愤气填膺，有泪如倾。"陆游以《书愤》为题，写尽了壮志未酬的愤懑："塞上长城空自许，镜中衰鬓已先斑。"辛弃疾在《破阵子·为陈同甫赋壮词以寄之》一词中，也写道："了却君王天下事，赢得生前生后名。可怜白发生。"悲愤、忧愤、怨愁、哀感，浸透字里行间。范仲淹，可以说是一位集忧患意识于一身的诗人。"是进亦忧，退亦忧""先天下之忧而忧""人不寐，将军白发征夫泪"便是他的忧患意识的形象写照。

三

当然，在中国和世界人类史上，每次大的战争结束之后，总有一个相对稳定的和平时期。不同时代有不同时代的文学。从这一思维定式出发，那么和平时期中国传统文学中的爱国主义形态自然与战争期间中国传统文学中的爱国主义形态有所不同，而大都表现为颂扬意识与批判意识，或颂扬中有批判，或批判中有颂扬。这样的爱国主义形态，也流贯于古今中国文学作品中。西周初年，"绥万邦，屡丰年"，社会安定。此时出现于《诗经》中的"周颂"，诸如《武》与《桓》等篇章赞颂了周王朝祖先的"功德"，《丰年》等篇章赞颂了农业丰收景象；"鲁颂"中的《泮水》《閟宫》等篇章赞颂了国君。同时出现于《诗经》中的"国风"，诸如《伐檀》《硕鼠》《相鼠》等篇章，有着强烈的讽刺与批判之意，特别是《伐檀》中的声声责问，如一柄柄利剑直刺被批判者的心窝。秦始皇统一中国之后，出现了歌功颂德和不乏进谏之意的作品。既是丞相又是作家的李斯及其《谏逐客书》，呈现出其时文人及作品风貌之一斑。汉初六七十年的休养生息，散文与辞赋获得了重要成就。其中，贾谊的《新书》与《过秦论》等散文和枚乘的《七发》以及司马相如的《子虚赋》与《上林赋》等辞赋，大都含有"润色鸿业"之旨。尤其是司马迁的《史记》，更是融颂扬、批判、讽谏、忧患于一体的宏大篇章。唐朝从贞观到开元、天宝一个多世纪的岁月，经济繁荣，文化发达，文学随之有了巨大发展。无论是初唐"四杰"，还是盛唐的诗仙李白、诗圣杜甫以及诗佛王维，其诗歌或赞颂太平景象，或暴露腐败现象，或抒写怀才不遇与玩赏山水田园。宋朝初年，国家社会繁荣复苏。点缀"升平"的"西昆派"，盛行于一时。欧阳修与范仲淹在"复古"诏令推行中掀起诗文革新运动，突出文学的教化功能。欧阳修的

《五代史伶官传序》,意在阐明国家社会“盛衰之理”;范仲淹的《岳阳楼记》,具现宏图政治抱负。苏轼的诗词及文章表达的情感与思想甚为繁富。他应科举考试作的《进策》中的一文《教战守策》表达了“居安思危”见解,指出:“天下之民,知安而不知危,能逸而不能劳,此臣所谓大患也。”他那首被称为“古今绝唱”的《念奴娇·赤壁怀古》既有“江山如画,一时多少豪杰”的称颂,又有“人生如梦,一樽还酹江月”的叹息。他的《荔枝叹》《前赤壁赋》《后赤壁赋》,都敞露了忧国忧民忧己的爱国情怀。明朝开国后一个世纪里和清朝康雍乾年间,文学欣欣向荣,小说创作成就卓著,爱国主义文学母题得到了生动形象的多面展现。

中国传统文学中的种种爱国主义形态,更是寓于小说等叙事文学之中。从秦汉的“神仙”与“轶事”类小说,到魏晋南北朝的“志怪”“轶事”小说,到唐宋的“国史”“事类”“杂俎”小说,到明代的“演义”小说和清代的“谴责”小说,虽然题材有别、视点各异、文本形式不一,然而诚如鲁迅所说:“记载人间常事,自视固无诚妄之别矣。”[①]随秦皇汉武先后完成统一大业而起的好神仙与好女色之风,逐渐盛行。《神异经》《十州记》《汉武帝故事》《燕丹子》等作品,隐含着作家及同时代文人的忧患心态与颂扬、贬斥之情。唐宗宋祖时代的小说,由谈神仙而渐次转为贴近现实社会人生。《古镜记》《枕中记》《南柯太守传》《柳毅传》《霍小玉传》等传奇作品,于“志怪”的神秘氛围中,浸透着一种人生追求而又失落的苦难意识。《碾玉观音》《错斩崔宁》《郑意娘传》等话本,都流露出或浓或淡的反抗意识乃至爱国精神。明清时代的小说、戏曲形成鼎盛之势。《三国演义》《水浒传》《西游记》《金瓶梅》《封神演义》等长篇小说和《喻世明言》《警世通言》《醒世恒言》等短篇小说集以及《牡丹亭》等戏曲,《说岳全传》《儒林外史》《红楼梦》等小说以及《长生殿》《桃花扇》等戏曲,在其丰厚的文化底蕴里,隐含着反封建争民主的思想意识。《官场现形记》《二十年目睹之怪现状》《老残游记》《孽海花》等小说中,反封建的抗争意识和救亡启蒙意识,更是直接通向现代爱国主义的文学母题。

① 鲁迅:《中国小说史略》,《鲁迅全集》第9卷,人民文学出版社1981年版,第43页。

四

抗日战争时期,中国广大军民的爱国主义精神被空前激活了,爱国主义内涵也同时具有了前所未有的繁富形态。中国军民的爱国主义,较之传统的爱国主义,无疑既有承传,更有发展与超越。刚健有力、坚韧不拔、自强不息的大智大勇精神,发扬得最为充分,得到淋漓尽致的展现。"忠君报国""忠君爱国"的传统爱国主义意识与行为,日渐为民族解放与国家独立而战斗的意识与行为所代替,爱国主义由传统向现代开始了大转换;中国抗日民族解放战争与世界反法西斯战争在消灭法西斯势力和维护世界和平、创造中国与世界各国能够共同发展的环境这一基本点上是完全一致的。因此,中国的爱国主义与国际主义是融合在一起的。这又是爱国主义由传统向现代大转换的一个重要标志。这便是中国抗战文学的爱国主义所在,也是重庆陪都文学的爱国主义所在。重庆陪都文学的爱国主义浓缩着彰显着中国抗战文学的爱国主义。

重庆陪都文学的爱国主义母题,粗分有两大内涵:民族解放意识与牺牲精神,凸显英雄情结;批判与自省意识,凸显忧患与启蒙意识。还可以细化为六个方面。一是硝烟弥漫战场和英雄壮举的描述,二是重庆陪都现实社会人生的剖析,三是战争背景下人的生命、命运、男女情爱的思考,四是传统文化的反思,五是启蒙主义的张扬,六是重庆固有人文精神的开掘。这些林林总总的爱国主义母题内涵,在重庆陪都文化中的文学都充分体现了出来。这里,我拟着重说说启蒙主义张扬问题。

启蒙主义作为文化文学思想理论思潮,在20世前半期大抵出现过三次。一次是梁启超于1902年间倡导"小说界革命"而掀起的启蒙主义思潮;一次是胡适、陈独秀、鲁迅、周作人等在五四新文化运动中掀起的启蒙主义思潮;一次是胡风、乔冠华、陈家康及路翎、舒芜等人在重庆陪都文化界掀起的启蒙主义思潮。这三次启蒙主义思潮,不管内涵与外延有多大的历时性差异,关注的焦点却是一致的,那就是作为个体的中国知识分子和作为群体的中国民众的个性解放意识与民族解放意识的觉醒。然而,这一共同关注点,不是重复,而是继承、发展、超越乃至刷新。

重庆陪都文化文学界掀起的启蒙主义思潮,后于延安文化文学界倡导的启蒙主义思潮。1937年11月,延安成立陕甘宁边区文化界抗日救亡协会。该会在发表的《我们关于目前文化运动的意见》中,提出了一个响亮的口号:“保卫祖国,开发民智,展开新启蒙运动。”这个口号,既是该会的宗旨,也是该会同仁们担当的一项新的历史使命。在这里,该会同仁们自觉地把爱国主义与启蒙主义结合了起来,并同时放在了“开发民智”上面,即民众智慧的开发,民众觉悟的开启,也就是个性解放意识与民族解放意识的开发、开启。接着就是何干之的专著《中国启蒙运动史》的问世和洛蚀文的文章《论抗战文艺的新启蒙意义》的发表。这些著述文字,旨在追求“个性解放、人的觉醒、自我意识、人性、人道主义”,以开发民智,激活民族意识与民族精神。这次启蒙运动与五四新文化运动的启蒙主义不同,就如洛蚀文的文章所说的:目前的革命任务反映到文艺上来的就是新启蒙运动。此运动不是重复“五四”的启蒙运动,而是“否定之否定”:“五四”的启蒙是“价值重新估定,口号是民主与科学。目前的新启蒙运动面临的是日本的侵略,因此它的中心内容有二:一是民主的爱国主义,二是反独断的自由主义,而且是一个大众化运动。抗战文艺就是具体口号,总方向,总目标”。但是,这股不大不小的启蒙主义思潮,如王元化在《清园论学集》中说的因“通知不要再用新启蒙的提法”而“夭折了”。不过,这股启蒙主义思潮,在1943年间的重庆陪都文化文学界却公开露面了。这就是我所说的胡风们复苏的启蒙主义思潮。

1943年间,重庆陪都文化文学界复苏的启蒙主义思潮,依然是人的个性解放意识与民族解放意识的觉醒问题、主观能动性与创造性的激活与发挥问题。这是胡风们基于共同的对其时社会人生个体与群体的存在状态与文化精神存在的实际状态的感受、体验、认识为内驱力的。胡风在1942年12月写的《关于创作发展的二三感想》一文中,描述了他所触摸到的社会人生存在状态:人民的情绪由兴奋转入沉炼、由万烛齐燃转入明暗不同,人民的意识由勇往直前转入深入分析,兴奋生活转入日常生活。文化人呢?随遇而安了,热情衰落了。重庆陪都文化文学界和重庆陪都社会出现了精神危机与文化危机。1943年12月1日、3日,胡风连续写成《由现在到将来》和《现实主义在今天》两篇文章,表达了他对重庆陪都左翼文化人学习毛泽东《在延安文艺座谈会上的讲话》的忧虑:“要创作从一种思想出发”“要作家写光明,写正面人物”,这是“想杀死现实主义精神”,是“使文艺在民族解放斗争里面解除武装”“这实际上是不要文艺”。胡风把这“叫作危机”,表示要“为文艺请命,不要逼作家说谎,不要污蔑现实人生”。他进而认为，这种“以教条主义反教条主义”的行为，无异乎又把人禁锢在一种新的教条主义之中，人的自我意识、人的个性、人的主观能动性与创造性等依然得不到解放。胡风以其清醒的现实主义精神敏锐地发现了这一问题，而且把它称为新的危机。新的危机与旧的危机，便是其时重庆陪都文化致命的危险倾向。吸收胡风思潮影响的路翎与舒芜，也投入了这场启蒙主义思潮之中。他们认为：“中国现在需要个性解放。”而且认为：胡风说的“广义的启蒙主义运动”的真谛便是“个性解放”。这就如“一滴显影药水，一下子把我们说论过很多而模糊不清的一切显现为一幅清楚画面，又像一个箭头，一下子指出了中心之点，从而使一切条理都可以疏导”。舒芜写了《论主观》的长篇论文。路翎由此执着地开掘“人的原始强力，个性的积极解放”。

1943年3月—1943年9月，重庆陪都的《新华日报》《中原》《群众》等报刊上，发表了嘉梨的《人民不是一本书》、蔡仪的《艺术的主观性与客观性》、于潮（乔冠华）的《论艺术态度与生活态度》、胡绳的《思想的漫步》、沈友谷的《论中国民族的新文化的建立》、陈家康的《唯物论与惟“唯物的思想”论》等文章。这些文章比较一致地认为：“我们正处在方生与未死之间：旧的传统的遗毒还没有死亡，新文化还没有普通生根”，因此便出现了“文化的=精神的危机”。“麻木”“疲倦”“消沉”“观望”等就是“旧社会的幽灵”与“精神传统”的体现，也就是“精神危机”的主要特征。克服之法，关键在于建立一种新的生活态度，“承认旁人，关心旁人，用全副心肠去关心人民的命运”，缩短“人与人之间的真实距离”，而不是“抽象理论领域里”的“教条主义”和“感性艺术的领域里”的“公式主义”。这些观点在乔冠华、陈家康、胡绳、沈友谷的文章中都体现得鲜明突出。乔冠华认为：“新的文化必须从批判旧的开始。在这一点上，今天和五四运动当时并无二致。然而，一方面五四运动的任务没有完成，另一方面五四运动对旧文化的批判未能尽致。”[①]他还借英国人韦尔斯之口，说出自己的话：“中国自辛亥革命以来，用来代替古典教育的各式各样的‘新教育’，不是服务于这一种狭隘的教条主义，就是服务于那一种狭隘的教条主义……它想着新的东西，实际上已经变成了旧的。”[②]胡绳认为：“把自己当作人，就有了自由，把别人当作人，就有了平

① 于潮：《论生活态度与现实主义》，《中原》创刊号，1943年6月。

② 于潮：《方生未死之间》，《中原》第3期，1944年3月。

等。——有自由,有平等,于是才有民主。”那么,怎么才能获得自由民主呢?胡绳断言:人道主义。“对于我们,人道主义更是一柄值得宝贵的双锋之剑。一面用以批判封建文化遗产,一面用以打击敌寇法西斯所灌输到中国来的奴化教育。”[①]沈友谷更强调了人道主义的重要性,他说:“没有人道主义的精神,我们就只能从一种教条走到另一种教条,永远接近不了科学;没有人道主义的精神,我们就只能从一种专制走到另一种专制,永远接近不了民主;没有人道主义的精神,我们就只能用学究的理论解释一切事件,永远不能真切感受人民中的悲欢哀乐;没有人道主义的精神,我们就只得像伪宗教徒那样宣扬教义,永远不能以燃烧的热情去为所向往的‘天国’生死不渝地斗争。”[②]如果说,乔、胡、沈还说得较为委婉曲折的话,那么陈家康就把问题的症结所在挑得十分明白了。他说:“两年来,我们整顿三风,要肃清以教条主义为其主要特征的主观主义,殊不知这种教条主义之哲学根源,就是惟‘唯物的思想’论。”他还尖锐地指出:“不根据自在的自觉来创造思想,而根据思想来创造思想,这是一条最危险的道路。”[③]这一切都是针对其时重庆陪都左翼文化界学习《在延安文艺座谈会上的讲话》,开展整风所存在的问题而来的。这一点,乔冠华们与胡风有了共同之处,但不同点在于用什么思想来克服精神危机与文化危机?用什么思想来进行启蒙?乔冠华们坚持的是人道主义启蒙观,胡风坚持的是马克思主义启蒙观。不过终极人文关怀是完全一致的,那就是广大民众的个性解放意识与民族解放意识的觉醒,实现民族解放与人民解放的人生追求与美学追求。这场启蒙运动也是在中共中央宣传部的“应该纠正”的干预之下,戛然而止了。乔冠华们因此受到了批评,胡风等人从此开始屡遭批判。然而,这场启蒙主义运动作为最深层的爱国主义内涵的张扬,却在重庆陪都文化文学中大放异彩而为人们所记取。

原载《乐山师范学院学报》2002年第2期,原题目为《爱国主义:中国传统文学的历时性话语》

---

① 胡绳:《思想的漫步》,《群众》第8卷第10期,1943年6月。

② 沈友谷:《论中国民族的新文化的建立》,《群众》第8卷第12期,1943年7月。

③ 陈家康:《唯物论与惟“唯物的思想”论》,《群众》第8卷第16期,1943年9月。

吴宓的道德文化观

吴宓对中国新文学发展的重要贡献，主要不是他的诗歌等文学作品，而是他领受、担当、护卫的道德文化人文精神，以及围绕他主编的《学衡》杂志所形成的“学衡派”。

一

吴宓及其为代表的“学衡派”，值得研读。

“学衡派”因《学衡》杂志而得名。《学衡》杂志于1922年1月创刊，1933年7月终刊，历时11年半之久。该刊主要撰稿人为吴宓、梅光迪、胡光骕、胡稷咸、吴芳吉。他们为该派的主要成员。该刊为吴宓主编，吴宓为该派的代表。吴宓及其为代表的“学衡”派，都是学贯中西的大家。他们的文化文学成果为中国文化文学现代化、民族化有着积极的重大影响。吴宓为代表的“学衡”派引领了中国比较文学学科，吴宓为中国比较文学学科和比较文学方法的开创者与践行者。其成果为中国比较文学研究提供了一个全新的视野和广阔的空间。在文学文本的深层次上发现了“学无中西，学无古今”“文无中西，文无古今”，中西古今文化文学资源，完全可以共生共存,互融互化。这就大大促使了古今中外文化文学的对话与交流。这就在文化文学意义世界方面,为中国文化文学走向世界,世界文化文学走向中国提供了内在依据。吴宓及以其为代表的“学衡派”培养出一批文化文学与学术大家。特别是吴宓,主持了清华大学国学研究院工作(1925—1929)。该院的研究宗旨、培养目标、开设课程、教学大纲,都由吴宓主持制定。该院的四大导师梁启超、王国维、陈寅恪、赵元任都由吴宓想方设法聘请。这四大导师都是其时及其后顶尖级的大家。该院虽只招收了74位学生,但培养出的如王力、高亨、徐仲书等人,都是学贯中西的学术精英,堪称大家级人物。吴宓还主持了清华大学外文系教务工作,提出“博雅之士”的培育目标。季羡林、钱锺书、曹禺等一批学者、教授、作家都是从这里走向世界的。吴宓及以其为代表的“学衡”派的文学创作,成绩卓著。特别是吴宓,创作有3000余首诗词和少量的戏剧、小说,仅1935年上海中华书局印行的《吴宓诗集》就收有1000多首诗词。吴宓还提出了属于他自己的诗文理论主张。吴宓的作品与文学主张,丰富了中国新文学创作领域与理论宝库,使之多姿多彩。这些成就表明该派和吴宓不愧为中国新文化新文学界乃至整个20世纪中国文化文学界的一代大师。

吴宓及以其为代表的“学衡派”的这些建树,蕴含着丰厚的道德文化人文精神,值得我们去研读。同时,我们也需要研读吴宓及以其为代表的“学衡派”。

一是民族复兴事业的需要。我们正在从事的事业是民族复兴伟业。民族复兴,最根本的首要的是应复兴什么?自然有不同的说法与声音,但我则认为应是民族文化精神的复兴及其与时俱进。几千年积淀、承传的民族文化精神,博大精深,那么复兴的民族文化精神具体为何?我以为,除了对民族文化详加研究之外,就应从该派、特别应从吴宓的著述成果里去探寻。

二是对既成的现今还在流行的“国学热”的认识也需要对该派,特别是对吴宓加以研读。读“国学”、成立“孔子学院”,无可非议,我赞成。我要指出的是把读“国学”、成立“孔子学院”作为一种时髦,作为一种装饰,甚至作为赚钱和升官的敲门砖的现象。有家报纸(姑隐其名,也姑隐时间)有一则报道称:某城市某名牌大学办周末国学班,全国40多位民企老总“打飞的”来此“闻道”,学《四书》《周易》《道德经》《史记》等。因为这些老总普遍缺文化、缺信仰、缺使命、缺名牌、缺战略。通过“闻道”,促使内省,提升素质。比如说,学《论语》,可以修炼

“从心所欲不逾矩”，可以培养“半部论语治天下”，可以建设“父慈子孝”的家庭文化，可以让我们社会走向“老安少怀”。写得多美啊！但是，我则深表怀疑。因为报道说，这个班每月上一次课，每次3小时，共1年时间。通过12次36小时的学习，就可解决民企老总“五缺”，使之焕然一新。缴学费2.4万元人民币，就会有如此丰厚的回报！这确实有点儿滑天下之大稽之嫌，拿“国学”开玩笑之嫌。这样的“国学班”，这样的学“国学”，实在是有点儿亵渎“国学”之嫌。如果把吴宓当年建立的“国学研究院”拿来加以比较，个中究里就更明白了。

三是对五四时期“打倒孔家店”这一旧账的清理和对20世纪八九十年代以来一直存在着的对该派、特别是对吴宓的认定的重新认识，也需要解读该派与吴宓。

中国新文学是我几十年从事的教学与研究的对象，可以说是我毕生从事的事业。该派在中国新文学史上属于重要派别之一，吴宓在中国新文学史上属重量级人物之一。何况，20世纪90年代前研究界（文化界）一直将该派称为封建文化复古派，吴宓被认定为封建文化代表人物，甚至被定为“反革命”。这对我来说，重新解读该派与吴宓自然就是一种责任了。同时，吴宓84年的人生岁月中，有1/3的时间是在我就读的，后又一直工作的大学里度过的。我作为这个大学里的一名教师，解读吴宓与该派自然责无旁贷。

以上林林总总，便是我要着力解读吴宓及以其为代表的“学衡派”的理由。

二

我研读总共79期《学衡》杂志，我研读《吴宓诗集》，我研读《吴宓日记》中的一部分，还研读一些与吴宓相关的著述文字。同时，还重温了1959—1976年间吴宓留存于我记忆中的相关事情。这样的研读，保证了我靠近吴宓。

通过这样的研读，我发现吴宓及“学衡派”毕生领受、毕生担当、毕生护卫的道德文化人文精神便是“仁，天下归仁”。这也是孔子在《论语》中的一条语录：“克己复礼为仁。一日克己复礼，天下归仁焉。”孔子说的“天下归仁”，是讲一个人只要一日克己复礼，周围的人都会称赞你，说你是仁人之人了。而吴宓及“学衡”派的“仁，天下归仁”，既是从孔子那里来的，又有所不同。不同在于：仁为人之本,只要人人仁,各安本分,天下就自然“仁”了。大家都讲诚信,大家都遵守礼制,天下就自然和谐了。这一“仁,天下归仁”的人文精神,可以说是吴宓及“学衡派”毕生寻绎的精神家园。吴宓84个春秋所殉的情与道,便是这样的“仁,天下归仁”。“仁,天下归仁”也就成为吴宓创办《学衡》杂志、比较文学研究、教学与创作的宗旨与灵魂,也是吴宓及“学衡派”的话语空间里的主导话语、中心词、关键词。

吴宓及“学衡派”对“仁,天下归仁” 道德文化人文精神的领受。

“领受”即领有与接受之意。那么,吴宓及“学衡派”是怎么领有与接受这一人文精神的?也即吴宓与“学衡派”这一人文精神是怎么形成的?就吴宓而言,家庭的影响、地域文化的熏陶、梁启超与王国维的启迪及他自己对现实社会人生的感受,这些因素的合力,使得他深深感到:“热肠频洒伤时泪,妙手难施救国方。”[①]这表明他陷入了这么一种境遇:单凭中国传统文化文学已难于救国,但又不愿放弃传统文化文学。那么,怎么才能使传统文化文学起到救国的作用呢?他带着这一问题,到了美国,终于在其导师——哈佛大学教授白璧德的新人文主义那里得到了答案。他研读白璧德新人文主义之后,认为人类有四大文化:一是古希腊文化,二是耶稣文化,三是佛教文化,四是儒家文化。这四大文化犹如四根大柱,支撑着世界文明大厦。以中国孔子为代表的儒家文化是这四大文化中不可或缺的文化。他认为:儒家的人文主义是中国传统文化的精华,也是谋求中西文化融合,建立世界新文化的基础[②]。这一认识,帮助他克服了少年时代隐藏于内心的汉文化危机感,同时又使他从世界文化大系统中重新发现与感悟儒家文化的价值。这不仅是一种眼光的提升即由内而外、由民族而世界,更是文化意识与文化观念的大提升。他在《马勒尔白逝世三百周年纪念》一文中,这样写道:“孟子曰,天下之事久矣,一治一乱,斯宾塞谓世事如摆钟。古云之物极必反。而西国史家谓一部西洋史只是自由与权威(或解放与规律)的二者相互循环替代之过程。按文学史上实迹如此。一国之文学枯燥到无生气久之必来解放发扬之运动。其弊则流于粗犷散乱紊乱无归,于此而整理收束之运动又不得不起。此二种运动方向相反如寒来暑往,形迹上似此推彼倒,互相破坏,实

① 吴宓:《和欧阳谷贻感怀诗原韵》,《吴宓诗集》,上海中华书局1935年版,第12页。

② 吴宓:《论新文化运动》,《学衡》第4期,1922年4月。

则相资相成，去其瑕垢而存其精华。读史者放眼千古，统计其全盘因果，则谓二者同为深宏之建树，其事业与成绩皆长赫然存立而不磨。”这一段话，充分显示出了吴宓文化观的深邃。因为这一段话，实则揭示出了文化发展长河中乱与治、破与立、模仿与创造、积累与创新之间的辩证关系。而且，吴宓还认为，文化历史长河中的文化斗争，则是各种文学文化思想派别相互激荡中的相融相汇，其结晶体便是“仁”。“仁”不仅是中国儒家文化的核心与精髓，也是世界文化中另外三大文化的核心与精髓。因此，吴宓决定“以维护中国文化道德礼教之精神为己任”[①]。

三

吴宓及“学衡派”对“仁，天下归仁”人文精神的担当。

吴宓对“仁，天下归仁”的人文精神领受之后，为此实现而担负起践行的责任。事实也确实如此。吴宓于1921年6月获美国哈佛大学研究生院文学硕士学位之后，应南京东南大学之约而回国任教。从这时起，他先后在东南大学、清华大学等高校执教，同时主编《学衡》杂志，还搞学术研究与文学创作。这一系列工作，践行着一种文化精神即“仁，天下归仁”。

吴宓以《学衡》杂志为依托，力图展示并实施一个宏伟的文化启蒙目标。其理论纲领与行动纲领，卓然特立，精要之点为“昌明国粹”“融化新知”，“创造世界将来之文化”[②]。对此，吴宓做过这样的解释：“中国文化以礼教为中枢，以佛教为辅翼；西洋之文化从希腊罗马文章哲理与耶稣教融合孕育而成。”“今欲创造新文化则当以上所信之四者。”[③]这便是吴宓及“学衡派”对于中国传统文化与世界传统文化真谛的总体把握与认知，这也是吴宓及“学衡派”指涉的建设新文化所要“昌明”的“国粹”与“融化”的“新知”以及“磨合”“融化”的方式。由此，展现出吴宓及“学衡”派其时拥护的一种崭新的战略眼光与思维方式：以本民族传统文化为基础，融化世界传统文化而创造新文化。这种战略眼光与思维方式，

① 吴宓：《论新文化运动》，《学衡》第4期，1922年4月。

② 《杂志简章》，《学衡》第2期，1922年2月。

③ 吴宓：《论新文化运动》，《学衡》第4期，1922年4月。

无疑突破了偏狭的民族文化界限与虚无主义的民族文化观念,具有了开放性的特征。在吴宓及“学衡派”看来,只有这样的新文化才是民族的、世界的,只有具备了这样的新文化的社会人生才是新的社会人生。这样的新文化,为什么会有这样的作用与意义?吴宓认为:这样的新文化是“以人为本,道德是也”的文化,是“纯正健康”的文化,是中西“普遍有效和亘古常存”的文化。

吴宓对当时的社会人生有深切的感受、体验与认识。他认为当时的社会人生是这样一个社会人生:社会黑暗,政府腐败,道德沦丧,精神萎靡。根源在哪里?他认为在于人的行为无所规训,在于人性中善的丧失。怎么才能改造这样的社会人生?吴宓开出的“药方”是重建道德规范!什么样的道德规范?吴宓提出三条法则:一是“克己复礼”,二是“行忠恕”,三是“守中庸”。他认为“克己复礼”是“以礼制欲”,但又“并非容让他人损失我之利益”;“行忠恕”是指“忠以律己,恕以待人”“严于律己,宽以待人”;“守中庸”是指“有节制”“求适当”“不趋极”“不务奇诡”。他还认定这三条改善人生和重建道德规范的法则中,“守中庸”一条,是“立身行事最简单、最明了、最实用、最安稳、最为通达周备之规范”①。在吴宓看来,按这三条法则、特别是其中的“守中庸”来改造人性与重建道德规范,则中国社会人生即可为“仁”的社会人生了,个人“仁”,人人“仁”,天下必然“归仁”。可见,“仁”在吴宓这里不是政治理念而是文化精神——道德文化精神。吴宓所追求的社会人生目标,随着《学衡》的创刊和存在,以其耀眼夺目的光彩呈现于世人面前。存在11年半的《学衡》杂志,负载着吴宓为改造中国社会人生而绘制的文化启蒙蓝图,也印现出吴宓付诸实践而刻画出的一道道极深的痕迹。

吴宓在教育教学工作中,提出以“仁”为核心的人文教育理念。吴宓先后在东南大学、清华大学、北京大学、燕京大学、国立师范大学、西南联大等高校任教期间,始终坚持“人文教育”宗旨。他要学生“成德达材”,要学生成为“博雅之士”,要学生成为“通才”。他所讲的“达材”“博雅”“通才”,一是了解西洋文明之精神,二是谙熟西方思想之潮流,三是汇通东西之精神思想,四是熟读西方文学之名著,五是创造今日中国之文学。其中,对于“博雅”,他特别看重。他认为,博与雅是两个相辅相成的境界:“博”是学术境界,“雅”是一种思想道德境界。

① 吴宓:《我的人生观》,《学衡》第16期,1923年4月。

学术学问广博而精深，抱负才远大，志趣才高雅。因此，“博雅”在吴宓这里是一种体系，一种风格，一种人格。他认为，培养“博雅之士”，才是教育教学要达到的目的。他把这样的育人目标融入自己的教学之中。他先后讲授的课程有《希腊罗马文学》《英国浪漫主义诗人》《西洋文学史》《世界文学大纲》《中西诗比较》《翻译术》《文学与人生》《古代文学》；讲座有《孔子、儒教、中国与今日世界》《儒教、耶教与现代中国》《中国文学与西洋文学之比较》等。吴宓在教学中，强调“不必复古，而当求真正之新；不必慎行成德，恪遵前训，理当闻吾说之是否合乎经验与事实”。他采用比较方法，探索“中西古今”的“不易之理”与“中西文学公认之言”。吴宓在教学中，更强调独立精神与自由思想的养成。因此，仅就他主持清华大学外语系工作期间，就培养出了如钱锺书、季羡林、曹禺、贺麟、罗念生等一批20世纪中国一流学人与作家。

吴宓还勤于创作。他写诗、小说、剧本，目的也在传达他的人文精神。他认为，文学有社会功能与审美功能。社会功能，主要表现为教化人生——教育读者，指导人生。也就是吴芳吉说的：文学“养性情”“变气质”“化民俗”，助人“安身立命”[①]。为着实现这一功能，吴宓要求在文学创作内容上要写“今生今地之闻见事物”，诸如军阀混战、帝国主义入侵、贪官污吏、道德沦丧等；要倾注作家的“至性至情”即“真正之道德行为”，与对社会人生诸问题的“思深感锐，情挚意切”[②]。一部《吴宓诗集》和1000余首诗词及少量的小说与剧作，无一不是吴宓“感情生活之记录”和“至性至情”之抒写，凸现出对社会人生的伦理道德教化作用。

四

吴宓及“学衡派”对“仁，天下归仁”人文精神的护卫。

吴宓及“学衡派”在践行“仁，天下归仁”过程中，遇到了重重障碍，深感难于实现。1925年1月，吴宓在《海行杂诗》中就认为，这一追求“可望而不可即”，深感“吾生重重网”。1927年，吴宓在《古意》一诗的“小序”中叹息道：“事业艰难，精神萎顿”。1930年9月，吴宓在欧洲之行的第一首诗中表达欧行之意：“郁郁

① 吴芳吉：《再论吾人眼中的新旧文学观》，《学衡》第21期，1923年9月。

② 吴宓：《伦理小说青年镜·序》，《吴宓诗集》，上海中华书局1935年版，第181页。

不得意,休闲赋远游。”这些诗表达了他在践行“仁,天下归仁”过程中的心理状态与情感情绪。其间,确实含有几分无奈,几分愤懑。1933年7月,《学衡》杂志终刊,标志着他的追求的彻底不能实现。

但是,吴宓及“学衡派”并未放弃“仁,天下归仁”信仰,而是顽强地护卫着,且随时准备为之付出一切乃至生命。他曾以“二马之喻”表达这一决心。“二马之喻”是说:他既讲理想,又讲成效,这就犹如身骑二马之背,受车裂之刑。其实,包括老舍在内的一切坚持独立意识与自由思想的学人,莫不如此,这几乎成了他们的宿命。不过,吴宓还有一点不同,则是:当受二马车裂之时,更以生死抗争,不愿任其摆布。

这里,我要说说吴宓在他最后28个岁月中对其“仁,天下归仁”的护卫。1951年4月8日,吴宓向年轻的中华人民共和国表达了一个真诚的愿望:希望中华人民共和国的执政党中国共产党行仁政,视一切中国人如兄弟,则好善而易治的中国人民,必将诚心讴歌拥护,其势易顺,其功易成。他深信,唯仁可得天下,而以不仁失之。这是他最后28个春秋中第一次对“仁,天下归仁”的道德文化人文精神与精神家园的护卫。因此,他对这以后发生的一系列政治运动,诸如清匪反霸、土地改革、三反五反、批斗“胡风反革命集团”,都是持反对态度的。1964年7月15日的日记中,他说:“中国自有儒家道德、政治之宗传、要理,可以治国平天下,不分阶级,不尚斗争,而以德化民,以仁施政,何不用之……”

五

吴宓及“学衡派”与1917年中国文学大拐弯后的新文学的关系。

首先,说说吴宓及“学衡派”与当时存在的所谓“旧文化文学”派代表人物林纾、章士钊等人的不同。我从史料的研析中,发现二者之不同有四:一是吴宓及“学衡派”的成员,拥有丰厚的欧美古典文学与近现代文学乃至文化、哲学的储备。二是吴宓及“学衡派”潜心于学术研究与教学,培养新人,而没有林纾、章士钊等人的政治需要与政治背景。三是吴宓及“学衡派”对新文化新文学运动,并非一概反对。吴宓在《论新文化运动》一文中就说过:新文化新文学其名甚美,并渴望真正的新文化新文学形成运动。同时,《学衡》杂志,不时发表新文学作品，吴宓还著文品评新文学作品。吴宓及“学衡派”反对新文化运动，是因新文化新文学运动否定孔子与儒家文化以及把传统文化文学称为死文化、死文学，当然也有个别成员反对宣传马列主义。四是与当时新文化文学派对当时中国社会人生和文化文学的落后性的认识一致，都在努力探索与思考中国社会人生和中国文化文学的新出路。正因为如此，吴宓及“学衡派”的道德文化人文精神在新文化新文学阵营里得到了不同程度的回应。先是郭沫若反对否定孔子与儒家文化而竭力推崇孔子。其后是胡适提倡“整理国故”，强调分清国粹与国渣。1923年初，文研会发起“整理国故与新文学运动”的讨论。郑振铎在《文学建设与国故之新研究》一文中，认为：“我们长在新文化的热潮应有整理国故的一种举动。”新文学运动的“真义，一方面在建设我们的新文学，创作新的作品，一方面却要重新估定或发现中国文学的价值”。顾颉刚在《我们对于国故应取的态度》一文中，更认为：“新文学与国故并不是冤仇对垒的两支军队”“整理国故同是新文学运动应有的事。”余祥霖在《整理国故与新文学运动》一文中，也认为：“新文学须建立在外国文学与国故的混合物上面，这才是真正的新文学。”这些从新文学阵营里发出的声音，无疑是中国文学大拐弯之后新文学深入发展的一种必然性反映。从另一角度加以审视，可以说，这些从新文学运动中发出的声音，也是对吴宓及“学衡派”所发出的声音的一种认同性感应。

其次，分歧及论争。吴宓及“学衡派”与新文化新文学阵营的分歧在于用什么来建构新文化新文学。吴宓及“学衡派”偏重于用中国古代孔子儒家文化和西方古希腊文化来构建新文化新文学；新文化新文学派则是革孔子儒家文化的命而吸收世界近现代文化文学来创建新文化新文学。有分歧，必有论争。先是鲁迅发文批判。鲁迅以《学衡》上发表的几篇文章存在的语法不通、乱用成语等问题为例证，予以辛辣嘲讽，并认为该派是“聚在南京城门之左近的几个假古董发出的假毫光”[①]。接着是共产党人邓中夏发文批判，他呼吁新文化新文学界团结起来向攻击宣传马列主义的“梅光之迪”发起猛烈进攻。其实，当时的批判阵势并不强大，或者说并未形成批判阵势，倒是后来，特别是中华人民共和国成立后的几十年，几乎一致地认定吴宓及“学衡派”为封建复古派，“学衡派”成员们均受到程度不一的人身伤害和学术、文学、教学的限制。当时，新文化新文学人

① 鲁迅：《估学衡》，《鲁迅全集》第1卷，人民文学出版社1981年版，第377页。

们对吴宓及"学衡派"的批判,今日观之,至少存在两个问题:一是未能从该派及吴宓所坚守的道德文化人文精神中,吸收建设新文化新文学的养分;二是有以点概全之嫌。邵祖平并非"学衡派"成员,仅是东南大学附中的一位语文教师,其文《渔丈人行》,吴宓并不看好,并不愿发表在《学衡》上。梅光迪与之关系甚好,所以吴宓不得不刊发此文。鲁迅以一个圈外人的文章中出现的纰漏来概括整个"学衡派"的水平而大加挖苦讽刺,这不能不说有失公允。

吴宓及"学衡派"领受、担当、护卫的"仁,天下归仁"道德文化人文精神追求,为什么不能实现?我以为这是值得深思的问题。就我的理解主要原因有如下三点:

一是时空错位。20世纪前50年,中国社会的阶级矛盾与民族矛盾尖锐激烈。对于这一历史时代的内容与特征的把握,吴宓及"学衡派"同陈独秀、李大钊、鲁迅等人有所不同。早在20世纪初叶,吴宓们、陈独秀们、胡适们,同出于民族危机、文化危机、社会危机的感受与体验,深深感到其时中国物质文化的落后、制度文化的陈腐、精神文化的颓丧,不约而同地提出了改造和重建精神文化以及匡世济民的追求目标。也因此不约而同地先后创办刊物、撰写文章传播新的文化思想与新的道德观念。不过,陈独秀们很快调整了这一初衷,把精神文化的改造与重建纳入了物质文化与制度文化改造与重建的轨道,组织政党、传播马列主义,从事政治革命斗争。胡适们在"初衷"基础上,强调了传统文化的整理和运用,以重建新文化。吴宓们出现的时期,恰恰是陈独秀们、胡适们的调整与转换之际。其时,有一部分知识分子已开始了与工农大众结合而偏重于颠覆现有的制度文化与物质文化了。这已逐渐成了文化主流。在其时的中国,若没有制度文化与物质文化的改造与重建,仅有精神文化的改造与重建,那么新的人生追求与新的文化建设追求的落空与失败,就会成为必然。因此,吴宓与"学衡派"的追求不能实现,是因其追求的违背时势所致。

二是吴宓及"学衡派"追求的人生目标,主观性太强,排他性太烈,这不能不说是其追求不能实现的重要原因。中国几千年承传的精神文化,缺少自由与民主。要把这样的文化改造为具有现代民主自由意识的新文化,为之奋斗的各种文化派别与个人,应该在同一目标上各司其职、各尽其能、相互呼应。离开了协力同心而相互攻讦,新文化是断然难于建构的。吴宓及"学衡派",在以民主意识与科学精神为特质的新文化、新文学已经成型并继续发展之时，从《学衡》创刊之日起即不时发文加以抵制乃至攻击。这种排斥异己的唯我独尊的意识与行为方式，无疑是四面树敌而将自己陷入四面楚歌之境。这自然会招来鲁迅、文研会同仁及共产党人的驳难。

三是吴宓及“学衡派”的追求本身具有的局限性和致命弱点。我以为其局限性与致命弱点是重“常”而轻“变”，表现为对古代文化精神，尤其是其中的道德文化的过分推崇而对现代精神文化的过分轻视乃至排斥。他们的“昌明国粹”中的“国粹”即中国古代的孔子学说，“融化新知”中的“新知”即古希腊文化。世界近现代文化在他们这里成为禁区乃至祸患之源。吴宓完全认同白璧德的观点，世界近现代精神文化的弊害是由科学主义、人道主义、浪漫主义张扬的个人主义及其“物欲”所造成，因此欧美近现代社会物欲横流、道德沦丧、世风日下。所以，吴宓在《韦拉里论理智之危机》一文的“译者识”中，对现实主义、浪漫主义、现代主义，大加挞伐。这种一概排斥世界现代精神文化，必然会使自己重建的新文化缺乏新的内蕴而显得单一与保守。拒绝现代文明阳光雨露滋养的精神文化，绝不能成为“日日新”的新文化的。一个时代有一个时代的精神文化，这是一个不争的事实。然而，一个时代的精神文化并非会随着这个时代的结束戛然而止，这也是一个不争的常识。精神文化的持续性、延伸性，决定着不同时代精神文化既相区别又相承传而又更新。承传不断，更新不止，这是规律。吴宓及“学衡派”文化追求本身的局限与致命弱点，使得他们常常自相矛盾。比如，吴宓在《钮康氏家族》的译序中，却对现实主义、浪漫主义大加称赞，称狄更斯的作品多叙市井里巷卑鄙龌龊之事，痛快淋漓，成为情感派创作潮流之代表；称沙克雷的作品，专述豪门贵族奢侈、淫荡之情，隐微深曲，半讥若讽，成为写实派创作潮流之代表。他更是推崇浪漫主义诗人雪莱及其诗歌。理性与感性的背离、学术性与个人审美情趣的背离，就把他置于尴尬之境。

吴宓及“学衡派”的精神文化追求，就其属性而言，是一种伦理道德与行为方式。21世纪的今天，我已经感觉到了，吴宓及“学衡派”的“仁，天下归仁”活跃于我们文化中间而与我们同行。因为“仁，天下归仁”是我们民族文化的“精粹”所在，伴随我们民族世代繁衍，自然会融入现今建构以人为本的和谐社会过程中。“仁”会使我们明礼、守法、遵纪；“仁”会提升我们的文化素质；“仁”会净化我们的灵魂。为政者"仁",为学者"仁",为商者"仁",为工者"仁",为农者"仁",人人"仁",天下自然和谐了。我想,这是吴宓及"学衡"派道德文化人文精神追求的而今而后的价值意义吧!

原载《中国现代文学研究丛刊》1999年第2期;中国人民大学书报资料中心《中国现代、当代文学研究》1999年第8期全文转载,原题目为《吴宓的"好梦"及其"难圆"——〈学衡〉存在期吴宓文化启蒙蓝图剖析》,内容有所增删

| 中 | 篇

文学文本新/多样

鲁迅的“吃人”隐喻意涵

1917年，中国文学处于大拐弯的时代，其呼唤新的巨人鲁迅的出现，而文学巨人鲁迅登上文坛又极大地推动着大拐弯之后的新文学向前发展。当然，文学巨人鲁迅的存在及其影响，并未因中国文学大拐弯的完成而消失。鲁迅的影响是持续的、长久的，且有普遍的价值意义。

大拐弯之后的中国新文学与中国传统文学的根本不同点在人文精神方面，鲁迅与中国传统文学史上作家的根本不同点也在人文精神方面。中国新文学的人文精神与鲁迅的人文精神的共同点便是独立意识与自由思想。鲁迅写的是“吃人”，隐喻的终极性的人文关怀却是“立人”。可以说，这便是中国新文学的新的内核所在，这便是鲁迅的价值意义的根本所在。

一

独立意识与自由思想，存在于鲁迅整个人生过程中。对此，鲁迅做到了“耐得住”“守得住”“顶得住”。这“三住”与他的独立意识及自由思想一样，都不是与生俱来的，而是经历了不少坡坡坎坎的历练,即他说的“绝望”与“彷徨”的历练。鲁迅大抵经历了两次大的“绝望”,两次大的“彷徨”。

两次“绝望”:

一次为“绝望于孔夫子及其之徒”。鲁迅在1935年写的《在现代的中国孔夫子》一文中,回忆他之所以去日本留学是因为“绝望于孔夫子及其之徒”。这表明,鲁迅去日本留学前就对中国传统文化的主要元素——以孔子为代表的儒家文化及其历代信奉者绝望了。鲁迅深感被政治化、机制化的儒家文化已经不能救治贫弱的国家与国民了。鲁迅的这一“绝望”不是从什么书本上得来的,而是从他的生活实践中感悟出的。鲁迅慧根甚深,悟性强劲。鲁迅从家庭由小康坠入困顿的变故和他自己由备受夸奖到被称为乞食者的人生落差中,感到孔孟经书上说的“仁者爱人”是假的、是骗人的。鲁迅在农村外婆家,看见农民的贫穷和农民孩子的苦状,便感到书本上写的和老师说的“农村农民如花鸟一样自由自在”也是假话、骗人的话。从生活实践中得来的这样的认识,使得他背离历代读书人所走的科举考试的老路,而决心“走异路,逃异地,去寻求别样的人们”[①]。这自然是反叛,是叛逆,是独立意识与自由思想的体现。接下来,便是具体行动了。他先是离家去南京求学。在南京求学期间,始而对富国强兵思想感兴趣,但在矿路学堂及其开设的矿场考察之后,便放弃了这一兴趣,而引白居易的两句诗表达他的哀叹:“上穷碧落下黄泉,两处茫茫皆不见。”转而,吸收当时流行的进化论思想。

一次为绝望于辛亥革命。鲁迅在读有关进化论著作的过程中,从矿路学堂毕业了。1902年4月官费留日学医,1906年弃医从文,1909年回国。1911年10月,辛亥革命发生了,有两千多年的皇权专制制度被颠覆了。在绍兴中学任教的鲁迅以无比兴奋的心情和实际行动迎接这场革命。他以为这场革命便是救国救民的“良药”。他率领学生上街游行,欢呼革命,宣传革命。但是,这场革命很快失败了。他的这种感觉与认识也是源于他的所见。1911年11月5日,绍兴光复第二天,他与好友范爱农在绍兴街上,见到的情形正如他在《范爱农》一文中记叙的:“满眼是白旗,然而貌虽如此,内骨子是依旧的,因为还是几个旧乡绅所组织的军政府,什么铁路股东是行政司长,钱店掌柜是军械司长。”这就表明,

① 鲁迅:《呐喊·自序》,《鲁迅全集》第1卷,人民文学出版社1981年版,第415页。

辛亥革命的新政权落在旧人物手里了。而辛亥革命党的新人物呢？变成了旧人物，王金发便是一例。王金发是辛亥革命党人，但他到绍兴后，“渐渐变成了老官僚一样，动手刮地皮”了。因此，鲁迅对辛亥革命绝望了。这种政治思想依然来源于他的亲身感受。这一敏锐灼见，在当时是属于超前性的。这也表明鲁迅的独立意识与自由思想的难能可贵。

两次“彷徨”：

一次是辛亥革命后到1918年年初的彷徨。鲁迅绝望于辛亥革命后，心情十分苦闷、彷徨，乃至颓唐。他这样表白过：“见过辛亥革命，见过二次革命，见过袁世凯称帝，张勋复辟，看来看去，就看得怀疑起来，于是失望，颓唐得很了。”同时，他又说道：“不过，我却又怀疑于自己的失望。”[①] 1912年到1918年年初，鲁迅在做什么？这六年间，鲁迅除了在教育部任佥事上班外，其余时间，都在北京的绍兴会馆那间无人敢住的屋子里，“读古书，抄古碑，看佛经”[②]。何意？用鲁迅自己的话来诠释，即是“回到古代去，沉入于国民中”[③]。我理解，就是剖析历史与现实，就是反思，反思辛亥革命为什么会失败？与中国历史、传统文化有无关系？这也是把前两次“绝望”及其原因进一步搞清楚的过程，他的智慧与文化积累的过程。这其实就是鲁迅自己说的“又怀疑于自己的失望”的成果。正是有了这一反思与积累的过程，才有了1918年5月以后的“顿释”“顿悟”及其创新。正因为鲁迅处于反思与积累过程中，所以才对陈独秀发动的新文化运动、胡适与陈独秀发难的文学革命运动显得冷淡。但他对中国社会人生“毫不悲观”，坚信新的社会一定会出现。正是出于对新的社会一定会出现的坚信，加上胡适、钱玄同等人的邀约，鲁迅才于1918年5月以一位作家的姿态登上新文坛。

一次是“五四”退潮期的彷徨。五四新文化新文学运动到1921年退潮了。北洋政府推行高压政策，使北京城又死气沉沉了。鲁迅对此有个比喻性的说法叫“改革一两，反动十斤”。在这样的社会人生与文化环境里，鲁迅与不少新人物一样彷徨、苦闷了。鲁迅有一首诗，表白其时自己的心理状态：“寂寞新文苑，平安旧战场，两间余一卒，荷戟独彷徨。”深感布不成阵，而四处寻找新战友。

---

① 鲁迅：《南腔北调集·自选集·自序》，《鲁迅全集》第4卷，人民文学出版社1981年版，第418页。

② 鲁迅：《呐喊·自序》，《鲁迅全集》第1卷，人民文学出版社1981年版，第418页。

③ 鲁迅：《呐喊·自序》，《鲁迅全集》第1卷，人民文学出版社1981年版，第418页。

这两次彷徨,充分表明鲁迅为自己拥有的独立意识与自由思想而“耐得住”“守得住”“顶得住”。

对鲁迅人生道路与心理历程中的这两次“绝望”与两次“彷徨”,我想再引用鲁迅在1925年3月11日给许广平信里的一段话来做诠释。鲁迅说:“走人生长途,最易遇到的有两大难关。其一是‘歧路’,倘是墨翟先生,相传是恸哭而返的。但我不哭,也不返,先是在歧路头坐下来,歇一会,或者睡一觉,于是选一条似乎可走的路再走,倘遇老实人,也许会夺他的食物来充饥,但是不问路,因为我料定他并不知道的。如果遇见老虎,我爬上树去,等它饿得走去了,再下来,倘若它不走,我就自己饿死在树上,而且先用带子缚住,连死尸也决不给它吃。倘若没有树呢?那么,没有法子,只好请它吃了,但也不妨咬它一口。其二是‘穷途’了,听说阮籍先生也大哭而回,我却像在歧路上的办法一样,还是跨进去,在刺丛里姑且走走。”鲁迅的这一表述,是对他的人生经验的总结,自然也是他的两次“绝望”与两次“彷徨”的真谛形象而生动的准确揭示。可见,鲁迅的两次“绝望”与两次“彷徨”是深层次的人生思考与抉择。

这里,还有一个问题即鲁迅在“绝望”与“彷徨”之前之后的状态问题。鲁迅在给许广平的信中,也只说他是如何对待“难关”的。“难关”之前之后呢?鲁迅未明确地告诉我们。不过,从鲁迅的人生经历与创作中,可以发现,他在“绝望”与“彷徨”之前之后都是“呐喊”。于是,鲁迅完整的人生长途便呈现了出来:遇到“难关”之前是呐喊;遇到“难关”之时是反思、是选择;过了“难关”又是新的呐喊。彷徨而呐喊,呐喊而彷徨,波浪式推进。后一次呐喊是前一次呐喊的提升而非循环式的重复;后一次彷徨与前一次彷徨内容不一,但都是一种间歇、一种休养、一种反思,为再次呐喊做准备。唯其如此,鲁迅在人生长途中,步履才那么坚实,眼光才那么锐利,立身处事才那么有识、有勇、有谋。唯其如此,鲁迅才成为中国新文学史上乃至20世纪中国文学史上伟大的文学家和思想家,鲁迅的作品才成为中国新文学史上乃至20世纪中国文学史上一座标志性的丰碑。

二

鲁迅在中国新文学史上的写作时间不长,从1918年5月《狂人日记》到1936年

10月17日《关于太炎先生二三事》止，共18年时间。这18年间，他的小说收集为三个集子，即《呐喊》《彷徨》《故事新编》，散文集《朝花夕拾》、散文诗集《野草》，杂文共14集，有《热风》《坟》《华盖集》《华盖集续编》《而已集》《三闲集》《二心集》《南腔北调集》《伪自由书》《准风月谈》《花边文学》《且介亭杂文》《且介亭杂文二集》《且介亭杂文末编》（还有未入这些集子的杂文），还有新旧体诗，等等。（翻译的作品未计入）

这里，解读《呐喊》与《彷徨》两部小说集。

关于这两部小说集中的内容，有不少人做出过归纳与概括。许寿裳用“国民性”来概括，并说鲁迅是一位针砭国民性的高手。沈雁冰用“民族性”来概括，并说“在现代中国没有人像他这样深刻地理解中国民族性”。郁达夫用“民族精神”来概括。鲁迅自己说是“画出中国人的灵魂”。这些人的解读所得和鲁迅的自述，我以为都未偏离这两部小说所负载的内容。这里，我拟用一个最为真切、最为形象、最为通俗的词语来表达我解读后的所得，那就是“吃人”。这是鲁迅对中国历史、中国文化、中国社会、中国人长期而深入探究的结晶，自然也包括他对自己及其婚姻的体验与感受。

“吃人”贯穿《呐喊》与《彷徨》两部小说集的始终，成为这两部小说集的共同母题。

《狂人日记》是这两部小说集的第一篇小说。从此开始，“吃人”母题得以确立。这篇小说以一个受迫害而得精神病的狂人的狂态、狂语、狂行来暗示与象征“吃人”——中国几千年的历史是“吃人”的历史，中国当下的社会是“吃人”的社会，中国当下的人是“吃人”的人，中国伦理道德是“吃人”的依据，从而全方位敞露了宗法社会的本质特征。《孔乙己》则是写一位不叛逆，至死都虔诚于传统文化的知识分子，以孔乙己的被虐杀来展示宗法社会“吃人”本质的。《药》则是直接展现宗法社会统治者一手用钢刀“吃人”，一手用“软刀子”“吃人”。鲁迅最初的三篇白话小说也是这两部小说集中的前三篇小说，可以说把宗法社会所有的弊害和盘托出了。仅以此来理解这三篇小说的内涵，我以为还有缺失，那就是宗法社会里，广大民众、特别是底层民众“吃人”否？“吃”！这三篇小说中写的是民众，包括那位狂人在内，都“吃人”。不是吗？《狂人日记》中的大哥“吃人”，路上交头接耳的七八个人“吃人”，打小孩的女人“吃人”，狼子村的佃户“吃人”，狂人“吃人”。“吃人”的人无处不在，成了一个团，鲁迅在《我之节烈观》一文中称之为“吃人团”。《孔乙己》中的咸亨酒店的酒客们，对孔乙己被伤害的肉体与精神的一次次哄笑，不也是在参与“吃”孔乙己吗?《药》里的华老栓茶馆里的茶客们，对革命者在牢里劝牢头“造反”，表现出的不满与轻视，对刽子手康大叔的称赞，何尝不是又一种“吃人”的人？这三篇小说里的民众，都是无意识的无政治目的的“吃人”的人。

《彷徨》小说集中的第一篇小说是《祝福》，这篇小说写的是“吃”与被“吃”。卫家山的人们、鲁镇的人们都是“吃人”的人。他们结成庞大的“吃人”同盟，共同“吃”掉一个女人祥林嫂。祥林嫂在卫家山一寡再寡，儿子又被狼“衔去”，可以说遭受着天灾人祸的折磨。如果说，这些仅是肉体与情感的伤害的话，那么她在鲁镇受到的伤害，更多的是心理的、灵魂的摧残了。鲁镇的人们，对祥林嫂讲自己的悲惨故事，始而还表同情，“后来全镇的人们几乎都能背诵她的话，一听到就烦厌得头痛”，没有了半点儿同情之心，反而还故意在她的伤口上撒把盐：“大家又知道了她的脾气，只要有孩子在眼前，便似笑非笑的连问她：‘祥林嫂，你的阿毛如果还在，不是也有这么大了么?’”祥林嫂从“大家”“又冷又尖利”的“笑影上”，感到没有再开口的必要了，自认没趣，自认悲哀。然而，鲁镇的人们并没有就此打住，不久对她额上的伤疤又“发生了新趣味，又来逗她说话了”。“‘祥林嫂，我问你：你那时怎么竟肯了?’一个说。‘唉可惜，白撞了这一下’，一个看着她的疤，应和道。”鲁镇的人们何等的冷酷与残忍啊！祥林嫂是鲁四老爷家的佣人。她自然也直接遭受着鲁四夫妇的伤害。这集中体现在“祝福”一事上。鲁四嫌弃她是个寡妇，专门告诫其妻：“用她帮忙还可以，祭祀时候可用不着她沾手，一切饭菜，只好自己做，否则，不干不净，祖宗是不吃的。”因此，当祥林嫂去分配祭祀的酒杯和筷子时，四婶慌忙地说道：“祥林嫂，你放着罢！我来摆。”当祥林嫂去取烛台时，四婶又慌忙地说：“祥林嫂，你放着罢！我来拿。”在土地庙捐了门槛之后，祥林嫂“神气很舒畅，眼光也分外有神”了，满以为可以拿祭祀的物品了。当她坦然地去拿酒杯与筷子时，四婶依然慌忙地大声说道：“你放着罢，祥林嫂!”这一声如霹雳一般给了祥林嫂以摧毁性的打击：“她像是受了炮烙似的缩手，脸色同时变作灰黑，也不再去取烛台，只是失神地站着。”从此，她变化极大，精神与灵魂彻底崩溃了。这里，还得说说柳妈。柳妈是鲁四老爷家祭祀时请来做帮手的一个佣人。她认为祥林嫂嫁给贺老六时，一头未撞死，“实在不合算”，“死了，就好了”。“你想，你将来到阴司去，那两个死鬼的男人还要争，你给谁好呢？阎罗大王只好把你锯开来，分给他们。”柳妈这一席话，给了祥林嫂莫大的恐惧。为避免此事发生，柳妈还给祥林嫂支着儿，说：“你到土地庙去捐一条门槛，当作你的替身，给千人踏，万人跨，赎了这一世罪名，免得死了去受苦。”祥林嫂听其言，用了“历来积存的工钱”捐了门槛。她自认为“罪孽”洗清了，“干净”了，可以在鲁家祭祀时拿祭品了——争得做人的资格了。然而，她大错而特错了。她的心理与灵魂被彻底摧垮，应该说柳妈是有责任的。据此，可以说柳妈无意中也在“吃”祥林嫂，无意中给了祥林嫂致命一击。祥林嫂一个处于农村社会底层的女人，就这么被一个庞大的“吃人团”，活活“吃”掉。解读这篇小说时，我感到鲁迅的笔尖流出的不是墨汁而是鲜红的血液。“吃人”二字，充斥于小说的字里行间。《祝福》实际上构筑的是一个精神祭坛，把人们放在这座祭坛上来拷问、来亮相。拷出了、亮出了人们的真面目：都是一群无意识的无目的的“吃人”的人。

三

《示众》在《彷徨》小说集中和鲁迅整个小说文本中，都是很特别的一篇小说。这篇小说，没有发生发展高潮结局的故事情节，没有个性鲜明的人物形象，有一个空间“首善之区的西城的一条马路上”，有一个季节性的时间“烈夏”，有一个巡警及其牵着的被绳索捆绑着的犯人，更有“第三——也许是第四——层”的围观人群。连缀全篇，浑然一体，成为一个完整的艺术世界的是一个十一二岁胖小孩的四次叫卖声。第一、二次叫卖声：“热的包子咧，刚出屉的……”“荷阿！馒头包子咧，热的……”犹如集合的口哨声和演戏的开场锣鼓，起着聚众的作用，把叫卖“馒头”“包子”与看热闹结合起来了。胖小孩的叫卖，似乎不在“馒头”与“包子”上，而在看热闹一面，“他忽然飞在马路的那边了”，看着犯人“背心上一行一行地写着些大大小小”的什么“字”。“刹那间，也就围满了大半圈的看客。”第三次叫卖声：“刚出屉的包子咧！荷阿，热的……”随着这一叫卖声，“围阵立刻散开”，马路恢复了平静，像未发生过事一样。第四次叫卖声：“热的包子咧！荷阿！……刚出屉的……”为全文结束语。这样一种艺术构思,这样一种艺术结构形态,就给作家鲁迅着力描写围观看客留下了足够的空间。这一大群看客,没有姓,没有名,只有一些生理上的名号,诸如什么红鼻子胖大汉、秃头、瘦子、死鲈鱼、椭圆脸等等,还有什么背书包的、打洋伞的、抱小孩的等等。他们围成一个看阵,簇拥着争看一个他们一无所知,也不想知的犯人。他们在围观过程中,不时地发出相似的很有快感的叫声:“好快活！你妈的……”“阿,看呀！多么好看哪！……”这样就把作家鲁迅的诉求重点暗示了出来:示众的犯人仅仅是个聚集点,围观的人们才真正是示众的主体,他们那么无聊,那么麻木,那么无意识！由此,对国民劣根性进行了一次一览无余的大曝光。他们也便是一群“吃人”的人。他们“吃”犯人,也在“吃”自己。

《离婚》是《彷徨》小说集最后一篇小说,演绎的也是一个“吃人”的故事。西方近现代社会里,主张婚姻自由,男女自由结婚、自由离婚。应该说这是人类文明进步的一种表征。在中国传统社会里,没有婚姻自由一说,自然也就没有“离婚”一说,有的只是“休妻”,男人一纸休书就把妻子赶出家门了,婚姻关系解除了,只有男人才有这种权力,女人没有。这种不平等的婚姻关系或称习俗,把女人推入了人生绝境,当然也有女人或隐或现的反抗,但结局都悲惨。这篇小说名为“离婚”,实则还是“休妻”。爱姑自从嫁到施家,按她说的“真是低头进,低头出,一礼不缺”。但是,施家人“个个都像‘气杀钟馗’”专和她作对。特别是丈夫结识了另外一个女人,按她说的是个“婊子”之后,她被赶出施家。她被置于死地了。她反抗,她像一位悍妇一样地吵闹,找本地慰老爷评理。整整闹了三年,慰老爷还是坚称:“走散的好！”她不同意,她找到七大人评理,“且看七大人说谁不错！”她向七大人诉说她多年所受的委屈与受的虐待,且理直气壮地表示“打官司也不要紧。县里不行,还有府里呢……”七大人未发话,慰老爷就向她大泼冷水:“爱姑,你要是不转头,没有什么便宜的。”“打官司打到府里,难道官府就不问问七大人么？那时候是,‘公事公办’,那是……你简直……”这就更激起了她的愤怒,说道:“那我就拚出一条命,大家家败人亡。”慰老爷压服不了爱姑,七大人说话了:“那倒并不是拚命的事。”“年纪青青。一个人总要和气些:‘和气生财’。对不对？我一添就是十块,那简直已经是‘天外道理’了。要不然,公婆说‘走！’就得走。说到府里,就是上海、北京,就是外洋,都这样。”听了七大人这一席话，她还不气馁，决定“作一回最后的奋斗”。她骂她的公公为“老畜生”，她骂她的丈夫为“小畜生”；诉说公公与丈夫如何对不起她。她还未说完，就看见七大人“两眼向上一翻，圆脸一仰，细长胡子围着的嘴里同时发出一种高大摇曳的声音来了。‘来……兮！’”她“打了个寒噤，连忙住口”了！她感到“大势已去”，后悔、自责起来，说道：“我本来是专听七大人吩咐……”结果是：她父亲收到施家90元钱，互换红绿帖子而解除婚约，——爱姑被休了！读罢小说，我感到爱姑的勇气与反抗，真是可嘉，但又觉得她特别天真幼稚。她不知道七大人与慰老爷都是男权中心社会的代表人物，维护的是宗法社会的婚姻关系与伦理道德。她的反抗，不仅徒劳，而且给自己带来更沉重的心理的、精神的伤害！爱姑两次被“吃”——在婆家被丈夫、公婆、小姑子“吃”；在慰老爷家，被慰老爷与七大人“吃”。这便是男权中心社会构成的一个强大“吃人”同盟！爱姑与女人被“吃”难免！

总之，《呐喊》与《彷徨》两部小说集中的小说，的的确确表达的是“吃人”这么一种母题，传达出鲁迅独立意识与自由思想过滤的真知灼见：中国几千年的社会里，“吃人”的统治思想，已经渗透进了整个民族与民众的意识与心理，成为一种集体无意识，构成了一种顽症；要么，成为“有名主的吃人团”；要么，成为“无名主的吃人团”。当然“无名主吃人团”中也有挣扎，也有些许不平的呼声！

那么，这一“吃人”母题，与前文说的鲁迅小说的终极关怀是“立人”有何关系？我说，关系甚大！写“吃人”，正是为了“立人”！“吃人”——中国人，人人“吃人”，还不知悔改，还不知悲哀，这不是中国人最大的苦痛吗？揭出痛苦，引起疗救的注意，达成改造人生之目的。人生得到改造了，人不就“站立”起来了吗！中国人，人人“吃人”，乃因为没有独立意识与自由思想之故，仅有的只是集体无意识。

本文由三篇文章合成：《“五四”时期鲁迅作品中的民主与科学思想》，原载《南充师范学院学报（哲学社会科学版）》1979年第2期，中国人民大学书报资料中心《中国现代、当代文学研究》1980年第1期全文转载；《鲁迅·抗战·抗战文艺》，原载《重庆师范学院学报（哲学社会科学版）》1982年第4期，中国人民大学书报资料中心《鲁迅研究》1982年第11期全文转载；《鲁迅与辛亥革命》，原载《重庆社会主义学院学报》2011年第4期

茅盾的政治化倾向

茅盾不只是无产阶级文学的代表作家,也是整个中国新文学的代表作家之一。因为他是随着中国新文学的形成与发展而出现而成长的,也是随着中国共产党领导的新民主主义革命的发生发展而出现而成长的。他的文学之路与人生之路,烙上了中国新文学演进和中国新民主主义革命历程的鲜明印记。

茅盾对中国新文学和其中的无产阶级文学的贡献是多方面的。

一是现实主义文学思想理论的建树。最初(1920—1924),他倡导为人生而文学,并与周作人、郑振铎等人共同发起成立文学研究会,使为人生而文学的现实主义文学形成大的潮流;后倡导为革命而文学。这就为现实主义和无产阶级文学思想理论逐渐体系化,做了有益的探讨。

二是开创文学与政治结合的文学创作之路。中国新文学创作领域里,存在一个文学与政治相结合或称文学的政治倾向系列,这是茅盾开创的,受他影响的一批作家作品,体现了新文学创作的一种政治化倾向。

三是开拓新文学创作新领域,具体说即是对中国民营企业家（民族资本家或民族资产阶级）命运勾魂摄魄。《子夜》《第一阶段的故事》《锻炼》《清明前后》等作品，成为20世纪20年代至40年代中国民营企业家命运史的艺术载体，这不仅丰富了新文学创作领域，同时也为新文学家描写民营企业家的命运提供了参照。

茅盾的文学创作最为显著的特质是政治化倾向，《蚀》三部曲、《子夜》以及抗战时期的作品，概莫能外。

一

《子夜》是茅盾的代表之作，也是中国新文学的一座丰碑，并为中国新文学赢得世界声誉做出了贡献。

关于《子夜》的题材与主题

茅盾于1930年4月由日本回国。不久，他的“眼病”“胃病”“精神衰弱”三病齐发。医生要他8至12个月不能看书、写字。这对他来说，自然是很难于接受的劝告。他的听力依然正常，头脑依然好使。于是，他便利用这8至12个月的时间，走访政界、商界、学界、军界、民间。由此，了解了当时中国发生了的两件大事：蒋、冯、阎大战和社会性质论战。同时了解了世界发生的大事即资本主义经济危机及其对中国社会经济的影响。有了多方面的感受、体验与生活素材的积累，他产生了如他在《子夜·后记》中说的：“大规模地描写中国社会现象的企图。”这一创作企图，很快转化成写作提纲。最后敲定写作提纲还得力于瞿秋白的帮助。1931年1月，中共六届四中全会上，瞿秋白被排挤出中央，并遭到执政当局的通缉，便到茅盾家小住。他与茅盾几乎天天谈《子夜》提纲事。瞿秋白认为应改变赵伯韬与吴荪甫两大集团握手言和的结局，而为一胜一败；应改变吴荪甫的裕华纱厂工人罢工是赵伯韬挑拨而改为吴荪甫对工人的剥削所致；瞿秋白还对他说：资本家在愤怒而又绝望时，就会做破坏之事，甚至兽性大发；等等。这些意见，茅盾都吸收了。1931年10月到1932年12月期间，他写成《子夜》，1933年1月初版问世。总的说，《子夜》是茅盾对当时中国社会人生做了大量的深入的采访、研究、分析之后而形成创作大纲，最后完成写作的。他始终关注的是作为社会关系总和的“人”，他较准确地把握了20世纪二三十年代中国现实社会人生跃动的脉搏,以及各个阶级、阶层的思想、心理、性格、命运及其纠结与流动,呈现出了中国社会人生的丰富性与复杂性。从而,表达作家的一种政治理念——当时,中国不可能发展民营企业,中国不可能走资本主义道路。这一创作意图与诉求,是通过典型人物形象的塑造实现的。

关于吴荪甫形象

吴荪甫是20世纪二三十年代中国的一位民营企业家的典型形象。他有近现代欧美企业家管理企业的本领,有发展中国民族工业的强烈欲望与野心,有达到目的的冒险精神、硬干胆力与铁的手腕。他是中国民营企业家中的一位佼佼者。但是,他是一位失败者。

吴荪甫这样表白他的雄心与宏图:他要他的公司"高大的烟囱如林,在吐着黑烟,轮船在江河乘风破浪,汽车在驶过原野";他要让他工厂的产品"走遍全中国的穷乡僻壤"。这就是他做的工业资本王国的美梦。他不仅这样想,而且实地做。他采取了五个大行动:一是建立后方基地。他为了更好地发展企业,就选择家乡双桥镇作为后方基地。他在这里开设当铺、钱庄、油坊、米厂、发电厂等,一心想把双桥镇建成理想的"双桥王国",使这个十万人口的城镇供他回旋,成为他实现工业资本王国美梦的后方基地。二是扩大实力。为着独立办企业,摆脱外国资本的控制,他联合太平洋轮船公司总经理孙吉人和大兴煤矿公司总经理王和甫等几位实业界有影响的志同道合者成立益中信托公司。该公司成立后,他一口气吞并了八个中小工厂,如丝厂、灯泡厂、肥皂厂、玻璃厂、橡胶厂、阳伞厂、赛璐珞厂等,而且只花了五万元就收购了八家估价三十余万元的工厂。他要这些工厂生产的产品占领中国市场。这一大手笔,得到了公司同仁齐声称赞。三是加紧剥削工人。他下令延长工人的工作时间,减少工人的工资。这一加紧榨取工人劳动剩余价值的举措,无疑会激起工人的不满与反抗。当工人罢工时,他始而震怒,他"脸上的紫包一个一个都冒出热气来",继而下令镇压。四是反对军阀混战而又与军阀勾搭。蒋、冯、阎大战,直接影响到他工厂产品的销路,阻碍他发展民族工业计划的实施,因此持反对的态度。但是为着了解与掌握局势,他又不得不与军阀中人联络。比如他通过雷参谋了解与掌握中央军的战况与战略策略,通过唐云山、黄奋了解与掌握冯、阎等的进退战况。他还做军火走私生意,把中央军的军火搞出来从海上运到北方卖给冯、阎,以获取暴利。五是打入公债市场。吴荪甫是办实业的，本来是反对拿钱去炒股的。但是他感到倘若不从公债市场上打倒金融巨头赵伯韬，他的益中信托公司将会受到破坏，企业会受到很大影响。所以，他决定一手办实业，一手伸进公债市场。这对他来说，不是一时的冲动之举，更不是盲动与乱动。首先，他说服同仁，拿1000万元去买公债。他对同仁们说："我们好比打仗，前后都是敌人：日本人在上海开的工厂是我们面前的敌人，老赵是我们背后的敌人！总得打败身前身后的敌人，然后我们的脚跟才站得稳！"并用眼光向同仁们一瞥。他眼光里透出勇敢与乐观的火焰，煽起同仁们的热情，鼓动同仁们与他同心干。他这富有魔力的眼光，常常是他定大计、排大难、释大疑的先声夺人的信号。其次，他拉姐夫杜竹斋入伙，一起打入公债市场。杜竹斋是个多疑而又胆小的角色。吴荪甫用两种办法打消其疑虑，以使其入伙，第一是叫妻子林佩瑶去跟杜说，雷参谋在前方受伤被俘，中央军吃了败仗，还要她装得像点儿。中央军吃败仗，上海股市行情就会大跌，乘机就可买进；第二是亲自出马，说服杜竹斋。他夸大战局，称战争一定会延长，中央军失利是暂时性的，现在正好买进。第三是派刘玉英前去打探赵伯韬的情报。刘玉英是一个于公债市场的经络"渊源自有"的女人，其父在交易风潮中破产自杀，其兄做金子生意而侵吞公款吃官司，其丈夫及公公开口"标金"闭口"公债"。因此，吴荪甫把重任交给她。她到赵伯韬住处后，听见赵伯韬正在对尚仲礼说，要扼杀吴老三的"多头"的计谋，要逼吴老三塌台，要使益中信托公司倒闭。吴用2000元收买了刘的这一情报，十分得意，下决心，出奇制胜，说："我要大刀阔斧地干！"他把工厂和吴公馆都抵押了，背城一战，孤注一掷。这五大行动，充分体现了吴荪甫拥有的胆识、魄力、实干精神与铁的手腕。但是，我说，他生不逢时啊！20世纪二三十年代的中国，不是18世纪的法兰西！中国社会没有为他施展才能、实现抱负提供必备的条件。他"心比天高，命如纸薄"！那位有美国财团撑腰的金融巨头赵伯韬处处与他作对，给他设置障碍与陷阱。他在劫难逃，失败无疑！赵伯韬与他对着干，小说写了几件事：第一，朱吟秋押干茧与工厂给吴一事。赵伯韬知道吴缺干茧，知道吴要杜竹斋以追债的方式逼朱吟秋就范，就叫朱答应杜的条件，把干茧与工厂给杜，杜再转让给吴，这样就会使吴资金周转不灵，陷入困境。赵得意地说，你吴荪甫抓住朱吟秋的头发，我赵伯韬却逮住了朱吟秋的脚！第二，赵伯韬知道吴做军火走私生意,就在海上设卡,弄得吴本利全无。第三,赵知道吴打入公债市场,就用钱买西北军后退30里,让上海股市行情上涨,吴抛卖公债赚了钱,尝到了甜头。赵让吴跨入公债市场后,运用公债维持会等机构的权力,绞杀吴,弄得吴财产拼光,一败涂地,悄悄溜出上海。吴荪甫破产了,发展民营企业而做工业资本王国的美梦破灭了!

总的说,吴荪甫在中国,特别是在上海发展民族工业,实现资本主义王国的美梦,是不得天时、地利、人和的。他及其事业的失败,是他所属的阶级与时代社会的悲剧。不过,吴荪甫所拥有的才干、魄力、敢作敢为、不怕输、敢拼的精神品质及其宏图大略,恰恰是近现代中国社会里,中国人和中华民族所需要的。

《子夜》的首尾情节安排,别具匠心,寓意深切。小说前三章写吴老太爷来到上海吴公馆,很快死了,吴荪甫为其办丧事。这一情节,不仅为整部小说矛盾冲突展开与情节发展做了铺垫,且别有意义。吴老太爷曾在家乡习武骑马跌伤了腿,半身不遂已25年。25年间,书斋成了他的城堡,一本《太上感应篇》成为他的护身法宝。也就是说,他在书斋里苦活了25年。正如小说所描述的:"二十五年来,他不曾跨出他的书斋半步!二十五年来,除了《太上感应篇》,他就不曾看过任何书报!二十五年来,他不曾体验过书斋以外的人生!"这样一种人生状态的吴老太爷,能在花花世界的大上海生存下去?他能经受住现代文明的刺激?答案是否定的。请看:始而,他坐在吴荪甫接他的雪铁龙轿车里,从车窗看见窗外,几百只灯亮着的灯光像几百只怪眼睛和高耸碧霄的摩天建筑,排山倒海般地扑到他的眼前,使得他"全身都抖了"。继而,他在车里,看见前来接他的四妹穿着一身夏装,一对丰满的乳房,明显地突现出来,他转脸过去不经意间又看见车窗外一位乘人力车的着装时髦的女人翘起赤裸裸的一只白腿。"万恶淫为首"一语,就像鼓槌一般打得他全身发抖。终而,他在吴公馆的客厅里,看见五颜六色的电灯在旋转,且越转越快。他感到一切男女都在跳,有粉红色的吴少奶奶,有苹果绿的女郎,有淡黄色的女郎,都在疯狂地跳。他们那高耸的乳峰,嫩红的乳头,腋下的细毛,在满客厅飞舞,并感到这乳房像乱箭一般射在他的胸前,压在他膝上的《太上感应篇》。他突然叫了起来:"邪魔呀!"满眼迸出金花,脸色像一张白纸一样,口吐白沫,头歪垂着,《太上感应篇》掉在了地上。范博文对此诠释道:吴老大爷在乡下,书斋就是坟墓,他就是坟墓里的一具古老僵尸，到了现代化的大都市上海自然就要风化。吴老太爷已是宗法意识形态人格化了的人物。这样的人物经不住现代文明的刺激，必难生存。这一情节，寄寓着上海不是宗法意识形态人格化人物的生存之地。小说结尾是吴荪甫溜出上海。表明上海也不是民族资本主义发展之所。父亲来上海不久就死了，儿子要在上海大展拳脚失败了，这一首尾情节安排，意味深长！

二

抗战时期，茅盾在周恩来的领导下，为抗日民主运动和抗战文艺运动的发展奔走呼号。他的足迹遍布大半个中国，由上海而武汉，而广州，而香港，而桂林，而昆明，而新疆，而延安，两度来重庆，两度去香港。走到哪里，哪里便是他的战斗岗位。他任中华全国文艺界抗敌协会理事和新疆文协分会负责人，他编辑《呐喊》周报、《文艺阵地》、香港《立报》副刊《言林》，他在延安鲁迅艺术学院讲过学……总之，历尽艰辛，费尽心血，付出了代价。广大国民党统治区的种种社会现实和种种人生，他深有感触；陕北大自然风光及其主宰者的伟大精神，他备受振奋。他见多识广，为当时任何一个文艺工作者所不可比拟。也正因为如此，他对抗战现实的面了解得甚为宽广，抗战中的种种问题认识得较为深刻，是非功过判断得十分准确，斗争坚决而富有韧性。

全面抗战初期，中国大地上出现了汹涌澎湃的抗日洪流。茅盾为这股洪流的兴起而兴奋、而欢呼。他在《炮火的洗礼》一文中这样写道：

> 敌人的一把火烧得了我们的庐舍和厂房，却烧不了我们举国一致的抗战的力量！不，敌人这一把火，将我们万万千千颗心熔成一个至大无比的铁心了
>
> ……在炮火的洗礼中，中国民族就更生了！让不断的炮火洗净了我们民族数千年来专制政治下所造成的缺点，也让不断的炮火洗净了我们民族百年来所受帝国主义的侮辱。
>
> 古老的伟大的中华民族，需要在炮火里洗一个澡！
>
> 大炮对大炮，飞机对飞机，我们有我们抵抗侵略的爪，抵抗略侵的牙！尤其因为我们有炮火锻炼出来的决心和气魄！

这段话,充分显示了中华民族的自信力,充分体现了他对民族解放战争的通透认识和所寄予的殷切希望。

然而,在抗日洪流面前,一些人只看到了表面现象,陷入盲目乐观状态之中,甚至对国民党政府抱有不切实际的幻想。茅盾却始终保持清醒的头脑,始终站在抗日民主运动的前列,以他那敏锐的洞察力和无情的解剖刀,把抗战的社会现实适时地剖露在人们的面前。他在1938年6月27日写成的发表于《抗战文艺》第2卷第1期上的《论加强批评工作》一文中,就对当时的社会现实做了淋漓尽致的揭露:

> 抗战的现实是光明与黑暗的交错——一方面有血淋淋的英勇的斗争,同时另一方面又有荒淫无耻,自私卑劣。
>
> ……抗战是从根把中国民族翻个身,新生的优点,——新时代的芽苗是到处在滋生着,……新生的劣点也在到处簇长,相对着新的人民的领导者等等,我们也看到新的人民的欺骗者,新的"抗战官",新的"发国难财"的主战派,新的"卖狗皮膏药"的宣传家,……这一切新的把民族命运开玩笑的家伙,比新的抢救民族的人物,滋生得更快更多呢!

茅盾不仅将黑暗推出示众,而且还在这篇文章中,向人们大声疾呼,指出消灭这些黑暗势力的必要。他说:

> 人民大众是目击这种种的,而且又是身受那些荒淫无耻,自私卑劣的蹂躏的。消灭这些荒淫无耻自私卑劣,便是"争取"最后胜利之首先第一的要件。

我们完全可以说,这是茅盾对当时国民党推行的片面抗战路线及其造成的恶果的猛烈抨击;这是茅盾把潜伏在抗战洪流中的暗流及时挖掘出来,予以示众;这也是茅盾给一些头脑昏昏然的人的一服有效的清凉剂;这也是茅盾对广大进步文艺工作者的召唤。

武汉沦陷后，这些"劣点"集中的国民党反动势力，先后掀起了三次反共高潮，妄图扑灭抗日民主势力。茅盾在周恩来的领导下，同广大进步文艺工作者一道，与之进行了一次又一次的斗争。

皖南事变后，国民党统治更加严酷，文网密布，许多进步人士和共产党人遭受迫害，茅盾遵循共产党中央的部署与根据周恩来的指示，与一些文艺工作者撤离重庆，去香港"开辟第二战场"。途中，他虽然没有自由，改换姓名，化装前行，然而仍坚持斗争，揭露国民党的法西斯统治。他在重庆至桂林的途中写了《渝桂道中口占》一诗，表达愤懑。诗云：

存亡关头逆流多，森严文网欲如何？
驱车我走天南道，万里江山一放歌。

香港沦陷于日寇之手以后，茅盾等文艺工作者在共产党组织的安排和东江游击队护送下，撤离香港，安全到了桂林。这时的桂林，白色恐怖甚严。然而，茅盾仍用手中的笔，撰写诗文表达他对国民党统治的仇视和对卑劣无耻之辈的鄙视，以及对延安的向往。1942年，他在桂林时写了《无题》诗一首。诗云：

偶遣吟兴到三秋，未许闲情赋远游。
罗带水枯仍系恨，剑铓山老岂割愁。
搏天鹰隼困藩溷，拜月狐狸戴冕旒。
落落人间啼笑寂，侧身北望思悠悠。

1942年以后，以重庆为中心的国民党统治区，更加黑暗，民不聊生。正如茅盾在《时间的记录》后记中所揭露的那样："贪官污吏，多如夏夜之蝇，文化掮客，帮闲篾片，嚣然如夜之蚊，人民的呼声，闷在瓮底，微弱得不可得闻……"这种种社会弊害和人民群众的痛苦挣扎，一一出现在他笔下。黑暗终有尽头，人民终有怒吼之日。1944年以后，国统区的民主潮流出现了，茅盾跟人民大众贴得更紧了，跟国民党的倒行逆施的斗争更加坚决勇猛了。

茅盾对国民党的法西斯统治无比憎恨,而对边区、延安十分热爱,向往异常。1940年5月,茅盾离开新疆,当年10月到达重庆,其间在延安暂住。延安和陕北的一草一木及山山水水都深深地吸引着他。他到重庆后,挥笔写了"回忆北国风光"的优秀散文《风景谈》。他满怀激情,歌颂"北国"的大自然的美,更歌颂这美的大自然的主宰者和创造者——人民!他赞誉延安人民大众是"充满了崇高精神的人类""是伟大之中尤其伟大者"!他还在《白杨礼赞》一文中,把解放了的人民、人民军队及其领导者中国共产党喻为"倔强挺立"的白杨树!1943年,重庆一位画家根据这篇散文"取其意作白杨图"时,他又挥笔题诗《题白杨图》。诗云:

北方有佳树,挺立如长矛。
叶叶皆团结,枝枝争上游。
羞与楠枋伍,甘居榆枣俦。
丹青标风骨,愿与子同仇!

这些诗文,充分表达了他"引领北国"的深情厚意。

抗战时期,茅盾正是在中国共产党和周恩来的领导和支持下,为着中华民族的命运,为着中国人民大众的冷暖而呼号而战斗,是一位勇猛顽强的无产阶级文化战士。

三

抗战文艺统一战线与整个抗日民族统一战线一样,包括的阶级、阶层、集团和流派十分广泛,正如鲁迅在《答徐懋庸并关于抗日统一战线问题》一文中所说的那样:"只要他不是汉奸,愿意或赞成抗日,则不论叫哥哥妹妹,之乎者也,或鸳鸯蝴蝶都无妨。"事实也正是如此。"鸳鸯蝴蝶派","新月派","现代派",自由人和第三种人,乃至封建文人,等等,都在抗日的前提下成了文艺统一战线的一员。这些阶层和文学流派的人,他们的政治立场和思想意识及文艺观点都必然地顽强地表现出来,这就决定了抗战文艺统一战线的内部论争、斗争的必不可免。茅盾将中国共产党关于抗日民族统一战线的斗争原则和斗争策略，正确地运用到文艺批评和文艺斗争中来，推动了抗战文艺运动沿着抗日民主运动的方向向前发展。

1938年4月至1940年10月，抗战文艺界出现了一场由张天翼的小说《华威先生》引起的“暴露与讽刺”的论争。《华威先生》塑造了一个只做“救亡要人”、不要救亡工作的“抗战官”“卖狗皮膏药”的宣传家的典型，辛辣地嘲讽了国民党推行的“包而不办”的片面抗战路线。无疑，这篇小说具有重大的政治意义，同时更为抗战文艺创作开辟了新的天地。这篇小说在茅盾主编的《文艺阵地》创刊号上问世后，引起了文艺界的注视。一些人给茅盾写信，一些人公开发表文章，表示赞同或反对的意见。茅盾就在这场论争的最初阶段，连续写了三篇论文，阐明自己对于《华威先生》式的暴露与讽刺的意见。第一篇论文《论加强批评工作》，发表在《抗战文艺》第2卷第1期上。他在这篇论文中指出：抗战现实中有光明，有黑暗，有血淋淋的英勇斗争，也有荒淫无耻自私卑劣，消灭这些荒淫无耻自私卑劣，便是争取抗战胜利之第一的要件，也是文艺工作者必须完成的政治任务。这就阐明了暴露与讽刺文学跟抗战社会现实的正确关系，跟抗日民主的正确关系，为肯定《华威先生》所体现的创作新方向，批判一切企图否定这方向的言论，奠定了坚实的理论基础。第二篇论文《八月的感想》，发表在《文艺阵地》第1卷第9期上。他在这篇论文中，回顾了全面抗战八个月以来抗战文艺的状况，具体详尽地批驳了企图否定《华威先生》的言论，充分肯定了《华威先生》所代表的创作方向。第三篇论文《暴露与讽刺》，发表在《文艺阵地》第1卷第12期上。他在这篇论文中，旗帜鲜明地提出了“现在我们仍旧需要‘暴露’与‘讽刺’”的主张，指明了暴露与讽刺的对象，划清了暴露与讽刺跟悲观主义者的诅咒的界限。这三篇论文，虽然独立成章，却浑然一体，犹如一面鲜艳的旗帜，高高插在抗日文艺阵地上。茅盾的这些意见，成为这场论争的正确意见的代表，指导了这场论争的正确进行，使这场论争不仅为抗战文艺的发展开辟了新的路径，而且带上了揭露国民党统治的黑暗与罪恶的浓厚政治色彩，促使抗战文艺论争紧紧地服务于抗日民主运动的开展。

1940年4月，西南联大、云南大学的教授陈铨、林同济等人在昆明创办了《战国策》杂志。1941年12月，他们又在重庆《大公报》主编副刊《战国》。他们先后在这两个刊物上,发表了一系列文章,并创作文学剧本,宣扬一整套“战国时代重演论”“权力意志论”和以反理性主义为特征的文艺观,形成了“战国派”。这一派出现在昆明、重庆之后,中国青年党在成都为之喝彩。1940年9月以后,中国青年党的机关报《新中国日报》,发表了陈启天、燕生、柳浪等人的文章。他们一面推崇陈铨、林同济等人的观点,一面又俨然以“战国派”的开山自居,并试图与之呼应,联成一气,企图实现如柳浪在《新战国时代丛书·导言》中说的“形成一道主潮,振聋发聩”。很明显,这是一股与国民党反动派掀起的反共高潮相适应的文化文学逆流。面对这股来势凶猛的逆流,挺立在国民党统治中心重庆的茅盾,以大无畏的革命精神,首举批判旗帜,予以迎头痛击。就在中国青年党妄图与“战国派”联成一气的时候,茅盾写的《时代错误》一文在重庆《大公报》上发表了。(茅盾逝世前夕,“嘱托”韦韬答复笔者关于这篇论文的针对性问题时,作了肯定的答复:“《时代错误》一文是针对‘战国时代’的谬论而发的。”)这篇论文严厉批判了包括中国青年党在内所宣扬的“战国时代重演论”,一针见血地指出了这一言论背时的“时代错误”。这篇论文也像号角,呼唤人们跟“战国派”展开斗争。从此,重庆的一些有影响的报刊,诸如《新华日报》《群众》《新蜀报》《时事新报》《国民公报》等,发表了一系列文章,对“战国派”展开了集中而猛烈的批判,揭露了这一派所散布的言论的反民主、反人民、反共的实质,有力地配合了政治上打退国民党反共高潮的斗争,有力地批判了描写“特工”加桃色事件的“特务文学”“间谍文学”。

1942年9月以后,抗战进步文艺界开展了对国民党“文艺政策”的论战。这场论战实质上是专制与反专制的斗争,独裁与民主的斗争。1942年9月,国民党中央党部宣传部部长张道藩在他发行的《文化先锋》杂志上抛出了“只许歌颂,不许暴露”的“文艺政策”。接着,国民党中央文化运动委员会召开了“文艺政策”座谈会。同时,《文化先锋》和《文艺先锋》两家国民党杂志又大吹大擂一番,予以宣扬。不久,国民党五届十一中全会又做出《文化运动纲领》的决议,使“文艺政策”政党化、法定化,妄图强迫文艺工作者执行。对此,广大进步文艺工作者,采用各种方式予以抵制和批判。茅盾在这场斗争中显示了一位卓越的无产阶级文化战士的胆识和高超的斗争艺术才能。他以谈论作家处境艰危的方式,以分析文艺现象的方式,以评论文艺作品的方式,总之,抓住一切有利机会,迂回曲折微妙地揭露国民党统治的严酷，批判国民党的“文艺政策”，揭露这一“文艺政策”本身所包含着的黑暗与丑恶，公开断言暴露压迫、欺骗、奸诈、卑劣等行为，乃是多数作者与读者的兴趣所在，从而宣告了国民党“文艺政策”必然破产的命运。正是在以茅盾为代表的广大进步文艺工作者的有力抵制和批判下，国民党始终无法控制抗战文艺的领导权，始终无法操纵抗战文艺运动和抗战文艺创作的发展，国民党的“文艺政策”完全失去了效力。

茅盾在抗战进步文艺界内部开展的关于民族形式的论争和主观论的论争中，都发表了不少意见。他着眼于文艺与政治的关系、文艺与人民大众的关系、文艺工作者与群众的关系，摆事实、讲道理，诱使论争健康发展，得出正确的、一致的结论，表现了一位伟大的革命作家对进步文学事业的关心爱护及其深湛的理论水平。

总之，茅盾在抗战文艺论争中，为国统区文艺界的广泛统一战线的保持与巩固，而与反动派、反动言论和错误文艺思想进行了不屈不挠的斗争，做出了重大的贡献。

四

抗战时期，茅盾创作的文艺作品，代表了抗战文艺创作的方向和水平，丰富了抗战文艺的宝库，为抗战文艺增添了异彩。

中国民族资产阶级在中国新民主主义革命时期，是革命的团结对象和同路人。这是由它既有革命一面又有与革命的敌人妥协一面的本质特征决定的。茅盾以文艺家的彩笔成功地描绘了中国民族资产阶级这一本质特征及其命运，塑造了一个又一个民族资产阶级的生动形象。这在中国新文学史上具有开创的作用。

1938年，茅盾在香港主编《立报》副刊《言林》时，以抗战初期上海民族资产阶级的生活为题材，写了在全面抗战时期的第一部长篇小说《你往哪里跑?》，即后来在重庆出版单行本时的《第一阶段的故事》。如果说，茅盾在1932年年底写的《子夜》是叙述半封建半殖民地的中国民族资产阶级被帝国主义和官僚资产阶级所吞食没有任何出路的话，那么，这部长篇小说表明中国民族资产阶级在中华民族生死存亡的危急关头应当何去何从的问题了。这部小说,艺术地再现了“8·13”前后四个月时间上海的社会状态。这里,有积极参加抗日救亡工作的爱国志士和青年,有贪污剥削的国民党要员,有发国难财的投机商,有失败主义的大学教授,等等。这一切,都是以橡胶厂老板何耀先为中心展现出来的。作者写了这位民族资本家何耀先在日本侵略者攻占上海前后的言行和心理。始而,他对战争的看法犹豫不决,拿不定主意:战吗?怕产品卖不出去;和吗?产品和工厂会全部丧失掉。然而,客观现实未能给他留下多少徘徊余地。战争很快扩大了,中国民众奋起抗战了。这时,他明白了只有“打,才是生路”,并且决心办好工厂,为抗战服务。作者塑造这个形象,表明了中国民族资产阶级在抗战中的出路只有一条即参加抗战为抗战服务、尽力,同时也形象地表明了中国民族资产阶级具有一定的民族观念和爱国思想,有走这条道路的内在可能性。这篇小说,在政治上为激发中国民族资产阶级的抗日力量有一定的宣传鼓动作用,在文艺上扩大了抗战文艺创作题材的范围,表现形式上也为当时正在讨论的文艺大众化做了有益的尝试。

1945年,茅盾还在重庆以中国民族资产阶级生活为题材创作了一个剧本《清明前后》。这个剧本是茅盾剧作宝库中唯一的一件珍品,也是他在中国新文学史上以中国民族资产阶级为题材而写的最后一部作品。这个剧本揭露了国民党统治中心重庆充满的“矛盾、无耻、卑鄙与罪恶”。这,又主要是通过民族工业家、更新机器厂老板林永清的遭遇与挣扎展示出来的,从而更深刻更明确地表明了中国民族资产阶级的光明出路和中国工业化的道路。这正如何其芳在《“清明前后”的现实意义》一文中揭示出的:“参加民主斗争……参加民主斗争就是与广大被压迫和已经解放了的人民大众站在一起,共同打碎旧中国、帝国主义、封建主义套在身上的枷锁。只有与无产阶级及其领导的人民大众联合起来,才可能打碎把工业拖得半死不活的脚镣手铐,才可能使中国走向工业化。”赵丹于1945年9月26日将这个剧本搬上了重庆舞台(赵丹任导演并主演),接着国民党统治区其他城市和边区延安等地也相继演出,轰动了中国广大地区,引起了强烈的反响。国民党政府通过电台诬蔑、攻击这个剧本有“毒素”,并明令禁演。进步文艺界对这个剧本的意见虽有分歧,但多数人是给予充分肯定的,赞扬这个剧本巨大的政治意义和精湛的艺术价值。一些民族工业家,还在重庆设宴招待茅盾和演员们，感谢作者在剧本中和演员们在舞台上为他们说出的他们不敢讲、没有机会讲的话，还希望茅盾再为他们写一部《中秋前后》。这个剧本的巨大成就及其影响，由此可见一斑，即使在今天也尚未消失其艺术生命力。

茅盾以中国民族资产阶级为题材写的三部作品，我可以说，是中国民族资产阶级历史的形象化、艺术化。这三部作品，生动地描绘了中国民族资产阶级的两面性，揭示了中国半封建半殖民地社会的本质特征，暗示出中国民族资产阶级生存、发展的出路。这充分显示了茅盾的马列主义理论水平所达到的高度和敏锐的洞察能力及高深的艺术造诣。这为共产党领导的新民主主义革命做出了有益的贡献，也为中国现代无产阶级文学创造了一笔宝贵财富。

茅盾在抗战中，还将他那匕首投枪似的笔伸进了国民党的黑暗的黑心。1941年写的《腐蚀》是茅盾在皖南事变后撤离重庆而在香港写的。它是茅盾“开辟第二战场”所取得的硕果。这部小说写了国民党特务机关的活动，揭露了国民党反共反人民、与日伪勾结的卖国行径，戳穿了国民党统治的核心部分特务机关的血腥罪行，控诉了国民党法西斯统治对青年们精神和肉体的残害。尤其令人敬佩的是茅盾在小说中所表现出来的惊人的无产阶级革命战士的胆识。蒋介石一手制造了屠杀我抗日有功的新四军健儿的皖南事变，还公开诬蔑新四军为“叛军”。周恩来和中共中央南方局与之进行针锋相对的斗争，决定由《新华日报》撰写社论和报道，揭露这一事变的真相。当社论和报道文字被国民党官老爷扣住“开天窗”之后，周恩来就在“天窗”之处题诗、题词，揭露国民党的阴谋与罪行。这一切，在小说中清晰地反映了出来。“为江南死难诸烈士致哀”“千古奇冤，江南一叶，同室操戈，相煎何急？！”这饱含悲愤和血与泪的语言，大大增加了这部小说的分量，深化了这部小说的主题思想，也充分显示了茅盾的创作特色：文艺跟政治的完美结合。可以说，茅盾这部小说将张天翼的《华威先生》所体现的抗战文艺创作新方向推进到了一个新的阶段，成为抗战文艺创作可资榜样的杰作。

茅盾在转战重庆、桂林、香港等地时，还以说狐谈鼠的方式，创作了不少的短篇小说和杂文，“指桑骂槐”，抨击国民党的黑暗统治和倒行逆施。

茅盾就是这样，以他的文艺创作实践，影响和带动了一大批进步文艺工作者在极端艰难困苦的环境中坚持革命现实主义的创作道路,创作出一批又一批文艺作品,谱写出一曲又一曲抗日民主的战歌,使抗战文艺百花园绚丽多姿,成为我国新文学不可多得的重要组成部分。

五

1942年5月,毛泽东在延安文艺界整风座谈会上作了具有重大理论意义和实践意义的报告《在延安文艺座谈会上的讲话》,总结了五四文学革命以来我国新文学的经验教训和发展规律,明确提出了至今仍然具有指导意义的"文艺为广大人民服务"的总方向。毛泽东的《在延安文艺座谈会上的讲话》(以下简称《讲话》),通过周恩来和中共中央南方局,在国统区得到了广泛传播。周恩来利用各种集会宣传《讲话》。《新华日报》节录发表《讲话》部分内容,并有计划地系统地发表学习和传播《讲话》的有关文章和社论。在较短的时间内,重庆、桂林、昆明乃至香港等地的进步文艺工作者都开始了学习《讲话》。文艺的工农兵方向在国统区产生了巨大的影响,逐步成为进步文艺运动和文艺创作的指导思想。

茅盾早在五四文学革命时期,就主张"文艺为人生",并从理论到实践探讨文艺与人生的关系及其解决途径。后来,他的文学主张由笼统的"为人生"进到"文艺为人民大众"。但是,他真正走上文艺为人民大众的道路,还是在学习了毛泽东的《讲话》之后。

茅盾学习和宣传《讲话》有一个显著的特点,那便是不尚空谈,不搞形而上学、不生搬硬套书本上的条文,而是从国统区的实际出发,联系抗战文艺运动和抗战文艺创作及文艺工作者的实际来学习、来宣传、来执行。他对文艺与政治的关系的理解、文艺与生活的关系的理解、文艺工作者与人民大众的关系的理解,以及对抗战文艺的总结都充分显示了这一特点。

国统区与边区是当时中国大陆上不同社会性质的两种地区。边区是新民主主义的社会,广大人民群众翻身做了主人。国统区却依然是半封建半殖民地的社会,广大人民群众仍处于被压迫被剥削的境地。在这两个地区,文艺与政治的关系包含有各自不同的内容。国统区文艺与政治的关系具体化为文艺与争民主的关系。正如1944年5月4日《新华日报》为纪念五四运动25周年的社论中所指出的:“把实现民主的促成当作目前新文化运动本身的一个主题来奋勉。”茅盾在以群主持召开的“今日文艺工作者的切身问题”座谈会上,同与会者一道,抨击了国民党的高压政策,指出了政治不民主给文艺造成的严重危害,要求进步文艺工作者为民主而斗争。他还在稍后写的《五十年代是“人民的世纪”》一文中,更尖锐地指出:不民主,中国就没有前途,文艺应当配合今天的民主运动,作新时代的号角。同时,他还用这样一个观点去分析评论文艺作品,以推动文艺创作与民主斗争的紧密结合。他曾经指出姚雪垠的《春暖花开的时候》所存在的问题是描写争民主斗争的不足。

这里所说的民主,不是少数人的民主,不是哪一个阶层的民主,而是广大人民群众的民主,因此,文艺要能真正切实与民主运动配合,就必须正确解决文艺工作者与群众的关系问题。那么,文艺工作者与人民群众应当是一种怎样的关系呢?茅盾是这样理解的:必须面向民众,做民众的先生,同时又做民众的学生,认识民众的力量,表现民众的要求。他并且运用这一观点,一针见血地指出了当时流行的“特务文学”“间谍文学”的要害所在。他在《八年来文艺工作的成果及倾向》一文中,指出那些描写“特工”的作品,没有从民众的掩护、民众组织的背景上去写,这样的“特工”便成了牛鬼蛇神的两面人,成了黄霸天、白玉堂一类人。这不但歪曲了现实,而且暗示给读者,抗战只要有特工就成了,不需要组织民众,发动民众了。这样的作品,其危害不在色情作品之下。

同时,茅盾还将文艺工作者跟人民大众的关系、跟生活的关系提到十分重要的地位加以考察。他在《对于文坛的一种风气的看法》一文中这样写道:“走进人民中间,走进战斗的生活,这在一个作家是必要的,而对一个已经有了进步宇宙观的作家同样是必要的。世间不乏这样的人:言论是进步的,思想是进步的,然而一碰到实际问题,不免迷乱自失,不站稳在前进的人民大众的立场上了。这使他们只以前进的知识分子的姿态站在人民之外,站在战斗生活的旁边。”他还在《门外汉的感想》一文中指出:文艺工作者只有到人民群众中“安排自己的生活,站稳立场,然后能使自己的艺术真正为人民服务”。可见,他把文艺工作者与人民大众的结合和深入生活看得何等重要啊!也正是基于这样一种认识,所以,他在《文哨》座谈会上讨论文艺“面向农村”问题时的发言中,一方面积极支持文艺面向农村,反映广大农民生活的主张,并发表了许多文艺面向农村的有益建议;另一方面又根据当时的具体情况,主张从实际出发,刊物上每期不一定都要刊载反映农村生活的作品,他说,这不能像办满汉酒席一样,样样菜俱全,没有好的冷盘,就是缺一个冷盘也可以,不必非有不可,要讲究菜能吃。这就是说,不要搞形式,要从实际出发。边区的文艺工作者到农村去,是得到政府的支持和鼓励的,具备了一切条件的;而国统区的进步文艺工作者到农村去,是会遭受到迫害的,没有边区那样的条件。茅盾对此是有清醒认识的。所以,他既积极赞助文艺"面向农村",又强调不搞形式。可见,他在学习和贯彻《讲话》时是充分注意到了国统区的实际情况的。

1946年3月29日,茅盾在广州中山大学法文两院的讲演会上,要求"每一个文艺工作者真正成为人民的文艺家"。同年4月中旬,茅盾在香港文化界公宴席上,为文艺工作者指明今后文艺工作的路向:把眼光向着农村,向着广大群众,而不能只集中在大城市;文章要人民大众能懂得。他还以此衡量自己的作品,自谦地说:"二十多年来,自己的写作生活在这一点上是失败的。"

毛泽东的《讲话》解决了茅盾多年来探索的企图解决而未系统解决的问题。他的文艺观点上升到了马克思主义的文艺理论高度。这不仅指导了他自己的创作实践,而且对整个国统区的文艺运动和文艺创作都具有指导作用。

茅盾在抗日战争时期,在周恩来和中共中央南方局的直接领导下,从事的救亡工作、从事的抗战文艺事业,为中华民族的解放战争的胜利,为中国新文艺的向前发展,做出了重大贡献。他的功绩,将永远载入史册,流芳百代,为后世所记取。

原载《西南师范学院学报(哲学社会科学版)》1981年第3期;中国人民大学书报资料中心《茅盾研究》1981年第3期全文转载,原题目为《茅盾在抗战时期——纪念他诞生八十五周年》,现增加部分内容

巴金的“家庭文化”拷问

巴金是中国新文学史乃至20世纪中国文学史上的一位大家。他同鲁迅、茅盾等作家一样，以自己独创性的艺术成就为中国新文学的发展和世界声誉的赢得做出了贡献。鲁迅的作品着力于剖析中国国民的灵魂，把一个个“老中国儿女”（不是年龄上的老）如孔乙己、阿Q、祥林嫂等推出来示众，意在反映人生、改造人生；茅盾的作品着力剖析人物身处的当下社会，描绘出一个个“新中国儿女”（也不是年龄上的新）如吴荪甫、多多头、何跃先、赵慧明、林永清等形象，意在反映人生，改造人生。那么，巴金呢？巴金的作品着力于“青春世界”和“家庭文化”的拷问，意在如他在《再谈探索》一文中说的“寻找一条救人，也救己的道路”。巴金的这一“意在”与鲁迅、茅盾的“意在”实为一致。

一

“救人、救己”，这是巴金一以贯之的创作功利目的。那么，巴金的这一创作功利目的是怎么形成的呢？巴金创作功利目的的形成，我认为有如下几个方面的原因。

一是家庭生活的感受、体验及认识。巴金少年时代是在一个有一百多口人而位于成都的大家庭度过的。按照他在《我的幼年》中所说:他在这个家庭里"享受着父母的爱,骨肉的爱,人间的爱,家庭的温暖"。那么,为什么他一开始写小说就确立了"寻找一条救人、救己的道路"的创作目的呢?表面看,不好理解,其实是有必然联系的。因为这个家对他及其兄弟姊妹来说是"天堂",然而对他家庭的五六十个仆人来说却是"地狱"。这"地狱"里的仆人对他影响大,对他的创作目的形成影响也大。他在《我的幼年》中说过:"在这个家庭里我有两个环境,我一部分时间跟所谓'上人'在一起生活,另一部分时间又跟所谓'下人'在一起生活。"他听"下人"讲他们的不幸遭遇;他亲眼看见"下人"中出现的一幕幕悲剧——老轿夫吊死在斜对门的大门口、仆人周贵因拿了祖父的字画而被赶走做了乞丐惨死于街头、60岁的书童赵升病死在房内……"下人"们这一幕幕悲剧图景,使他从"平静"的"喜悦"中,看见了眼泪,感到了"悲哀"与"愤怒"。他感到家庭的冷酷、不合理、不公平。于是,他"心里起了火一般的反抗思想"。他"宣誓要做一个站在他们这边,帮助他们的人"。这一少年时代从"下人"生活的感受与体验中得到的认识,后来转化为他创作的目的之一"救人"。

二是两次革命的影响。由家庭而社会,巴金视野的扩大与提升,那还是辛亥革命和五四运动这两次革命给予的影响。辛亥革命时,巴金跟随二叔、三叔等人剪掉了辫子,对清王朝的灭亡感到高兴。但是,这次革命很快失败了,军阀混战连续发生。巴金的家庭在四川军阀混战中受到了严重的威胁,即如他在《忆》中说的"被迫着时时在死亡边沿上盘旋"。母亲去世,父亲病故,祖父死亡,长辈们抢夺家产。在这一过程中,他感到这个大家庭原来却是"一个专制的大王国"。这就表明,辛亥革命的失败及其对他家庭的冲击,使他看到了大家庭专制主义的本质及深层次矛盾,他萌生了脱离旧式人生轨道的想法。而使这一想法变为行动则是五四运动。巴金在《觉醒与活动》一文中说过:"我常常说我是'五四'的产儿。五四运动像一声春雷把我从梦中惊醒了。我睁开了眼睛,开始看到一个崭新的世界。"他在五四运动中,如饥似渴地阅读《新青年》《新潮》《每周评论》《星期评论》《少年中国》《少年世界》《星期日》《学生潮》等新文化刊物。他在读这些刊物的过程中,常常与大哥、三哥、六姐、表哥等人聚在一起讨论社会人生问题。巴金还参加了成都的市民运动与学生运动,参与了《半月》《警群》

《平民之声》等刊物的编辑工作，著文表达他其时已具有的新的思想。为着进一步追求光明与新思想，巴金于1923年5月离开成都去上海、南京求学。在南京、上海参加五卅运动等政治活动。这一系列的政治活动，提升了巴金的认识——对家庭、对自己的认识，地主是剥削阶级，工人与农民养活了他们，上辈犯了罪，后人自然不能没有责任，要为上辈赎罪。这便是他后来确立从事文学创作"救己"目的的内源性因素。

三是巴金创作时的人生境遇与心理状态。巴金的小说创作始于法国巴黎。1927年2月，巴金到达巴黎。他去法国不是为了当作家，而是进一步寻求救己、救人的道路。但是，他去到巴黎后不久就感到失望，感到寂寞。他这样描述过当时的心绪：住在巴黎拉丁区一家古老的旅馆的五楼上，屋子前面是一条清静的小街，对面是一座古老的建筑物巴黎圣母院，挡住了这屋子的阳光，使屋子阴暗、郁闷。巴黎圣母院的钟声，沉重地打在了他的心上。可见，巴金当时的生活场景及氛围是郁闷的，他本人的心绪是苦闷寂寞的。这样的境遇与心绪转化为一种创作冲动，化作一行行的文字，还得力于外界两大政治事件的刺激。第一是国内的"4·12"事件。巴金知道此政治事件的信息后，非常愤怒，发誓永远反对国民党与蒋介石。第二是两位意大利工人樊塞蒂和萨柯被美国政府电刑处死。这两位工人宣传的主张与巴金追求的理想相同，即"每个家庭都有住宅，每张口都有面包吃，每个心灵都受到教育，每个人的智慧都有机会发展"。这两起政治事件，使巴金非常悲愤。他流了两天泪，泪流干了就写文章《杀头的盛典》《两个世界》《决心》加以控诉。巴金的第一部长篇小说《灭亡》便是在这样的生活场景与心绪中写成的。他把其时自己的情绪、爱憎、思想、诉求写进了小说。他在《灭亡·序》中这样写道："这书里所叙述的并没有一件是我自己底事（虽然许多事都是我见过的，听过的），然而横贯全书的悲哀却是我自己的悲哀。"在巴金这里，生活与文学、人品与文品，合二而一。巴金是一位文学创作与生活融合在一起的作家。

二

巴金从1927年开始写小说到2003年写的散文止，前后70余年的创作生涯中出现过三次创作高潮：20世纪30年代、20世纪40年代、20世纪八九十年代。

前两次的创作高潮,以小说为主,收入13卷巴金文集中,第三次高潮是散文收入《随想录》五卷(或《讲真话的书》一卷)。这里,对巴金前两次创作高潮中的作品加以解读。

一是写"青春世界"的小说。

《灭亡》《新生》《死去的太阳》以及"爱情三部曲"《雾》《雨》《电》,都属于巴金写的"青春世界"小说这一写作范畴。巴金为什么写"青春世界"?这与他的生活感受、体验、认识有很大关系。"五四"以后,一大批觉醒了的青年,脱离了旧家庭而来到一心向往的城市。他们有热情,有过剩的精力,有救人救己的理想。然而,城市社会并不是他们实现抱负之地,障碍重重。不少青年人,感到走投无路了,彷徨苦闷了;不少青年人奋力挣扎。巴金便是其中的一位。巴金把他的生活感受、体验、认识以及写作时的心绪,通通融入小说之中。巴金写的"青春世界",主要是青年们的人生追求及其命运。《灭亡》是巴金长篇小说的处女作。读后,似觉有"问题小说"作家们探讨的人生是什么的痕迹,但又不同,不只是停留于问题的探讨上,还身体力行,纠结英雄情结,充溢悲愤激情。小说写主人公杜大心由爱而恨而复仇及其悲壮的人生历程。杜大心本是充满爱心的人,但有两件事颠覆了他拥有的爱。第一件是他家里养的鸡被家人宰杀了。他家里养了十只鸡。有一天少了一只,他四处寻找,没有找到,非常伤心。但吃午饭时发现桌上一只煮熟了的鸡,恰恰是不见了那只,他便大哭一场。从此,他知道了人之爱是不及于动物的,不爱鸡了。第二件是灾荒年,他亲眼看见富户谷满仓,穷人吃草根、树皮、土块,甚至人吃人。由此,他认定"人们相爱也只是一些梦话"。从此,他由爱而恨了。他慷慨激昂地说:"在这人掠夺人、人压迫人、人吃人、人骑人、人打人、人杀人的时候,我是不能爱谁的,我也不能叫人彼此相爱的。凡是曾经把自己的幸福建筑在别人的痛苦上面的人是都应该灭亡的。"他的这一席言说产生的最大效应是动摇了小说中另一位人物李静淑"爱的信仰"。她唱了一支歌,表达他对杜大心的恨的认同。这支歌,实际上是这部小说的"主题曲",也可视作杜大心的心灵透视。小说从第12章起,写杜大心因恨而复仇的献身过程。杜大心说:他"要用革命的方法推翻人间的一切不平,创造出一个美满世界来"。在他看来,"美满世界"便是"谁也不再哭了,谁也不再受苦了,每家都有住宅,每张口都有饭吃,每个人都有衣穿,人们安静地过着和平日子"。但是,现实是残酷的。他看见一心为实现这"美满世界"的张为群牺牲了,

“灭亡的不是民贼，而是这个人”！杜大心决定为张为群报仇，刺杀戒严司令。但是，刺杀未遂，他被杀了，灭亡了。读后，感到作家巴金称赞的是杜大心对社会的恨和革命的渴求，否定的是杜大心的盲动。《新生》是《灭亡》的续篇，因杜大心的灭亡，有了李静淑、李冷的觉醒与为革命而牺牲。《灭亡》形成了巴金一以贯之的热情、酣畅、细腻的小说创作格调。

如果说，《灭亡》等小说重在写青年知识分子为实现“美满世界”而献身的话，那么，“爱情三部曲”就重在探寻青年知识分子在实现“美满世界”过程中出现的性格与理想等的矛盾冲突：性格缺陷之于信仰、事业、爱情的不利。《雾》写周如水的爱情、事业的不顺，最后自杀。问题出在哪里？性格的缺陷——犹豫、优柔寡断。周如水身上折射出一种诉求：要能真正求得个人爱情自由、事业成功，必须克服性格弱点。巴金说：“这类青年人其时在中国是不少的。”《雨》中的吴仁民是一个热情的青年。他那如火一般的热情，使得他浮躁乃至粗暴。对学校、对国事的态度上都表现了出来。“热情需要热情来疗治。”他从爱情中寻求解决，不幸陷入“三角”式恋爱之中。不过，他未像周如水那样去自杀，而是努力工作，最终走出不幸爱情的阴影。《电》中的李佩珠是个性格健全的人物，是巴金追寻的一位“榜样”式的青年。她在革命过程中，始终不避政治风险与不顾个人安危，组织并参与工人运动、妇女运动。她所在的革命团体遭当局镇压后，她与活着的同志们离开城市到农村去继续战斗。小说塑造李佩珠这一形象，意在表明，性格健全的人，才会不怕挫折，才能为信仰的实现而奋斗到底。这三篇小说构成的“爱情三部曲”，把20世纪二三十年代一部分追求社会人生进步的中国知识青年的性格与人生状态表现了出来，呈现出巴金对社会革命这一重大问题的思考。也许正因此，他把这“三部曲”称为“革命者的教科书”。1939年间，巴金写的《火》三部曲，把其时广大知识青年的昂扬亢奋的精神状态与抗日救亡的英雄壮举呈现了出来。其中，有新的欢乐，有新的焦虑，有新的追求。

三

二是写“家庭文化”的小说。

《家》《春》《秋》《憩园》是写父权专制家庭世界的小说。巴金之所以能写出这四大部长篇小说，我认为有这样一些因素在起作用。第一是现实依据。中国是一个“家国同体”“家国同构”的社会。在国,秦汉以后为皇权专制主义;在家,为父权专制主义。这样的“家”“国”,常常是一荣俱荣,一损俱损。从20世纪一二十年代开始,虽然清王朝的皇权专制主义已被颠覆,但新的皇权专制主义依然横行,不过其颓势已经显现出来。其时,中国传统的父权专制主义家庭也已呈现出崩塌之势。这种状态的“国”与“家”,是任何人、任何阶级都挽救不了的。这为巴金写已具有的父权专制主义大家庭生活的感受、体验提供了现实依据。第二是受鲁迅等作家作品批判精神的启迪。《狂人日记》按鲁迅的说法叫作“意在暴露家族制度的弊害”。“家族制度的弊害”是什么? 是父权专制主义的“吃人”! 这是一篇颠覆父权专制主义而具有彻底批判精神的小说。类似的具有批判精神的作家作品,在20世纪二三十年代蔚然成风。这一创作氛围,就为巴金大规模地写父权专制主义大家庭给予启发与铺垫。这两点,可以说仅仅是背景性的因素,为巴金写父权专制主义大家庭提供了可能。要把可能变为现实,巴金本人是具备了转化条件的。第三是受外国文学的影响。巴金出国前和在法国期间,读外国文学作品不少,受的影响较大。其中,左拉的小说,他读得多,受的影响也最大,左拉的《萌芽》《工作》《卢贡——马加尔家族》等长篇小说他都读了,深得其精髓。左拉通过写一个家族的兴衰过程来映现一个社会制度的演进历史,诱使巴金在写了《灭亡》《新生》之后 ,转入写家族的兴衰。他由写杜家、李家,而最后决定写高家,全力攻击父权专制主义,称颂叛逆与反抗。时空背景为1919—1924年的成都高家。立意、构思形成,1931年4月动笔,第二年写完《家》。《春》与《秋》于1940年才面世,真可谓“十年磨一剑”!

《家》写高老太爷为家长的父权专制主义高家的兴衰。高老太爷这位父权专制主义人格化的家长,不仅不把仆人当人,也把子孙不当人。这样的父权专制主义因受五四新文化浪潮的冲击,使得高家子孙中出现叛逆者与反抗者。高老太爷死亡,高家开始衰败。《春》写高克明这位高老太爷的三儿子继任高家家长。他继续推行父权专制主义。《春》让人读后,感觉不到春天的气息与春意盎然的况味,而是险象环生,危机四起。《秋》无半点儿秋天收获的喜悦,毫无生气可言,而是“无边落木萧萧下”的败落景象。高克明死了,高公馆卖了,高家解体了。

《家》《春》《秋》写了众多人物,主要人物有“3+1”。

一是父权专制主义家长即“吃人”群体,高老太爷为代表。专横,不把人当人，是其性格特征。高老太爷手执纲常与家法号令全家，统治着这个四世同堂的大家庭。他凭着做官盘剥的钱财，购置田产和商业公司股票，营造高氏豪门。他对儿孙来说，是一个十足的父权专制主义家长。他要儿孙继承家业，扬名显亲，妄图使他的家业兴旺发达，永世长存！为此，他常常带着凛然不可侵犯的威严对待儿孙。他一手包办儿孙的婚姻，谁要不服从，就被视为“反了”，给洋学堂教坏了。他参与拆散觉新与梅表姐一对鸳鸯，致使梅表姐嫁人后丈夫夭亡，做了寡妇，而后在与觉新的相思透骨中郁郁死去。他规定儿孙必读书目。他不准儿孙参加社会活动。觉慧参加学潮，他视为“胡闹”。他死后的淫威还使瑞珏在冰天雪地的城外潮湿的屋里难产身亡。他对仆人而言，是一个不折不扣的暴君。他随意使唤、打骂、驱逐仆人。仆人高升被赶走后流落街头；年轻女仆鸣凤、婉儿被他当作礼物送给六十多岁的冯乐山做妾，害得鸣凤投湖自杀，婉儿饱受折磨。仆人完全成为供他驱使的会说话的牲口。再则，高老太爷还跟社会上的父权专制主义势力沆瀣一气。他与冯乐山、周伯涛、郑国光等一批乡绅形成一张强大的网，构成一个“吃人团”。这一笔，就把高老太爷及高公馆的意义扩展了——高公馆是父权专制主义大家庭的代表，高老太爷是父权专制主义的家长的代表。

然而，轰轰烈烈的五四新文化运动掀起的革命浪潮猛烈地冲击着高公馆，使之摇摇欲坠。高老太爷想依靠儿孙支撑门户，难了！他有五个儿子，长子中年死去，二儿夭亡，三儿还比较合意，四儿、五儿腐化堕落，败家子；长房长孙也不全顺从于他。这一切，给高老太爷以沉重的打击而一命呜呼！他的死亡，预示着他经营的高公馆离土崩瓦解为期不远了。第二代父权专制主义家长高克明的死，宣告高氏豪门彻底完了。

二是被“吃”群体，鸣凤为代表。鸣凤是高公馆里的小女仆，黑暗王国里的一个奴隶。她十岁丧母，被人骗到高家，十七岁被逼投湖自杀。在高公馆的七年中，她对主人的使唤、呵斥乃至打骂，总是恭顺的，逆来顺受的。支撑她生存下去的是她心中美好的爱情憧憬。她作为一位姑娘，却不像老舍的《骆驼祥子》中的虎妞那样大胆地去追求爱情，而是把爱情藏于心底，因为她太明白自己的身份地位了。大概正因为如此，她始终感到她与觉慧之间有堵高墙隔着。这一等级观念使得她在梅园里不能接受觉慧公开表示的对她的爱。她听到觉慧说

“我将来一定要接你”时,马上打断,回答说:“为什么总要说接不接的呢?我一辈子做你的丫头或保姆不是更好吗?”我想,有的女仆,恐怕就不是这种态度了,可能马上会扑到觉慧怀里的。鸣凤深爱觉慧,当觉慧公开示爱时,她为什么会是这么一种态度?我以为还是等级观念与“卑尊有序”的礼教在作祟。所以,当觉慧还告诉她“我要告诉太太,要娶你”时,她惊慌地叫起来:“不!不!你绝不能去说!”“太太一定不会答应,这样一来,什么都完了。”“我没有那样的命。”她的最大爱情奢求,就是做觉慧的丫头,时时在觉慧身边。然而,就连这么一点儿可怜的爱情希望也被高老太爷打杀了。当她知道高老太爷把她送给冯乐山做妾的消息后,先是苦苦哀求太太救救她;其次当哀求不得时,她默默地向觉慧的屋子走去,偷偷看觉慧读书写文章,又不愿打扰他,只得以哀婉而带绝望的眼光留恋地看了觉慧几眼,发出凄楚的喊声:“三少爷,觉慧!”最后,她离开,向湖走去,投湖自尽。她为了爱而忍辱生存,也为了爱而悲壮地死去。鸣凤这么一个年轻小生命,花季年华的少女,就这样被葬送,这家高公馆确实是仆人的地狱!父权专制主义不仅会吃掉仆人,也会吃掉主人。那么一个温驯善良贤淑的高家上下都喜欢的长房长孙媳妇瑞珏,不也是被父权专制主义家长推行的礼教与愚昧迷信而“吃掉”的吗?

三是叛逆者群体,觉慧为代表。觉慧是高家长房的第三个儿子,理应遵从父权专制主义,然而他却树立了新的人生信条:“不顾忌,不害怕,不妥协。”这“三不”贯穿于他的人生经历之中,构成他的叛逆性格,支撑着他的叛逆行为。在高家,他蔑视父权专制主义的等级观念与权威。表现之一是出门不坐轿子,不以阔少爷自居,不以阔少爷身份对待下人;表现之二是敢于公开拒绝祖父高老太爷规定的必读书《刘芷先生敬孝戒淫浅训》;表现之三是帮助二哥抗婚;表现之四是反对迷信;表现之五是爱女仆鸣凤。在社会上,他积极参加进步的社会斗争活动;他与同学一道编《黎明周报》,宣传新文化思想。鸣凤被逼致死和瑞珏惨死,更煽起了他反抗父权专制主义的熊熊烈火。他愤怒地说道:“这个家庭,我不能再住下去!”“要做个叛徒!”“要走自己的路!”所以,他在祖父高老太爷尸骨未寒时,就离家出走了。他的这些反叛行动,虽然对高公馆的解体起不了决定作用,然而却标明“五四”时期觉醒了的一代青年拥有的时代精神。当然,觉慧毕竟是高家子弟。他践行“三不”不彻底,还有“顾忌”,还有“妥协”。比如他对鸣凤的爱情。他是以阔少爷的身份来爱鸣凤的。这个身份是父权专制主义家庭赋予他的。因此,他爱鸣凤却不能救鸣凤。他对鸣凤这样说过:“如果你像琴姐多好呢!”意思是说,如果你鸣凤像我的二哥觉民所爱的琴姐就好了!就没有什么门户顾忌了,就没有什么身份之别了!他潜意识里还存在门户等级观念!他还对鸣凤说过:“我想起你很惭愧,我过得舒舒服服,你却在我家受罪!”这表明,他对鸣凤的爱夹杂有同情与不平的成分。他还说过:“鸣凤的命运是从生下来就安排好了的。”所以,他感到要与鸣凤结婚是“做不到的”!“这是梦想”!后来,他决定放弃鸣凤了。这表明,阔少爷对女仆的爱哪怕是真心的,但因身份与地位的悬殊,这种爱必然难以持久。这表明觉慧的新的婚姻恋爱观是不彻底的。又比如他对他的祖父高老太爷的态度。“庭训”与“临终诀别”两个细节最能说明问题。“庭训”是指他参加社会革命活动时,其祖父叫人把他喊回来加以训斥。他走进祖父卧室,高老太爷眼睛闭着不理睬他。他看到祖父的神情,心里想道,全靠他的祖父当初赤手空拳造成的这份家业,他们如今才过着舒服的日子;饮水思源,他不得不感激他的祖父。因此,他对他祖父便只是敬爱着。“临终诀别”是指他的祖父临终前对他说:“我喜欢你,你去把你二哥叫回来,冯家的亲事不提了!”他听后,大哭起来,叫喊:“爷爷!爷爷!”从人性角度说,这是可以理解的。从阶级角度说,就显露出他的反叛中有了妥协!不过,这一不彻底的反叛,也是可以理解的。这两个细节,实际上表明了他的“妥协”——在血缘与亲情上的“妥协”。因此,我说可以理解。反叛、妥协,妥协、反叛,依然是反叛者。

觉新形象。觉新是高氏豪门的长房长孙。他将来是要承接家长职位的,也就是说他将来会是父权专制主义的执行人。他这个身份与地位,是从生下就注定的。这个身份与地位就决定了他在高家的人生状态与行为方式:一是服从,二是顺从。他服从父亲对他的人生安排。他天资聪颖,读书成绩优良,有理想有抱负,要读大学要到外国去留学。然而,中学刚毕业时,其父要他中止学业,要他学着支撑门户,更要他结婚生子,且用抓阄的方式为他抓来一位妻子。对于这一突如其来的人生大拐弯,他没有不服从的表示,而点头答应,只是回到卧室才抱头痛哭一场而已。他顺从长辈们。其父死后,他自然成为长房的家长。在高公馆里,他只能与叔叔、婶婶们周旋,顺从他们的意思做事,陪他们打牌,替他们买东西。他在这一服从与顺从过程中,形成了自己的人生哲学即“作揖主义”,结果沦为受害者。不是吗?他与梅表妹青梅竹马,相亲相爱,因服从而只得接受瑞珏;与瑞珏婚后渐渐有了感情,因顺从而使得爱妻瑞珏离开高公馆到郊外潮湿寒冷的小屋里难产身亡。这样的服从与顺从,确实使他活得很累、很苦——累在心里,苦在心里!不过,他并未因服从与顺从而成为地道的高家孝子贤孙!他受到五四新文化思想的影响,他从二弟、三弟的叛逆思想与行为中,明白了他的不幸即他的累与苦,是“整个制度,整个礼教,整个迷信”造成的,他本有的幸福与应有的人生,就是被这些东西剥夺掉的。因此,他对父权专制主义不满了,对他个人的屈辱生活不满了。也因此,他与觉慧、觉民们在一起时,是一个“新青年”。但旧的家庭文化在他心里还是根深蒂固的。新旧两种文化拉着他的两只手。于是,他常常处于这么一种尴尬的人生境地:一方面不满意父权专制主义大家庭,帮助觉慧与觉民,一方面又有意无意地帮助父权专制主义大家庭做些害人害己的事——他成了双重人格的人物。像这样一个父权专制主义大家庭的子弟,很可能在痛苦与矛盾中死去,而作家巴金给他却安排了另一种人生归宿:高公馆卖了,高氏豪门解体了,他得到了解脱,觉悟而新生了,开始了新的人生征程。作家巴金在“激流三部曲”中写了这么一个贯穿性的人物,也许寄寓着新的人生思考与新的家庭文化的探寻。

《憩园》写于1944年5月—1944年7月,可算是“激流三部曲”的续篇,写出了巴金于1941年后两次回到成都老家的生活感受与精神感受,以及深入追寻父权专制主义大家庭解体的文化根源。中国父权专制主义家庭文化中有一种带基因性的文化元素便是“金钱长宜子孙”——为人父的中国人,总是要为子女们留一笔遗产,以荫庇子孙,吃穿不愁!如果没有遗产,临终时还会向子孙表示歉疚!结果呢?是害了子孙!巴金从生活中得来的这一认识,转化为“憩园”新旧主人的人生命运。黎德瑞作为《憩园》新主人的朋友,看见一个15岁的小孩每个星期六都溜进“憩园”摘茶花送给住在破庙里的一位老人。由此,引出“憩园”旧主人的故事。这位老人姓杨名梦痴。他是父权专制主义大家庭“憩园”中垮掉的一代。其父死时,把“憩园”作为遗产交给他,要他守住。但是,他的两个弟弟逼他卖掉“憩园”。他用分得的一份遗产,继续吃喝玩乐,钱很快花光了,后来被妻儿赶出家门。他无任何谋生的能力,只得做乞丐偷、骗,住破庙。最后,他被冠上“惯偷”的罪名抓进监狱。在狱中染上传染病，还未断气就被狱卒抬到荒郊野外，被野狗吃掉。“憩园”的新主人姓姚名诵诗。姚诵诗原名姚国栋(国家之栋梁也)，黎德瑞的朋友、同学。在黎德瑞眼里，他原是有理想有才能的人物，读过大学，留过洋，做过大学教授、政府官员。然而，这次见着他却发生了巨大变化：他继承父亲留下来的七八百亩田地和一大笔金钱，买了杨梦痴的“憩园”，过着悠闲而如隐士般的日子，所以改名为诵诗。更大变化有三：一是他的“憩园”墙壁上挂的“长宜子孙”匾额，成了他的人生信条与行为方式的宗旨——从祖辈那里承接下来传之后世；二是他常常夸耀他有钱，钱可以万能；三是放纵儿子小虎——十一二岁的小孩，西装革履，不好好读书，“一个月里头总有10天请假，半个月迟到，上了7年学，认字不过一箩筐”，他在外赌钱，输了就回家拿钱。黎德瑞劝诵诗，要他好好管教小虎，他反而说：“我对小孩，就怕他不爱玩，况且家里又不是没有钱。”致使小虎成了一只小老虎，小皇帝！最后，小虎在外婆家玩，与别的小孩赌游泳，被大水冲走，尸体都未找着。姚诵诗这三大变化，表明“憩园”虽然易主了，由姓杨改为姓姚了，然而，新主人由新人物蜕变为了旧人物。他放纵其子小虎和小虎的夭亡，实际上是他家悲剧的提前展现，小虎尸体未找到与杨梦痴尸骨不能辨认，有何两样！“金钱长宜子孙”的家庭文化，不仅害了“憩园”旧主人，也害了“憩园”新主人。中国传统的“金钱长宜子孙”的父权专制主义家庭文化的弊害，由此被充分展露出来。

父权专制主义的旧家庭解体了。那么，新人物组成的新家庭，就一定能持续下去吗？作家巴金做着进一步的探索，他写了《寒夜》。小说里的汪文宣与曾树生都是大学毕业生，都有理想抱负，自由恋爱结婚；婆婆原是昆明的才女；小儿子聪明。这四口人组成的新式家庭，并不稳固。最后，四口人中死的死，走的走，离散的离散，家庭解体了。因为，这个新家庭不占天时——战争，连年战争，八年战争；不占地利——重庆陪都，“前方吃紧，后方紧吃”的社会状态；不占人和——特别是家庭婆媳间无休止地吵闹。

可见，巴金拷问“家庭文化”，追寻与探索的家庭与家庭文化问题还未完结，还会继续下去。然而，不幸得很，巴金从此再也没有追寻与探索的机会了。这一历时性的话题与终极目标，留给了后人去思考、去追寻！

原载《中国新文学发展史研究》，中国戏剧出版社2012年12月

老舍的“都市主题”叙述

老舍与鲁迅、茅盾、巴金一样,都是1917—1949年中国新文学史上的大家。他描绘的“都市主题”,显示出他的特殊成就与价值意义。

一

写都市,自然着眼于都市的人。老舍写了都市中的多种人生面相。

一是“都市市民”的描写。老舍的小说大多描写都市市民生活,映现出20世纪20、30和40年代中国都市(主要是北京)的风貌和市民阶层的精神与命运,挖掘蕴含其中的文化意识。如果说,鲁迅小说写农村农民,而着力剖析的是农民存在的国民劣根性,那么,老舍小说写都市市民,而着力剖析的便是市民阶层存在的国民劣根性。在这一点上,老舍与鲁迅的小说具有同等的价值意义。

二是人力车夫的描写。中国近现代社会大都市的交通工具,在20世纪前半期主要是人力车。因此,人力车夫成为大都市市民中的一个群体。人力车夫这个群体的生存状态与命运,折射出整个大都市的风貌。所以,老舍写这个群体的生存状况,也是具有重要意义的。1917年中国文学大拐弯之后，鲁迅就用小说文本写人力车夫，这就是他的《一件小事》。从鲁迅的《一件小事》开始，到20年代中期有郁达夫的《薄奠》写人力车夫的小说，到20世纪30年代和40年代，老舍在较多小说中写了人力车夫，《骆驼祥子》是专门以人力车夫为题材的一部长篇小说。这就使得人力车夫成为1917—1949年中国新文学人物画廊里一个新的人物族谱。

三是独具一格的"北京味"。北京乃帝王之都，积淀着丰厚的文化内涵，有着与别的都市不同的民风民俗。生于斯长于斯的北京人，讲体面，讲排场，守礼节，性情温和，说话的语调、声音与别的大都市不一样。北京人，也有不平不满，但是表达与发泄的方式，常常是"以笑代喷"。老舍身为北京人，具有北京人的共性。因此，他的小说与别的都市或区域的作家的小说（如沙汀的小说）一样，都有各自的地方风味。这三个方面是"都市主题"文学应具备的特性，同时也是老舍对1917—1949年中国新文学的独特贡献。

那么，老舍为什么会写都市？为什么会成为"市民世界"和"人力车夫"的描绘者？这得从他的创作目的说起。

老舍曾在《吐了一口气》中说他的创作及其目的是"借题发挥，吐出心中怨气"，也就是借小说这种文本来吐心中的怨气。怨气，即怨恨之气。老舍的"怨气"是从生活中来的，是他及家庭受苦受难积蓄的。他的《诗二首》中说他"童年习冻饿"。确实如此。老舍一岁半时，做北京城护军的父亲被八国联军的炮火打死，家中的财产被抢掠一空。他兄妹五人，这以后只靠母亲帮人洗衣、做保姆挣得的钱过着半饥半饱的日子。后来，他在《吐了一口气》一文中说：他"从懂事那天起，就知道了愁吃愁喝。"这一生存状态，使得他从小就憎恨洋鬼子，就同情处于相同境遇中的社会下层民众。人生不平、社会不公的意识在他头脑里萌生了。这种从生活中得来的感受与认识，在五四新文化时期得到了提升与扩展，他看到了国家、社会、广大民众的处境。于是，产生了要吐出心中怨气的愿望。以文学文本作为载体实现这一愿望，那是在1926年英国伦敦大学东方学院的事了。1924年，老舍去该校任教。起初，一切还感到新鲜，半年后就感到寂寞了，就想家了，就想北京城的人与事了。在寂寞中，他读外国小说，英国的、法国的、俄国的作家作品都读。尤其是狄更斯的小说，他读得多，领悟得深。读外国作品，感到作品中写的人与事，与他认识、经验过的人与事差不多，也就拿起笔写他熟悉的题材。第一部长篇小说《老张的哲学》,经许地山的帮助在国内的《小说月报》上发表了。从此,他走上了文学创作道路。老舍创作伊始的过程可以概括为:在英国想家——读外国小说——写中国小说。

二

老舍借用狄更斯以一个滑稽人物为中心网罗四方而构成艺术世界的方式,以及狄更斯有些小说题目“XX 哲学”,而写成《老张的哲学》这部长篇小说,由此形成了一种讽刺喜剧艺术格调。

《老张的哲学》顾名思义就是写老张的哲学的。小说主人公老张,是北京市民世界中一个恶棍的典型形象。

老张的哲学是“钱本位而三位一体”。他有三种职业:经商为赚钱,办学为赚钱,当兵为赚钱。此之谓第一个“钱本位而三位一体”。他信奉三种宗教:当市场上猪肉贵而牛羊肉价钱低时,他信奉回教;当市场上猪羊牛肉价钱都贵时,他信奉佛教;当非请人吃饭不可时,他信奉耶稣教,因为西方耶稣教徒请人吃饭叫吃茶。他请人吃饭就真的是吃茶。他信奉这三种宗教都是从钱来考量的。此之谓第二个“钱本位而三位一体”。他一生只洗三次澡:第一次是出生第三天,按习俗要花钱请人为婴儿洗澡,名为“洗三”,他还无意识;第二次是结婚前一天,花两个铜板去澡堂洗澡,过后多年还在账簿上记载着;第三次洗澡,据预言家预测,他死后按习俗要花钱请人洗尸,然后才入殓埋葬,这仅仅是预言家预测,如果他留有遗嘱,称不准花钱请人洗尸,那一生就只洗两次澡了。这也是为了省钱。此之谓第三个“钱本位而三位一体”。老张这一人生哲学,完全为了钱,一切向钱看,“钱钱钱,命相连”。老张,确实是一个视钱如命的角色,是一个很丑恶的角色。他的外形丑而令人恶心。他身高五尺二寸。因为这个高度恰是当兵的身高要求。他的脸红红的,长有几粒黑痣,按《麻衣相法》书上的说法,这种脸主多才多艺。他的五官搭配得委实精彩,可以说是绝配:两道浓眉连成一线,遮着猪眼睛似的两只小眼睛;鼻子短而粗,微微向上,不注意看还会以为是夏天倒挂在树上的鸣蝉;下嘴唇向上内翻,包着年久失修的行将垂落的大门牙,不留神看还会误认为是夹馅的烧饼;左脸高,右耳扛在肩上,据说是表示尊严。这副长相，十分丑陋，但他却不要脸地说："要不如此，怎能叫女人多看几眼呢？"老张的哲学，丑！老张的外形，丑！同时，更有丑恶之处，恶为罪恶。这里，举小说中写的两件事，进一步加以诠释。第一件事是小说第14章写老张去孙八家吃饭。有一天，他吃完午饭，就开始算账，不吃晚饭，整夜算账，到第二天快中午了，肚子饿得实在难以忍受了，他就想，人为什么要吃饭？为什么不像牛那样只吃草和喝水？越想肚子越饿，于是他就想到去孙八家吃饭。孙八是一位极慷慨的人，特别欢迎他人来吃饭，肚子胀破了，人死了，他还会拿钱为胀死的人买棺材。老张一到孙八家，见到孙八，就先入为主地说："八爷吃早饭没有？我今天请客！"孙八知道他说这话的意思，就忙说："何必呢？快吃午饭了，就在我这里吃吧！酒菜都是现成的！"他见着一桌子的饭菜，就狼吞虎咽地吃起来。他一连吃了三大碗饭、三个馒头，外加几个月饼。他打算吃一顿，可以管一个礼拜。但他的胃毕竟有限，吃得实在吃不下去了，只得说道："我饱了！"这一细节，也充分暴露了老张的丑陋一面。作者抓住此予以发酵，给以嘲讽。第二件事是小说第36章写老张与孙八合伙举办婚宴。老张以逼债方式活生生地打散王德与李静、李应与龙凤两对鸳鸯，逼死李静叔父、逼疯王德，从而强迫李静为妾，并强迫龙凤给孙八做妾。这便是他的罪恶！他作恶之后，邀约孙八一起办婚宴。他决定婚宴在星期天举行，被邀请者就无借口不来参加；他主动要求负责婚宴的早餐、孙八负责午餐。这样，他可以省掉饭钱而收大笔礼金了。这一个细节，充分显现了老张这个恶棍的丑与恶，丑恶、罪恶集于一身。这以后，老舍写的《赵子曰》《二马》等小说，基本上都沿袭了这一讽刺喜剧的创作路子。

1930年，老舍回国。他一面在大学教书，一面继续写作。从《猫城记》开始，他的审美价值观和小说的艺术格调发生了变化——由讽刺喜剧转为讽刺悲剧。

《猫城记》算是一部寓言式的现实主义小说。写一位旅行者、探险家乘飞机去火星考察，因飞机坠落而身陷空中的一个猫人国。小说就大写"我"的所见所闻所经所感。猫人国，极为落后，猫人外貌既丑又愚昧，生活原始。他们对外来的入侵者，或逃或降，不愤恨，反而卑怯地发笑。他们相互倾轧，互相残杀。整个猫人被杀光，不是入侵者的屠刀，而是他们自己内斗。这位探险者，反复叹息道："这个民族的复兴，是无希望了！"小说写这么一个非现实的虚拟的国家与国人，寄寓的是作家老舍其时对中国及中国人的感受与认识。他在《我怎样写〈猫城记〉》中就说过:这部小说“是有感于对国事的失望而作的”。读罢小说,联想到鲁迅借狂人之口说的话“你们要不改,自己也会吃尽”的深长意味。这也许是这部小说与鲁迅《狂人日记》等小说在人文精神方面的无缝对接吧!

《月牙儿》在老舍讽刺悲剧小说中极有代表性。这篇小说写母女两人先后沦为娼妓的故事。我读后最受震撼的是小说中母亲说的一句话:“肚子饿是最大的真理。”因为,这一言说颠覆了“饿死事小,失节事大”的传统人生观念与行为规则,同时也与已经流入中国的西方近现代文明中的“自由”“民主”“个性解放”“婚姻自由”等观念相抵触,大有警世骇俗之慨。不过,从人权的角度说,人的生存权是最基本最起码的权利,连生存权都没了,别的权利还有价值与意义吗?从人性角度说,“食色,性也”。《论语》中这一条语录,讲的就是吃饭与男女间的性爱,是人的本性本能所在。“食”放在第一。“食”,才能帮助人生存(当然不能逆推,“生存为了食”),生存,才能谈得上性本能的调动。因此,我从理性与感性上能接受小说中母亲说的这句话,而且更能知她之所以能说出这句话,是源于她全部原始的残酷的带血腥味的生活实践。因此,我读到这句话时,我的心在颤抖,在滴血!母亲为生活所迫沦为娼妓。女儿接受西方近现代文明观念,劝告母亲以别的方式求生存,求婚恋。结果呢?女儿也被逼沦为娼妓了,皈依母亲的“肚子饿是最大的真理”了。老舍写这样一个故事,似乎在启发人们去思考一个普泛的现实人生问题:社会下层民众,特别是其中的女人,如果连最低生活保障都缺失时,所谓“情爱”会变异为赤裸裸的金钱关系。这也许就是老舍在《骆驼祥子》中表述的:“爱与不爱,穷人得在金钱上决定,‘情种’只在大富之家。”

三

《骆驼祥子》写“劳苦世界”里人力车夫痛苦地活着,委屈地死去。

我不知道,人力车夫在大都市作为交通工具来使用,在中国始于何时。但是,我敢说,人力车是20世纪前50年中国大都市的一种重要交通工具。人力车夫自然也就成为大都市里的一个群体。这个群体的生存状态与命运,折射出大都市的风貌。也许正因此,1917年中国文学大拐弯之时,人力车夫就进入了刚刚露头的新文学创作之中，这就是沈尹默与胡适写的同题新诗《人力车夫》。不久，鲁迅以小说文本形式写人力车夫，这就是《一件小事》；陈绵以话剧文本形式写《人力车夫》。稍后，郁达夫的《薄奠》也是写人力车夫的。从此，人力车夫形象，在中国新文学作品中屡屡出现。不过，执着地而又一以贯之地写人力车夫的作家要数老舍，其成就与价值意义也属超前性的。他最具代表性的作品当数《骆驼祥子》。小说着力写的便是人力车夫祥子的故事：他在市民化过程中的奋斗、抗争、惨败。

祥子本来生于农村长于农村。但是，不幸父母双亡，家中几亩薄田只得卖掉，而“带着乡间小伙子的健壮与诚实”来到北京城谋生。他不想只做个临时性的农民工，而要当北京市民，做一个有“自己的车，自己的生活都在自己手里的高等车夫”。这一人生目标的确立不是他一时冲动，而是出于他清醒地对自身条件的分析：年轻力壮，无不良嗜好，无家小拖累。祥子为着实现这一人生目标，经历了“三起三落”。

第一次起落：买车——车被抢。祥子起早贪黑，省吃俭用，“风里雨里的咬牙”“茶里饭里的自苦”，拉了1000天车，终于凑足了100元钱，买了一辆新车。第一次有了自己的车，他欣喜若狂。拉了半年车后，他感到至多再拉两年车，就可以再买一辆、两辆，也可以开车厂了。“可是，希望多半落空，祥子的也非例外。”他的车和他自己，“被十来个兵抢走了”。三年心血，化为乌有，一场美梦，完全破灭。这一突如其来的横祸，给祥子的人生与心灵极大的打击。一切辛苦，祥子可以一眨眼就忘掉，但是那辆融入他生命里的车却时时刻刻存于头脑里。于是，他流泪了，流的是仇恨的泪、愤怒的泪、伤心的泪！他不仅恨那些兵，而且恨世界上的一切！他大声地叫喊：“凭什么把人欺侮到这个地步呢！凭什么？凭什么？”听到祥子的愤怒声，我感到他并非一个完全听天由命、逆来顺受的人物，而有着强烈的自发的反抗意识。同时，我也感到阻止祥子实现人生追求目标的是军阀混战，社会动荡不安。

第二次起落：积钱——钱被抢。祥子在愤怒稍平息以后，想到逃命要紧，于是他逃了。在逃跑途中，他看见被士兵们丢下的骆驼。骆驼对于绝望中的祥子，犹如一丝亮光，照得那辆亮堂堂的新车好像在他眼前出现了。他鼓足勇气，牵走三头骆驼，换成35元钱，逃回城内人和车厂，又开始拉起车来。他规定每天必须拉够一定数量的钱。他不顾时间的早晚,不顾两腿疼痛,不顾肚子饥饿,不顾是否同别的车夫抢生意,简直像一头饿狼,只要能挣钱,命也不要。为了早日凑足买车的钱,他决定去拉包月。先是给杨先生家拉包月。但杨先生家不把他当人看待,他做了四天就辞去,后为曹先生拉包月。曹先生家确实是那个污浊社会里的一处清白之所,沙漠里的一块绿洲。祥子买车的钱差不多要凑足了。真是天有不测风云,遇到当局搞大搜捕。曹先生是个社会主义者,被孙侦探带人来搜查、抄家,曹先生躲了,祥子买车的钱被孙侦探抢走了。祥子在人生道路的艰难行进中,又一次遭到沉重的打击。写到这里,作家老舍议论道:祥子"买车,车丢了;省钱,钱丢了;自己的一切努力只为别人来欺侮!""一个拉车的吞的是粗粮,流出来的是血;他要卖最大的力气,获得最低的报酬;他立在人间的最低处,等着一切人一切法一切困苦的打击。"读到这一席痛彻心扉的言说,我感到祥子的社会地位多么卑下啊!他要挤进北京市民阶层过高等洋车夫的日子多么难啊!社会黑暗是又一原因。但是,祥子在绝境里并未失德——失钱而未失德!他在痛定思痛后,心想自己的钱是因曹先生的事而被抢的,应由曹先生来赔偿。怎么赔呢?曹先生已躲起来了,他想拿几件曹家的家具去卖以补其损失。这一想法,应该说有合情合理的成分。但他很快就打消了这个念头,且自责起来:"不,不能当贼?不能!""穷死,不能偷!""自己穷到这样,不能叫心上多个黑点儿!"

第三次起落:买车——卖车。祥子再次走投无路了,没有别的地方可去,又回到人和车厂。这次回到人和车厂后,祥子出现了巨大变化:一是有了老婆,成了家,与虎妞结婚了;二是虎妞拿钱给他买车。祥子有了车,雄心不减当年。小说第18章对祥子在烈日暴雨情境里拼命拉车作了惊心动魄的描述。可以说,这是祥子实现自己人生目标的最后一搏。农历六月十五日那天,太阳刚出来,北京城就像个大火盆;中午时分,北京城像个烧透的砖窑,热得发了狂。北京城的小贩们在此烈日之下停止了叫卖声;拉车的,有的中暑了,有的不出车了,祥子还在拉车,但有些"胆怯"了。午后,天气陡转,一场倾盆大雨从天而降,北京城成了水的世界。这一天的烈日与暴雨,给北京城"劳苦世界"的人们带来了灾难,也使祥子大病一场。作家老舍写到这里,议论道:"雨下给穷人,下给富人;下给义人,也下给不义的人。其实,雨并不公道,因为雨落在一个没有公道的世界上。”“祥子病倒了，大杂院里的病人并不止他一个。”祥子的病情好一点儿，又去拉车，又卧床不起了。为治病，虎妞的钱已花得所剩无几。给祥子带来灭顶之灾的是虎妞难产身亡。为了料理虎妞的后事，他只得卖车。祥子陷入极度悲苦之中。

经过这样的三起三落之后，祥子反思自己所走过的人生之路，感到：车，车，车，就是他的饭碗，就是他的命根！买车，车丢了；积钱买车，钱被抢了；再买车，车卖了。车确实像个幻影，叫他永远抓不牢，他空受苦，空受累，空受屈辱。他越想越恨，泪水被怒火截住，想狂喊一阵，把心中的血喷射出来才觉痛快！

祥子在极度悲伤时，小福子给他带来了一丝希望。他打算再去拉车，混好一点儿，与小福子一起过日子。但小福子为养活两个弟弟，只得到咸肉庄去做妓女，她不堪忍受肉体的、心灵的折磨与屈辱，吊死在妓院门口的大树下。祥子最后一线希望也破灭了，条条人生路都被堵死了。太多的挫折，使他感到努力的无用。他的心死了，“哀莫大于心死”啊！

小说充分展现了祥子惨烈奋斗的人生轨迹与惨烈奋斗的心理历程，暗示在那个不公道的社会里，个人奋斗不仅会使肉体毁损，更会使心灵毁灭。

这里，还要说说虎妞形象的评价问题。

从20世纪三四十年代起一直到今天，有一个共同的评判观——虎妞是造成祥子悲剧的重大原因，公兰谷、思基等人是这么说的，至今更有人说祥子的悲剧“是一个资产者的丑女引诱与腐蚀无产者强男的悲剧”。这一惯常的评论观，我以为片面了些，简单化了些，而且因此忽视了祥子悲剧的自身因素。

小说称虎妞“她丑，她老”，但是，又未具体描写。《老张的哲学》中的老张的“丑”，写得十分具体，一看就是一个丑类，令人恶心。而虎妞有什么丑？也许就是皮肤黑点儿，下巴长点儿，鼻梁扁点儿。关键是她充满生命活力。这一活力，可以遮“百丑”。至于“她老”，确实有点儿老了，三十七八岁还未嫁人，自然是老姑娘了。按传统观点说，是老了！施耐庵《水浒传》有云：“人生三十未娶，不应再娶。”意思也许就是说已开始老了，就不要婚嫁了。不过西方人并不这样看。西谚云：“人的生活在四十才开始。”三十七八岁离四十岁还差两三年，人生还未开始，怎么就算老了！按今天中国人的观点看，三十七八岁未嫁人，未必算老！虎妞的“丑”与“老”，不是我关注的重点。

我想从如下几个方面对上述评判观加以辨析。

一是虎妞闯入祥子生活圈子与祥子结合,合不合乎他们二人各自的生活逻辑。答案是肯定的。因为,虎妞是人和车厂老板刘四的女儿。她多年帮父亲经营车厂,管理出租人力车事宜,厮混于车夫之中。而祥子在北京城无亲无戚,是个租车的,拉车的。所以,祥子与虎妞打交道而与之相识是必然的。再加上,虎妞三十七八岁了,还未出嫁,又无母亲为其张罗婚事。所以,她必然会自己来张罗来挑选夫婿了。她见过不少车夫,感到只有祥子老实、忠厚、身体健壮、勤劳。可以说,她对祥子不仅相识而且相知。因此,她闯入祥子生活圈而与祥子结合实属常情常理。

二是虎妞给祥子只是造成灾难吗？小说写虎妞,确实很厉害:祥子感到“仿佛是碰在蜘蛛网上的一个小虫”“好像掉在陷阱里,手脚而且全身被夹子夹住,没得法儿跑”;在祥子眼里,“虎妞像女的,又像男的;像人,又像什么凶恶的走兽！这个走兽,穿着红袄,已经捉到他,还预备着细细地收拾他”。“他没了自己,只在她的牙中挣扎着,像猫叼住的一个老鼠。”由这一发酵性与夸张性的描述,似乎可以说虎妞带给祥子的是灾害！然而,还应看到另外几个方面。第一,虎妞爱祥子,这是确实的。她体贴他,关心他,疼他！疼,才爱,不疼会爱吗？只是,她表达这种爱的语言不低缓,更不轻柔。莎士比亚在《李尔王》中说:“轻柔而低缓,是女人最好的优点。”以此观之,虎妞关爱的语言没有女人的优点。但爱是无可否认的。她看见祥子为了凑足100元钱买车而拼命拉车时,对祥子说:“你这家伙,要是这么干,吐了血可是你自己的事！”“买车也得悠停着来,当你是铁做的哪！你应当好好歇三天！”她看见祥子听不进她的话,又说道:“好吧,你有你的主意,死了,可别怨我！”这些粗头半块的牛都踩不烂的话,确实一点儿不低缓,确实一点儿不轻柔。但心是好的,是爱祥子的。这是她生活的环境而养成的性格所致。第二,她勇敢地向祥子求爱。祥子第二次“落”时,来到人和车厂。虎妞因好久不见祥子了,趁其父不在家的空档而叫祥子进屋去与祥子发生性关系。这算是她引诱、勾引祥子！但从她的角度说,是爱得迫切所致,追求自己所爱而为。我以为不必太苛责。特别是,还应看到,这是为追求婚姻自主的精神与行为在她身上得到延续,得到特殊体现。我之谓“特殊”是指她求爱的方式与采用的手段。第三,她与祥子结婚和她难产身亡后,祥子的情感状态。虎妞拿出私房钱给祥子买车,满足了祥子的愿望。这时,祥子发自内心地笑了,“仿佛把以前的困苦全一笔勾销,而笑着换了新世界,像换一种衣服那么容易,痛快!”虎妞死了,祥子深感家破人亡之痛。他哀叹道:“没了,什么都没了,连个老婆也没了!虎妞虽然厉害,但是没有了她怎么能成个家呢!”可见,祥子已离不开虎妞了。总的说,祥子对虎妞的情感是复杂的。作家在小说中做过这样的叙述与描摹:“祥子有时候欣悦,有时候着急;有时候烦闷,有时候为欣悦而又要惭愧;有时候为着急而又要自慰;有时候为烦闷而又要欣悦。感情在他心中绕着圆圈,把一个最简单的人闹得不知道了东南西北。”祥子对虎妞的情感的复杂性,表明虎妞不仅给他压力、烦闷、灾难,也给他满足、希望。

三是还要看到虎妞也是一个受害者,三十七八岁就失去了生命,还搭上了一个未出生的胎儿!这又是谁之过?谁之罪?

原载《中国新文学发展史研究》,中国戏剧出版社2012年12月

曹禺的“精神家园”寻绎

曹禺姓万名家宝,1926年在天津南开中学读书期间发起成立“玄背社”文学社团并创办《玄背》刊物,以曹禺为笔名发表小说《今宵酒醒何处》。但是,他日后并未成为小说家而却成为一位戏剧大家。

一

曹禺一开始从事戏剧创作就有倾向性与目的性,那就是暴露黑暗,寻绎“精神家园”。

那么,曹禺为什么会成为一位戏剧大家?其戏剧的倾向性与目的性又是怎样确立的?我拟从如下几个方面去论析。

一是家庭的影响,即家庭生活的感受与体验。曹禺出生于曾经阔绰而后没落的一个家庭里。其父万德尊留学日本,毕业于日本陆军士官学校,回国后做过北洋军阀的师长,然而未带过兵打过仗。其父书读得多,像个文人而不像军人。其父后来抽大烟,脾气不好,对家人严厉,他自己又伤感。这就使得万家一楼一底小洋房的气氛十分沉闷。这一家庭境遇,铸成了曹禺的性格特征——偏于忧郁。

这一性格特征，又使他从小对悲剧事件与悲剧人物特别关注与敏感。同时，曹禺的奶妈给了他另一面的影响。曹禺出生第三天，生母去世，段氏奶妈喂他奶，伴他睡觉。三岁以后，段氏奶妈给他讲故事。其中讲了段家的悲惨史：父母饿死，自己嫁给一个老实农民，但因还不起债而被活活打死，公公也自尽了，小儿子因顶撞地主惨遭毒打，遍体鳞伤，无钱医治而烂死。这给幼小的曹禺以心灵的震撼与难以抹去的印象：农民受苦受罪，地富豪绅横行乡里。这些童年、少年时代的记忆，储存在他的头脑里，成为他后来从事戏剧创作的素材，成为他从事戏剧创作抱定的宗旨的一大成因。

二是小说戏剧的影响。曹禺少年时代，不仅读四书五经，而且还读了不少小说，如《红楼梦》《水浒传》《聊斋》《镜花缘》《封神演义》《九尾龟》等，还读过林纾译的外国文学作品，如果戈里的《钦差大臣》、莎士比亚的《威尼斯商人》等，“五四”以来的新小说与新诗也读了些。这些中外文学作品，扩大了他的视野，增加了他对社会人生的认识，培养了他对戏剧的兴趣。尤其是，他常常同继母去看一些哀情剧，受到的感染与感动更大。他在南开中学，演出过易卜生的《国民公敌》与《娜拉》，改编过莫里哀的《悭吝人》。这些戏剧演出和戏剧改编，加深了他对戏剧的理解，为他后来从事戏剧创作做了准备。1930年，曹禺插班转入清华大学西洋文学系学习。他系统地读了西方古典戏剧与现代戏剧，如古希腊三大悲剧家埃斯库罗斯、索福克勒斯、欧里庇得斯的剧作以及莎士比亚、契诃夫、奥尼尔的剧作。他用心研读这些剧作，汲取戏剧精神与精湛戏剧艺术营养。

正是有了这些积累，他经过几年思考，于1933年创作出第一部多幕剧《雷雨》，由此也就一发而不可收，连续写成《日出》《原野》《北京人》等名篇佳作。这四部悲剧剧本，是曹禺为中国话剧做出的巨大贡献的体现，标志着中国话剧的成熟。这四部悲剧剧作，凸显出曹禺创作的巨大成就。

二

曹禺作为一位戏剧家，一登上中国剧坛便奉献出成熟的话剧剧作，这就是《雷雨》。1928年，曹禺在南开中学读书时，就打算写一部家庭悲剧剧本，1933年在清华大学西洋文学系学习时才付诸实现。所以，这个剧本曹禺想了四年多,用了半年时间写成。1934年7月,巴金流着泪读完这部剧作后,将其发表于《文学季刊》。从1935年开始,这部剧作一直活跃于中外的舞台、银幕、读者中间。那么,这部剧作为什么会引起经久不衰的反响呢?其魅力何在呢?我以为在于这部剧作的“独特”。因为“独特”,才有吸引力,才有感染力,才有穿透力。这部剧作的“独特”有三:一是戏剧矛盾冲突独特,二是戏剧人物独特,三是艺术表现方法独特。

戏剧矛盾冲突独特:繁富而残忍。这部剧作写的矛盾冲突,大而言之有三。从周朴园引起的矛盾冲突来说,就有他与繁漪既是夫妻关系,又是施虐与受虐的关系,以及由此而形成的矛盾冲突,这是家庭冷暴力所致的矛盾冲突;他与侍萍是主仆关系,又是情人关系,以及由此引起的矛盾冲突;他与鲁大海是父子关系,又是劳资关系,以及由此引起的矛盾冲突。从繁漪引起的矛盾冲突来看,有她与周萍既是继母与儿子的关系,又是情人关系,以及由此而引起的矛盾冲突;她与四凤是主仆关系,又是情敌关系,以及由此而引起的矛盾冲突。从周萍引起的矛盾冲突来看,有他与四凤是主仆关系,又是兄妹关系,又是情人关系,以及由此而引起的矛盾冲突;有他与鲁大海既是劳资关系,又是兄弟关系,以及由此而引起的矛盾冲突。可见,这些矛盾冲突,确实够复杂的了。这些矛盾冲突还有残忍的一面。残忍来源于这些矛盾冲突中贯穿着的两大元素即血缘与亲情。因为这两大元素使矛盾冲突出现扭曲与变异:主仆关系的扭曲与变异、父子关系的扭曲与变异、母子关系的扭曲与变异、兄弟关系的扭曲与变异。具体说:周朴园明知繁漪年轻、生命力旺盛又追求浪漫自由生活情趣,却偏偏要掌控她、主宰她,逼迫她做服从他的意志的榜样;周朴园明明知道侍萍是深爱他的,他也是爱侍萍的,但却在侍萍为他生下第二个儿子的第三天,默许家人把她赶出家门,险些丧命。这残忍不残忍?残忍!侍萍明知周萍就是她30年间日思夜想的儿子,见面时却不能相认:当周萍打鲁大海耳光时,侍萍走到周萍面前说:“‘萍’——凭,——凭什么打我的儿子?”周萍问道:“你是谁?”侍萍脱口而出:“我是你的——你打的这个人的妈。”这些欲言又止的遮掩之词与语态,把一个母亲内心无以名状的苦痛表露了出来。残忍不残忍?残忍!鲁大海与周萍,本是30年未见的亲兄弟,然而见面时不是亲热而是打耳光。第二幕,鲁大海在周公馆揭露周朴园发断子绝孙的昧心钱一事并加以诅咒时,周萍打他两耳光,打得他暴跳如雷(欲还手,被仆人们拉住,大骂:“你,你,你们这些强盗!”)。这是不相识的两兄弟第一次见面及其所为。第四幕,鲁大海因妹妹四凤怀了身孕而来周公馆向周萍兴师问罪,“重重地击着周萍的脸!”这一打,打得周萍忍气吞声。这前后的巴掌虽然气势不同,打与被打发生了位移,但都是仇人相向,兄弟相煎!30年不曾见面的亲弟兄,现而今相见了,不是你打我,就是我打你。残忍不残忍?残忍!繁漪是深爱周冲的,却要毁灭周家!更是残忍。所有这些林林总总的残忍,都是心灵的精神的,较少肉体的伤痛。因此,这样的残忍,带给读者与观众的不是恐惧,不是令人不寒而栗!而是心灵的震撼与沉思、哀静。正是这样的残忍,使被损害者愈抗争陷得愈深,施害者也不能自拔。结局为何?三死两疯一孤独——周萍开枪自杀、四凤冲出周公馆触电身亡、周冲去找四凤也触电身亡;繁漪疯了,侍萍疯了;周朴园孤独地苟活着。

人物形象独特:错,错,错。这部剧作主要写有八个人物,我拟着重评析两个人物:周朴园与繁漪。

周朴园有三大错。他的错属于阶级的思想意识的甚至罪恶的。

一错:错在他是周公馆的家长。周公馆是个父权专制主义的家庭。他便是这个家庭的家长。父权专制主义家庭的家长,在巴金笔下出现过,那就是《家》里的高老太爷。周朴园与高老太爷一样,具有专横的性格特征与行为方式。因父权专制主义的家长对家庭的统治实行的是专制独裁。而专制独裁就是轻视人,不把人当人看,哪怕是妻子、儿女都概莫能外。专制独裁在家庭内部把血缘关系、伦理关系集权化、制度化,家长如一国之君。这可以说是周朴园与高老太爷等所有父权专制主义家庭家长的共同点。当然,周朴园与高老太爷也不完全一样,有不同之处。周朴园还是一位资本家。他留学过德国。但是,他没有学到欧美近现代资本家拥有的民主、自由等思想观念,而把人家原始资本积累期的血腥手段学到了。他在哈尔滨修大桥时,故意让江堤决口,淹死2200个工人,每个死者的性命钱300元,他全扣了;他开矿,对矿工实行高压,工人反抗,他叫警察镇压,打死30多人。由此,造就了他的事业,造就了他的“体面”。当然,剧本着力写的是他作为父权专制主义家长的“错”。他要全家上下,都得服从他,顺从他。剧本第一幕,“逼药”一场很典型。他先是叫儿子周冲把药端去“请母亲喝!”后又叫周萍端药跪下“劝母亲喝”。他这么做,并非出于对妻子的爱与关心,而是要儿子们服从他,更要妻子服从他。这自然就给繁漪以巨大的精神威慑与精神虐待。仅此,便把周朴园的专横一面揭露了出来。

二错:对侍萍“始乱终弃”。“始乱”的“乱”是指乱了周朴园所在阶级应有的等级观念与婚姻秩序。侍萍仅是仆人梅妈的女儿,与他当然不是一个阶级的人。我不是说不同阶级的男女就一定不能婚恋。但在周朴园年轻时的那个社会里,不同阶级的男女,尤其是少爷与女仆的婚恋绝对是门不当户不对的。周朴园所属那个阶级不允许他与侍萍婚恋。不允许是一回事,男女相爱属于人的本能而相爱了又是一回事。此二人确实相爱了。我说周朴园的“始乱”是真爱。根据有三:第一,侍萍在他绸衫右袖襟的破处(被烧的一个洞)绣上一朵梅花,还在左袖襟上绣一朵梅花,并绣上一个“萍”字。对这一行为、这一细节,怎么看?你可以解读为是侍萍多情的举措,而我也可以说是周朴园的真情打动了侍萍的芳心。第二,侍萍为周朴园生了两个儿子。如果周朴园一开始就是玩弄侍萍,侍萍可能为他生一个儿子,还可能为他生第二个儿子?她真傻吗?俗话说,热恋中的女性很傻。可能!但是,这时的侍萍已不处于热恋中了,做妈妈了,理性大大多于感性了。这表明,侍萍依然感到周朴园是深爱她的。当然,这会遭反驳,说:周朴园为什么要在侍萍为他生第二个儿子的第三天就把母子一起赶出周家?赶侍萍出周家一事,周朴园不应负主要责任。30年后,侍萍对周朴园说:“我被你们家赶出!”“你们逼着我冒着大雪出去,要我离开你们周家的门。”不是说:“你”而是“你们家”“你们”!事实上(剧本写的是事实),主要是周朴园的母亲为了要周朴园娶上有钱有门第的小姐而为。当然,周朴园是默许的,并无不赞成之举。虽然是“默许”,也表明他“终弃”。“始乱”是爱,“终弃”不得已。不过,还是错!第三,周朴园的内疚。“始乱”是爱,“终弃”不得已。因此,“终弃”之后而才“内疚”。“内疚”导致他在行为方面做了一些弥补性的事情。比如30年来周朴园仍放着侍萍照片,侍萍屋的家具原样不变,热天门窗关闭(侍萍习惯)。比如要周萍记住生母的生日(4月28日)。比如在两个儿子中,他对周萍更爱些。这些行动,意在救赎,意在弥补过失,以求得内心的平静。在他看来,这些仪式上的悼念(他认定她已死)和心灵的追忆,是他认为最好的安排。周朴园这些内疚,我认为是真诚的。然而,30年后侍萍突然出现在他家时,他“惊恐”,他“汗涔涔”,他震怒,说:“你来干什么?”“谁指使你来的?”这情感的突变，这情感的急转直下，跟他的“内疚”大相径庭，这又做何解释？能不能就此而判定他原来的“内疚”是装的，是作秀？我不作如是观。我倒认为这是周朴园的人性、人格另一面的展现，表明他的人性与人格的复杂性。同时，这也符合周朴园的生活逻辑。因为这关系到他的“事业”“体面”“名声”“家庭秩序”了，他只能以此情感状态来面对。那么，他怎么来解决这个问题呢？他知道他这时不能把侍萍怎么样了，而作为一个在金钱里打滚的周朴园来说，钱最能解决问题，所以他说：“好！痛痛快快的，你现在要多少钱吧？”这一幕，我以为与30年前默许家人赶走侍萍那一幕，同样表明周朴园人性、性格的冷酷与残忍的一面。

三错：错在娶了繁漪。她年轻，漂亮，有知识，生命力旺盛。按繁漪的说法，他是用引诱侍萍的手段勾引她，逼她嫁给他。他明明知道繁漪是位新女性，婚后却不给她自由与爱，反而强迫她服从自己的意志，成为服从他的榜样，不从则实行冷暴力。“逼药”一场戏，便是明证。这场戏把周朴园专横、专制的一面充分体现了出来。

周朴园这三大错，是周公馆重重矛盾的总根源，是造成三死两疯一孤独的总根源。这一恶果是由他的恶因造成的。他最后也尝到了他的专横、专制造成的恶果——孤独地苟活着。

繁漪也有三大错。她是一位新女性。她有火一般的热情，她有一颗强悍的心。然而，她却是一个悲剧人物。她的悲剧与她的三大错极有关系。

一错：错在嫁给了周朴园。俗话说：“男怕入错行，女怕嫁错郎”。她嫁错了郎，她嫁给了“狼”！她追求自由平等，她要求过火热的浪漫生活。但周朴园这个“郎”不给她，有她吃的穿的，就是不给自由民主。周朴园娶她，除了传宗接代外，就是做服从其意志的榜样。她虽然是周公馆的女主人、周朴园的太太，却没有相应的权力。这一错，给予她的是精神折磨与心理打压。对她来说，这是首要的错。

二错：错在居然还在周公馆生活了18年。周公馆是个什么所在？是个吃人的坑，是个黑暗的专制王国！对于周朴园给她的精神折磨与心理打压，她居然忍受了18年。她没有想过要与周朴园离婚，更没有想过要逃离周公馆。她只哀叹道：“我逃不开，生了冲儿。”她渐渐地被“折磨成了石头样的死人”“安安静静地等死！”

繁漪这两大错，使她在周公馆的妻子角色、主妇角色丧失了。

三错:找错了救助她的人。她在“安安静静地等死”过程中,周萍出现了。周萍,这位年轻、帅气、有文化的人,煽起了她内心熄灭的欲火。她把周萍当成援引她出苦海的唯一。所以,她把自己复活的情感与肉体给了他,把性命、名誉交给了她,并说:“我什么也不顾了,我不是周冲的母亲,也不是周朴园的妻子。”她这样的付出能得到好的回报吗?能实现愿望吗?她太天真了,她大错而特错了。一则与旧道德新道德不合,二则她不了解周萍其人。周萍是周朴园的大儿子。“有其父,必有其子”这一说法,似乎在周氏父子这里得到了验证。周萍敢做而不敢当。他既要接受与后母“乱伦”,又要逃避责任。他对繁漪说:“我犯那样的错误,你也不能完全没有责任!”这就使得繁漪在复活了生命激情与追求情爱中,再一次遭受重创、遭受抛弃。她完全陷入了绝望境地。这一错,实际上使她后母的角色也丧失了。

从心理学角度说,主妇角色、妻子角色、母亲角色都丢失了,这叫角色崩溃。这些崩溃,就把她性格中阴鸷(凶狠)——快要失去生命力的阴鸷一下子调动起来,而变成一种不可遏制的力量,毫无顾忌地揭露一切,毁灭一切!

戏剧艺术表现独特:

一是结构方法独特:三一律、回溯式。三一律是西方古典戏剧的一种创作方法即指一件事、一天、一个地点,文艺复兴时期为一些作家采用,18世纪浪漫主义剧作家丢弃。这种创作方法,最大好处是可使矛盾冲突高度集中,吸引读者与观众。曹禺《雷雨》吸取、运用了这一结构方法:一件事即周朴园引出的家庭矛盾冲突;一天即上午到半夜2点,30年间的事,一天之内爆发;一个地点即周公馆(鲁家只有少许的戏)。具体说:周朴园与侍萍,既是主仆又是情人,并生有二子,但未能成为眷属。由此衍生出主仆、情人、兄妹、兄弟、母子等的不伦不类的纠葛。同属一件事,这便是“三一律”之一。之二为一个地点。之三为一天爆发。回溯式:剧本从眼前写起。“序幕”:周公馆成了教堂开设的一家医院,繁漪与侍萍两个疯女人住在这家医院里;周朴园在腊月三十去看望她们。这是从结果写起。然后,回溯到30年前和30年间发生的事。这种写法,凸现了矛盾冲突的根源周朴园、矛盾冲突的见证人鲁贵、矛盾冲突的引爆人繁漪。这就使错综复杂的矛盾冲突,曲折、多变,又有条不乱,且高度集中。

二是矛盾冲突的提取独特:从人物心灵提取矛盾冲突,写人物心灵交锋。比如第一幕繁漪与周萍相见场面所呈现出的矛盾冲突,便是典型的心灵交锋。繁漪正与周冲谈周萍时,周萍出现了,繁漪马上叫了一声"萍!"这一声"萍",包含繁漪的抱怨、痛苦、疑惑、眷恋、企盼等情感。周冲是局外人,忙叫哥哥坐下,说:"你不知道母亲病了吗?"繁漪接过口说:"你哥哥怎么会把我的病放在心上?"此语,充满了对周萍的抱怨,同时繁漪也想用此话激起周萍开口。由此,二人的对话使心灵交锋到了白热化的程度。

三是悲剧类型独特:社会悲剧、性格悲剧、命运悲剧融合一起。周朴园对侍萍、繁漪、四凤等妇女的压迫,不仅是家庭问题,而且也是社会问题。在中国,"家国同构""家国同体"。家与国都是专制独裁,都是轻视人、不把人当成人。至于周朴园与鲁大海等工人的关系,更属劳资关系,更是社会问题。其中,推动全剧矛盾冲突的一个力量或称旁观力量、第三者是鲁大海的报复观念。鲁大海代表一个阶级,他与周朴园、周萍的矛盾是统治者与被统治者的矛盾冲突。他无情,因为那个社会,那个周家没有给他感情。这自然是社会悲剧的表现。同时,这也与吸收挪威社会问题剧作家易卜生的社会悲剧的影响有关。侍萍是周家仆人梅妈的女儿。她与彼时的周家少爷周朴园相爱了,且生了两个儿子。侍萍的女儿四凤,又做周家的女仆,此时又与周家少爷周萍相爱了,且有了身孕。这真是命运的安排,母女俩都受命运捉弄。这无疑是命运悲剧。这与吸收古希腊命运悲剧影响有关。剧本还明显地吸收了莎士比亚剧作中性格悲剧的影响。这集中表现在繁漪的悲剧方面。繁漪"爱起你来像一团火那样热烈,恨起你来也像一团火,把你燃烧"。这种火一样的热情得不到散发而淤积,后来必然会转化为一种不可遏止的力量。这力量支撑着她去揭露周朴园的一切丑恶,捣毁周公馆。她的悲剧属于性格悲剧。曹禺把社会悲剧、命运悲剧、性格悲剧融为一体,来反映他对中国家庭、社会、人生的感受、体验、认识而写出中国话剧史上第一部真正意义的悲剧作品。

三

如果说,《雷雨》重在揭露父权专制主义家庭的丑恶的话,那么,《日出》则重在揭露都市的丑恶。都市的丑恶是什么？用老子的《道德经》中的话来表述是恰当的:“天之道,损有余而益不足。人之道则不然,损不足而奉有余。”这就是人之道的不公平、不正义,这就是人之道的丑恶、大都市的丑恶。这也是《日出》隐含的中心话语。这一话语在《日出》中由一个贯穿性人物陈白露来演绎。陈白露是一位高级交际花,年轻漂亮,高傲任性。这一身份与角色以及性格特征,使得她一方面与“有余者”潘月亭、张乔治、黑三之流厮混,从中得到有刺激性的物质生活享受,同时又受到伤害。由此,把大都市上流社会的丑恶展现了出来。另一方面,她又与“不足者”黄省三、小东西、翠喜等人相交流。由此,把大都市下层社会人生的苦难展示了出来:小职员黄省三拼命干活,每月工资10.25元,不及潘月亭一天的零花钱,这样的工作没多久也丢了,走投无路了,只得毒死三个小孩,自己跳河而死;小东西被卖到下等妓院,用肉体为别人换钞票被逼而亡。陈白露就生存于这样的“有余者”与“不足者”之间。她矛盾着、熬煎着。最后,她对人生环境和自己完全丧失了信心,自杀成为她必然的选择。她在日出之前结束生命,表明她是怀着向往“日出”之心而死的。我由陈白露联想到繁漪。繁漪冲出了祖辈们旧有的生活轨道,依然失败了,根源于父权专制主义家族制度;陈白露冲出了旧有的人生轨道,走上了社会,还是失败了,根源于金钱统治的都市人生。这就表明,无论家庭还是都市,都不是追求个性解放的女性与下层民众的生存之地。

父权专制主义的家庭不是人生存之地,金钱统治的大都市也不是人生存之地,那么,广大农村呢?也不是人生存之地。这可以说是《原野》言说的主题。有钱有势的焦阎王,抢占农民仇虎家的土地,害死仇虎的父母,烧毁仇虎家的房子,把仇虎的妹妹卖到了妓院,夺走了仇虎的未婚妻金子,还反诬仇虎为土匪,打断仇虎的腿,并送入大牢。仇虎与焦阎王,确实有着血海深仇,不共戴天。仇虎在监狱苦苦熬了八年而越狱,找焦阎王报仇。但是,焦阎王已死,只剩下其妻瞎子、其子大星、其孙黑子。于是,仇虎就向焦家活着的人复仇。仇虎知道大星在焦家是无什么地位的,同焦阎王完全不同,但是他按中国人惯常思维方式之一的“父债子还”“天经地义”而杀死大星。仇虎更知道黑子小小年纪,完全无辜,但是他按中国流行的复仇做法之一“断子绝孙”,这才是致命的最狠毒的复仇,而故意引焦老太婆到小黑子床前,让她打死黑子。然后,他让金子离开焦家跟随自己。这一下,焦家只剩下焦老太婆,本人是瞎子,无儿无孙无媳妇。她生不易，死也难！这就是仇虎要的结果。仇虎复仇后，心安理得了吗？没有！他自身陷入自责与痛苦之中，掉进恐惧心狱而不能自拔。他在侦缉队追捕中，神经错乱，悲壮自杀。这表明中国广大农村不是农民的生存之地，仇虎式的复仇也不是农民的求生之路，从而收到双重否定之效。

原载《中国新文学发展史研究》，中国戏剧出版社2012年12月

张爱玲的“荒漠化情感”透视

抗战时期华东沦陷区文学,无疑是以上海文学为中心的。或者换一句话说,叫作以上海文学为中心的华东沦陷区文学。上海是20世纪30年代前半期中国新文学的中心和重镇,左翼文学与非左翼文学获得了较大发展,取得了丰硕成果,代表着中国新文学史第二阶段所达到的最高艺术水准。但“八一三”事变后不久,上海沦陷了。“孤岛文学”继起了。然而,“孤岛文学”囿于生存环境与作家队伍以及读者等诸多关系,成就显然是有限的,无论如何都不能与竞相发展的左翼文学与非左翼文学相比对的。到1941年12月,太平洋战争爆发后,“孤岛文学”消失了,整个上海文学沉寂了一年有余。到1943年及其后,上海文学和以上海为中心的华东沦陷区文学,呈现出蓬勃之势,取得令人瞩目的成就。这里汇聚了关露、恽逸群与王元化等中共党员作家,王统照、李健吾、师陀、唐弢、秦瘦鸥、周瘦鹃等资深作家,张爱玲、苏青等新近作家。三代作家同堂,谱写出以上海为中心的华东沦陷区文学的华丽篇章。他们的作品写出了沦陷区中国人的生存状态与多种情感。比如师陀的《荒野》和《邮差先生》、唐弢的《稻草上》与《海和它的子女们》以及秦瘦鸥的《秋海棠》等作品，隐含着民族忧患意识与愤怒，时代色彩较浓。潘予且的《灯与景》和《移情记》等作品，写出了婚恋中女人“形而下”的物质生活追求与苦涩苦痛滋味。张爱玲和苏青更是两颗耀眼的新星。

这里，我想说说张爱玲及其作品，从三个方面来说。

一

一是张爱玲小说之概况。张爱玲于1942年下半年由香港返回上海，与单身姑母合住，但她要自食其力，就开始写小说。1943年春，她拿着《沉香屑——第一炉香》与《沉香屑——第二炉香》两篇小说去见周瘦鹃。周看后，将这两篇小说发表在他主编的《紫罗兰》刊物上。张爱玲从此一发而不可收。到1944年，她在《紫罗兰》《万象》《天地》《苦竹》等刊物上，发表了17部中短篇小说及散文。其中，主要有《沉香屑——第一炉香》《沉香屑——第二炉香》《茉莉香片》《倾城之恋》《心经》《等》《金锁记》《花凋》《红玫瑰与白玫瑰》《留情》《年轻的时候》《鸿鸾禧》等。1943—1944年被称为“张爱玲年”。这里，我就说说“张爱玲年”的小说。她以后写的作品，包括引起过非议的作品，不在此论析。

二是张爱玲小说中之上海。张爱玲1943—1944年的小说，几乎都是写上海人的故事，写给上海人看的。她笔下的上海人，与茅盾、夏衍等作家笔下的上海人比较起来，那可算是独特的一群人。独特处何在？爷爷辈多在清末做过官，掌握过一定的政治与经济权力，显得很飞扬。辛亥革命后，特别是“五四”与北伐后，他们先后搬出了皇宫，移居天津或上海。一则躲避社会混乱，二则享受现代化大都市的生活。但到了第二代、第三代，穷下来了。这第二代、第三代又不甘心穷下去，总想还要追求，追求而又不得。他们内心充满了不安全感、虚无感、荒凉感。在他们那里，真善美没有了，血缘与亲情没有了，伦理道德也没有了。他们还有什么？摆谱、要空架子、要脸面子。他们成了茅坑里的石头又臭又硬——没有出息，不干净，精神的肉体的不干净。我举几篇作品说说。

《花凋》中写的郑先生是位遗少，显然属于从皇宫里出来的第二代人。他一大家人在上海居住，呼奴使婢的，住的是一幢洋房。然而，又显然大大地没落了，只有一个空架子了。不是吗？他家的床只有两张，小姐们每晚抱了铺盖到客厅打地铺。客房里稀稀朗朗几件家具,还是借来的。面子有,架子有,然而内里确实是空的。再从小姐们的穿着打扮看:穿不起丝质线质的新式衬衫,冬天索性就穿空心的棉袍夹袍,一穿就是几个月。脱下后,就放在箱里,到第二年生了霉。为穿衣袜,小姐们明争暗斗——丝袜还没上脚已经被别人抢去穿了,重新发现的时候,袜子上的洞比袜子口大。小姐们其实跟捡煤核的孩子一般泼辣有为。但是,当着人面时,又是一般模样了:温柔知礼的小姐,勾肩搭背友爱着弟弟妹妹。这是一个典型的破落户家庭。在这个家庭的小姐中除川嫦外,个个都是表里不一的与其父一样的角色。小说着力写郑家小姐们中一个名叫川嫦小姐的命运。川嫦在郑家孩子们中排列居中,上有姐姐,下有小弟弟。这一居中位置就决定了她在郑家很难得到父母之爱。她像一株小草,永远在郑家得不到阳光雨露的滋养。这一人生定位,使得她不能有什么奢望,即使有也不可能实现。比如,她想像姐姐们那样去读书,父母不给钱,愿望成泡影。她知道,剩下只有一条路供她选择,那就是快快长大嫁人。她渐渐长大了而且确实也爱上了一位青年章云藩。有了章家青年,她为自己后面的人生做了规划:可以过上“十年的美,十年的风头,二十年的荣华富贵!”不过,她大错特错了。没有等到那一天,她生病了。本来是小病,是完全可以医治的。但其父不愿拿钱为她治病,其母有私房钱也不愿拿出为她治病。时间一天一天过去,时间一月一月过去,小病拖成了大病。给她致命打击的是那位章公子,与她分手了。她失去章公子,就等于失去了希望,失去了未来,失去了唯一可以改变她人生状态的可能性。她痛苦极了,绝望了,最后以自杀的方式结束年轻的生命。这个遗少家庭,确实没有了父母之爱,没有了亲情之爱,伦理道德缺席!这就让一朵不该凋谢的生命之花,过早地凋谢了。川嫦的悲剧,投射进了作家早年一段刻骨铭心的悲哀的记忆。

二

《金锁记》中写的姜家也是一个破落的大家庭,也是在改换朝代的时候,为“避兵到上海来”的。名为姜公馆,实际上“屋子不够住,因此那间下房里横七竖八睡满了底下人”。看来,姜公馆也是一个空架子。这个姜公馆里,也缺乏父母之爱、亲情之爱。在姜家，长辈动不动就拿大帽子压人，平辈小辈一个个如虎似狼。小说着力写的是姜家二媳妇七巧的故事。她因出生于7月，故名叫七巧。她本是麻油店的老板曹家的姑娘。她曾有过同龄年轻姑娘共有的追求自由恋爱的梦。但是，她的哥嫂却把她嫁给了城里姜家二少爷。姜家二少爷是位残疾人，身患骨痨病，整天躺着，坐起来脊梁骨直溜下去，看上去还没三岁孩子高！姜家老太太知道这门亲事是门不当户不对的，本想要七巧来做姨太太的。但姜家二少爷身体却如此这般状态，"做官人家的女儿谁肯嫁给他！"所以，姜老太太索性让七巧做了正房奶奶，以使她死心塌地地服侍二少爷。曹七巧面对的是这么一个丈夫和这么一个家庭，我猜摸：她看着她丈夫时，会恶心；想着她丈夫时，会伤心；念着好丈夫时，会痛心。对一个年轻而身体又健壮的女人来说，这无疑在精神与肉体上是一种极大的煎熬。她不得不把爱转移到了姜家三少爷身上，但渐渐发现了三少爷是个花花公子，贪金钱，并非爱她。所以，她把爱收了回来。她在姜家就一心等待——等待着以后做姜家二房的当家人，等待得到金钱。为此，她忍耐、忍受。她知道，曹姜两家门不当户不对，受姜家上上下下的歧视是免不了的。她只得忍耐与忍受着歧视及冷眼。但她又不低三下四，而是以适度的刁横相对待。举个细节来说。早上向老太太请安，这是所有大户人家的规矩。媳妇们早早起床梳妆打扮之后，第一件事就是去老太太室内请安！姜家依然践行着这个老规矩。有一天早上，七巧本来迟到了，她也知道自己迟到了，她也知道别的人们非议她。但她并不低三下四赔礼道歉，而是"一只手撑着门，一只手撑住腰，窄窄的袖口里垂下一条雪青洋绉手帕，身上穿着银红衫子。葱白线镶滚，雪青闪蓝如意小裤子，瘦骨脸儿，朱口细牙，三角眼，小山眉"。这完全是一副刁横女人的做派。而且，她还阴阳怪气地说道："人都齐了，今儿想必我又晚了！怎怪我不迟到——摸着黑梳的头！谁教我的窗户冲着后院子呢？单单就派了那么一间房给我，横竖我们那位眼看是活不长的，我们净等着做孤儿寡妇了——不欺负我们，欺负谁？"这就活脱脱地显现出了一个不守规矩而有些悍妇味道的女人形象。这实则是她在姜家采用的一种生存方式。只有这样才不致失去二少奶奶的面子。她终于等到那一天了，丈夫死了，老太太死了，她分得了遗产——田地，成为姜家二房的家长。她和儿子长白、女儿长安三口之家过上由她说了算的日子了。她有了金钱，这金钱如锁一样把她锁住了，母性、母爱丧失了。这集中体现在她对待一对儿女方面。她对儿子长白:长白在外面赌钱、捧女戏子,她没说什么话。后来得知跟三少爷姜季泽逛起窑子了,她才着了慌,手忙脚乱地为长白定了亲,娶了袁家的小姐芝寿。芝寿刚进门,她就嫌她嘴唇太厚,又嫌她笨。于是,冷落芝寿。怎么冷落法?最好的办法是叫她晚上独处空房。所以,足足有两个晚上七巧不让长白回到芝寿身边,与芝寿共寝。她要儿子长白干什么?赔她烧烟,给她按摩,并强迫长白告诉她小两口的隐私。她把从儿子长白那里得来的有关芝寿的私密,加以夸大向外扩散。长白不回家,在外赌钱或嫖妓。芝寿非常抑郁忧伤,不久便去世了。可以说,芝寿之死,七巧这位婆婆要负大半责任!不久,绢姑娘做了芝寿的替身,扶正不上一年就吞鸦片自杀了。长白不敢再娶妻了,只到妓院去走走。这个家正如芝寿生前说的:“丈夫不像个丈夫,婆婆也不像个婆婆!”她对女儿长安:这里只举一例,足够说明一切了。哪一例?长安24岁那年生了痢疾。这本是一种常见病,请医生诊治即易治好的。然而,七巧却不给长安请医生诊治,只给长安吸鸦片。病倒好了,长安却患上毒瘾了。长安近30岁了,好不容易与一个从德国留学回来的名叫童世舫的男人经人介绍相识了,相爱了,订婚了。但是,七巧不满意,认为这个年轻男人不可靠,便想法子让童世舫自动离开长安。她想什么法子?有一天,七巧背着长安请童世舫来家吃饭。童世舫来后,长白随口问道:“妹妹呢?来了客,也不帮着张罗。”七巧马上说道:“她再抽两筒就下来了。”童世舫听后大为震惊!七巧又补充道:“她先天不足,身子娇,为治病,戒戒抽抽,也有十年了。”七巧这一席话,不由得使童世舫脸变了色。一会儿,童世舫不辞而别,这门婚事告吹了。世上有这样的母亲吗?女儿都30岁了还未婚配,如果是别的母亲也许不会是这样的,即使女儿抽鸦片了,也不会给外人说的。七巧一股脑儿说出,坦白算是坦白,然而确实是她变态心理的驱使所致——我未有过自由恋爱,你也别想!在七巧这里,母爱与亲情荡然无存了,缺席了。所以,她的儿子长白的婚姻悲剧结局必然,她的女儿长安的婚姻比长白好不了哪里去!不是吗?小说最后写七巧死了,长白与长安搬出去分别住了。谣言说她与一个男子在街上一同走,男子还为她买了一双吊袜带!她也许比她哥哥的命运与结局要好些!七巧在姜家,要抓男人,抓不到,只得抓金钱。金钱终于抓到了,然而她却被锁在金钱里了。她有金钱,人性却异化了,真善美全无了。她有的只是人性恶了。她的人性恶需要发泄，又找不到真正的发泄对象，只得向儿女发泄。她的发泄实为一种报复——她未得到过自由恋爱，她未得到过男人的真情。在她看来别人也休想得到！七巧的大半人生处在追求之中，最终不得，虚无！这就表明：即使是一个平凡的健壮的有美好愿望的女人，只要落到了破落户家庭里，也会变的，变得没有爱，没有情，只有发泄与报复。破落户大家庭害人，吃人！小说以"三十年前的上海，一个有月亮的晚上"起笔，又以"三十年前的月亮早已沉下去了，三十年前的人也死了，然而三十年前的故事还没完——完不了"收笔，这不仅是交代所写故事的背景，在结构艺术上也首尾一致，而且别有意味——这绝不仅仅是30年前才有的事，这绝不仅仅是30年中才有的人，30年后乃至未来也还会还有这样的事、这样的人！我以为这与鲁迅的《狂人日记》和老舍的《猫城记》一脉相承了，警世价值、忧患意识久矣乎！

三

这是张爱玲与她笔下的女人。作家及其笔下的人物、生存环境，一般而言是与作家有关系的，或者说多少有点儿关系的。当然，自叙传作品，更有关系。那么，张爱玲与她笔下的破落户大家庭以及与她笔下的女人有多少关系呢？这是必须要探讨的，必须要说的。我以为张爱玲笔下的破落户大家庭以及女人的情感状态、伦理道德状态，是与她的生活感受、体验极有关系的。我可以从两方面去探视。

一是少年时，张爱玲的生活感受与体验。张爱玲本人就出生于破落户大家庭，而且，还不是一般的破落户大家庭。她的祖父张佩伦是清末重臣，她的祖母李菊耦是李鸿章的女儿。在她的祖父那一代，确实是一个显赫之家。然而，到她出生时就破落了——政治上经济上破落了。精神上呢？也破落了。她从小就未得到过母爱，也未得到过父爱。她从小就跟祖父这位遗老背诵中国古典诗词。祖父的哀伤，她感觉到了。有一次她背诵"商女不知亡国恨，隔江犹唱后庭花"这一诗句时，看见祖父流泪唉声叹气！她的继母为人刁蛮，常常在她父亲面前告她的状。她的父亲总是不问青红皂白就给她一顿打骂。有一次，她的父亲打骂她后，把她关在一间屋内，生病也不给医治，使她差点儿丧命。她童年与少年所处的家庭,就是这么一个血缘之爱与亲情之爱全无的家庭。这种感受与体验成为后来她从事写作的内在依据。

二是写作时,上海社会人生境遇的感受与体验。前面已说过,张爱玲是1942年下半年由香港返回上海的。这时的上海完完全全被日军占领了。这时的上海社会人生更为复杂了。这里,既有日本占领者及其军警宪特,又有日伪组织,还有国民政府的特工、中共地下党及其特工、同盟国远东特工,还有各种帮会。处于这么个所在地的平民以及弱势女性,是不会有安全感的。张爱玲把此时的上海社会称为“乱世”!这是她对所处境遇作出的判断,也成为她小说世界的一种设定。这个“乱世”给予她的是恐怖。她有篇散文这么写道:流弹“那一声声‘吱呦呢’,撕裂了空气,撕毁了神经。淡蓝色的天幕被搓成一条条的,在寒风中簌簌声响,整个世界黑了下来,像只硕大无朋的箱子,啪地关上了盖,数不清罗怨绮恨,全关在里面了”。这流弹,当然也把人心向善的一面撕毁了。加之,她所爱的胡兰成对她并不诚实(未把在汪伪集团供职一事告诉她),使她很伤心,感到人与人间可信任度太低了!这一写作时的人生境遇也使得她笔下的人物没有人情、没有信任。可见,张爱玲从小到大几乎都处在逆境中。她受的苦太多了,她受的委屈太多了。她的苦与委屈包括物质的肉体的精神的情感的种种。这些堆积在她的心里,她需要发泄,她需要转移。写作便是一种发泄与转移方式。因此,她的作品几乎都是写自己的感受、体验乃至一个片断的人生,自叙传色彩甚浓。前面说的《花凋》中川嫦的遭遇,投射入了她刻骨铭心的人生经历即是指少年时被父打骂而生病不给治疗一事。当然,这尚属写“自己”,但又并非纯属个案的个体的,而含有破落户之家普遍的人生状态。在抗日战争大时代背景下来写这样的“自己”,与抗战“有关”吗?表面看,确实无关。如果我们换一角度来思考,我可以说还是与抗战有关的。蛰居于上海的破落户之家,并非抗战时期是如此状态,而在这之前早就如此了。日本帝国主义占领了上海,这样的家庭,这样的人生并非有所变化,反而更加向坏的方向滑了。这是对日本占领者的一种否定!它无法改变中国人即使遗老遗少的生存状态!从这个角度说,这样的作品是与抗战有关的。

原载《我说抗战文学》,黄河出版社2016年1月

30年代非左翼文学派扫描

“非左翼文学”,不是已过去的较长时间里存在的二元价值判断中使用的称谓,意即反左翼文学或反动文学,不是的！1927—1937年间的非左翼文学,是指存在于其时的“新月派”文学、“现代派”文学、“第三种人”与“自由人”文学、“京派”文学、“新感觉派”文学、“论语派”文学,还有被称为“独立作家”的老舍、巴金、曹禺及其作品。这些非左翼文学确如潮水般汹涌澎湃,占据着其时大半个中国新文坛,为中国新文学的繁荣和赢得世界声誉做出了巨大贡献。

一

闻一多的《红烛》和徐志摩的《志摩的诗》,虽出版于上个时段,但是以他们两人为代表的“新月”诗派却形成并存在于这一个时段的初期。其标志是1927年年底和1928年年初的《新月》月刊的创刊与新月书店的创办以及闻一多的《死水》与徐志摩的《翡冷翠的一夜》等诗集的出版。徐志摩在《新月》发刊词中说:“我们舍不得‘新月’这名字,因为它虽则不是一个怎样强有力的象征,但它那纤弱的一弯分明暗示着、怀抱着未来的圆满。"可见,该派是用"新月"来寄寓一种信仰、一种理想、一种憧憬,企图用诗之力来构建一个自由、美、爱的理想王国。为着使诗具有这样的力量,该派认为作诗应遵循新的法则——"节制情感"和"音乐美""绘画美""建筑美"。在这一高张的"新月"旗帜下,集合了一批年轻诗人如卞之琳、陈梦家、朱湘、孙大雨、方玮德、林徽因等人。闻一多的诗践行这些主张,徐志摩的诗大多也践行这些主张,而这批年轻诗人在"节制情感"与重暗示方面取得了一致。

京派是指20世纪20年代末30年代前半期北京部分作家形成的一个流派。主要成员有沈从文、萧乾、芦焚、林徽因、杨振声、废名、凌叔华、汪曾祺等人。他们没有共同的社团,没有发表共同宣言,是一个松散的文学流派。但有共同的报刊,如《大公报》副刊《文艺》与《小公园》《文学杂志》《水星》《骆驼草》。在共同的文学活动中,呈现相似的思想倾向与文学主张以及终极关怀。政治意识与阶级意识弱化,人类意识与民族意识强化——共同的思想意识;文学与政治离得远些,维持一种暧昧游离的状态,鄙视文学的商业性——共同的纯正文学观;重塑人的灵魂——共同的终极人文关怀。

沈从文是京派的代表作家。

沈从文在近七八十年中国新文学研究领域里,属于大落大起的一位作家。20世纪二三十年代,他被称作"文丐""无思想无灵魂的作家",20世纪五六十年代被称为"反动作家";20世纪80年代以后,十分走红,出全集,出选集,成立专门研究学会,召开专门研讨会,有的大学中文学系科开设专门选修课,被戴上一顶顶流光四射的桂冠。对于这样的沉浮人生,沈从文始终固守着"乡下人"本有的品格:隐忍、谦卑、谨慎而倔强、自负。自负,在他这里是一种个性,是一种骨气。他这样表白过:"一起始就把个人只看成是本世纪整个文学运动一名小卒,主要任务是作'尖兵',为大队伍打前站。"这从他的创作目的及其成因以及文学作品中,更能体现出来。

1928年,沈从文在《阿丽思中国游记·后序》中,第一次告白自己的创作目的:"已觉得实在生活中间感到人与人精神相通的无望,又不能马虎的活,又不能绝决的死,只从头脑中建筑一种世界,委托文字来保留,期待另一时代心与心的沟通。"1931年9月,沈从文在《给某教授》的信中,说道:"我写小说,将近十年还不离学习期间，目的始终不变，就是用文字去描绘一角人生，说明一种现象”，“那目的在解释人类某一问题”，做“人性的治疗者”。1934年1月，沈从文在《元旦致〈文艺〉读者》一文中，又说道：我“相信文学可以修正这个社会制度的错误，纠正这个民族若干人的生活观念的错误”。1957年7月，沈从文在《沈从文小说选集·题记》中还说道：从文是为着使当时那个社会重新安排，使人明天活得庄严一些、合理一些。沈从文关于自己从文目的的这些说法，概括起来便是用文学沟通人心，用文学治疗人性，用文学修正社会制度和民族若干人生活观念的错误，终极关怀是重新安排社会使人生活得庄严些、合理些。沈从文这一创作目的即文学价值观，我以为是周作人的“人的文学”的承传，同时也是“为人生而文学”的一个分支。“为人生而文学”有两个分支：一个分支是由笼统的为人生而文学，变化到为工农大众而文学、为工农兵而文学；另一个分支坚持本真意义的为人生而文学，面对现实异化了的人生，呼唤人性复归。前者着力暴露与抨击人性的丑恶及其形成的社会制度与文化思想，主张血与火的战斗，彻底改造社会；后者主张自由民主，固守文学的纯正，反对文学成为商业与政治的附属物。从这一角度来说，沈从文确实是整个新文学运动发展过程中的一名“尖兵”。

那么，沈从文这一文学价值观怎么形成的呢？我拟从如下几个方面去考察以寻求答案。

一是从沈从文童年、少年时代的生活感受与体验、认识去考察。沈从文的童年、少年时代的生活，应该说是较简单的：6岁开始读私塾，后读小学，14岁入伍当兵。这样一种童年、少年时代的生活与他后来的从文及其目的的形成，看似没有什么关系，其实关系甚大，因为他经历了一个基本事实：“杀人”。他祖父、父亲都是军队的军官。这个行伍之家，使他看到的“杀人”事实比别人要多得多。他身处的凤凰城，介于湖南、四川、贵州三省交界处。这个县城，沈从文后来在《苗防备览》中写道：“居民不过五六千，驻防的正规兵士就有七千”，“在两个世纪中，满清的暴政，以及因这暴政而引起的反抗，血染了每一条官路同每一个碉堡”。生于斯长于斯的沈从文，从懂事之日起，就亲眼见着苗民被任意砍杀和兵与兵之间的砍杀情景。尤其是，辛亥革命时发生的大屠杀，使他“永远忘不了”：每天杀100人左右，持续了一个月。由此，他感到人的愚昧、人生的不平，便产生了离家的念头。就在这时，他的家庭发生了变故——父亲竞选长沙议会代表失利,赌气去了北京,在北京参加刺杀袁世凯的暗杀团,事败又逃到关外,家庭因此而破败。14岁的沈从文就选择当时当地青年人唯一的出路即当兵。在部队,他看见最多的还是“杀人”。于是人性丑、人性恶的意识萌生了。这种从生活中得来的感受与认识,怎么不会转化为后来的创作动因与目的呢?二是从五四新文化新文学运动对他的影响去考察。他所在的部队驻防于湘西沅水一带。此地虽地处偏僻,然而依然受到了五四新文化新文学浪潮的影响。这是因为长沙在五四新文化新文学运动中涌现出了一些新人物,如王鲁彦、黎锦熙、赵景深等,还有毛泽东及其创办的《湘江评论》。因此,新文学刊物《新青年》《每周评论》《新潮》等及一批新文学作品出现于长沙。长沙拥有的五四新文化新文学流传到湘西及沈从文所在的军队,那还是靠一位印刷工人为媒介。沈从文读了这位印刷工人从长沙带来的新文化刊物,被其中的新思想征服了。他在《一个转机》一文中这样说过:“我对于新书投了降,不再看《花间集》,不再看《曹娥碑》,却喜欢看《新潮》《改造》了。”这些新书刊给予他的影响也如他后来在《沈从文小说选集·题记》中说的:“书报中所提出的文学革命意义,和新社会理想希望”,“煽起了”我“追求知识、追求光明的勇气”。他本身感受与体验到的社会黑暗与人性的丑恶,成为他接受五四新文化新文学影响的内在因素。他也正是怀着“追求知识、追求光明的勇气”,离开了军队,由一个苗区荒僻的小县,来到百万市民居住,凡事陌生的北京城。三是从他的北京生活去考察。沈从文到北京后,要读北大,不可能;要工作,又无门路。他只得每天去京师图书馆看书。他的记忆力与吸收知识的能力都很强,古今中外的书都看。看后,不时与相识的北大、燕大的学生朋友交谈,逐渐形成一些属于他自己的想法:想把中国文学从因袭陈腐的旧套公式中脱去,使之和活生生的语言接近,充满情感与力量,变成一个强有力的武器,用它去征服读者,推动社会,使之向前。这样的认识促使他去尝试写作。促使他写作,还有一个最实际的直接原因,那就是要吃饭,要生存下去。他到北京最初两三年间生活很苦,常常成为新老朋友的“不速而来的食客”。他终于在郁达夫、叶圣陶、徐志摩等作家的帮助与支持下走上了文学创作之路。

从上述三方面的考察，我发现沈从文的创作目的，确实是他从生活中得来的感受、体验，它们经新文化、新文学的启迪，提升为人性丧失的忧患意识和民族品德重造的理想追求。他想用文学来沟通人心、治疗人性、修正社会制度和若干人思想观念的错误，以达成重新安排社会、使人明天生活得合理些、庄严些的终极目标。

沈从文的文学创作，始于1924年，终于1947年。沈从文23年的文学创作生涯，大抵可分为三个阶段。

前期（1924—1927年）的文学创作，或写来北京后的种种际遇，或写童年少年时代的生活。描述的都是他熟悉的人与事。这些题材的作品，与文研会作家作品和创造社作家作品合群而非异类。这些题材的作品充溢着两种背反性的情愫——喜悦与甜蜜、厌倦与憎恶。在北京的最初几年，他进入不了北京主流社会，感到处处遭排斥与打击。因此，他写北京生活的作品，注入的是厌倦与憎恶的情愫。而写少年故乡生活题材的作品，充溢的是喜悦与甜蜜。不过，这有一个问题了：他在故乡时，看得最多的是“杀人”，感受到的是人性丑恶，为什么这部分题材的作品是这么一种情愫？因为他不是写“杀人”，而写的是与“杀人”现实完全不同的另一个世界的“心与心相通”、人性善、人性美。两种题材，两种情感指向，把爱倾注乡村，把憎洒向都市，企求人的原生形态与本真人性。这一阶段的作品，可称为“习作”，不过湘西的自然风韵却呈现了出来，沈从文的创作才华显现了出来。

中期（1927—1932年）的文学创作，与前期文学创作在题材选择与情愫的调度上是一致的，但有深度一些了，描述细腻一些了，视野扩展一些了。比如《萧萧》。这是一篇童养媳题材小说，但与同时期同类题材小说的诉求完全不同。叶圣陶、冰心笔下的童养媳是极其悲苦的，指斥的是传统的童养媳婚姻观念与陋习，而沈从文则是宣扬乡下人的人性善。哪怕传统的这一婚姻观念与陋习是戕害人性的，但由于乡下人人心相通，不幸者能免于悲剧结局。这篇小说是沈从文这一创作期有代表性的篇什，充满了温情。乡下人，人性善，城里人呢？《绅士的太太》写城里绅士家庭的丑：他们有钱有闲，他们有各种令人称道的称号，然而华贵衣饰掩盖下的是少爷与姨太太鬼混、妻子偷情、丈夫另寻新欢。沈从文把笔触伸进城里达官贵人生活的隐蔽处，暴露这些绅士淑女的人性丑。沈从文在这篇小说开头自白道:“我是为你们高等人造一面镜子。”这样的作品,反映出沈从文对乡下人是同情的、爱的,对城里人是鄙视的、嘲讽的。乡下人与城里人的人性为何有这样的不同?作品似乎暗示出了原因所在:金钱与现代文明使城里人的人性善消失了,乡下人未受其影响而保持了淳朴的原始性的人性美。

后期(1934—1947年)的创作,可为成熟期之作。这一阶段的作品,虽然题材多样,然而最具代表性的依然是写湘西乡下人生活的作品。沈从文在《沈从文小说选集·题记》中这样说过:“笔下涉及社会面虽比较广阔,最亲切熟悉的,或许还是我的家乡和一条延长千里的沅水,及各个支流县份乡村的人事。”除《边城》《长河》外,还有《八骏图》《神巫之死》《一个女剧员的生活》《阿黑小史》《雪晴》《看虹录》《摘星录》等。这些作品中,除有少许篇什是挖苦嘲讽城里人、特别是知识分子的人性扭曲的以外,其余多数小说是写湘西乡下人的。总的说,或写湘西乡下人的自然性人生状态,或写湘西乡下人的浪漫传奇人生状态,或写湘西乡下人的个性与共性的融合。

二

《边城》这部中篇小说,可算沈从文小说中的力作。小说所写的“边城”,山是青青的,水是绿绿的,风俗是淳朴的,小城是热闹繁荣的,人都是重义而轻利的。这的确是一个美的艺术人生世界。这一美的艺术人生世界里,蕴藏着丰厚的人文精神。一是“美隐伏着悲痛”的人生哲学。撑渡船的老爷爷,恪尽职守。只要有人过河,不管刮风下雨与早晚,他都会应声把人渡过河去。他心地善良,人际关系好,实在推不掉别人给他的过河钱,他就买成茶叶,夏天煮成茶水供人解渴消暑。他深爱着外孙女翠翠,并为她物色夫婿而操心。就是这么一个好老人,最后一个人生愿望即为外孙女寻找夫婿一事都未能实现,而在一个雷雨交加之夜死了。这不是“美隐伏着悲痛”的人生哲学之一例吗?翠翠是一个天真无瑕的美丽的姑娘,后来只得承接外祖父撑渡船的工作,并等待着“也许明天回来,也许永远不回来”的心上人傩送。这不是“美隐伏着悲痛”的又一例吗?二是悲剧美学意识。黑格尔在其《美学》中曾说过:悲剧人物所代表的力量是合理的，但又有各自的片面性，每一方都坚持自己的片面性，而损害对方的合理性，因而两种善的斗争，才是悲剧冲突的基础。用黑格尔这一悲剧观来诠释《边城》美的艺术人生世界里的悲剧，我以为是极合适的。翠翠的恋爱，应该说是悲剧性的。怎么造成的？船总顺顺的两个儿子都爱上了翠翠。按船总顺顺的意思，大儿子天保娶翠翠为妻，二儿子傩送娶有“一座崭新碾坊陪嫁”的王团总的女儿。天保知道弟弟傩送也爱上了翠翠，就主动退出，离家驾船外出而遇难。傩送知道哥哥是为成全他与翠翠而出事的，又不愿接受王家姑娘，于是乘船去找哥哥的遗体，也下落不明。这两弟兄的悲剧及其给翠翠造成的爱情悲剧，不是善与恶的冲突而是都带“片面性”的善善相加。二是面对与担当的人生态度。老船工知道自己最后一个人生愿望不能实现，也知道自己的生命到了尽头，然而却若无其事，照常编织草鞋。翠翠失掉了相依为命的外祖父，深爱的傩送也不知何时回来、会不会回来，但还是照常撑着渡船等候。这充分体现出这个美的艺术人生世界里的人，持有的面对与担当的人生态度：顺其自然，坦然地面对与担当生活中出现的不幸，这也许便是沈从文及湘西人共有的人生态度与行为方式吧！老爷爷、翠翠的面对与担当里，无疑含有浓重的隐忧、凄楚与孤独。这样的心理状态，何尝又不是作者沈从文的呢？仅就小说写的爱情而言，那是带悲剧性的，因为爱，天保——爱弟弟、爱翠翠而亡了，因为爱——傩送爱哥哥、爱翠翠而出走了。这不是痛苦吗？这三位年轻人的隐痛，显然是沈从文的隐痛的折射。为什么？这得从沈从文的婚恋去考察。沈从文从1929年起就追求张兆和，一直追到1933年9月才结婚。这篇小说正是沈从文在与张兆和新婚宴尔之际酝酿、构思、写作的。沈从文与张兆和终成眷属，沈从文应该是十分高兴、激越、甜蜜的。此情此景里写的男女婚恋，一般而言应有别于小说中三位年轻人的恋爱状态。不该如此，而却又如此了，这是怎么回事？沈从文情感出轨了，他与另一位姑娘高青子相爱了。不过，他又不能背离张兆和。从理智方面讲，他的爱应全属于张兆和；从情感上讲，他又不愿伤害高青子。他处于矛盾煎熬之中。因此，我认为小说中三位年轻人的情爱隐痛，打上了沈从文情感隐痛的烙印。也许这便是沈从文在《从文小说习作选·代序》中所说的追求的“优美、健康、自然，而又不悖乎人性的人生形式”。

三

“现代派”因《现代》杂志而得名。1932年5月,施蛰存接受现代书局的委托而创办《现代》杂志。该刊在政治思想倾向上,按施蛰存在《创刊宣言》中的说法是“采用中间路线”“不冒政治风险”;在诗歌观上,追求“纯诗”艺术。该刊问世不久,便引起轰动效应:一是南北都市的诗人创办刊物或写诗,与之呼应。比如1934年10月,卞之琳在北平编《水星》;1936年10月,卞之琳与冯至又创办《新诗》。这期间,北平还有《小雅》、南京有《诗帆》、苏州有《诗志》、广东有《诗叶》与《诗之页》等等。正如孙望在《战前中国新诗选·初版后记》中描述的:“那真如雨后春笋一样地蓬勃,一样地有生气。”二是评论家看好。孙作云于1935年在《清华周刊》上发表《论“现代”派诗》一文,将《现代》杂志上发表的诗及受其影响的诗刊上发表的诗形成的流派称为“现代派”。吴奔星在《小雅》第3期上发表《社中人语》称:1935—1936年间,一班从事诗艺的朋友,站在纯艺术的立场,努力于诗园的开拓,与往年情形大异,呈现出“狂飙期”“成熟期”。1937年该派衰落,消失于诗坛。

“现代派”不是一个突然兴起而又突然消失的文学现象。该派是一个吸收象征主义影响而形成的诗派。中国新诗史上,20世纪20年代初中期有以李金发为代表的象征诗派和以闻一多、徐志摩为代表的“新月”诗派。李金发强调“纯粹的诗”,其诗朦胧而又晦涩,是一个不成熟的现代诗派。“新月派”的诗人,追求诗是“纯粹”的自我表现,倡导象征主义。闻一多的《死水》和《奇迹》都是纯然的象征主义诗歌。“新月派”的“三美”(音乐美、绘画美、建筑美)践行于诗作之中,到了后期流于刻板形式,生命力微弱。以戴望舒为代表的“现代派”便是承续前两派而来,去掉以李金发为代表的象征派的晦涩和以闻一多、徐志摩为代表的“新月派”的音乐美而追求朦胧美与散文美。

戴望舒是该派代表诗人。

戴望舒是一位从忠于自我到忠于自我与人民相结合的诗人。这一诗人状态是与他的人生状态相关的。戴望舒于1926年参加共产主义青年团,1927年被捕,后释放出狱,1928年与施蛰存办“水沫社”,主编“马克思主义文学丛书”,1930年参加“左联”,1936年、1939年,先后与卞之琳、冯至、艾青创办《新诗》《顶点》等诗歌刊物。1939年至香港,从事抗战文学活动,主编《星岛日报·星座》,1941年太平洋战争爆发,香港沦陷于日本帝国主义之手,他遭日本侵略军逮捕,1949年由香港返回北京,1950年去世。他的人生经历,表明他是由参加进步社会活动开始的,后远离人民大众,后又与人民大众结合。其人生与其诗作合一。戴望舒的诗歌创作,是在他的人生追求遭受挫折之后开始的。因此,他的诗偏于个人内心世界的发掘和感伤情绪的哀叹。走向与人民大众结合之后,其诗偏于外界人生的抒写。他的四部诗集《我的记忆》《望舒草》《望舒诗稿》《灾难的岁月》,便抒写这两个方面的内容,共同点都是散文美。《夕阳下》与《雨巷》是他作为"新月派"诗人的力作。前者抒写的是一种幻灭与失落:"幽夜偷偷地从天摸来,/我独自还恋恋地徘徊,/在这寂寞的心间,我是/消隐了忧愁,消隐了欢快。"幻灭与失落了什么?后者似乎在向人们诉说:"寂寞而又悠长的雨巷"里,一位"丁香一样"的姑娘,打着油纸伞,静静地走来,又静静地走去,"走尽这雨巷"。这"丁香一样"的姑娘,可以是爱情的虚拟,可以是美好人生的虚拟,望着了,却追寻不到,可望而不可即啊!幻灭、失落而又追寻,这一情绪、心理线,贯穿到"现代"派戴望舒的诗作之中。比如《路上的小语》,以对话形式,表达一位青年男子以真诚之心寻觅知音。全诗由三组对话构成。从诗意上看,一层进一层,写爱的追求、理想的追求。首先追求的是"小小的青色的花",接着追求的是"红宝石一般晶耀着的嘴唇",最后追求的是"火一样的十八岁的心"。姑娘答道:你的追求"到处都可以找到",但必须以真诚的心来作永恒的交换。诗中的"青色的花""青色的橄榄""未成熟的苹果",暗示的包裹的是真诚的心!诗体是典型的散文美。象征主义诗歌多写梦与梦境,幸福不在世上,而在梦中,梦境是诗人要达到的最高境界。写梦也因此成为象征派突出的特征之一。戴望舒译介马拉美等法国的象征主义诗人的诗与诗论,可算是深得其精髓。其诗写梦幻的不少。《寻梦者》可为代表作。全诗共八节,写寻梦及其过程。寻梦就是追寻美好,就是追寻闪光。诗中的"金色的贝",象征一切美好事物与人;开了梦的花,象征追寻的实现。然而,要得到贝,要开出梦的花,多么不易啊!要"攀九年的冰山",要"航九年的旱海"。不管多么艰辛,时间多么长远,坚信一定能实现。这是一种锲而不舍的精神的体现。扩大来说,其中隐含了一个世纪以来中国人孜孜以求的精神历程。这首诗把象征手法与中国民歌童谣及浪漫主义元素融为一体,在“现代派”诗作中堪称佳作。《夜行者》也属此类寻梦诗:“这里他来了:夜行者! /冷清清的街上有沉着跫音,/从黑茫茫的雾,/到黑茫茫的雾。”四处黑茫茫,但仍迈着步子向前走! 不过,诗人在寻梦过程中仍未走出“雨巷”。《古意答客问》写道:“你问我的欢乐何在? /窗前明月枕边书!”同是写“寂寞”的诗还写道:“寂寞已如我一般高,/我夜坐听风,昼眠听雨,/悟得月如何缺,天如何老。”读着这些诗,感到一位“夜行者”在“寻梦”道路上彳亍前行,感到戴望舒是以诗来表现人生、探索人生。《灾难的岁月》抒写的情绪与心理,与时代的主潮合拍,象征与现实结合,依然以散文入诗。其中,《狱中题壁》与《我用残损的手掌》,可为精品。

卞之琳在“现代派”中是一位活跃的有成就的诗人。他的诗诗意朦胧,散文入诗。《断章》一诗,流传至今,口碑甚佳。“你站在桥上看风景,/看风景的人在楼上看你。//明月装饰了你的窗子,/你装饰了别人的梦”。名为“断章”,实际断而未断,诗意绵长、悠远、深邃。短短四行诗,似乎在写男女的单相思——白天可望而不可即,晚上想入非非。老是不能相遇,碰撞不了,就不会有爱的火花产生。短短四行诗,又似乎在写人生的无常与无奈——看与被看的角色与位置无法确定,困惑感浓烈。短短四行诗,似乎在写人与人间的相互依存——你离不开我,我离不开你,演绎一个大写的“人”字。一撇“丿”一捺“㇏”必须紧紧靠着才是“人”字,如果分开了,就不是“人”字了。“丿”代表你,“㇏”代表我,你与我必须相互依靠,才能生存,扩而言之,所有人都必须相互依靠才能生存与发展。明乎此,我以为就会明白,中国汶川大地震、日本福岛大地震与大海啸等灾难,虽然只出现在一国一地,为什么会有那么多不同国别、不同种族的人的关注与支援,就因为都是“人”! 我感觉到,这短短四行诗里,蕴藏着深厚的文化精神,真真是言尽而意无穷!

“新感觉派”属于意识流小说派别。由刘呐鸥、穆时英等人从日本文坛引入中国新文坛。穆时英被称为该派的写作“圣手”。《上海狐步舞》堪称经典之作。这篇小说就如梦幻般的无序——情节发展无序、时空无序、人物行状与内心活动无序;大写舞厅与灯、光、色、影。这也是该派的共同特征。与茅盾、夏衍等人写上海的作品相比较,该派作品属于上海另一文学现象。20世纪二三十年代的上海文坛,有三大文学现象并存:一是左翼文学,二是新感觉派文学,三是通俗文学。后两种属于非左翼文学。

“论语派”属于小品文派别，以林语堂、周作人为代表，因《论语》周刊而得名。该派小品文的内容大至国家大事，小至个人日常琐事。不管哪种题材的小品文，风格都相似——平和冲淡，叙述策略——语娓式。

可见，本时段的非左翼文学确实阵势强大。这一阵势强大的非左翼文学与左翼文学一道，构成了多姿多彩的繁荣的20世纪30年代文学新局面。

原载《中国新文学发展史研究》，中国戏剧出版社2012年12月

关于“中国诗坛派”的思考

抗战时期是中国现代新诗史上诗歌大发展大繁荣大普及的时期,泱泱诗之大国呈现出崭新的诗歌风貌。这自然如老舍所说:“新诗遇到了抗战,这是千载难逢的机会。”[①]“全国的作家几乎都用诗的情感来接受战争,许多小说家和理论家(如巴金、郑振铎、老舍、王统照、胡风、陈学昭……)都写了许多纯朴的深情流露的诗篇;许多沉默已久的诗人(如郭沫若、冯乃超、姚蓬子、王平陵、高长虹、黄药眠……)也都重新开始歌唱了。”[②]中国大地上“凡有斗争的角落,凡居住着不愿做奴隶的人们的地方都有诗!凡有年轻人的地方,凡有人性底呼吸的地方,凡有印刷机的地方,凡有油印机的地方,凡有纸笔的地方,也都有诗!”[③]在诗歌的这种大发展大繁荣大普及过程中,现实主义派诗歌获得了前所未有的成就。一是20世纪二三十年代的“象征派”“新月派”“现代派”的诗人们,纷纷走出“艺术之宫”投入抗日救亡的时代洪流,其诗歌创作大都转入现实主

① 老舍:《论新诗》,《中央日报》,1941年5月30日。

② 艾青:《抗战以来的中国新诗》,《中苏文化》第9卷第1期,1941年7月。

③ 《诗》同人:《我们的广播》,《诗》第3卷第3期,1942年8月。

义诗派行列。戴望舒、何其芳、方敬便是其中最具代表性的诗人，他们创作的现实主义诗歌为抗战诗歌大增声威。二是成熟了一批诸如艾青、臧克家等有成就有影响的现实主义诗人以及“七月”诗派、“中国诗坛派”等现实主义诗派，体现出其时诗歌创作所达到的水平。这里论述的“中国诗坛派”是其时现实主义诗派中坚韧性较强的倾向性始终如一的一个诗派。

一

中国现代新诗史上的诗歌流派，常常围绕着一种刊物而形成，也因此以刊物而得名，诸如围绕《新月》杂志形成的以《新月》而得名的“新月派”，围绕《现代》杂志形成的以《现代》而得名的“现代派”，等等。仿此命名法，我将1937年8月—1941年1月几年间，相继存在的《高射炮》《时调》《五月》《中国诗坛》《战歌》等五个诗刊的诗人诗歌所形成的一个诗派，称为“中国诗坛派”，似乎是可以成立的。当然，名称是次要的，重要的在于是否能够成为一个流派。

“中国诗坛派”源远流长。1928年，郭沫若的诗集《恢复集》的问世，显示出无产阶级革命诗歌的实绩；20世纪30年代初，殷夫的“红色鼓动诗”，促进了无产阶级革命诗歌运动的兴起；1932年，中国诗歌会的成立及《新诗歌》的创刊，标志着无产阶级诗歌成为强大的自觉的诗歌运动。“中国诗坛派”，便是无产阶级革命诗歌运动在抗日民族解放战争新形势下的继起与发展，而且直接承接中国诗歌会与《新诗歌》，与之有着“血缘关系”。这“血缘关系”正是《高射炮》《时调》《五月》《中国诗坛》《战歌》等五个诗刊的诗人诗歌形成一个诗派的内在凝聚力。

从团体、成员方面看，“中国诗坛派”与中国诗歌会和《新诗歌》，一脉相承。1935年，中国诗歌会的《新诗歌》被迫停刊，“中国诗歌会”这一团体名称不复存在。但是，北平仍出版了《诗歌季刊》，广州仍出版了《广州诗坛》。全面抗战爆发后，上海办起了第一个抗战诗歌刊物《高射炮》，广州的《广州诗坛》改名为《中国诗坛》，武汉出版《时调》《五月》，昆明出版《战歌》；广州沦陷后，《中国诗坛》先后在香港和桂林复刊。这些星罗棋布的诗歌刊物，几乎都是原中国诗歌会的成员主编或参加编辑的。《高射炮》主编之一就是原中国诗歌会北平分会负责人王亚平,该刊由郭沫若命名,发刊诗由郭沫若撰写;在该刊上发表诗作的也多为原中国诗歌会成员,如王亚平、蒲风、任钧、穆木天、林林、征军、关露。《时调》的编者穆木天、锡金,《五月》的编者锡金,都是原中国诗歌会成员;在这两个诗刊上发表诗作的也多为原中国诗歌会成员,如蒲风、柳倩、厂民、杜谈、穆木天、宋寒衣。《中国诗坛》,先后由蒲风、黄宁婴等人主编;该刊主要撰稿人为蒲风、林山、洪遒、李又华、黄鲁等人,这些人不用说也多为原中国诗歌会的诗人。被茅盾誉为"闪耀在西南天角的'诗星'"的《战歌》,主编是雷石榆、罗铁鹰,发表诗文的作者虽然是散居在成都、重庆、桂林、延安乃至香港等地的诗人,然而其基本作者群仍是原中国诗歌会的成员。这一考察,当然是表层的,不过却由此可知,全面抗战初期众多的诗歌团体与诗歌刊物,确实由原中国诗歌会沿革下来的,其诗人诗作易于形成一个诗派。《中国诗坛》居于中心地位。《中国诗坛》存在时间最长、挣扎得最久,辐射力最强。所以,将《中国诗坛》等的诗人群落称为"中国诗坛派",看来不无道理。

其次,从较深层次去考察,也不难发现上述诗歌团体与诗歌刊物的诗人们,尤其是《中国诗坛》的诗人们,有着共同归趋的政治信仰和诗歌主张,而且也是原中国诗歌会诸诗人的政治信仰与诗歌主张的坚持与发展。拥护中国共产党及其倡导的抗日民族统一战线政策与全面抗战路线;坚持现实主义诗歌创作原则与创作方法,坚持诗歌大众化方向。这便是上述众多诗歌团体和诗歌刊物的诗人们的共识。可以说,这正是原中国诗歌会诗人们的政治观与诗歌观的一以贯之。仅就诗歌理论来说吧。中国诗歌会的诗论核心是,诗歌必须表现大时代的狂风骤雨,必须抓住现实,必须成为大众的诗歌,诗人必须成为大众中的一员。那么,上述诗歌团体与诗歌刊物的理论主张又包含一些什么主要内容呢?《高射炮》虽然未有什么"缘起"或"宣言"一类文字,然而创刊号的《编后》却道出了该刊诗人们的诗歌主张:"诗歌工作应和了大时代的要求,也当立刻站起来,歌唱起来,以增强抗战力量。""以后,打算运用鼓词、小调、唱本、民谣种种形式,写出抗战历程中新闻式的诗歌,贡献给鉴赏力较低的大众。"《时调》和《五月》创刊号的《编校后记》中,也强调诗歌要面向大时代,要抒发抗战情绪,要求诗的朗诵运动和大众化运动。《中国诗坛》一开始就要求诗人们投入抗战洪流,做人民大众的歌手。《战歌》发刊词鲜明地提出:"中国民族现代的诗人,是中华民族解放的前锋。”“我们要用诗歌和刺刀保卫我们的祖国。”这就充分表明，从《高射炮》到《中国诗坛》到《战歌》，其诗歌理论主张与原中国诗歌会的诗歌理论主张大体一致，而且有些表述用语甚至相同。《中国诗坛》及其前后的诗刊和诗人们在诗歌观上的一致性，也是他们易于形成一个诗歌流派的必备条件之一。《中国诗坛》是其代表，因此以它命名为“中国诗坛派”，也应当说是没有问题的。

如果，我们再做更深层次的考察，就不难发现他们的诗歌作品具有同一的倾向与相近的风格，就更能确认他们是一个流派了。他们的诗，就主题题材而言，大都具有重大的政治性和尖锐的及时性，抒写的都是与抗战有关的事与情，为民族民主解放而呼号。他们的诗歌，就抒写方式而言，大都是直抒式，铺陈其事，直抒胸臆。他们的诗，就风格而言，雄浑豪放。正是由于有了上述的一致性与相近之处，并且几乎都不同程度地接受了蒲风和中国诗歌会的影响，所以在创作中逐步形成了相同趋向的流派——“中国诗坛派”。

二

20世纪30年代前半期，革命现实主义诗歌（无产阶级革命诗歌）虽然形成了一股创作潮流，然而并未在当时诗坛上成为诗歌创作主潮，并未取得独领风骚的地位。全民族抗战的大时代，为革命现实主义诗歌的发展提供了广阔的天地。诗人们感召于时代的呼唤，投身于大时代洪流中。民族解放战争的炮声，驱散了“现代派”的象征浓雾，作为一个诗歌流派的“现代派”不复存在。所以，“中国诗坛派”在中国土地上此伏彼起，纵横驰骋，在祖国苦难中诞生，和祖国共命运，把中国革命现实主义诗歌推进到一个新的发展阶段，并使之成为抗战前半期诗歌创作的主流，挤进大后方诗坛的一个流派。

“中国诗坛派”紧紧抓住诗歌大众化这一核心问题，推进革命现实主义诗歌的发展。抗战诗歌大众化，由它倡导，由它推广，由它引向深入。《高射炮》第2期的《编辑余谈》，就提出“诗必须真实地从腐烂的象牙之塔里解放出来，使之成为大众读物，大众的歌声”。这可算是抗战诗坛上，该派发出的第一吼声：诗歌大众化。同时，该刊对歌谣、鼓词、小调、唱本极为重视，特出“通俗诗歌特辑”。这个特辑中多为通俗诗歌与唱本；还有用上海方言写成的诗歌。可见，这一声战叫中,包含了诗歌的内容与形式如何大众化的问题。自此以后,抗战诗歌大众化的讨论与创作实践形成了运动。当时,各地的诗人们举行的诗歌座谈会,几乎都对此问题从理论与实践结合上加以研讨。蒲风和穆木天,被公认为当时诗歌大众化最努力的倡导者和实践者。他们用自己大众化的理论主张与诗歌作品,为新诗开辟出一条大众化的道路。《时调》《五月》《中国诗坛》《战歌》的诗人们,都为诗歌的大众化进行着艰苦的探索。他们认为,诗歌必须大众化,但是大众化与艺术性不应对立而应一致。诗歌越大众化,越有艺术性,越有永久性。那种把大众化与艺术性对立起来的观点是不正确的。同时,他们还为诗歌大众化提出了三条原则:一是诗人的意识、情感大众化,才能使大众的意识前进、坚强;二是诗歌的语言大众化,要用大众中有力的艺术的健康的语言;三是诗歌形式大众化,要采用大众熟悉的各种艺术形式。这些关于大众诗歌的见解,都可以从"左联"领导的大众化讨论那里找到理论源头与理论"因子"。

"中国诗坛派"为着实践诗歌大众化而竭力推行诗歌朗诵运动。他们认为,朗诵诗是诗歌大众化的基本路线。通过诗歌朗诵教育大众,也教育诗人本身。这种相互教育,使诗歌、诗人、大众的关系更为密切。这时候,诗歌大众化,诗人也真正成了大众中的一员,大众中也会产生出新诗人来。这便是他们对朗诵诗与大众化的关系、朗诵诗的本质的理解。他们还认为,朗诵诗的题材与形式,应当是自由的。《战歌》的马子华就曾指出:"只要把握住反帝反法西斯的这一个主题,我们歌吟的视野就可以无限大的展开,就是'小及苍蝇,大及宇宙'都好。"不过,要认清我们的对象是"四万万五千万的中国民众"。马子华还就朗诵诗的具体创作提出了五条原则:一是诗的字句要成为大众的口语,最好用方言;二是要完善韵音调及节奏,便能充分的具有朗诵性;三是字句要短洁;四是尽可能地利用民间的歌谱、小调、弹词等形式;五是尽可能地使自己的诗篇在文字上具备煽动性与刺激性。马子华在列数这些条件之后,还特别地强调:"有了这样的条件才是朗诵诗,有了朗诵诗才能配合抗战的内容。"[①]马子华虽然不是"中国诗坛派"的代表诗人,然而他的关于诗歌朗诵运动的观点颇具代表性,可以说是"中国诗坛派"诗人们关于诗歌朗诵问题的共同认识。雷石榆、芦荻、清水、宁婴、林林、凌迴、陈国桦、陈炳熙等诗人在《中国诗坛》社举行的"诗歌朗诵的检讨"会上

① 马子华:《朗诵诗之本质及运用》,《战歌》第1卷第1期,1938年8月。

的发言，除了谈及诗歌朗诵的成败得失外，无一不是表达这一看法的。为着促进诗歌大众化和朗诵诗运动的深入开展，《战歌》还出版了“通俗诗歌专号”，辟出通俗诗歌“论文”与通俗诗歌“创作”两个栏目。“论文”栏中，发表有穆木天的《关于诗歌大众化》、雷石榆的《摄取旧形式与创造新形式》、徐嘉瑞的《大众化的三个问题》、罗铁鹰的《论诗歌大众化》、慕华的《诗歌的通俗化和他的价值》。这些论文，着重阐释诗歌大众化的实践问题，其中特别强调民间形式的利用与改造。“创作”栏中，发表有罗铁鹰、溅波、青鸟、厂民、袁勃、何鹏、彭桂萼以及老舍、陶行知的通俗诗歌、歌谣体诗歌、儿歌。这些诗歌，显得十分活泼，内容与形式都是大众化的。与此同时，他们也十分注重朗诵诗的评介。徐嘉瑞对高兰的朗诵诗从内容、语言、客观效应等方面加以评论。他指出：高兰的朗诵诗中，有抒写热烈情感的抒情诗，有描写大时代民族英雄的叙事诗。他的诗，充满了生命的旋律，跳动着中华民族的脉搏，把抗战的火炬在大众的心上燃烧起来。尤其称赞高兰的诗《我的家在黑龙江》，他认为，这首诗330余行，结构宏伟，使用方言俗语，描述了其家乡的风俗习惯、物产、生活，地方色彩浓厚，文字也极度大众化。并称高兰是一个完成朗诵诗任务的诗人，是一个抗战歌手[①]。穆木天著文也对高兰和溅波的朗诵诗进行了评介。他认为，朗诵诗人高兰和溅波的诗歌给抗战诗歌带来了一种新的“青春气息”，一种富有钢铁性的澎湃而奔放的青春气息。“光明、健康，铁流一样地有力，小孩子一样地活泼，瀑布一样地奔放，火山一样地有爆发性，大地一样地朴素，长江大河一样地豪爽，这是我们要向新中国的新的诗歌工作者去要求的；可是，在高兰和溅波身上，我们正在发现到这一个倾向的萌芽。”同时，穆木天在文章中，也十分赞赏溅波的朗诵诗所具有的特色即牧歌情调与战歌情调的交融[②]。这些评论，虽然存在偏颇，然而却大有益于朗诵诗的创作，有助于诗歌大众化——诗歌朗诵运动的积极开展。

“中国诗坛派”，为建树中国现代新诗大众化的理论确实尽了责任，做出了贡献。然而，不容讳言，它的诗歌大众化理论，缺乏开放性，带有偏狭倾向。此问题从理论与创作实践的结合上得到全面而中肯的阐释的那还是1942年5月毛泽东《在延安文艺座谈会上的讲话》。

① 徐嘉瑞：《高兰的朗诵诗》，《战歌》第1卷第3期，1938年11月。

② 穆木天：《青春的气息》，《战歌》第1卷第3期，1938年11月。

三

“诗贵含蓄”,这似乎是中外诗歌史上一代又一代的诗人与诗评家(包括现代诗人与现代诗评家)所津津乐道的诗歌表情方式和诗歌风格。西方诗人至今还崇尚的厄里根纳的“象征”说和现代派的“超现实主义”论,都追求诗的“隐曲”与“含蓄”。中国刘勰的《文心雕龙·隐秀》中说“深文隐蔚,余味曲包”,司空图《诗品·含蓄》说的“不着一字,尽得风流”,自然也是讲的诗的“隐曲”与“含蓄”。这当然不可非议。但是,不能以此为标准否定或排斥与此风格相异的诗歌。因为,文如其人,诗如其人。人的情感是复杂的多变的,表达方式也各异。以抒写情感为主的诗歌,其表情方式与风格,也应当多样。现实生活中,不少人生性豪爽,遇到外界的刺激,立即做出反应:或狂呼大笑,或悲哀恸哭,或大呼猛进,或仓皇退却。抒写这类情感,似乎更宜采用直抒胸臆的手法、直率的表情方式,而使诗歌具有“平直”的风格。这也在中外诗歌理论和诗歌作品中大量存在着的。柏拉图的“代神传旨”说、亚里士多德的“摹仿现实”说、贺拉斯的“寓教于乐”说,中国《尚书·尧典》的“诗言志”、孔颖达《左传·正义》的“志情合一”,难道不就是讲诗的“平直”吗?屈原的《离骚》和杜甫的大量诗歌,不就是这类“直率”型诗歌的代表作吗?由此可见,否定“含蓄”型诗歌,认为不易读懂的诗歌就不是好诗,固然是片面的;同样,轻易否定或无视“平直”型诗歌也是片面的。这是我们在论述“中国诗坛派”诗歌艺术风格时,首先必须弄清的诗歌史实和所应持的批评态度。

“中国诗坛派”的诗人们,都直接参加了抗日救亡运动,有的甚至直接参加了抗日民族解放战争。他们面对抗战的全面爆发和战争的急速推进,其情感是突奔而狂喜式的,犹如悬河骤降一般。他们面对中国人民抗战的英雄壮举和日寇的暴行,其爱憎之情达于极点。这种处于高强度的亢奋情感,一点儿不能隐藏,一点儿不用修饰,必须慷慨激昂地精赤裸裸地呼喊出来。诗人的生命,诗人的诗歌,简直由这种情感所灌铸,分割不开。因此,直率的表情方式与风格,便成了该派诗人诗歌的共同倾向。这一倾向,与该派的诗歌理论主张和推行的诗歌大众化路线紧密结合,与抗日民族解放战争跃动的脉搏自然一致。雷石榆在他的《八年诗选集·序》中就这样说过:“战争驱使我走向辽广的空间,走向艰苦的前方，也走向沉郁的后方，但我是一直勇敢的、乐观的，我尽情地用我的笔呼唤、咏叹、申诉……”他还说他全面抗战初期出版的《国际纵队》《1937 7/7—1938 1/1》《新生的中国》三部诗集，“正是反映由于直面着战斗而高扬着的激情的呐喊”。蒲风在《抗战诗歌讲话》中更是直截了当地指出：爽快，坦白，原是我们的特质，我们必须担负起中华民族解放的重担。这便是我们第一义性的歌唱。为达此目的，必须热情蓬勃，必须大众化，必须内容、形式的统一化和内容、形式的多样化，必须表现具体化，抒情单纯化。

“中国诗坛派”诗人们的诗歌，大抵是属于“平直”型的“直率”风格的诗歌。

蒲风这位中国诗歌会的代表诗人和“中国诗坛派”代表诗人写的《诗人》一诗，不仅是诗刊《中国诗坛》和“中国诗坛派”的抗战宣言书，同时，也是“中国诗坛派”“平直”型的“直率”风格的力作。全诗是这样的：

诗人，诗人！
你是时代的前哨，
你是大众的良朋，
你是自由、幸福的追求者，
你也是悲苦、苦痛的代言人。
你的心
汇合了人间千万种感情
发出了至真至诚的呼声。
你怀藏了整个现实：
火、风、雨，清香与污秽，
正义与欺骗，
黑暗与新生，
你都看得分明。
你歌唱着，
你的生命是前进，

举着前进的火炬,踏着人类被屠戮的,
抑或是为生存而战斗的
那斑斑的血迹,
要把永远的光明追寻。
哪怕自己踏着崎岖荆棘的路,
哪怕黑暗的钢刀横在前面——
罪恶主宰着刽子手;
没有害怕,没有惊惶,
真理安定了你的步伐;
就是在那光明与黑暗的决战场,
除了勇敢,除了把武器当作歌,
再没有神圣的任务。
呵!诗人,诗人!
人类之灵!
你是时代的前哨,你是大众的良朋。
你是悲哀、痛苦的申诉者,
你是自由、幸福的代言人。
呵!诗人,诗人!
人类之灵!
呵!诗人,诗人!
人类之灵!

黄宁婴是“中国诗坛派”中一位长于抒情的歌手。他的诗有金线贯珠的“走向光明”的信念,有“连珠式的抒情”,有深长的隐喻象征意味,然而,依然属于“平直”型的“直率”诗歌。请读他的朗诵诗《中国,坚韧的弹簧》(节选)吧:

中国的胸膛
是钢,

中国胳膀
是钢，
中国的足掌
是钢，
中国的神经，
中国脉络，
中国的腑脏，
是无数的，
无数的，
无数的，
坚韧的弹簧！

我们再读读“中国诗坛派”诗人们的一些“上前线”和抒写战斗场面的诗歌。王亚平的《血战亭子山》一诗，直接描写保卫“大武汉”的一场战斗。其中，短兵相接的肉搏场面，写得逼真而惊心动魄：

白刃对白刃，
血肉对血肉，
尸体筑成堡垒，
鲜血汇成了瀑布，
饿狼的怪叫，
醒狮的怒吼，
侵略的黑潮，
淹不息的抗争的火流！
民族战士的鲜血，
染红亭子铺的山石，
绿草和战士的征衣。
我们不悲悼这惨酷的战斗，

在这里会绽放出,
神圣的民族自由解放的鲜花。

这里,直接传达出的是战斗的惨烈、悲壮的中华民族的英雄主义精神。"隐含"恐怕是很难用得上的。溅波的通俗诗《从军行》,更是明白、晓畅、直露的。诗的最后一节是这样的:

上前线,上前线,
三迤的健儿向前方开!
头上戴着钢盔帽,
身上背着干粮袋,
长枪的枪口向前方瞄,
敌人不倒誓不还!

"平直""直率",确实是"中国诗坛派"诗歌的艺术风格和审美特征。但是,这不是全面抗战初期"中国诗坛派"所独有,可以说是整个抗战初期中国现代新诗所共有的艺术风格和审美特征。王统照在《上海战歌》中,就是用的直抒方式描述着日寇侵华战争给中国人民带来的灾难:

流落街头尽难民,
衣衫破裂面目昏。
也有儿童新浴血,
哀号凄声忍复闻!
呼爷唤母群查问,
自从失散死生分;
江边大火无家去,
逃得生命复转轮。

戴望舒这位20世纪30年代前期“现代派”的代表诗人，在抗战初期呼喊出的第一声是《元旦祝福》。这首诗显然不是“现代派”的，而是“平直”的“直率”的现实主义诗歌。

新的年岁带给我们新的希望。
祝福！我们的土地，
血染的土地，焦热的土地，
更坚强的生命将从而滋长。
新的年岁带给我们新的力量。
祝福！我们的人民，
坚苦的人民，英勇的人民，
苦难会带来自由解放。

就是西方现代派诗人在中国土地上写的诗也是“平直”而“直率”的。英国“牛津派”诗人奥登写的《献给殉难的中国兵士》一诗可为代表。

远离了文明的中心，他完成了使命，
他的长官和他的虱蚤便将他放弃！
在棉被窝里
他合上了他的眼皮。
冥然的长逝。
当这一次伟大的战争，
将来编成书籍，
他也不会被人提及，
他的脑里并没有带走什么资料，
他的笑话陈旧，做人像打仗般枯燥。
他的名字和他的容貌将永远消失。

啊,欧罗巴的教授们,主妇们,平民们!
请向这一青年致敬。你们的记者
并没有注意当他在中华变成了尘埃,
从此他的土地配你们的儿女钟情;
从此他不再在狗跟前受侮辱;
从此有山有水有房屋的地方,也有了人。

这一切充分表明,“平直”“直率”的诗歌乃抗日民族解放战争的时代使然。“中国诗坛派”的诗人们,率先把握住了这一时代要求,用诗歌直抒爱国主义情感,增强民众的向心力和凝聚力,为民族解放斗争事业的胜利,尽了“人类之灵”的责任。

四

“中国诗坛派”是30年中国现代新诗发展史上的一大历史陈迹和重要的有特色的新诗现象。对于这一诗派的功过是非、成败得失,应加以科学的实事求是的评价。

“中国诗坛派”之所以能在中国抗战诗坛——大后方诗坛上纵横驰骋达四五年之久,实乃历史时代的要求,而非个人之所为。这种要求可以用一句话来表达即“抗战需要诗歌”。从鸦片战争到抗日战争,中国人民遭受帝国主义的欺凌与侵略整整一个世纪。一个世纪以来,中国人民的救亡图存斗争,几乎都是以失败告终。其原因当然是多方面的,其教训也是极其惨痛的。其中一条主要原因大概可以说是没有形成一条全民抗战路线吧!抗日战争是在中国共产党倡导的联合抗日的全民族抗战路线引导之下取得胜利的。全民族抗战要求和呼唤不愿做亡国奴的中国人把一切奉献给抗战,这自然包括诗歌在内。抗战需要诗歌为它服务,成为它宣传民众、动员民众的利器,而不允许与它离心离德乃至背道而驰的诗歌的存在。这种历史时代要求的极大权威性,促使了《高射炮》《时调》《五月》《中国诗坛》《战歌》等诗歌刊物与诗歌团体,在当时的中国大地上不约而同地诞生,且形成一个诗歌流派。

同时,“中国诗坛派”之所以能在抗战诗坛——大后方诗坛上纵横驰骋达四五年之久,也是中国现代新诗在全民族抗战的情势之下的自觉选择和中国新文学整体大倾斜的必然结果。这种选择与倾斜也可以用一句话来表述即“诗歌需要抗战”。中国现代新诗从五四文学革命运动诞生之日起,就在苦苦探求与时代、民众结合的发展道路。中国无产阶级革命诗歌形成运动之后,可以说为中国现代新诗开辟出了这么一条发展道路。然而,由于诸多原因,中国现代新诗多半停留于高高的“艺术殿堂”。全民族抗战爆发后,中国不愿做亡国奴的诗人们,尤其是无产阶级诗人们,一齐扑向了抗战。他们面对抗日民族解放战争和国内社会生活中发生的重大事件,特别关注,参与意识特别强烈,不少人既是诗人又是战士,既拿枪炮又握笔杆。因此,他们强调诗人、诗歌与战争、政治的密切联系,强调理性思考与理性追求,要求诗歌抒写“抗战”这一中心主题,要求诗歌大众化,乃是自然而然形成的共识。

这就是把“中国诗坛派”放在一个什么样的视点和文化层面上来审视的问题。明乎此,我以为就易于对“中国诗坛派”做出较公允的评价。该派的强调诗歌的政治性,强调诗歌的大众化以及“直率”的艺术风格,大大强化与密切了中国现代新诗与时代与民众的关系,使中国现代新诗全盘离开高高的“艺术殿堂”而“下凡”到大地——民众,即如茅盾所形象描述的诗歌“挤进泥脚草鞋的群中”①。中国现代新诗也因此获得了广阔的发展天地。但是,另一方面也应当看到,该派虽不反对技巧,虽不赞成“抒情放逐”,然而却忽视诗的情感追求,特别是忽视诗的审美追求,这就局限了该派诗人的艺术视野,大大影响着诗的质的提高。这是不必讳言的。同时,该派诗人在大时代洪流中,改进了自我,否定了自我,沉没了自我,而获得了比这个“自我”更新的“自我”即“我们”。这个“我们”,有着同一动律的呼吸,同一的温热,同一颜色的血液。这种同一与共识,大大改善了诗人与时代与民众的关系,充分发挥着诗歌强烈的功利性与社会效应,最大限度地尽着历史赋予的使命。这也是应当肯定的。然而,有一利,必有一弊。这“弊”就是严重地抑制了个性——诗人的个性和诗歌的艺术个性与独创性。因此,在这一诗歌造山运动中,流传后世的诗歌艺术珍品为数不多。我

① 茅盾:《为诗人们打气》,《中国诗坛》(光复版)第3期,1946年4月20日。

们今天读该派的诗歌,得到的更多更主要的是认识的与教育的感受。不过,这是那段特殊岁月的诗歌,是那个血与火的年代里的一个诗歌流派。

原载《西南师范大学学报(哲学社会科学版)》1992年第1期;中国人民大学书报资料中心《中国现代、当代文学研究》1992年第3期全文转载,原题为《关于“中国诗坛”派的思考》

略论抗战文学的审美效应和边区文学大众化特色

一

研讨一个时代文学的成就，不可不对那个时代的文学创作的审美效应进行考察。因为文学创作的价值高下决定着文学成就的大小。文学创作的价值，通常认为是指社会价值与审美价值。社会价值接受社会效应的检验，审美价值接受审美效应的检验。但是，社会价值是通过审美价值来实现的，社会效应是通过审美效应来实现的。可见，审美效应对于文学创作的价值是何等重要，可以直接衡量出文学创作的价值来。抗战文学是在中国抗日战争时期那样一个特殊时代和世界反法西斯战争那样一个特殊环境里产生的一种文学现象。考察这一文学现象的审美效应，对于研讨与确定其成就的大小与地位的尊卑，尤为必要。本文试图从创作主体与创作客体、审美主体与审美客体、审美主体与审美环境等多重关系中，论述抗战文学创作的审美效应，以表明我对抗战文学成就及其在中国新文学史上的地位的一种认识。

抗战文学创作的审美效应较之于中国新文学史上第一个十年、第二个十年文学创作的审美效应有着鲜明的特征,呈现出强烈的与求真的审美倾向,强化着抗战文学的功利作用,尽着时代赋予的伟大历史使命。

一个时代有一个时代的文学。这是一个并不产生歧义的常识命题。这个命题,似乎可以做这样的理解:一是指这一时代的历史条件和社会生活,制约这一个时代文学创作的审美形态;二是指这一个时代的历史条件和社会生活也形成这一个时代的审美环境。作为审美客体的文学创作与作为审美环境的时代条件、社会生活,如果二者同源或同步,那么,文学创作的直接审美效应便可得到充分发挥。抗战文学创作这一审美客体与抗日战争这一审美环境正是实现了同源与同步,所以,抗战文学创作的直接审美效应比任何一个时代文学创作的审美效应都发挥得更充分。

抗战初期,报告文学作品出现竞写热潮,朗诵诗形成运动,街头剧层出不穷,短篇小说形式多样。这些文学作品共同的压倒一切的题材与主题是抗日救亡,是悲壮的战斗场面的描述和英雄主义的颂歌。抗战初期文学创作的这一态势,无疑是全民族抗战的呼唤的产物,是文艺工作者对于全民族抗战的刺激所作出的反馈,是那个高热度的时代氛围的投影。“七七”事变后,抗日烽火倾泻出了多少年来压在中国人民,尤其是爱国知识分子心中的积恨。这种积恨为过度的兴奋与民族自尊感所燃烧。历史车轮把抗日救亡这一时代使命感送进了爱国作家们的审美注意中心,表现时代的灵魂——时代精神——悲壮的高昂的爱国主义遂成为爱国作家们的审美心理优势。所以,全民族抗日救亡这一社会生活成为他们从事文学创作最主要的题材,反映那个时期中国人民的思想、感情、意志、理想、愿望而同时又给予巨大影响,便成为他们从事文学创作的共同态度。同时,由于急遽发展着的战争,广大文艺工作者没有从容写作的心境与从容写作的环境,鸿篇巨制自然不易产生;加之,读者的审美需求又迫使文艺工作者选择短小精悍的通俗易懂的能对战争时期瞬息万变的形势做出反映的文学作品。所以,报告文学、朗诵诗歌、街头戏剧和多种样式的短篇小说应运而生。这些共同反映抗日救亡的文学作品,又给动乱不安的民众带来精神的慰藉、情感的平衡和意志的协调。在这里,文学作品获得了真正的全民意义。

抗战中后期,报告文学被崛起的杂文所代替,短小的抒情豪歌失去光彩而造成的叙事长诗异常发达,多幕剧和中长篇小说争妍斗艳,乃至想偷偷溜进初期抗战文坛的外国现代派文学作品也大张旗鼓地走进了抗战文学殿堂。文学创作的题材与主题,虽然重在暴露黑暗,呼喊抗日民主的心声,然而毕竟五彩缤纷、多姿多彩了。这一文学创作情势,无疑与抗战时期存在着的庄严与卑劣并存、光明与黑暗交织,人妖颠倒、美丑混淆的社会生活是一致的,与人们的苦闷、厌倦、不安、期待、挣扎、抗争的心态是相适应的。武汉沦陷后,广大文艺工作者和民众的过度兴奋与高涨热情,逐渐冷却下来。他们发现社会的黑暗、民生的凋敝较之战前有增无减,"后方紧吃"现象俯拾皆是。显然,这时的社会生活与社会审美环境较之抗战初期发生了较大变化。这一变化着的审美环境,改变了广大文艺工作者的审美情趣。忧患意识和沉郁气质,使他们更多地思考与分辨美与丑及其产生的缘由,社会人生的真谛所在。与这一审美情趣的变化相联系的是广大文艺工作者对于现实生活审美视角的变化,这就是近距离的审视现实生活被较远距离的审视现实生活所代替,趋时意识被趋前意识所代替,从而带来视野的拓展,对现实生活做全景的审美观照。因此,这时的文学作品不仅鸿篇巨制居多,而且具有反映现实生活的广度、深度与力度。也因此,揭示西方资本主义社会丑恶和抒写孤独、绝望与失魄情绪的西方现代派文学作品为当时受压抑而产生郁闷心理的中国知识分子的审美需要而又一次被欢迎。也因此,这一时期文学作品的主题与题材既纷繁而又有层次的,有历史的,又有现实的,有天上的,又有阴阳界的;其艺术风格或雄浑、豪放,或沉郁、飘逸。《腐蚀》《寒夜》《遥远的爱》《财主的儿女们》《围城》《春寒》等小说,《雾重庆》《屈原》《风雪夜归人》《升官图》《清明前后》等戏剧,《泥土的歌》《剑北篇》《射虎者及其家族》《马凡陀山歌》等诗歌,与抗战初期的《战地生活丛刊》等一系列报告文学作品,《高兰朗诵诗》等朗诵诗歌,《飞将军》与《火海中的孤军》,等一系列独幕剧,都不同程度地实现了与审美环境的同一,发挥着较充分的审美效应。

二

格式塔心理学派认为,人的知觉不是被动的感知和解释活动,而是综合了人的期望、动机、情绪、兴趣、态度等高级心理内容的反映。而人的一切高级心理内容都是环境刺激丛在与主体作用过程中,经过主体协调与适应的自我调节而构成的心理建构。在审美领域中,欣赏者的审美旨趣,其实就是这种建构的外化表现。欣赏环境如果与欣赏者的内在需求同一,那么,相对于同一的文学作品,其审美效应便容易顺利发挥。当然,欣赏者个人的审美情趣是千差万别的,但是有一点是共通的,即不脱离现实。任何个人的审美情趣,都离不开现实。在这里,“现实”包含有两个层次的意思:一是欣赏者个人所处的环境以及由此而形成的个人心理;二是欣赏者生活的社会和时代环境以及由此而给欣赏者赋予的一定的历史阶段的社会审美意识。这两者不可分离,而又强制地制约着欣赏者的情与境。因此,我在从抗战文学创作与抗战时期的审美环境的同一的角度考察与探讨抗战文学创作审美效应的发挥之后,还必须从这一时期欣赏者与欣赏环境的关系的角度考察与探讨抗战文学创作的审美效应。

和平时期与战争时期,人们对于文学创作的审美要求显然是不一样的。抗战前,中国社会虽然并不“和平”,然而相对于全民族抗战和世界反法西斯战争来说,无疑是要“和平”得多。那时,比较普遍的现象是欣赏者对文学创作的审美需求趋于满足“自我”意识,当然这“自我”意识,有社会和时代的内容,不过“个人”的确实占了主要地位,因而其审美指向趋于多元与丰富。一般的是需求诚挚深沉的含蓄蕴藉的独特新颖的文学作品。构成欣赏者这一审美指向的因素自然是与当时的时代条件、社会矛盾、欣赏者个人条件密切相关的。

全民族抗战爆发以后,中国社会生活的结构形态发生了极大变化。欣赏者与欣赏环境也随之发生变化。抗日救亡、抗日民主成为社会生活的全部内容,并成为一般的普遍的社会心理与欣赏者的个人心理趋势。千千万万的炎黄子孙,或在前方流血,或在后方呼号,或在敌后挣扎。他们都感受到了国破家亡的惨痛,也都逐步感受到了光明与黑暗的交织、崇高与卑劣的并存。他们最迫切需要知道的莫过于战争进行得怎么样了?何时才能胜利?怎么才能取得胜利?在国统区什么是美?什么是丑?丑何以有那么多?这就是他们的思想意识、道德意识与审美意识所呈现出的情状。他们的活动构成了这个时期的审美环境因素,他们本身也是这个时期文学作品最主要的欣赏者。在这里,在这时,欣赏者与欣赏环境构成了情与境的同一。因此,抗战初期的文学作品态势与抗战中后期的文学作品态势,便激起了千百万读者与观众的欣慰或悲痛的认同心理，引起共鸣，产生极佳的审美效应。也因此，抗日救亡、抗日民主倾向鲜明的文学作品，哪怕粗糙幼稚，仍然会打动读者与观众的心，即使稍有这一倾向的文学作品，读者与观众亦感兴趣；反之，与这一倾向相背离的文学作品，必然遭到读者与观众的拒斥。陈铨的《野玫瑰》最初在昆明上演时，不仅未受到抵制，反而引起共鸣，不就是明证吗？梁实秋的“与抗战无关”论及其体现这一理论的作品，遭到一致的猛烈的批判，不也是一个最有力的佐证吗？

正是由于抗战时期，欣赏者——抗日救亡、抗日民主的主体与审美环境——抗日时期中国社会，尤其是国统区的现实生活，几乎粘在了一起，几乎没有了空隙，实现了欣赏者与欣赏环境的情与境的同一。所以抗战文学作品的审美效应发挥到了最佳程度。

抗战时期，抗战文学作品的审美效应得以充分发挥，还有一个因素不可忽视，那就是文学作品与欣赏者的关系构成的主客体的同一。欣赏环境与审美环境是创作主体和欣赏主体与环境关系在不同领域内产生的两个不同概念。但是，当欣赏主体与创作主体处于一个环境之中时，这两个概念的内涵便会出现很大的相通。抗战初期与抗战中后期文学作品产生的年代，正是欣赏环境与审美环境处于同一时代背景的年代，这就促使创作主体的审美趋势与欣赏主体的心理动力在共同背景下形成审美注意的共同心理结构，从而沟通审美主体的欣赏者与审美客体的作品的同一，发挥作品的最佳审美效应。

抗战时期，审美世界的作品与现实世界的生活，几乎“打成一片”“融成一体”，乃神似形似之意。也就是说，审美世界中的人生，恰似现实世界中种种人生的艺术描绘；审美世界中人物的思考、奋斗与追求，恰似现实世界中人们心理意向的折射与映现。具有新闻性、报告性与纪实性的报告文学、小说、戏剧、诗歌中的悲壮、忧患审美意识，正反映了现实生活中中国人民，尤其是知识分子的精神状态与心理流程。这是因为，审美世界与现实世界同处于一个历史背景——抗日民族解放战争的背景之中。欣赏者、观众也因为同处于这一历史条件之下，所以审美世界中的生活、人物情态、审美意识易于与他们的审美需要产生默契与吻合。于是，自然形成作品与生活，人物形象与欣赏者、观众“打成一片”与“融为一体”的格局。

抗战时期,欣赏者、观众的审美情趣,是有所选择、有所侧重的,真善美而侧重在善。作为道德意识的善恶与作为审美意识的美丑基本上是融合的、相混淆的。欣赏者、观众对于事物做出的审美评价,常常是以善恶为标准的,抨击有害于抗日民族解放事业的“恶”,赞扬有利于抗日民族解放事业的“善”,大有“顺我者昌,逆我者亡”之势。而作品表现出来的审美倾向也是更注重内心观照中的自我道德评价。正是因为这二者的高度默契,所以出现诸如此类的一系列现象:观众看了《枪毙汉奸》演出之后,痛打扮演汉奸的演员;有位爱国绅士看了《死里逃生》演出后,决心重振武装力量抗日到底;《屈原》演出时,台上台下、场内场外怒吼声形成一片;《清明前后》演出后,民族工业界感谢茅盾与演员说出了他们想说而不敢说的话……总之,现实世界中的欣赏者、观众与审美世界中的善的体现者,一同煎熬在愤怒里,焦灼在悲痛中,一起怒吼,一起凄然泪下。这便是欣赏者、观众的善感之心对作品的审美特征所做出的积极呼应,作品中描绘的情境,抒发的情绪、情感,与欣赏者、观众的情境、情绪、情感相类似,因而引起共鸣,产生一种振奋向上的积极追求的力量,为伸张正义、惩办邪恶而奋斗不息。这就是抗战文学作品所发挥的直接审美效应。

抗战时期,现实世界的生活、现实世界的作家、欣赏者与审美世界的文学作品,同处于一个时代环境中,并且靠得近,粘得紧。生活、作品、欣赏者,互相影响、互相感染、互相促进。文学作品的直接审美效应得以充分发挥。文学作品的认识作用与启发作用最为显著。这是中国新文学史上第一个十年、第二个十年不曾有过的现象。

有一利,必有一弊。这似乎是世界上万事万物不可逃避的法则。抗战时期,文学作品与审美环境的同一、欣赏者与欣赏环境构成的情与境的同一、文学作品与欣赏者构成的主客体的同一,使抗战文学创作的直接审美效应得以充分的发挥。然而,这三个“同一”,也给抗战文学创作带来了不容忽视的弊端。所以,我在考察与探讨抗战文学创作的审美效应之一斑时,还不能不指出另一面的东西,那就是“浅”而“浮”的作品有之,生活内容、思想内容、情感内容欠深刻与丰富的作品有之。整个抗战文坛,虽然硕果累累,但其中不乏急火烤成的、夹生的果实。这与“靠得近”“粘得紧”,距离不适中大有关系。

三

考察一个时期文学创作的成就与特点，自然应着眼于这一个时期文学创作的思想内容，同时也不应忽视这一个时期文学创作的艺术表现形式及其特点。边区文学创作的艺术表现形式的显著特点是大众化。

一是导向性的大众化理论。边区文学创作艺术形式之所以具有整体性的大众化显著特点，是与其时边区大众化文学理论导向直接相关的。边区的文学理论家和作家们，根据民族解放与人民解放革命斗争的需要，从文学作品的主要接受主体文化水平的实际状况出发，不仅要求文学作品写人众的生活、斗争、要求、愿望与情感，做到思想内容大众化，同时要求文学作品的艺术构思、情节组织、篇章结构及语言运用等方面，为大众喜闻乐见，适合大众的欣赏习惯与审美情趣，做到艺术形式大众化。那么，什么样的艺术形式才是大众化的呢？他们大多着眼于旧的文艺形式的利用与改造，创造大众化的艺术形式。徐懋庸最先提出旧形式的利用问题。他在1938年4月发表的《民间艺术形式的采用》一文中，就这样说道：旧形式"只要配上新内容，旧形式就不成其为完全的旧形式了。采用之际，或有改造，这改造就会使旧形式渐渐变为新形式"。他的这一论断是对当时已经出现的部分文学作品所进行的理论概括。丁玲领导的西北战地服务团就有了这方面的文学实践。他们在延安准备好的一些文艺节目，到各地公演时大都不为军民所欢迎，于是就采用各地的谣曲与舞蹈形式，配以新内容改编成新节目，演出效果甚佳。徐懋庸在同一文中对此充分肯定，认为：西北战地服务团"最好的收获，而且到了将来一定能够凭这收获而有大的贡献的，我以为，要算民间的艺术形式的采集，并配合了新内容而加以利用"。徐懋庸的这一见解，不失为文学大众化艺术形式建立的一种重要主张。不过，从利用和改造旧形式入手建立大众化艺术形式问题，引起普遍重视而形成一种理论框架，那还是"民族形式"讨论中的事情。艾思奇于1939年年初，从文学与时代的关系、作家与大众的关系等角度，论述旧形式的利用，认为这既是民族解放斗争与人民解放斗争的实际所需，也是中国新文学发展本身的要求。他在《旧形式运用的基本原则》一文中，指出："在抗战以前，这问题大部分还只限于理论的探讨。也就是主要地只在理论方面有意义（并不是完全没有实际），而在今天，却成了最实际的问题。在今天全国的文艺人都卷在战争的浪潮里,直接间接参加了这中国有史以来最伟大的民族斗争。由专家的生活改变成群众的生活,由城市的工作转入了乡村的工作,人人都更进一步地在体验、在实践。旧形式的问题,正是在许多文艺家在实际工作中提出来的。”同时,他还在《旧形式新问题》一文中,指出:“旧形式的利用,不是暂时应付抗战宣传的需要,而是五四以来中国新文学所走上的一个新阶段的标志。”周扬在《对旧形式利用在文学上的一个看法》一文中,对此问题的论述更有理论价值与实践意义。他说:“利用旧形式也并不是停止于旧形式,保存旧形式的整体,而正是要在艺术上、思想上加以改造,在批判地利用和改造旧形式中创造出新形式。所以利用旧形式,不但不是从新形式后退,而正是帮助新形式前进。所以利用旧形式,就并不只是新文艺对于社会,今天说对于抗战的一种责任,而同时正是为自己的普及与提高,也就是为自己的更大发展。因此,以为旧形式利用,只有抗战宣传上的效用,对于新文艺并无积极的意义与价值,这种意见之不正确,就毋待反驳了。”在延安文艺界和晋察冀文艺界的“民族形式”讨论高潮期,作家们就旧形式利用与改造问题,发表了较多的意见,而且批评在这个问题上的“错误”观点。柯仲平、田间、沙汀、周文等作家一致认为:要创作出为中国老百姓所喜闻乐见的具有中国作风与中国气派的文学作品,在艺术形式上必须吸收外来文学营养和中国传统文学营养以及“五四”以来中国新文学的营养。柯仲平在《论文艺上的中国民族形式》就这样认为:不能把中国较优秀的那些旧的和半新半旧的形式除外,也不能把外来的优秀可用的形式除外,更不能把抗战时期才产生的某些从未见过的形式的萌芽除外,而必须把这些加以融化,使其成为新形式。周文在《文学大众化实践当中的意见》一文中,批评当时旧形式利用问题上的错误主张。他指出:有些作品,“在形式上以运用旧形式为满足,而且是毫不批判毫不改造地运用旧形式,这实在是一个严重的现象。而有的人甚至发展出了错误的偏向,以为运用旧形式,是大众文艺唯一的工作、唯一的法宝,于是拿来大吹大擂,说什么‘旧瓶装新酒’也是‘创作方法’。到最近甚至于把旧形式夸大成为‘民族形式’的‘中心源泉’,把五四以来新文学的成果一脚踢开”。流焚还针对当时文学创作中旧形式利用的状况,提出批评意见。他在《谈谈文艺的民族形式》一文中指出:“现在有人一味地在提倡章回小说、大鼓、弹词、嘣嘣戏等等了;有人在套着老调子大作其章回小说、大鼓、弹词、蹦蹦戏等等了。对于旧形式的利用,我并不反对,但如果说套一番旧形式就算是创造了民族形式,这便成为从旧形式当中去找新形式,从旧形式当中去找今天我们所说的民族形式,结果等于游玩了一回古董店,虽然不会一无所得,但收获是可想而知的。”

究竟什么是“大众化”?什么样的艺术表现形式才是“大众化”的?这是在毛泽东的《在延安文艺座谈会上的讲话》(以下简称《讲话》)和周扬的阐释文章《马克思主义与文艺·序言》发表之后,才在边区文艺界取得共识的。毛泽东给“大众化”以完全新的定义,他指出:“大众化”“就是我们的文艺工作者的思想感情和工农兵大众的思想感情打成一片”。周扬从中国无产阶级与无产阶级文学的发展实际状况出发,对毛泽东关于“大众化”的论断加以阐释。他认为:过去把“大众化”简单地看作就是创造大众能懂的作品,以为只是一个语言文字的形式问题。初期无产阶级文学者所理解的“大众化”就是将“无产阶级意识”用大众容易接受的形式灌输给大众,为的是改造大众的意识。强调改造大众,而没有或至少很少提过向大众学习,改造自己的思想。由此他指出:“我们要在生活和工作的实践中来进一步地更彻底地改变我们的情感,使我们的思想情感真正地做到与工农兵大众的思想情感打成一片,这样才能完成文艺大众化的任务。”

边区的广大文艺工作者,经过文艺整风和对《讲话》的学习之后,到工农兵中去,与他们打成一片。这之后,利用和改造旧形式,以创造出大众化的新的艺术表现形式问题,不仅在理论上有了进一步的探讨,而且更有着广泛的创作实践。因此,1942年以后,大众化艺术形式,成了边区文学创作的又一显著特征。

四

边区戏剧表现形式大众化,始于秧歌剧。秧歌,在中国戏剧文化史上源远流长。古时,人们在每年腊月举行边唱边跳的驱疫鬼活动,当时被称为“傩”。这种“傩”可以视为秧歌的发端。宋朝时候,秧歌名称出现了,形式也基本固定了。秧歌是歌与舞的结合,有歌有舞,边舞边歌,形式简单,情节单纯,多表现欢乐之事之情。千百年来,这种艺术形式在我国农村广为流行,为广大老百姓所喜闻乐见。1942年后,延安广大文艺工作者,对这种旧的秧歌形式进行了大胆革新与创造,由秧歌发展为秧歌剧。这实际上是一种大众化的戏剧形式雏形。它不仅有歌有舞,而且有语言,有多种表现手法,有化装、服饰与道具,完全是一种熔戏剧、音乐、舞蹈、美术、文学于一炉的综合性艺术形式了。据统计,延安文艺工作者从1943年农历春节至1944年上半年,一年多的时间就创作并演出了300个秧歌剧,观众达八万人次。这一规模空前的大众化戏剧活动,充分表明了这一戏剧形式,不仅思想内容为广大民众所认可,而且表现形式亦为广大民众所喜爱。艾青当时就这样指出:"秧歌剧之所以能很快地发展,主要原因是:它体现了毛主席的文艺方向——和群众结合,内容表现群众的生活和斗争,形式为群众所熟悉、所欢迎;在新的政治环境和新的经济条件下,群众要求着有自己的文化艺术;能很快地反映现实,比话剧和旧剧不受物质条件的限制,容易演出。"①《兄妹开荒》《夫妻识字》《牛永贵挂彩》便是这一新型的大众化的艺术形式的秧歌剧代表之作。被称为第一个秧歌剧的《兄妹开荒》没有了旧秧歌的俗套内容即男女恋情的打闹乃至不健康的情调,代之以表现"自己动手,丰衣足食"的主题。在这一出"开风气"之先的秧歌剧带动之下,一批新的为中国老百姓所喜闻乐见的秧歌剧问世了。秧歌剧这一艺术表现形式的创作成功,为边区戏剧创作拓开了一条通向大众化的道路。1945年春问世的新歌剧《白毛女》,便是矗立于这条道路上具有里程碑意义的作品。

《白毛女》就内容来说,是流传于晋察冀地区的民间传说故事。这个传说故事在当地几乎家喻户晓,妇孺皆知,但其中夹杂着迷信等落后意识。邵子南把这个传说故事带到延安,鲁迅艺术学院的师生据此传说故事,进行艺术加工,去掉迷信等落后意识,改编成一个意蕴深厚的现代歌剧,以表达"旧社会把人逼成鬼,新社会把鬼变成人"的主题。这是内容上对民间广泛流传的故事的革新创造。形式上,是歌剧艺术形式。歌剧是中国现代戏剧史上的一种戏剧品种,为一代又一代的中国现代戏剧家所创作。20世纪20年代初,黎锦晖创作的《小小画家》和《麻雀与小孩》,可以说是中国现代歌剧的初期之作,表现形式是湖南地方花鼓戏曲。这两出歌剧,内容较简单,形式也较单纯。20世纪30年代,田汉和聂耳创作的《扬子江暴风雨》,表现的是抗日救亡内容,形式是话剧与救亡歌

---

① 艾青:《秧歌剧的形式》,《解放日报》,1944年6月28日。

曲的结合。这出歌剧，以其创作内容和形式的繁富及其鲜明的时代色彩产生了巨大影响。这是中国现代歌剧的一种新尝试。抗战文学运动勃兴之后，大后方和边区的戏剧工作者为新歌剧创作进行了有意义的新探索。臧云远、黄源洛创作的《秋子》，是以音乐为主的大型歌剧。沙梅的《红梅阁》和欧阳予倩的《木兰从军》是改造平剧表现形式创作的新歌剧。这些歌剧，显示出中国现代戏剧工作者的不断探索所做出的努力，但却又未能达到大众化乃至民族化的水准。只有在秧歌剧运动奠定的基础之上问世的《白毛女》，才成了中国现代歌剧走向成熟的标志。

《白毛女》艺术表现形式的大众化乃至民族化特色，主要表现在三个方面。第一，从谋篇布局来说，《白毛女》故事性强，结构完整。《白毛女》大胆吸收了民族传统戏曲的分场方法，场与场之间有"扣子"相连，情节曲折，悬念丛生，跌宕起伏，而又简明单纯，没有枝蔓。这很适合于中国人、特别是广大民众的欣赏习惯，使之看了前场，还想再看后场。第二，从音乐曲调来说，《白毛女》以北方民歌小调和传统戏曲的音乐曲调为基础，适当吸收了西洋歌剧以音乐表现人物性格与情感的长处。比如表现喜儿天真活泼的性格和欢快心情时，则化用民歌《小白菜》和《青阳砖》曲调形成欢快悠扬的调子，谱写成"北风吹，雪花飘"；表现喜儿在奶奶庙与仇人黄世仁相遇而喷射出满腔怒火时，就采用河北梆子和山西梆子的曲调，显得悲愤、高亢与激越。第三，从表演上来说，《白毛女》运用了传统戏曲的歌唱、吟诵、道白，吸收了话剧的对白形式，保留了秧歌剧的歌舞结合。比如喜儿出场时，用歌唱介绍故事发生的背景——"爹出门去躲债整三天，三十晚上还没回还。"接着，用独白介绍自己的身世与家庭。这些都是《白毛女》在艺术形式上成为中国现代歌剧成熟的重要标志。由《白毛女》的成功创作开始，一大批新歌剧呈献于观众面前。《赤叶河》《王秀鸾》《刘胡兰》等优秀歌剧陆续问世，构成边区剧坛乃至整个中国抗战剧坛歌剧创作之盛世。这些歌剧，在观众中引起了强烈反响，尤其是《白毛女》因其"非常适合时宜"而获得轰动性效应。1945年，《白毛女》在延安演出30多场，场场客满，座无虚席，剧组收到观众的信件达15万左右；1946年，《白毛女》在张家口等地演出时，亦深受观众欢迎。据1946年1月3日的《晋察冀日报》报道：观众看《白毛女》演出时，"每至精彩处，掌声雷动，经久不息；每至悲哀处，台下总是一片唏嘘声，有人甚至从第一幕至第六幕,眼泪始终未干……散戏后,人们无不交相称赞”。这一强烈效应的反馈信息,也更表明了《白毛女》等歌剧创作所具有的为中国老百姓所喜闻乐见的中国作风与中国气派的大众化乃至民族化特征。

边区的文艺工作者为着推进戏剧大众化乃至民族化,在努力于秧歌剧——歌剧创作实践的同时,还积极于旧剧的改革与创新。其中京剧和秦腔的改革,成就最为显著。京剧,当时称为平剧。京剧在中国戏剧史上,有着重要的地位,颇受中国人、特别是城镇市民喜爱。京剧在长期的艺术实践过程中,形成了一种定式。五四文学革命以来,中国现代戏剧家们,为改造这一旧剧品种,做过多次努力,但收效甚微。20世纪40年代的边区,具备了改革这一旧剧品种的主客观条件而收获较大。其代表之作,为《逼上梁山》。该剧取材于《水浒传》林冲的故事,突出“官逼民反”的主题思想,让观众看戏时能获得一些与现实斗争有益的感受。艺术表现形式上,对京剧形式有较大突破:在唱词方面,更新词汇,丢掉旧的套语;在道具与布景方面,更新旧京剧的单纯象征性布景,运用现代布景手段;在表演程式方面,吸收了现代话剧的表现形式。由此开始,《三打祝家庄》和《史可法》以及《恶虎村》《中山狼》《红娘子》《九宫山》等新编历史剧与现代戏,相继问世。秦腔是陕北地区较为流行的地方剧种之一。马健翎为使这一剧种表现新内容,在艺术表现形式上做了大胆革新,创作出了《血泪仇》《大家欢喜》《一家人》等大型新歌剧,为旧剧改革增添了新的光彩。随着秧歌、京剧、秦腔等旧剧改革的深入发展,话剧这一外来戏剧艺术品种,在表现形式上也有了新的变化。《同志,你走错了路》《把眼光放远点》和《过关》等话剧,不仅内容是工农兵熟悉的,同时表现形式上吸收了传统戏曲的营养和秧歌剧、歌剧的一些艺术手法,使之接近大众,为老百姓所欢迎。

五

边区小说的艺术形式大众化,始于赵树理的《小二黑结婚》。小说艺术形式的大众化,是赵树理在写作《小二黑结婚》之前若干年间的艺术追求和文艺创作的探索目标。一是因为他有这一方面的素养。他出生于北方农村,从小熟悉北方农村的生活、世态人情、风俗习惯以及民间艺术。8岁时他学会了打上党戏的梆子。15岁时，他学会了打鼓板、还会唱戏、会说书。少年时期的赵树理就对民间文学有了特殊兴趣。二是因为他吸收“五四”以来中国新文学的影响，而又深感“五四”以来的中国新文学作品依然不为中国老百姓所理解。他认为“中国当时的文坛太高了。群众攀不上去，最好拆下来铺成小摊子”[①]。他立志要做一个“文摊文学家”，写出中国百姓能读懂和听懂的文学作品。他曾试着写了几篇发生在农民身边的农民熟悉的故事的小说，未能引起农民的共鸣，他为此而苦恼过。抗战爆发后，他到了边区，做报刊记者，到广大农村去采访和参加农村减租减息工作。经历了延安文艺整风和学习了《讲话》之后，他从理论与实践的结合上，把自己长期的审美艺术追求变成了现实。他于1943年5月写成《小二黑结婚》后，连续推出了《李有才板话》《地板》《孟祥英翻身》《李家庄的变迁》《催粮差》等一系列大众化的短篇、中篇、长篇小说，为边区小说大众化做出了独特贡献。这正如周扬在《论赵树理的创作》一文中所说的：赵树理是“一个在创作、思想、生活各方面都有准备的作家，一位在成名之前已经相当成熟了的作家，一位新颖独创的大众风格的人民艺术家”。

赵树理小说艺术形式的大众化，主要体现在两个大的方面。一是情节的连贯性与完整性。这一点，很显然是抛弃了中国传统小说的章回体框架，而又吸收了中国传统小说的章回体，讲究故事情节的连贯性与完整性。赵树理的小说，每篇的情节都是首尾连贯的，大故事套小故事，一环扣一环。艺术构思路子形式大体一致，即先介绍人物，然后描写不同时空里发生的与人物极有关系的故事，涵盖广阔的生活画面、社会矛盾斗争、人物性格及其精神风貌，最后交代人物命运结局。比如《小二黑结婚》，全篇讲述的大故事是小二黑与小芹的恋爱婚姻。这个大故事的发生发展、来龙去脉，又分为12个小故事，每个小故事之间又有类似评书和传统小说的“扣子”相连，由此构成一个完整的大故事。从而，把边区农村社会面貌、老一代农民的思想意识与年青一代农民的追求以及混进新生村政权的恶势力的为非作歹等都反映了出来。赵树理刻意创造这么一种艺术结构形式，既较好地装进了他所要表达的思想内容，同时更适合中国老百姓的审美习惯。二是吸收中国传统评书的描述方式来写人。赵树理的小说，在写人物时，总是动态性的。这是因为，他把人物放置在一定的矛盾斗争中

① 陈荒煤：《向赵树理方向迈进》，《人民日报》，1947年8月10日。

去写,通过人物自己的言行来展示性格;他把人物置于一定的环境中,透过环境描述来展现人物性格及其相互关系。比如《李有才板话》。这篇小说写的是边区农村政权的建设,具体讲述阎家山改选村干部一事。这里包含着复杂而尖锐的矛盾,既有农民与地主的阶级矛盾,又有农民内部的矛盾斗争,还有工作组的矛盾斗争。小说围绕着这些矛盾,写出了地主阎恒元及狗腿子张得贵等人的阴险,反映了边区农村地主阶级的一些特性;写出了小保、小顺等"小字辈"人物的觉醒与抗争,更写出了李有才的机警和胆识;还写出了章工作员与老杨同志的不同工作作风与才干,以及小元的变化、老秦的思想意识。每个人物,都在这一复杂尖锐的矛盾斗争中,找到了自己的位置,而又展开适合自己身份与性格的活动,又都有不同的归趋。同时,在这些矛盾斗争中,每个人物的言行极合自己的身份与性格特征。就拿老秦来说,他始而对老杨敬重,继而对老杨瞧不起,终而跪下谢恩,对这一连串变化的描述把这位老年农民的思想、心理、个性表露无遗了。这样的描述,人物自然显得鲜活。环境描写方面,并非散漫、冗长,而是紧扣矛盾斗争、人物身份及性格来展开。《李有才板话》对阎家山的"古怪"地势的描写,显然是介绍阎家山的生态环境,然而其象征性与寓意又显得格外分明。那"从西到东都是一道斜坡"的地势,不就是同一时空里两种不同生态环境、两个对立的阶级的象征吗?这为下文写复杂尖锐的矛盾斗争做了铺垫。写李有才窑洞的"三面看来有三变",与李有才处于社会底层的地位和冷静深沉及乐观爽朗的个性特征十分协调。这就把设置的环境与叙述的故事和人物描写合为一体了。赵树理的小说正是在这两个方面"突破了以前一直很难解决的,文学大众化的难关"[①]。因而,赵树理的小说,深得广大民众的喜欢与评论家们的肯定。他的《小二黑结婚》问世后,仅太行山一个地区就销售了三四万册,还改编成剧本搬上舞台,并很快形成"赵树理热"。周扬、郭沫若、茅盾等文艺家纷纷撰写文章,大加赞扬。认为《小二黑结婚》与《李有才板话》是抗战以来文艺作品的杰出者[②],"标志了向大众化的前进的一步,这也是标志了走向民族形式的一步"[③]。晋察冀地区文联还召开座谈会,发出"向赵树理方向迈进"的号召。

① 孙犁:《谈赵树理》,《天津日报》,1979年1月4日。

② 郭沫若:《板话及其他》,《文汇报》,1946年8月16日。

③ 茅盾:《关于〈李有才板话〉》,《群众》第12卷第10期,1946年9月。

边区小说艺术形式大众化形成过程中，新章回体小说的问世是不应忽视的。章回体小说，是中国明清小说中常见的长篇小说体式。较长时间以来，这种体式，逐渐形成固定的结构模式，即分回标目、段落整齐、故事情节连贯而完整、往往有诗词设于回前。五四文学革命运动以后，这种章回体式，多为部分鸳鸯蝴蝶派作家所采用。边区作家柯蓝、马烽、西戎、孔厥、袁静等人吸收这一传统小说形式，先后推出了《洋铁桶的故事》《吕梁英雄传》和《新儿女英雄传》等新章回体长篇小说。这些作品之所以被称为新章回体小说，不仅指内容上的全新，写工农兵的斗争生活与精神风貌；同时，也指形式上的大胆革新，保留回目，去掉陈旧刻板的对子，创作或选用内容紧密相关的成语或民歌或民谣或格言或新诗取代回前的引诗，整个形式显得自然活泼。这就较好地实现了作家的艺术追求即如柯蓝在《洋铁桶的故事·重版后记》中说的："学习着农民群众是怎样讲故事，是怎样有头有尾来叙述一件事情，又是怎样交错地来叙述同时发生的许多事情。"此外，周立波等作家的作品，也具有大众化艺术特色。

六

中国现代诗歌，在中国文学大拐弯时率先登上新文坛，打破中国传统诗体的束缚，创立自己的新形式即自由体式。闻一多等"新月派"诗人，为着使新诗体式规范化，提出了"音乐美""绘画美"和"建筑美"的新格律诗体的主张。"现代派"诗人戴望舒创立散文美诗体。在这一系列新诗体式变革过程中，不少诗人为着诗歌大众化，做过一次次有益的探索。20世纪20年代初，刘半农与刘大白等人采用民间歌谣形式，尝试着写大众化诗歌。20世纪30年代，中国诗歌会的诗人们以自己的理论主张与创作实践，掀起了诗歌大众化热潮。这一次次的大众化诗歌的倡导，自然为20世纪40年代边区新诗大众化打下了基础，但是也留下了一些根本性的缺失，也就是说，还未从根本上解决诗歌大众化的问题。大众化诗歌的理论框架和大众化诗歌的创作总体，只有在边区诗人们手里，才得以形成。因为这里的诗人们具备了"得以形成"的主客观条件。从客观条件来说，工农兵大众欢迎他们去到农村、部队及工厂生活，与工农兵大众打成一片，工农兵大众急切需要有大众化特色的诗歌；从主观条件来说，广大诗人学习

《讲话》之后,思想意识与诗歌观点以及审美情趣发生了巨大变化。他们自觉地服务于工农兵大众,并从大众熟悉的民间文艺形式中汲取营养,这自然十分有利于大众化诗歌的创作。同时,街头诗运动和枪杆诗、快板诗群众诗歌活动,也为他们创作大众化诗歌做了多种艺术积累。正是由于这些因素的“合力”作用,20世纪40年代边区诗歌才具有了大众化的创作特点。这一诗歌大众化特色,在民歌体叙事诗中体现得最为突出。

延安文艺整风和《讲话》学习之后,边区民歌体叙事长诗,形成了竞写热潮,主要有李季的《王贵与李香香》、阮章竞的《漳河水》、张志民的《王九诉苦》、田间的《赶车传》、李冰的《赵巧儿》等。这里,以李季的《王贵与李香香》为例,论析民歌体叙事长诗的大众化特点及其意义。

李季的《王贵与李香香》是边区民歌体叙事长诗的力作,具有诗歌大众化的鲜明特色。李季在创作这首叙事长诗之前,有了深厚的生活积累、情感积累与艺术积累。他于1938年奔赴陕北,进延安抗日军政大学学习,同年加入中国共产党。1942年5月,他参加延安整风与《讲话》学习。同年12月,他被派到“三边”(定边、靖边、安边)工作。他在“三边”工作五年间如他在《我和三边·玉门》中说的,与民众“一起欢乐,一起忧愁,一起憎恨”,成了“不折不扣的当地人”。他十分熟悉当地民众喜爱的民歌“信天游”,并做了大量收集工作。他在工作之余,运用和改造这一民歌“信天游”的形式,而创作出反映“三边”人民生活与斗争的叙事长诗《王贵与李香香》。这首叙事长诗的大众化艺术特色,是借鉴并革新陕北民歌“信天游”的形式,使之适合表现丰富复杂的思想内容即社会解放与个性解放的壮阔生活。“信天游”是陕北“三边”一带的主要民歌形式,用以表情达爱。“信天游,不断头,断了头,穷人无以解忧愁”。这一民间流行说法充分表明了这一民歌形式与老百姓的密切关系。其形式的特点之一就是两行一首,一首一韵。每首的抒情达爱不尽一致,跳跃性大,长于抒情,不长于叙事。李季在收集与整理“信天游”过程中发现了这一特点,利用其跳跃性大和抒情的优势,融入小说对话等新的艺术元素,对这一“信天游”形式加以改造,使之既长于抒情又长于叙事。比如王贵参加斗争被崔二爷发现,遭到崔二爷毒打时的描述、王贵与李香香讴歌解放的描写,既用“信天游”原有的形式特点,又加进小说对话的写法，这就突破了“信天游”只重抒情的旧格局，而成为既抒情又叙事的新体式。这也就使诗歌反映的内容与表现形式高度统一起来。“信天游”形式的又一特点即一句比兴一句赋。“比兴”手法在中国传统诗词与民歌中就有广泛运用，《诗经》和《汉乐府》最为常见。“信天游”这一陕北民歌，在比兴手法运用上最集中最灵活。李季采用了这一“信天游”手法来写人叙事抒情。比如写李香香的美：“山丹丹开花红姣姣，／香香人才长得好。”这两句的关系既是“比”又是“兴”。以首句的“红姣姣”的“山丹丹花”来暗喻次句的李香香的“人才长得好”，这是“比”；同时也是以首句的“山丹丹花”的“红姣姣”，来引起次句所要咏的李香香的“人才”，这是“兴”。这种“比兴”融为一体的大量运用，就把思想内容较好地反映了出来。李季这首长诗，叙述的是流传于陕北“三边”的革命故事，而又采用的陕北“三边”民间流行的民歌形式“信天游”，二者又做到了较好的结合，成为诗歌大众化的杰出之作。这首叙事长诗，被郭沫若在《王贵与李香香·序》中评为具有“意识美、生命美……形式上的充分的自然与健康美”。陆定一在《读了一首诗》中更是认为这首叙事长诗从内容到形式都“出来了新一套”。

边区大众化民歌体叙事长诗，同其时大后方诗坛上臧克家的《古树的花朵》、王亚平的《火雾》、力扬的《射虎者及其家族》等叙事长诗一道，构成了中国现代叙事长诗创作的新阶段。中国现代叙事长诗，从1926年朱湘的《王娇》到1938年柯仲平的《平汉铁路工人大罢工》，经历了一个不短的探索过程，但是较成熟的叙事长诗并不多见。从结构与表现形式来说，基本原因是未解决好叙事与抒情的结合问题。20世纪40年代的叙事长诗，特别是民歌体叙事长诗中的《王贵与李香香》，较好地解决了这一长期未曾解决好的问题，成为叙事长诗走向成熟的标志。

边区文学创作大众化，应当怎样评价？我的想法是：这是其时其地大众呼唤文学、文学走向大众的必然结果，有其历史合理性。同时，也是中国文学大拐弯以来中国新文学发展过程中“现代化”与“民族化”结合的重要实绩的突出表征，具有较大的文学历史意义。但是，由于其时其地文学创作大众化是在一个较封闭的文化氛围中形成的，而又强调为其时其地老百姓服务，因此，在“现代化”与“民族化”结合问题上，向“民族化”倾斜、特别是对现代主义的一概排斥，更影响着大众化文学作品应当具有的深度与力度。因此,也就出现了这么一种现象即有些作品大众化色彩很浓,而艺术价值上却平平。我以为,这是20世纪40年代边区文学创作大众化的主要成就与缺失所在。

本文由两篇文章合成:《略论抗战文学创作的审美效应》,原载《抗战文艺研究》1987年第1期,中国人民大学书报资料中心《中国现代、当代文学研究》1987年第4期全文转载,署名为"文思"。《边区文学大众化特色》,原载《西南师范大学学报(哲学社会科学版)》1997年第3期,原题目为《大众化:抗日民主根据地文学表现形式的显著特点》

| 下 | 篇

文学交流新/深广

中国新文学与外国文学交流概览

中国新文学的发生发展过程，在某种意义上说是中国文学与外国文学的相互影响、相互渗透、相互交汇的过程。这是19世纪以来，中国人民与世界各国人民进行物资与文化交流的一种必然结果。

考察30年来中国新文学与外国文学的交流过程，便可发现这一交流的思想特质主要是民主与科学思想和社会主义思想——社会主义思想由弱到强日渐成为主导思想；更可以发现这一交流与中国新文学的发展同步即五四文学革命运动时期——左翼文学运动时期——抗战文学运动时期；还可以发现这一交流的广度和深度与中国新文学的繁荣和成熟的密切关系。

一

五四文学革命运动时期是中国新文学与外国文学第一次大交流的时期。外国两三个世纪来出现过的文学思潮流派纷至沓来地流入中国文坛，诸如浪漫主义、现实主义、象征主义、新古典主义、表现主义、未来主义等都在这一时期"露过一下面目"[①]，影响和推动着五四文学革命运动的发生发展。

① 郑伯奇：《中国新文学大系·小说三集·导言》，上海良友图书印刷公司1935年版，第1页。

19世纪末和20世纪初,先进的中国人为着寻找救国救民之道,开始面向世界,走向世界。由此,形成了两种文化热潮:一是翻译文学热潮,二是出国留学热潮。在翻译方面,仅林纾一人就译作184种之多,其中世界文学名著40余种。在出国留学方面,公费和私费留学的达万余人,主要去英美法德日俄等国留学,其中去日本留学的人最多。这两种文化热潮产生的直接结果就是相当一部分中国知识分子具有了"世界眼光"。所谓"世界眼光",即以世界为参照系来审视中国,以民主与科学思想为准则来认识来评估中国人生问题和传统文化思想。或如周作人在《文学上的俄国与中国》—文中所说的:用外来新思潮来批判中国"特别国情",来表现或解释中国"特别国情",从而形成变革中国社会人生的理论与行动。陈独秀于1915年9月,就把"世界的而非锁国的"作为新文化运动的六条思想原则之一提示出来[①]。胡适也几乎同时在美国尝试作白话诗之初就明白无误地指出:"新潮之来不可止,文学革命其时矣!"[②]稍后一点儿,鲁迅提出了"世界人"[③]的概念,周作人在《人的文学》中提出了"世界的文学"命题。这都表明了,他们在接触外国自然科学、特别是外国社会科学和文学著作之后冲破了封闭的偏狭意识而具有了开放意识与世界眼光。他们从外国社会思潮和文学思潮的学习中,认识到了西方近现代社会的发展是通过彻底粉碎神权和封建王权主义的革命运动实现的,而且还认为这种革命运动首先是从文学革命开始的。于是,这么一条思路形成了:通过文学革命,建设新的文学,以新文学促进国人觉醒,进而改造社会即文学革命——思想革命——社会革命。对此,陈独秀表述得十分明白,他说:

今日庄严灿烂之欧洲,何自而来乎?曰,革命之赐也。……自文艺复兴以来,政治界有革命,宗教界亦有革命,伦理道德亦有革命……[④]

由欧洲而想到中国的事情,他指出:

---

① 陈独秀:《敬告青年》,《青年杂志》创刊号,1915年9月15日。

② 胡适:《逼上梁山》,《中国新文学大系·建设理论集》,上海良友图书印刷公司1935年版,第6页。

③ 鲁迅:《热风·随感录三十六》,《鲁迅全集》第1卷,人民文学出版社1981年版,第307页。

④ 陈独秀:《文学革命论》,《中国新文学大系·建设理论集》,上海良友图书印刷公司1935年版,第44页。

> 今欲革新政治，势不得不革新盘踞于运用此政治者精神界之文学……[1]

所以，他们或发难文学革命运动，或呼应文学革命运动，或推动文学革命运动。胡适的“八不主义”按梁实秋在《现代中国文学之浪漫的趋势》一文中所说的是受美国意象派宣言的影响而提出的：“试细按影象主义者的宣言，列有六条戒条，主要的如不用典，不用陈腐的套语，几乎条条都与我们中国倡导的白话文的主旨吻合。”但都是针对中国传统文学观念和传统文学文本的。陈独秀的“三大主义”，更是以千钧之力横扫几千年来的传统文学观念和传统文学文本，提出了国民文学、写实文学、社会文学的主张。周作人以西方人文主义文学思想为依据，提出了“人的文学”和“平民的文学”的主张，强调以“人道主义为本，对于人生诸问题，加以记录研究”[2]，这也是针对中国传统文学观念与传统文学文本的。

如果文学革命运动的发生受到的外国社会思潮与文学思潮影响还比较单一的话，那么文学革命运动的扩展则受到的外国社会思潮与文学思潮影响就是多元的了。所谓“单一”，主要是指欧美资产阶级上升时期的社会思潮与文学思潮，其思想特质为民主与科学思想。所谓“多元”实际是“二元”：一是民主与科学，二是社会主义。前者是主要的、大量的，后者是次要的，然而却有强大的生命力，影响着中国新文化与中国新文学运动的发展方向。

为着启蒙民众，进行思想革命，一批面向世界、走向世界的中国知识分子，把以民主与科学思想为特质的外国社会思潮和文学思潮引进了中国。当然，其中不乏“世纪末”的社会意识与文学意识。

从周作人的“人的文学”到沈雁冰的“为人生的文学”到文学研究会的“人生派”，都一脉相承地主要吸收了外国现实主义文学思潮流派的影响。他们赞成狄德罗、伏尔泰、卢梭等思想家的启蒙主义和文学作品评论生活、干预生活，宣传教育工具的观点，他们译介东北欧与俄国的现实主义文学理论与文学作品，

① 陈独秀：《文学革命论》，《中国新文学大系·建设理论集》，上海良友图书印刷公司1935年版，第46页。

② 周作人：《人的文学》，《中国新文学大系·建设理论集》，上海良友图书印刷公司1935年版，第196页。

以建设中国新文学理论和从事中国新文学创作实践的借鉴。他们在吸收外国文学影响过程中,更加看重文学的道德性与文学社会的功利性。周作人根据欧洲现实主义文学思潮中的人道主义文学观提出"人的文学"之后,大量译介了欧美作家作品,诸如莫泊桑、哈代、易卜生、托尔斯泰、陀思妥耶夫斯基等现实主义作家的作品。沈雁冰在广泛涉猎了外国文学思潮流派之后,提出了"为人生的文学"主张。为着推进"为人生的文学"的创作,他"广输西洋文学界的各派"[①]。他写有《俄国近代文学杂谈》,评介了契诃夫、托尔斯泰、高尔基以及安德列夫等作家的作品。并认为:这些俄国近代作家的作品"都是有社会思想和革命观念"的,不但表现了人生,而且有用于人生[②]。他写有评论法国文学家巴比塞的《名誉十字架》《复仇》等小说的评论文章;他写有《十九世纪及其后的匈牙利文学》;他写有《"被损害民族的文学号"引言》,评介了波兰、捷克、芬兰、保加利亚等国家的作家作品。他为《小说月报》和《文学月报》写的"外文坛消息",广泛地及时地介绍了海外各国文学活动与作家作品评论。同时,他还翻译了法国、英国、德国、美国、俄国、挪威、芬兰、匈牙利等国家的文学作品。他译介的文学理论与作品,主要是现实主义,浪漫主义和象征主义也有。因为,他认为:"应该先从写实派自然派介绍起"[③]"写实文学中所包含有的批评精神和平民化精神,我也敢决言永为文学中添出新气象的"[④],"我极力主张译现代的写实主义的作品"[⑤]。一句话,他偏重于译介外国现实主义理论与作品,是为着中国新文学更好地促使中国人的觉醒。以文学研究会为中心的"人生派",形成译介与追求现实主义自然主义的风潮。其中,对俄国和北欧现实主义理论与作品的译介占优势。他们对别林斯基、车尔尼雪夫斯基、杜勃罗留波夫、托尔斯泰等人关于文学与生活的关系、文学的社会功利性的论述,特别感兴趣。他们认为:"俄国近代的文学,可以称作理想的写实派的文学,文学的本领原来在于表现及解释人生,在这一点

① 沈雁冰:《西班牙写实文学的代表者伊本讷兹》,《小说月报》第12卷第3号,1921年3月。

② 沈雁冰:《俄国近代文学杂谈》,《小说月报》第11卷第1号,1920年1月。

③ 沈雁冰:《"小说新潮"栏宣言》,《小说月报》第11卷第1号,1920年1月。

④ 沈雁冰:《文学上的古典主义浪漫主义和写实主义》,《学生杂志》第7卷第9号,1920年9月。

⑤ 沈雁冰:《介绍外国文学作品的目的——兼答郭沫若君》,《时事新报·文学旬刊》第45期,1922年8月1日。

上俄国文学可以不愧称为真的文学了。”[1]因此，一时间出现了俄国文学热和托尔斯泰热。如《文学上的俄国与中国》《俄国文学史略》《俄国美论及其文艺》《克鲁泡特金的俄国文学论》《俄国近代文学杂谈》《俄国之民众小说家》和《托尔斯泰艺术观》《艺术论》《托尔斯泰传》等译介文章，纷呈于报刊。他们在追求现实主义过程中，还借助自然主义，译介自然主义。沈雁冰写有《自然主义与中国现代小说》，谢六逸写有《自然派小说》，李之常写有《自然主义的中国文学论》，等等。

鲁迅虽然与“人生派”作家一样，瞩目于东北欧和俄国现实主义文学，偏重译介东北欧和俄国现实主义文学，但是他把视点定得高远得多。他不像“人生派”作家那样，停留于现实主义的再现生活与反映生活，提出与探讨现实社会人生问题，而是从东北欧和俄国现实主义中汲取最精粹的部分，专注于国民灵魂的剖析。因为，只有这样来反映人生，才能揭出病苦，引起疗救的注意，才能促使国人新生。他在《〈穷人〉小引》一文中这样指出过：“穿掘着灵魂的深处，使人受了精神的苦刑而得到创伤，又即从这得伤和养伤和愈合中，得到苦的涤除，而上了苏生的路。”因此，他的作品能显示五四文学革命的实绩，成为五四文学创作的典范，为中国新文学创作提供广泛而坚实的源头。

与“人生派”并世于一时的创造社为中心的“艺术派”，是中国知识分子中面向世界走向世界很有影响的一群。他们都是留日学生。他们接受欧美社会思潮与文学思潮的影响，主要是通过日本文化为中介实现的。从明治到大正时期，欧美的社会思潮与文学思潮大量涌向日本。日本的军事、哲学、教育乃至大学讲坛，几乎毫无例外地“仿照德制”；詹姆士、柏格森、叔本华、卢梭等人的哲学思想，在日本思想哲学界呼声甚高；浪漫主义、表现主义、象征主义、唯美主义、未来派以及弗洛伊德学说，流行于日本文坛。这就造成了这批留学生一面受东洋气，一面读西洋书的境况。他们在日本文坛的“狂飙文学热”中，接受歌德等人的影响，译介德国文学作品（郭沫若译德国文学作品23篇或部，郁达夫译德国文学作品20余篇或部）；他们在日本文坛“惠特曼热”中，接受惠特曼的影响；他们在日本文坛的“波特莱尔热”中，接受象征主义的影响。由此，形成一套独具特色的文学主张：尊重个性，崇尚天才，强调“自觉与生命”，表现自我。就其

① 周作人:《文学上的俄国与中国》,《晨报》,1920年11月15—16日。

作家个人而言,所受影响各有侧重。郭沫若更多的是受斯宾诺莎、歌德、拜伦、雪莱、惠特曼的影响,开创了中国现代积极浪漫主义诗风;他还接受弗洛伊德学说的影响,写了精神分析小说。郁达夫多受卢梭哲学思想影响和屠格涅夫以及日本私小说的影响,开创了自我表现的浪漫主义小说潮流。田汉受象征主义和唯美主义影响较大。当时,把象征主义、唯美主义和表现派等现代主义概称为新浪漫主义。田汉翻译了王尔德的《莎乐美》、梅特林克的《檀泰琪儿之死》,并把自己创作的最早的一个剧本《梵峨琳与蔷薇》称为“Neoro mantique(新浪漫主义)的戏曲”。总之,他们把欧美的浪漫主义、象征主义、未来派、表现派等思潮流派引进了中国新文苑,抒写出受压抑的追求个性解放、人格独立的狂躁者与愤怒者的心声,也流露出感伤乃至颓唐的心绪。

李金发作为中国苦涩味甚浓的象征派的代表人物,其本意是想沟通东西方文化、文学、诗歌的联系,使之互补,然而事与愿违,其诗歌创作实践,却似乎成了法国象征派的翻版,多写梦幻、苦痛、孤寂。在他的诗中,法国象征派代表诗人波特莱尔、魏尔伦的诗情与诗意痕迹太重。不过,却咏叹出了“五四”退潮后中国一部分知识分子的人生哀痛。

在五四文学革命运动扩展过程中,社会主义因素日益增强,以社会主义为思想特质的革命文学破土而出,跻身于新文学行列。

1917年11月,俄国革命成功了。1918年,第一次世界大战结束了。这两次世界性的大事变,对于已经兴起的五四新文化运动和五四新文学运动带来了极其深刻的革命性的变化。其中,起决定意义的因素就是传入中国的马列主义和社会主义思想。先进的中国人中的一部分人,开始真正看到了世界新文明的曙光,开始深入思考五四新文化运动与五四新文学运动的发展方向。1918年6月及其之后,李大钊发表的几篇论文,便传达了这一崭新的信息。这在当时的新文化与新文学界引起了较大的反响。首先是鲁迅写了《随感录·五十六“来了”》和《随感录·五十九“圣武”》两篇杂文。接着是瞿秋白作《俄罗斯名家短篇小说集·序》,抒写激动情怀:“听着俄国旧社会崩裂的声浪,真是空谷足音,不由得不动心。因此,大家都要来讨论研究俄国,于是俄国文学就成了中国文学家的目标。”他以北京《晨报》和上海《时事新报》特派员身份,去苏联考察十月革命后的实况,去研究共产主义,尽一份引导中国社会新生的责任,后撰写并出版了两部有影响的报告文学作品即《饿乡纪程》和《赤都心史》。再次，就是早期共产党人提出了革命文学主张。恽代英、萧楚女、沈泽民等人以马克思主义的经济基础与上层建筑的关系的理论，论述了文学的阶级性、文学家与革命的关系、文学与革命的关系等无产阶级文学理论的基本观点。这些主张虽然很不完备，还带有较大的偏狭性，然而却是一种以社会主义思想为特质的新型的文学思想理论雏形。这种文学思想理论，显示出较大吸引力，新的文学风气与潮流在1925年以后的新文坛上开始出现。这主要表现在这么几个方面：一是沈雁冰由宣传"为人生的文学"主张而转为宣传与介绍无产阶级文艺理论主张。1925年5月，沈雁冰发表了长篇论文《论无产阶级艺术》。文章论析了无产阶级艺术的历史形成、无产阶级艺术产生的条件、无产阶级艺术的范畴、无产阶级艺术的内容及形式，可算是第一篇较系统地论述无产阶级文艺的论文。同年9月，沈雁冰发表的《文学者的新使命》一文，可算是第一篇革命现实主义的文学理论文章。文章要求文艺家"用深刻伟大的文学"表现出"被压迫民族与阶级的革命运动的精神"，使之"普遍到民间，深印入被压迫者的脑筋"，"以保持他们的自求解放运动的高潮，并且感召起更伟大更热烈的革命运动来"。"这样的文学方足称为能于如实地表现现实人生而外，更指示人生向美善的将来"。同时，文章要求文艺家"更须认明被压迫的无产阶级有怎样不同的思想方式、怎样伟大的创造力和组织力"，"认明""新鲜的无产阶级精神将开辟一新时代"，以便"好好的负荷起"这一新时代的"新使命"。二是郭沫若和创造社的"转向"。1925年以后，郭沫若转入宣传马克思主义和无产阶级文艺理论，创造社由庞杂的"为艺术的艺术"而转为开始认同于现实主义，并于1928年倡导无产阶级革命文学。三是象征派的消失。象征派的消失原因固然复杂，然而无产阶级革命文学的萌生及其在文艺界引起的较大反响，不能不给它以猛烈冲击，冯乃超等人转向无产阶级文学便是有力的明证。随着马克思主义的传播，以社会主义思想为特质的革命文学与工农运动一道登上了中国政治舞台与文艺舞台，昭示着中国现代社会生活的发展趋向与中国新文学的未来。

二

左翼文学运动时期是中国新文学与外国文学大交流的第二个时期。马克思主义文艺思想和世界无产阶级文艺思潮涌进了中国新文苑,影响和推动着中国左翼文学的发展与中国新文学的成熟。

1928年到1936年,为中国新文学史上的左翼文学时期。以社会主义思想为特质的左翼文学运动,在这八年间,以波浪滔滔之势荡击着整个中国社会和中国新文坛,而成为整个世界无产阶级文学运动的一翼。

世界无产阶级文学导源于19世纪的欧洲。其时,欧洲无产阶级作为一支独立的政治力量登上了社会舞台。英国、德国、法国等国家相继出现了工人革命运动。欧洲无产阶级文学正是伴随欧洲无产阶级革命运动而诞生的新型的革命文学。巴黎公社革命运动便是当时有代表性有影响的无产阶级革命运动;巴黎公社文学也是杰出的无产阶级文学。然而,无产阶级文学在全世界范围内形成广泛的文学运动,还是20世纪初叶俄国十月革命之后的20年代和30年代的事情。这是因为在摧毁旧的国家机器的革命道路上,巴黎公社"走了具有全世界历史意义的第一步,苏维埃政权走了第二步"①。十月革命后产生的无产阶级革命文学,继承和发展了早期无产阶级文学,尤其是巴黎公社文学的优良传统,并将其推向了新的社会主义现实主义的文学阶段。由此,无产阶级文学由西方而达于东方,逐渐形成具有世界性的文学运动。中国左翼文学运动正是在这样一种世界性的无产阶级文学潮流的影响与推动下发生发展的。

首先,组织上的交流。

中国左翼文学运动得到世界无产阶级文学运动的声援。1930年11月,世界无产阶级革命作家代表大会在苏联乌克兰首都哈尔科夫召开。中国左翼作家团体"左联"派肖三出席。肖三在会上向与会的法国、德国、意大利、美国、奥地利、捷克、日本等国的作家介绍了左翼文艺运动发展状况。"左联"加入了这次会后成立的国际革命作家联盟。从此开始,中国左翼文艺运动在组织上正式成为世界无产阶级文学运动的组成部分,中国左翼文艺运动中出现的大事件都得到了世界无产阶级文学界的支持与呼应。比如,1931年1月,左联五位年轻作家李伟森、柔石、胡也频、冯铿、殷夫被国民党当局杀害。"左联"即发布《为国民党屠杀同志致各国革命文学和文化团体及一切为人类进步而工作的著作家思

① 列宁:《关于资产阶级民主和无产阶级专政的提纲和报告》,《列宁选集》第3卷,人民出版社1960年版,第725页。

想家书》，很快得到了回应。国际革命作家联盟给各支部的信，呼吁声援中国左翼文学，谴责国民党政府的屠杀暴行；国际革命作家联盟，还“为国民党屠杀中国革命作家”发表“宣言”；世界无产阶级革命作家对于中国白色恐怖及帝国主义干涉提出抗议。“九一八”事变后，“左联”发表《告国际无产阶级及劳动民众的文化组织书》，国际革命作家联盟亦发表《告全世界革命作家书》，声援中国人民的抗日救国斗争。鲁迅逝世，震动了世界各国文化界。苏联、日本、朝鲜等国文化界纷纷发表唁电。苏联文艺界还举行鲁迅追悼会，法捷耶夫作主席，盛赞鲁迅的思想与功绩。

其次，与日本文学的交流。

1928—1929年间，集中译介日本无产阶级文学运动与作家作品。其中有：白川次郎的《日本左翼文坛之一瞥》、陶晶孙的《村山知义》、沈端先（夏衍）的《藤森成吉》、建南的《激流怒涛中的最近日本普罗艺运》等。建南的长篇论文，扼要地介绍了日本左翼文学运动概况、开展的斗争与遭受的压迫，而且指出日本左翼文学“是值得提供我们考量采取的”。钱杏邨在《中国新兴文学中的几个具体的问题》一文中，几乎都是引用日本无产阶级文学理论与作品来反批评茅盾对他的批评。这正如梁容若在《中日文化交流史论》中转引日本辛岛骁氏说的：日本左倾文学家的议论，在中国评论家的议论中，像金科玉律地引用过，强烈地影响着中国左翼文学运动。在中国左翼文学运动发展过程中，中国左翼作家作品也出现于日本文坛上，其中主要是鲁迅的作品。1934年3月，鲁迅的《火》《王道》《监狱》（《关于中国的两三件事》）在日本《改造》杂志发表，对日本军国主义进行抨击。同年，日本的中国文学研究会成立，该会是由竹内好、冈崎俊夫和武田泰淳发起的，增田涉、松枝茂夫、实藤惠秀、小野忍、千田九一等人参加，先后创办《中国文学月报》《中国文学》等刊物，发表中国新文学作品及其评论文章。1931—1937年，日本的中国新文学研究界，译介鲁迅作品最多。有林守仁译的《阿Q正传及其他》和松浦泳三译的《阿Q正传》，有井上红梅译的《鲁迅全集》，有佐藤春夫和增田涉合译的《大鲁迅全集》，还有改造社出版的《大鲁迅全集》七卷本。这些出现于日本文坛的中国新文学作品，虽然当时对日本文学未能产生什么影响，然而却为中国新文学打开了通向日本文坛的道路。

中国左翼文学受马克思主义文艺思想和苏联无产阶级文学的影响最大

最深。

中国人知道马克思和恩格斯的名字以及接触到马克思的经济学说、阶级观点,始于"五四"前一二十年间。但是,马克思主义传入中国并形成潮流,却是"五四"及其之后的事。马克思主义文艺思想传入中国,稍晚一些,直到左翼文学时期才形成高潮。

列宁论列夫·托尔斯泰的系列文章,1928—1935年间,几乎全部译介到中国。1928年,托尔斯泰诞生一百周年。《文学周报》为此出"托尔斯泰百年纪念特刊号",发表有胡剑译的《托尔斯泰论》;后《创造月刊》发表有嘉生译的《托尔斯泰——俄罗斯革命的明镜》,《动员》杂志发表有何畏译的《托尔斯泰——俄罗斯革命的一面镜子》,神州国光社出版了王集丛译的《列宁与艺术》一书,瞿秋白、友生译的《列夫·托尔斯泰像一面俄国革命的镜子》与《托尔斯泰论》分别发表于《文学新地》及《时事新报》副刊《每周文学》上。列宁的《党的组织和党的文学》由冯雪峰译名为《论新兴文学》,发表于1930年2月出版的《拓荒者》上。

马克思和恩格斯关于文艺问题的论述及信件,于1933—1936年间译介到中国。1933年4月,瞿秋白编写的《马克思恩格斯和文学上的现实主义》发表于《现代》杂志上;陆侃如译的《恩格斯未发表的两封信》(致哈克娜斯,致特里尔)发表于同年6月的《读书杂志》上;胡风译的恩格斯的《与敏娜·考茨基论倾向文学》,发表于1934年12月的《译文》上;瞿秋白编译的《恩格斯论巴尔扎克——给哈克纳斯女士的信》《社会主义的早期"同路人"——女作家哈克纳斯》《恩格斯和文学上的机械论》《恩格斯论易卜生的信——给爱伦斯德》等文章收入《海上述林》于1936年面世。与此同时,左翼文艺家还译介了苏联无产阶级文学界编纂的马克思、恩格斯、列宁论文艺的著作,诸如《伊里几的艺术观》《文学的党派性》《马克思恩格斯论文学》《伊里奇的高尔基评》《马克思、恩格斯论艺术》等。此外,普列汉诺夫和卢那察尔斯基的文艺思想被视为马克思主义文艺思想大量译介过来。鲁迅和冯雪峰编辑的"科学的艺术论丛书",普列汉诺夫和卢那察尔斯基的著作就占一半以上,鲁迅译有普列汉诺夫著的《艺术论》,冯雪峰译有普列汉诺夫著的《艺术与社会生活》《艺术与文学》《艺术之社会的基础》,鲁迅译有卢那卡尔斯基著的《文艺与批评》《霍善斯坦因论》。

中国左翼文艺家们,如饥似渴地吸收马克思主义文艺思想,“学以致用”,用以制定理论纲领与行动纲领,指导文学创作,开展文艺论争。“左联”做出的关于无产阶级文学运动的目的、意义、服务对象以及作家世界观的转变等决议与主张,充分容纳了左翼文艺家所理解的马克思主义文艺思想中的革命文学与党的关系、革命文学与人民大众的关系、作家立场和世界观改造等观点。周扬与胡风关于典型问题的讨论,也非常明显地反映出双方所吸收的马克思主义文学思想,双方都是依据马克思和恩格斯关于现实主义的论述以及列宁关于托尔斯泰的论述来阐述自己的见解和批评对方的观点。

苏联的“唯物辩证法的创作方法”与社会主义现实主义,在中国左翼文艺运动发展过程中烙上了一条长长的深深的印迹。

1925年以后,苏联的俄罗斯无产阶级作家联合会(“拉普”)是苏联文坛上最大的团体。按照周扬以“起应”署名发表的《十五年来的苏联文学》一文中所说,“拉普”的领导权在这之后日益稳固,到1930年取得独霸的地位。“拉普”针对当时苏联文学创作中的无病呻吟、刻板作风、公式化倾向,提出写活人,写人的心理,写生活本身,反对浪漫主义,强调辩证法的唯物论方法,力图把政治与哲学范畴的概念搬进文学和美学范畴里来,混淆世界观与创作方法,用世界观代替创作方法。法捷耶夫是当时“拉普”的重要成员和代表作家。他的《打倒席勒》等文章,集中宣传了“拉普”的文学观点。1931年至1932年间,中国左翼文学界出现了“拉普热”,译介“拉普”文学观点,用以克服左翼文学初期的幼稚与浪漫蒂克的毛病。冯雪峰于1931年11月译介了法捷耶夫的《创作方法论》。同年同月,“左联”执委会的决议中关于“创作问题——题材、方法及形式”一项,就要求作家用无产阶级的世界观来观察、描写生活,强调要特别同观念论及浪漫主义进行斗争。1932年1月,丁玲编辑的《北斗》杂志发起“创作不振之原因及其出路”的讨论,参加讨论的郑伯奇认为:把握唯物的辩证法是克服左翼文学错误倾向的唯一方法。参加讨论的穆木天更认为:作家不仅要有辩证唯物主义世界观,而且作品内容的组织过程、人物心理过程要合乎辩证法,作品中绝对禁止有不合辩证法的分子,只要辩证法地把生活中可以创作的材料再现出来,就是伟大的作品了。参加这次讨论的人,众口一词,曰:必须用唯物辩证法的创作方法来促使左翼文学的兴旺发达。1932年,瞿秋白、郑伯奇、茅盾、钱杏邨等人用唯物辩证法的创作方法对阳翰笙的长篇小说《地泉》三部曲进行评论,也一致认为左翼文学"革命浪漫蒂克创作倾向的克服、左翼文学前进的道路只能依赖于唯物辩证法的创作方法"。1931—1932年,唯物辩证法的创作方法成为左翼文学运动高张的理论旗帜与创作方法,成为左翼作家的共识,这实质上更易于把左翼文学运动与左翼文学创作,推向政治化概念化公式化泥淖之中,使之走入文学歧途!这实在是一种不高明的选择。

1932年4月,联共(布)中央做出了《关于改组文学艺术团体》的决议。"拉普"被取消。这以后,唯物辩证法的创作方法受到批判,社会主义现实主义创作原则与创作方法得以确立。这一以社会主义为思想特质的社会主义现实主义创作方法,很快译入中国,并产生了广泛影响。1933年9月,周扬根据全苏作家同盟组织委员会书记长吉尔波丁在该委员会第一次大会上的报告《苏联文学十五年》,译名为《十五年来的苏联文学》向左翼文艺界传递批判"唯物辩证法的创作方法"和提出"社会主义现实主义"新口号的信息。同年11月,周扬发表了《关于"社会主义的现实主义与革命的浪漫主义"——"唯物辩证法的创作方法"之否定》,较详细地评介了苏联文艺界对于"唯物辩证法的创作方法"的"清算"情况,论析了社会主义现实主义的特征,并认为提倡社会主义现实主义"无疑的是文学理论向更高的阶段的发展,我们应该从这里面学习许多新的东西"。此后,周扬和胡风等左翼文艺理论家便以社会主义现实主义理论为指导探讨左翼文学运动发展的新道路。并且,左翼文学运动摆脱困境,日益走向健康发展的道路。社会主义现实主义文学创作日益在中国新文学创作中起主导作用。

左翼文学时期,中国新文坛还形成了一个流派即新感觉派。这个流派也是吸收外国文学的影响而形成的。其中,主要吸收的也是日本新感觉派的影响。日本新感觉派存在于20世纪20年代后半期,以横光利一为中心。主张立体的描写和感觉的表现,融入"意识流"和新心理主义。与当时蓬勃兴起的日本无产阶级文学相抗衡。刘呐鸥、施蛰存、穆时英等人,完全吸收了日本新感觉派的影响,在中国新文坛上掀起了一股小小的新感觉派潮流。该派与日本的新感觉派稍有不同即不与左翼文学相对抗,而为无产阶级文学同路人。但由于该派成员在政治上分化较大,加之无产阶级文学运动的冲击,该派如昙花一现,很快消失。

三

抗战文学运动时期是中国新文学与外国文学第三次大交流的时期。在这一时期里，中外文学交流格局发生了重大变化，形成了新的特点与规律。

随着世界反法西斯战争统一战线的结成，世界反法西斯文学潮流澎湃于世界文坛。中国抗日战争是世界反法西斯战争的重要组成部分，发生发展于中国抗日战争时期的中国抗战文学自然是世界反法西斯文学的东方一翼。因此，这一时期在中外文学交流史上是世界各国尤其是苏、中、英、美等国文学相互交流、渗透、“为我所用”最为活跃的时期。中国大后方文学与世界反法西斯文学的交流，堪称这种活跃的集结点。显示出同一的价值取向和审美原则，那就是“增多激励与广为宣传”[①]，那就是反法西斯战争、争取民族民主解放斗争的胜利，那就是扬善抑恶，那就是积极健康、昂扬向上。中国新文学获得了世界话语权。

中国抗战文学与世界反法西斯文学的交流，以中国勃兴期的抗战文学和大后方文学对外交流的成就最大，特点最为鲜明。

中国抗战文学勃兴时期，整个世界文学尚未进入反法西斯文学阶段，但是已具有反法西斯文学的许多因素，已与被法西斯主义蹂躏的国家的抵抗运动与救亡文学发生联系。这集中体现在两个方面：一是对西班牙人民的反法西斯斗争及其战时文学运动的声援，二是对中国人民进行的抗日救亡运动及抗战文学运动的关注与支援。尤其是，中国抗战文学运动的勃兴及其登上世界文坛，更加重了世界文学的反法西斯性质。“文协”成立前，这种交流主要得力于在中国的外国文学家。抗战爆发后，一些外国文艺工作者以各国报刊记者身份来华，进行战地采访，火线抢拍战争镜头。比如，英国诗人奥登、小说家伊粟伍特就以英国新闻记录周报记者身份来华在津浦路段和江西新四军战地采访，并写诗《献给殉难的中国兵士》颂扬中国抗日军民的斗争精神，抒写抗战观感，还打算写一部关于中国抗战的专书在英国出版发行。新西兰女作家惠尔金笙来华了解中国抗战各个方面，她将所见所闻所感写成专文寄回欧洲发表。至于日本反

① 《中华全国文艺界抗敌协会宣言》，《文艺月刊》第9期，1938年4月1日。

战作家鹿地亘夫妇与美国作家史沫特莱等人,或在中国西北战地一面采访一面救护,或在逃避日本侦探的追捕与监视中同中国抗战文艺界合作从事抗战文学活动,就更是文坛佳话了。这些外国文艺家在中国的这些劳作,维系着中国抗战文学与世界人民及世界反法西斯文学的最初联系,使世界人民感知了中国人民的抗战信心与力量。

"文协"成立后,中国抗战文学与世界反法西斯文学的联系,开始有组织有计划地进行,出现了崭新的面貌。

首先,"文协"多次向全世界文化界和文艺界发布宣言与公开信,揭露日寇的侵华暴行,争取世界舆论的广泛同情与支持。随着上述组织机构与刊物的问世,一支由专业与业余文艺工作者组成的宣传兼文学翻译队伍形成了。这支队伍中的一些人,既是宣传家,又是翻译家,也是文艺批评家。"三家"系于一身,正是这支队伍的特点。其中,戈宝权、葛一虹、铁弦、任钧、林焕平、冯乃超、叶以群、刘盛亚、赵景深、季羡林、李健吾、方敬、冯亦代、徐仲年、胡仲持、马耳、王礼锡等是体现这一特点的这支队伍里的中坚力量。他们或偏重于苏联反法西斯文学作品的译介,或偏重于日本反法西斯文学作品的译介,或偏重于法国反法西斯文学作品的译介,或偏重于美国、英国反法西斯文学作品的译介,或偏重于世界进步文学名著的译介。正是这样的一支队伍,担负着中国大后方文学作品的"出国"和世界反法西斯文学作品及世界进步文学名著的"入国"双重任务。他们先后编选《中国抗战小说选》《中国抗战诗选》《中国抗战文艺选集》在英国、美国、匈牙利等国家出版发行。这些抗战文学——大后方文学作品在国外产生了广泛影响,得到了普遍好评。抗战戏剧的出国演出,也获得了赞誉。上海戏剧界救亡协会战时流动演剧二队和厦门儿童剧团于1940年从桂林出发,前往东南亚各国演出。他们先后演出了《保卫卢沟桥》《民族万岁》《台儿庄之春》《大地劫》和一些街头剧、活报剧。抗敌演剧五队于1944年赴缅演出,演出了《国家至上》《金玉满堂》《渡黄河》等剧目。他们的出国演出,使海外各国友好人士与侨胞,从这些戏剧作品中感受到了抗战中国血淋淋的现实生活、中国人民的抗敌精神和已取得的胜利。他们在演出过程中未遭遏阻、得到各国人民的支持与欢迎,这也表明了中外人民的思想与情感的相通,中国抗战文学在海外所发生的影响。世界优秀文学名著和世界反法西斯文学作品也大量译介入中国大后方文坛。抗战时期,共译介的外国文学作品达850余种之多。其中,有古希腊罗马时代的作品,有现代欧美作家作品,有现代亚非国家的作家作品,而且小说、诗歌、戏剧、报告文学等各类文体齐备,基本上囊括了古今世界文学名著,特别是囊括了世界反法西斯文学作品。这些译介作品,确实令人目不暇接,眼花缭乱。中国人民和世界人民正是通过这些译介的文学作品做媒介,交流了思想感情,加深了对于人类解放共同事业的认识,同时,也丰富和发展了各民族的文学创作。

第三,开展文艺批评,促使中外文学作品交流的健康发展。

抗战时期,民族矛盾、阶级矛盾以及思想意识、文艺理论领域内的矛盾斗争,尖锐激烈地进行着。这些矛盾斗争,以民族矛盾为主线交织着、联系着、发展着。这些矛盾斗争特点也在中外文学交流方面充分反映出来。为了促使中国抗战文学与世界反法西斯文学交流的健康发展,中国大后方文学界对于本国的"战国派"和外来的有害文学作品进行了批评。这两种批评,显示了中外文学交流过程中的上述矛盾斗争特点。

"战国派"作为一个独特的文化派别出现于中国大后方文坛并非偶然,它是民族矛盾与阶级矛盾在中国大后方文学运动中的反映,它所宣传的一些观点本身就具有法西斯主义色彩。对苏联与德国的态度,对第二次世界大战性质的认识,是"战国派"与大后方进步文学界矛盾斗争的焦点。"战国派"称第二次世界大战是我国古代"战国时代的重演",鼓吹德国法西斯侵略政策是强权政治与"超人"哲学的"强力"反映,肆意诋毁和攻击苏联在世界反法西斯战争中的重要地位与作用,抹杀侵略与反侵略、正义与非正义、人道与兽道的界限。它的一些主张与作品得到当局有关部门的支持,受到坚持抗日民主政治方向的进步文学界的批评,便是十分自然的。

抗战进步文学界对"战国派"的批评,主要采取两种方式进行。一方面是撰写论文,一方面是加强对苏联的宣传。茅盾和汉夫、欧阳凡海、胡绳、罗荪、秦似、李心清、孟超等文艺家纷纷撰写文章对"战国派"的主张和文学作品加以剖析。与此同时,《抗战文艺》《文艺阵地》《中苏文化》《文学月报》《野草》等刊物频出宣传苏联的文学专辑,大张旗鼓地宣扬苏联反法西斯斗争所取得的胜利。国际宣传委员会和中苏文协等组织还举办各种集会,扩大苏联在中国的政治影响,抨击德国法西斯在世界范围内挑起的侵略战争。这场批判,抨击中外法西斯思想意识在大后方文学领域内的影响,成为中国抗战文学与世界反法西斯文学交流过程中的一件大事。

所谓批评有害的文学作品,主要是指批评《不夜天》《蝴蝶梦》《魂兮归来》等作品。为着纯洁翻译文苑,清除精神污染,大后方进步文艺界对这些作品展开了及时的批评。以《新华日报》为首的一批进步报刊,发表了一系列措辞尖锐的批评文章,指出这批作品出现的背景和用心,以及情趣的下作和翻译技巧的拙劣。诸如念劬的《谈〈魂兮归来〉的原著》、田先的《评〈不夜天〉》、石怀池的《唯一特点就是离奇》、江竹的《技巧有时而穷》便是具有这一批判意义的代表文章。与此同时,大后方进步文艺工作者还对一批优秀的反法西斯的文学作品进行评论和向读者推荐。诸如李念群就写有《枫丹麦绿的奴隶们——〈意大利的脉搏〉读后感》、鲁嘉的《〈前线〉读后》、曹靖华的《西蒙诺夫的新剧〈望穿秋水〉》等文章,就起着这样的作用。

世界上各个国家民族文学的交流,总是以相互影响为指归的。中国新文学与外国文学的交流自然也是如此。关于中外文学的交流,日本石田干之助在《中西文化交流·绪言》中有过这样的评述,他说:"所谓'交流',是意识到西方文化群的某种东西,传入中国,对中国发生多少的影响,同时中国文化,流入西方文化群之中,在其面上遗留有几许擦痕。"30年中外文学的交流,充分表明了外国新文学意识与作品,深深地促使着中国新文学的发生发展,中国新文学在外国文学整体层面上也确实遗留了不少的"擦痕"。由单向逐步转为双向,由来而无往到有来有往,由一方影响另一方到相互影响,由带一定盲目性到高度自觉性,这便是30年来中国新文学与外国文学交流的基本走向。中国新文学与外国文学历经三次大交流,对各种外来文学思潮,犹如沙里淘金一样,不断筛选,自觉性愈来愈强,"为我所用"者愈来愈精粹。社会主义因素、现实主义——社会主义现实主义,正是在这种不断筛选中,日益增强而成为主流的。也正是在这种不断筛选中，现实主义、社会主义现实主义具有了民族化与开放性、包容性特色。在人类解放意识和反法西斯侵略战争意识的强化之下，中国抗战文学——大后方文学与世界反法西斯文学的交流达到了前所未有的广泛而深刻的程度，形成了大交流、大汇合的新格局。中外文学交流成熟了。

原载《大后方文学论稿》，西南师范大学出版社1994年12月

中国新文学与苏联、美国、英国、法国文学

这里主要说说中国新文学史上的抗战文学与世界反法西斯国家中的苏联、美国、英国、法国文学的交流。

一

卫国战争时期苏联文学与中国抗战文学的发展路径,大抵一致。战争开始时,苏联1000余位作家上了前线。他们最初把一大批短小精悍的作品,如短诗、短剧、中短篇小说以及政论、杂文等,奉献给卫国战争。卫国战争头两年,他们出版的中短篇小说就达200余部之多。随着卫国战争的持续推进和作家们对战争的感受、体验与认识日益加深,长篇作品相继问世,如长篇叙事诗、多幕剧、长篇小说、长篇报告文学等。戏剧工作者4.2万余人,组成400余个剧团,到部队、前线演出。这时的苏联文学的确成了真正的人民的艺术,传达出了人民英雄的声音。

苏联文学家们不仅为保卫祖国而战斗而创作,同时也以他们的行动与作品声援世界人民反法西斯斗争。中国新文学早在伊始年代里就开始接受

苏俄文学的影响和苏联作家的支持。中国新文学与苏联文学的关系一直十分密切。中国抗战全面爆发时,苏联文学界动员全苏作家声援中国抗战。一时间,仅来华的苏联作家与记者就达三四十人之多。他们到前线和后方采访,写成《中国人在抗战》等专书在苏联出版,让苏联人民与世界人民真实而形象地感受到血与火的中国。一些不能前来中国的苏联作家、诗人,对中国抗战也十分关注,不时地写出作品表达他们对中国人民的祝愿。83岁高龄的苏联著名诗人江布尔就写了《献给中国人民》一诗,抒发他对中国抗日民族解放战争的赞颂之情。同时,苏联文学界还大量译介中国作品。据统计,仅1937—1938年间,苏联就出版中国书籍47种,以苏联15个民族文字印行,总数150万册,意在帮助苏联人民了解中国,感知中国人民的抗战能力。苏联作家对中国抗战及抗战文学的支持,即使在苏德战争最紧张最激烈的时候,也不曾中断。比如,1942年12月2日,苏联作家爱伦堡在前线抗击德国法西斯入侵时,依然写信给戈宝权,请戈宝权“代问中国作家们,转致”他“热烈的兄弟般的敬礼”并称颂中国人民的英勇抗战“鼓舞了所有拥护自由的人们”[①]。在外国进步作家几乎都与中国抗战文学家中断了信函往来的时候,爱伦堡的这封信,自然是十分珍贵的,对中国抗战文学界而言,不啻是一种有力的鼓舞。苏联国内报刊,诸如《国际文学》《文学报》《青年卫队》《文艺鸟瞰》《十月》《旗帜》《文学评论》等依然提供版面发表中国抗战文学作品。特别是《国际文学》几次写信给中国作家征集中国抗战文学作品。该刊先后刊登过中国作家茅盾、老舍、胡风、郑振铎、欧阳山、沙汀以及诗人艾青的作品。苏联作家协会称他们“非常有兴趣和非常爱护地注视着伟大中国人民的文艺之辉煌的成长。中国的小说、诗歌、戏剧、新闻事业,都使我们发生兴趣”[②]。《文学报》也发表多篇文章,评价中国抗战文学作品。苏联评论家A.绥尔盖耶夫在《论中国抗战文艺》一文中,称赞中国抗战文学是服务于人民,服务于中国民族解放战争的文学。称赞中国作家、诗人、戏剧家反映了中国人民的英勇、坚决和自觉,反映了中国人民的希望及最后胜利的信心。1944年3月,苏联国家文艺书籍出版局出版罗果夫编选的《中国小说集》。罗果夫为塔斯社驻

---

① 《爱伦堡向中国作家致敬》,《新华日报》,1943年2月5日。

② 《苏联作家协会国外组副主席亚布莱丁先生致本刊编辑同人书》,《中苏文化》第13卷第3、4期合刊,1943年2月28日。

中国的记者,他与中国新文学界过从甚密,对中国新文学有一定研究,因此这本《中国小说集》更受苏联文学界与读者界的欢迎。这本《中国小说集》选有老舍的《在被占领的城市中》、张天翼的《华威先生》、姚雪垠的《差半车麦秸》和《红灯笼的故事》、端木蕻良的《风陵渡》、萧红的《莲花河》、司马文森的《栗色马》等。这本《中国小说集》在印制与装帧上,也极为精美。这本《中国小说集》在苏联一次就印行1万余册。这在当时客观物资条件极端匮乏的情况下,仍出版这样一本书足见苏联文学界对中国抗战文学的重视程度了。

中国抗战文学界与苏联文学界的交流,除了信函往来和协助苏联翻译家将中国抗战文学作品译成俄文送往苏联发表或出版以外,还偏重于苏联反法西斯文学作品与苏联文学理论的译介。

在译介文学作品方面,以小说和剧本成就最为显著。《不朽的人民》《虹》《宁死不屈》《日日夜夜》《青年近卫军》《保卫察里津》《彼得大帝一世》等长篇小说以及《前线》《侵略》《俄罗斯人》等多幕剧作,在中国影响最大。这些作品,写出了非常时期苏俄普通民众所表现出的非凡力量与崇高的爱国主义精神,因此,这些作品一问世便得到了苏联各界的普遍赞扬。这些作品先后获得斯大林文学奖,这些作品的作者也分别获得列宁勋章或劳动红旗勋章或荣誉勋章。这些作品也因其广泛的可接受性而在中国抗战文学界与读者界引起不同寻常的反响。这些作品由中国著名作家和翻译家翻译,而且甚至同时出了几种译本。比如格罗斯曼的《不朽的人民》就有文光书店出版的林陵的译本、文艺出版社出版的茅盾的译本、正风出版社出版的海观的译本,克涅楚克的《前线》也有新知版、时代版、延安版的聊伊、林陵、肖三的三种译本,戈尔巴托夫的《宁死不屈》、李昂诺夫的《侵略》也有两种译本。同时,戈宝权、铁弦、曹靖华、冯乃超等评论家还撰写文章,大加评介。曹靖华在《瓦希列夫斯卡娅和她的〈虹〉》一文中,称赞瓦希列夫斯卡娅的作品“在苏联文学和世界文学中成为辉煌的存在了”。她的作品“洋溢着生命和热情”。戈宝权在《伟大卫国战争中的苏联文学》一文中,系统评论了卫国战争时期苏联文学在各方面取得的“非凡成就”。有的剧本在重庆陪都等城市演出,有的小说改编成电影在重庆陪都等城市上映,更深受中国观众欢迎。

在译介苏联文学理论方面,最具延续性影响的是社会主义现实主义。20世纪30年代前半期,社会主义现实主义在苏联提出后,苏联文学界就此展开过广泛而深入的讨论。但是,这一文学理论在同一时期的中国左翼文坛却只是匆匆引入,其间虽有周扬与胡风关于这一理论中的典型问题的讨论,但未来得及深入一步研讨时,卢沟桥的炮声就响了,论争也就自然中止。1939年以后,国统区的重庆陪都文学界关于现实主义的几次讨论,实际是补课——是在苏联文学界关于社会主义现实主义继续讨论影响下的补课。1939年,卢卡奇的《论现实主义的历史》一书出版了。他在书中,把社会主义现实主义与文学史上各个阶段的现实主义等同起来,强调现实主义的"真实性"与"典型性"原则而忽视作家的世界观与作品的社会主义"倾向性"原则。这就在当时苏联文学界引起了一场新的讨论。国统区重庆陪都文学界十分重视苏联文学界的这次讨论,译介有代表性的讨论文章在重庆陪都报刊上发表。其中,斯大林的文学"真实观"与卢卡奇的文学"真实观"都深深地影响着重庆陪都的文学理论建设。国统区重庆陪都文学界提出的革命现实主义、革命浪漫主义等口号及其阐释文章,明显地接受了斯大林的社会主义现实主义"真实观"的影响。胡风的"主观论"更明显地受到了卢卡奇的社会主义现实主义"真实观"的影响,就连冯雪峰的长篇论文《论民主革命的文艺运动》也有卢卡奇理论影响的痕迹。

总之,中国抗战文学与苏联文学的交流是十分密切的,特别是苏联文学作品的译介方面"不论质与量,都可以说成绩是极大的"①。

二

中国抗战爆发后,美国文化界出现了援华浪潮。美国文学界的援华可以说处于这一浪潮的浪尖之上。首先,美国一批名作家如辛克莱、德莱赛等人一致反对美国政府实行的"中立"政策,指出:这是一种可耻而龌龊的行动,实质上起着怂恿日本侵华的作用;还热情洋溢地赞扬中国人民的抗日斗争精神②。同时,美国一批作家还创办刊物,撰写文章,声援中国抗战。《现代中国》《中国日报》《远东人》等刊物,就犹如一座座通往中国的桥梁,使中美两国文学家、两国人民

① 茅盾:《近年来介绍的外国文学——国际反法西斯文学的轮廓》,《文哨》第1卷第1期,1945年5月。

② 辛克莱:《给〈现代中国〉编者的一封信》,企程译,《新华日报》,1939年2月2日。

的心灵得以沟通。再则,美国一批作家先后来到中国,深入中国抗战的前线或后方,做实地采访,并写成作品在欧美出版。其中,约翰·根室、格兰姆·贝克、温台尔·威尔基、赛珍珠等作家及其作品具有一定的代表性。

以《欧洲内幕》一书名扬世界的美国作家约翰·根室,于1938年来到中国。他先后在重庆陪都与上海孤岛等地采访。他访问过中国各界要人和中下层人士以及在华的外国人士达1000余人次,查阅过有关中国及亚洲各国的政治、经济、军事、文化的书籍100余种。随后,他写成了《亚洲内幕》一书,对日本军国主义做了较深刻的剖析。这部著作在美国出版后,为欧美各界读者所重视,尤其为欧美政治家们所瞩目。以毕生精力研究中国的格兰姆·贝克,既是一位画家,又是一位记者与作家。他于1940年年初来到重庆,一直居住到1946年11月才返回美国。他在中国六年间,先后在重庆及桂林、宝鸡、成都等地工作与采访。他以自己的亲身感受写成一部专书《一个美国人看旧中国》。这部书出版后,得到了中国抗战文学界和美国文学评论界的称赞。温台尔·威尔基既是一位美国重要官员又是一位美国作家。他于1942年8月—1942年10月由美国到非洲、近东、苏联而后到中国。他在重庆陪都期间,会见了蒋介石和周恩来以及各界人士。他根据所得的材料和观感写成了一本专著《天下一家》。他在书中高度称赞中国抗战是人民的战争,人民必胜;批评国民党当局推行的片面抗战路线及包括重庆陪都在内的后方社会的弊端。该书于1943年在美国出版,轰动了世界,100余家报刊节录转载,被称为"战时必读书",销售量达100万余册,成为1943年美国"出版界的奇事"①。把中国称作"第二祖国"的美国作家赛珍珠,对中国一直十分关注。她的不少作品是描绘中国社会人生的。抗战时期,她写的反映中国抗战的作品,流品不一,高下有别。广播剧《中国的插话》,算是其中较好的一篇。她在作品中喊出了"中国需要我们,但我们也需要中国"的呼声,表达了"天下一家"一致反对法西斯侵略战争的强烈愿望。至于战前就来到中国的美国作家埃德加·斯诺及其夫人韦尔士女士和史沫特莱等人更是一面帮助中国抗战,一面创作反映中国抗战的作品。抗战开始后,斯诺仍然留在中国。为着研究对敌经济战略问题,他参加中国工业合作协会工作,往返于重庆陪都、香港、西北及前线阵地。他在中国各地发表演讲,鼓动中国人民的抗敌斗

① 《1943年的美国战时读物》,《震撼世界的书》,《半月文萃》第2卷第6期,1944年1月。

志。他把自己创作的反映中国抗战的作品寄往英国伦敦《每日先驱报》和美国《星期六邮报》上发表。他的一部描写世界大国在中日战争期间的角逐与较量，旨在说明胜利属于反法西斯的中国人民的报告文学作品《远东的明星》，在美国纽约《星期六邮报》连载后，引起了美国及世界各国人士对于远东问题的高度重视。他写的《为亚洲而战》也引起了同样的反响。韦尔士女士在抗战伊始时就只身由中国北方来到重庆陪都，她创作的两部报告文学作品《西行访问记》和《续西行漫记》在中国抗战文坛与世界反法西斯文坛都引起过强烈震动。中国评论家杨刚在《美国文艺的趋向》一文中，对这两部报告文学做了这样的论述："马可波罗总算在东方揭起了一重帘子，而斯诺及其夫人，六百年后的两位好奇人，就揭起第二重帘子。这又是一重富源的开辟。"这两部作品"始为人类发掘出来一片崭新的根由。死者将倚它而复活，未来将倚它而入世。在那积古以来尘坑古洞的西北，为人类辉耀着一种崭新的机能"。"七七"事变后，史沫特莱投笔从戎，先后在八路军、新四军战地做救护工作，后来到重庆、香港。她在中国创作出的反映中国抗战的报告作品集《打回老家去》（译名为《中国在反攻》）和回美国后创作出的《中国的战歌》，在美国出版后被公认为最佳的中国战地报告文学作品。她本人得到了中国人民和世界人民的极高赞誉。茅盾在《近年来介绍的外国文学》一文中，称她是一位"透彻到家的国际主义者"。《中国的战歌》一书，部分章节在当时重庆出版的刊物发表过，而全书是在她逝世35年后的1985年才译成中文在中国出版发行。

美国文艺界一部分作家来中国帮助中国抗战，在中国创作抗战文学作品，向世界宣传中国抗战，在中美文学交流史上留下了深深的印迹。与此同时，众多美国文艺家以信函方式征集中国抗战文学家写的中国抗战文学作品，以便在美国印行。美国作家协会曾两次来函，表示对中国的"最大同情"[①]，并预订《中国作家》全年。美国《辩证》杂志，转载中国作家马耳写的《中国文学20年》一文，帮助美国作家了解中国新文学历史及其现状。美国权威文学杂志《小说》来函要求推荐并代译中国抗战长篇小说，并声明须是"较宣传更丰富之材料的作品"[②]。中国抗战文学与美国文学的交流，以珍珠港事变为界碑前后有所变化。

① 见"文协"出版部《出版部报告》，《抗战文艺》第7卷第2、3期合刊，1941年3月。

② 见"文协"出版部《出版部报告》，《抗战文艺》第7卷第2、3期合刊，1941年3月。

这以前,主要是一批美国文学家来到中国,这之后,主要是一批美国文学作品译入中国。

珍珠港事变后,美国政府先后派出百万之师参加反法西斯侵略的战斗。美国不少反战作家亦做随军记者到欧、亚、非反法西侵略战争的前线,创作出了一批反映欧、亚、非国家战斗生活和美国国内生活的作品。译入中国的作品有小说、诗歌、剧本、报告文学,门类齐全。这些作品,有写战前社会生活的,有写战争中战斗生活的,有近距离透视反法西斯战争的,有远距离观照美国社会种种弊端的,内容丰富。其中,海明威和斯坦贝克这两位作家的作品在1943—l944年间的中国,如茅盾所说"是最出风头的"[①]。海明威先后参加两次世界大战。他之成为传奇人物,他之成为著名作家,是战争赋予的。他写的反映第一次世界大战的小说《战地春梦》是他成名的奠基之作,后由林疑今译,在中国出版发行。第二次世界大战前夕,他参加西班牙内战,随即写成反映西班牙内战的小说《战地钟声》,由谢庆尧译,在中国出版发行。1941年,他来到重庆陪都会见周恩来和宋庆龄,并在重庆陪都、成都等地采访。他写的关于战时中国的特写在《下午报》上共发表了七篇,其中对四川民众修筑成都双流机场做了如实的报道,并对中国人民的刚毅品格大加褒扬。美国参战后,他参加过地中海反潜战、盟军在诺曼底滩头登陆战、巴黎解放战等。他的描写美国社会中大量存在着的压迫与被压迫、剥削与被剥削事实的小说《人鼠之间》和《愤怒的葡萄》,震动了重庆陪都等城市广大中国读者的心弦。前者描写美国一家农场佣工生活的艰辛及其友爱,后者描写美国失去土地的农民的种种惨状。这两部小说在美国出版后轰动了美国读者界,译成中文后,也获得重庆陪都评论界的好评。铁弦、李念群、绯等人著文评介,认为:《人鼠之间》写出了美国穷人与富人之间的隔绝和冷漠,从而引起人们对美国现存社会制度的怀疑。并由此联想到重庆陪都的现实社会,意味深长地写道:"何年何月,我们的舞台才能演出这样的'冷'戏! 何年何月,人们才肯从这样的'冷'戏中去体会人与人之间的冷暖!"绯在《"愤怒的葡萄"》一文中,指出:这不仅在技巧上是一部很美的小说,同时它也反映了美国社会生活的阴暗与丑态以及争取未来的光明与幸福的力量。斯坦贝克也是一位反法西斯侵略战争的美国著名作家,他先后以美国《纽约先驱论坛报》和《时代》

① 茅盾:《近年来介绍的外国文学——国际反法西斯文学的轮廓》,《文哨》第1卷第1期,1945年5月。

杂志记者的身份到欧洲战场参加战斗和采访。他根据自己亲身经历写出的两部纪实性作品在美国文坛和中国抗战文坛都引起过强烈反响。这两部作品是小说《月亮下去了》与报告文学《攻欧登陆战纪实》。前者集中全力写欧洲某城市一位市长反希特勒占领的故事，表明"人民不会被征服"的，"即使失败了，也会打下去"！后者描述盟军在诺曼底滩头登陆。斯坦贝克参加了盟军诺曼底登陆战，这场战斗取得了扭转历史的辉煌业绩，是战争史上一个空前的伟大场面。描述这么一场战斗的报告文学作品于1944年9月在美国出版后，很快译入重庆陪都文坛。重庆陪都文学评论界对这部作品评价甚高，认为是记述第二战场之第一部佳作，内容翔实生动，文笔简洁轻松，可作历史来读。此外，美国作家马尔兹的《向东京前进》、海尔曼的《守望莱茵河》、阿尔贝特·威廉的《俄罗斯人、国家、人民，为何而战》等作品在重庆陪都等城市文坛都引起过不同程度的兴趣与反响。

三

在欧美各国援华运动中，英国文化文学界的援华活动开展得最早最好。"七七"事变后，英国文化文学界呼应英国工人提出的"援助中国，援助世界和平"号召而开展多种援华文化活动。其中，"左书会"是英国文化文学界援华的一个得力团体。该会有3万余名会员，100余个分支机构。该会在中国全面抗战爆发后的最初两年间，在英国举行过200余次演讲，向英国广大民众宣传中国抗战与英国的关系、中国抗战与世界和平的关系以及中国抗战必胜的原因所在。该会出版的《每月选读书》杂志，刊登过有关中国的文章和中国抗战文学作品，并要会员开读书研讨会，以期从文章和文学作品中来分析中国抗战、来把握中国抗战的意义。1938年，《每月选读书》出版"中国专号"，讨论中国抗战必胜和援华方法。"他们不是隔岸观火的态度来了解中国，而是像一个中国人来看中国问题一样，当作切身问题来讨论。"[①]一时间，英国文化文学界的其他文艺团体与刊物，也相继出版"中国专号"，中国政治与抗战文学都有专文评介。

与此同时，一批英国作家远涉重洋来到中国，成为中英两国人民心灵和两

① 王礼锡：《英国文化界的援华运动》，《抗战文艺》第3卷第8期，1939年2月。

国文学的直接沟通者。詹姆斯·罗芒·贝特兰是英国来华作家中最早的一个。1936年,他以英国《每日先驱报》特约通讯员身份来到中国。他的写作生涯在中国起步。他对“西安事变”周详采访和缜密分析后写成报告文学《中国的新生》。该书在英国出版后获得世界舆论界与政界的重视,中国评论家也认为这“是一部优秀的报告文学作品”[①]。“七七”事变后,他先后到过延安、重庆陪都、香港及沦陷区一些城市访问,先后写成《华北前线》《战争阴云》《回到中国》等作品,把中国人民的抗战精神与顽强意志迢迢暗递给英国和世界各国人民。以《泥脚的日本》而闻名于世的英国作家弗雷达·阿特丽于1938年来到中国。她身着淡蓝色的中国旗袍,以一个中国女性的打扮出现于中国抗战文坛。她表示要“代中国向世界说句公道话”,并坚信“中国必能复兴”“日本必须被打败”![②]她到过中国抗战前线,也到过国统区一些城市。她将获得的材料与感受写成《扬子前线》《日本在中国的赌博》等作品,爱憎与褒贬之情,了了分明。英国年轻而有名的现代派诗人奥登,1937年奔赴西班牙,支援西班牙人民反法西斯斗争。1938年,他以英国《新闻纪录周报》记者身份和小说家伊栗伍特一道来到中国。他在中国的四个月时间,到过前线和国统区与中国抗战文学界、中国民众以及中国上层人士有所接触。他在中国作的《献给殉难的中国士兵》一诗,以洋溢的激情,颂扬中国抗日士兵的坚韧精神和牺牲的意义,表达欧美文化人士的仰慕之情。他写的短篇作品汇集为《到战争去的行程》在英国出版后,广为流传。回国后,他还与伊栗伍特联名写信给中国抗战文学界,表达他们的“祈求”:“永远不要灰心,继续战斗到最后胜利获得为止。”[③]何登夫人也是英国文学界的著名记者与作家。她以英国《前驱日报》记者身份来到中国。她在国统区的重庆陪都及昆明等地,一边采访,一边演讲,激励中国民众的抗战情绪。她还作《贺双十节诗》,表达她对中国抗战的切身感受与衷心祝愿。

第二次世界大战爆发后,德国法西斯把战火烧到了英国领土。英国文学界大部分作家在国内与民众一道奋起反抗,不少作家还随同英军到欧亚非战场,从事新闻报道与文学作品创作。因此,这以后,中国抗战文学和与英国文学的

① 林淡秋:《〈中国的新生〉译序》,文缘出版社1939年版,第9页。

② 记者:《阿特丽女士欢迎小记》,《抗战文艺》第2卷第4期,1938年8月。

③ 王礼锡:《英国诗人向中国人民致敬》,《抗战文艺》第4卷第5、6期合刊,1939年10月。

交流，就偏重在作品的译介方面了。英国反法西斯文学作品译介入中国而又产生较大影响的要数格林伍德的长篇小说《和平时期和战争时期的朋丁先生》以及普里斯特莱的长篇小说《格雷特里的灯火管制》[①]。这两部小说反映的都是大战期间，英国国内的社会人生相。前者写一个普通家庭即朋丁一家对战争认识的变化，透视英国社会人心状态：始而以为在海那边进行的战争与己无关；继而遭受德军大轰炸，逐渐认清战争的本质；终而，参加义勇防空团，抗击德军入侵。这实际上映现出战争期间英国民众心理流程的"三部曲"。后者写英国民众所面临的艰巨战斗任务：不仅要在前线与希特勒军队战斗，还要在后方同德国间谍及其附从者斗争，歌颂英国人民自觉的爱国主义意识。

中国抗战文学与英国反法西斯文学交流过程中，还对英国现代派作家作品予以译介。这种译介，在作品内容上批评多而肯定作品艺术性甚少。比如对劳伦斯和伍尔芙夫人及其作品的译介就是一例。劳伦斯及其小说，在东西方评论界都是有争议的。他深受弗洛伊德心理分析学说的影响。他从人的本能来观察与思考人与社会、人与人的关系。他在文学作品中从事社会批评与心理学探讨。《虹》《儿子与情人》《恋爱中的女人》《查特莱夫人的情人》便是他的重要作品。中国抗战文学界翻译他的小说《虹》。1943年9月22日，重庆陪都的《新华日报》发表署名纽兰的评论文章《谈劳伦斯的〈虹〉》。文章具体论析小说男女主人公形象之后，严肃指出："现实不是虹，现实是必须正视的现实，只有积极的战斗的态度，才是我们的生活态度，无论何种逃避总归是通到毁灭的逃避！"很显然，这是批评小说所流露出的思想倾向。英国另一位现代主义文学批评家、作家伍尔芙夫人在英国遭受德国飞机轰炸期间，不堪忍受那种恐怖的生活于1941年3月28日投泰晤士河而谢世。1943年，重庆陪都评论界的陈尧光作《伍尔芙夫人》、吴景荣作《伍尔芙夫人的岁月》等专文系统地评析其人其文，都指出并批评她的悲观绝望心理与作品中的悲观主义色彩。

法国文学界喊出反法西斯的呼声，在欧美各国文学界中算是最早的。1928年，罗曼·罗兰就振臂高呼："我们最紧急的一件任务，便是团结起来，打倒法西斯蒂！"[②]从此开始，法国文学界致力于反法西斯斗争活动。中国"七七"

① "朋丁"又译为"班丁"！"普里斯特莱"又译为"泼列斯莱"。

② 焦菊隐：《战时法国文艺动态》，《文哨》第1卷第2期，1945年7月。

事变后,法国文学界配合法国政界开展有力的援华活动。日本飞机轰炸广州的消息传到法国后,法国的中国人民之友协会与各党团各议员联名向日本提出抗议。仅中国人民之友协会的成员就在法国演讲300余次,散发传单20余万份。法国一批报刊如《中国》《法国人道报》《新欧罗巴》《法国十字报》《现代评论》等对中国抗战表示出极大的热情与格外的关注,发表多篇有关中国抗战的文章与文学作品。

1940年6月,法国的大半领土被德国法西斯占领后,中法文学交流便以评介文学作品的方式得以实现。具有反法西斯传统的法国文学家们,从德国进攻法国之日起,就以“剑”和笔为武器进行反抗斗争。一批存在主义作家如萨特、加缪等人,也在战争期间为保卫祖国而战斗而创作。为中国读者所熟悉的阿拉贡、马尔罗、罗曼·罗兰等人,便是战争期间反法西斯斗争的作家之代表。阿拉贡在德国进攻法国之初,手拿钢枪参加战斗,并荣获军功勋章;德国攻占法国后,他于1942年年初,组织并领导法国作家协会,编辑会刊《法兰西文学》,为把留在国内的法国作家组织起来结成强大的反法西斯文学营垒做了大量工作。同时,他还创作了不少作品,比如诗集《断肠集》《在我的国家就像在外国》《法兰西的晓角》。这些诗集中的诗歌,大都抒写了法国人民的苦难和诗人对祖国与人民的热爱之情。重庆陪都《新华日报》和《时与潮文艺》等有影响的报刊,先后发表了他的诗歌和评介文章。孙晋三在《照火楼月记》中,称赞他是法国抵抗活动里最活跃的诗人。马尔罗先参加西班牙反法西斯战争,后回国投笔从戎。他在战争初期的一次战斗中被俘,随即逃离法西斯占领者的囚牢。他曾一度消沉。1943年后,他又奋起反抗并参加戴高乐领导的“战斗法国”运动。他不仅在反法西斯战场上洒下了血汗,而且在反法西斯文坛上也留下了深深的足迹。他先后发表了《人的希望》《阿尔登堡的胡桃树》《夏特尔营》等作品。他早在20世纪20年代中期就与中国人民、中国新文学结下了不解之缘。《人类的命运》就是他参加中国第一次国内战争之后以1927年3月上海工人武装起义为题材写的小说。《人的希望》是他参加西班牙战斗之后写的纪实性小说,1938年由戴望舒译介入中国文坛。他在反德国法西斯占领过程中写的作品,孙晋三在《照火楼月记》中进行了评介,并称他为法国地下军里最著名的作家。74岁高龄的老作家罗曼·罗兰在法国被占领期间,为自己不能直接参加抵抗运动而苦恼。但他在隐居乡村期间，仍以创作作品求得与抵抗运动的心灵相通。罗曼·罗兰及其作品，一直为中国人民所喜爱。早在20世纪20年代，他的小说就译入中国，《约翰·克利斯朵夫》一时间成为中国出版界的畅销书。战时，中国抗战文学界先后译介他的自传体小说《内心旅程》的一部分以及《七月十四》《狼群》《爱与死的搏斗》和传记文学《贝多芬传》等。1944年12月30日，罗曼·罗兰逝世。重庆陪都等城市的文学界以多种形式表达哀悼之情。1945年1月—3月，《新华日报》等报刊或发追悼文章或出追悼特刊。中国抗战文艺界召开隆重的追悼大会，郭沫若、胡风、洪深、戈宝权、王亚平等人及"文协"总会先后发表文章或挽词，以悼念和评介这位杰出的文学家。"文协"总会号召中国抗战文艺家们要像罗曼·罗兰那样把自己的根深深插进黑土里面去，从人民大众中吸收充分营养，再从黑土里生长出来。郭沫若在挽词中，颂扬罗曼·罗兰"永远是法兰西之光，人类之光，和平之光"。法国被占领期间，法国子夜出版社历尽艰险出版了一套30余卷的大型丛书——"子夜丛书"。正如其出版声明中所说：出版这套丛书，意在宣传反法西斯统治和保持人的精神上的纯洁。这套丛书及其中的《海的沉默》等小说，为中国抗战文学翻译家所重视，并向中国读者推荐。

中国抗战文学界与印度、新加坡、马来西亚、缅甸、泰国等东南亚国家文学界，亦过从甚密。这些国家的文学界先后派出文艺团体和记者到中国访问，支援中国抗战。中国抗战文学界亦多次派出作家和话剧团队到这些国家宣传演出。特别是郁达夫等中国抗战文学家，在这些国家华侨中组建抗战文学团体、创办抗战文学刊物、创作抗战文学作品，为中国抗战文学与这些国家文学的交流做出了重要贡献。

原载《中国现代文学研究丛刊》1995年第3期，原题目为《抗战文学与世界文学的交往》

中国新文学与日本、德国、意大利文学

如果说,和平时期对外文学交流还有一定的弹性与模糊性的话,那么战争时期对外文学交流就要单纯而明朗得多了,甚而只能是认同或排击的背反性价值取向。因为战争说到底是两种文化的搏斗。中国抗日战争和第二次世界大战,实质上是世界反法西斯文化与世界法西斯文化的对抗。前面我说的抗战文学与世界反法西斯国家文学的交流概况,可以看出是整体性的认同。这里,我换一个方位考察和言说抗战文学与日本、德国、意大利等法西斯国家文学的交流,以便充分反映出抗战文学对外文学交流中具有的认同性与排击性,即认同日、德、意等法西斯国家的反法西斯文学而排击其法西斯文学,由此也利于探寻这种认同与排击对于促进这些国家反法西斯文学运动的发展而使之成为世界反法西斯文学战线的前哨所起的作用。

一

日本明治维新以后,其文化逐渐形成两个对立的系列。一是法西斯文化系列。19世纪末,高山樗牛的《日本主义》《我国体与新版图》和《明治思想之变迁》等书，奠定了日本法西斯文化的根基；20世纪二三十年代，大川周明的《日本文明史》和《日本二千六百年史》以及北一辉的《日本改造法大纲》等书，则使日本法西斯体系化与法典化。其核心内容不外是帝国主义思想、武士道精神和崇拜天皇意识的“三合一”。这一文化为日本法西斯逐渐取得政权及其对内镇压与对外扩张提供了理论依据。二是进步文化系列。先是欧洲文艺复兴时期及以后的进步文化传入日本，后是世界无产阶级文化传入日本。这些进步文化给法西斯文化以巨大冲击，特别是20世纪二三十年代形成的日本无产阶级文化运动，声势浩大，几乎执掌日本文坛一时之牛耳。日本无产阶级文化同盟等团体、《反对战争的战争》等作品集以及小林多喜二等一批作家，给日本文坛确实带来过短暂的春天。日本军国主义为着进一步对外发动侵略战争，在20世纪30年代前半期对日本进步文化进行了三次大围剿：先后出动军警镇压日本无产阶级文化同盟，逮捕进步文艺家400余人；发动泷川事件，逮捕大批教育界“赤化教员”；召开“文艺座谈会”，控制了整个日本文坛。在日本军国主义的高压之下，日本进步文化界“万花纷谢”，一时间呈现出这么一种状态：妥协退让，变节投降，消极回避，绝望自杀。当然，即使在这样一种险恶境遇里，仍有宫本百合子、久保荣、中野重治、金子光晴等作家，不顾个人安危，文艺家特有的艺术良知仍坚定不移，继续创作小说、诗歌、剧本、散文及文艺评论文章，表达对日本法西斯统治的不满和对和平生活的向往。但是，就其总倾向来说，到“七七”事变之后，“日本文坛便变成了法西斯作家独占的天下”[①]。

战时，日本法西斯文学队伍大抵由这么三部分人组成：一是原有的法西斯文人，二是变节投降文人，三是新近法西斯文人。这些文人在日本军部指挥之下，为日本帝国主义发动大规模侵华战争起了推波助澜的作用。他们先后组建成诸如大陆文艺恳谈会、海洋文学协会等文艺团体，大力提倡大陆文学、海洋文学；他们主办诸如《文学界》等文艺刊物，发表颂扬武士道精神之类的作品。这里，我要特别说的是开赴侵华战场的“文坛从军部队”“笔部队”与“大陆部队”，以及中国抗战文学界对此的猛烈抨击。

1938年9月，日本侵略军进攻武汉时，由日本内阁情报部主催，海军省与陆

① 任钧：《略谈中日战争爆发以来的日本文坛》，《抗战文艺》第7卷第4、5期合刊，1941年11月10日。

军省发动,在日本文化界挑选了22名作家组成“文坛从军部队”,赴华参观所谓“汉口大攻略战”。以菊池宽为领班,成员有佐藤春夫、丹羽文雄、浅野晃、片冈铁兵、左屋信子等人。赴华之前,日本军部还特地为他们拟订了“从军文艺家行动计划表”,规定其“目的——主要是向一般国民报道在武汉攻略战过程中陆军部队将士的奋勇战斗及劳苦真相,并报道占领地区的建设状况,以促国民之奋起紧张,以资对华问题之根本解决”[①]。这批文人返回日本后,由陆海军文坛部队、内阁情报部共同主持座谈会,议题为“从身边琐事变为着眼于大陆,从东洋百年大计出发,发动新的文学革新运动,以期文学、戏剧之大转换”[②]。也就是把整个日本文学纳入法西斯战争轨道,所有文学家成为日本法西斯发动的侵略战争的号筒与喇叭。在这前后,日本军部还组织过类似的赴华文人团队。于是,“战场文学”“大陆文学”——法西斯文学充斥日本文坛。作为“战场文学最高峰”与“战场文学最大收获”的是火野苇平及其“士兵三部曲”。火野苇平本名玉井胜则,1937年入伍,后做伍长。他虔诚于日本武士道精神,直接参加侵华战争,屠杀中国人民,后转入日本军部报道部从事侵华战争的宣传报道。他先后写了《麦子与士兵》《泥土与士兵》《花与士兵》的纪实性“士兵三部曲”。在这三部曲中,他竭力颂扬“皇军”的“忠勇与伟业”,而深得日本军部的赏识。仅《麦子与士兵》在《改造》杂志上发表后,又经日本官方修改了27处,出版单行本,销量达120万册。“日本举国上下,异口同声,说他是等于写‘赛代斯脱堡尔’的托尔斯泰,是日本这一侵略战争所产生的最大的文学家。”[③]在日本军部策动的“战场文学”“大陆文学”中,也还有在客观上起着暴露日本侵略军绝灭人性的残暴行径的作品,那就是石川达三的《未死的兵》。石川达三怀着暗淡心理,用忠实于血淋淋的现实的笔触,写了深受日本武士道精神教化的一群日本侵华士兵,在中国京沪线上的残暴罪行。他们每个人凭着一支枪、一把刀,干着肆意屠杀中国手无寸铁的民众的竞赛、奸淫中国妇女的竞赛、抢掠中国财物的竞赛。这群禽兽不如的士兵,将抱着母亲尸体的中国少女轮奸之后杀死,活剥女人的皮,把女尸的腹部当枕头……这部纪实性作品在日本《中央公论》发表后,很快被禁止

① 任钧:《略谈中日战争爆发以来的日本文坛》,《抗战文艺》第7卷第4、5期合刊,1941年11月10日。

② 林焕平:《论1938年的日本文学界》,《文艺阵地》第2卷第12期,1939年4月1日。

③ 郁达夫:《日本的侵略战争与作家》,《星洲日报·半月刊》第16期,1939年2月15日。

出版发行，同时查封《中央公论》，判处石川达三半年徒刑。

战时，日本法西斯文化恶浪确实甚嚣尘上，反法西斯进步文化也确实销声匿迹了。然而，日本一些作家却冲破了日本军部的重重阻挠，远走异国他乡，继续从事反法西斯文化活动。鹿地亘是他们中的杰出代表。鹿地亘是20世纪30年代日本无产阶级文学家。他因从事反法西斯文学活动而遭到日本军部的逮捕。出狱后他来到了中国。从此，他在中国同中国抗战文学界一道，开展了多种多样的反战工作。他组建了在华日人反战同盟会，带领同人或到日本战俘营做转化工作，或到前线宣传广播。他常常参加中国抗战文学界主持的文学研讨会，发表有关抗战文学走向的意见。他创作文学作品，表达中日两国人民反战的共同意愿。他的夫人池田幸子和另一位日本反战作家绿川英子，都在中国抗战文坛上留下了深深的足迹。

中日近现代文化的交流，是从19世纪末先进的中国知识分子向西方寻找救国救民真理之时开始的。鲁迅、郭沫若等一批又一批的中国留日学生，“读西洋书，受东洋气”，以日本为中介把欧美多种文化思潮及文学作品传入中国。特别是后期创造社和太阳社的同人们，把马克思主义和无产阶级革命文学从日本引入中国，促进了中国近现代文化的发展。

中国抗战文学对日本文学的交流，主要体现为对日本军部的“战场文学”的批判和对鹿地亘为代表的反战文学的支持与认同。当日本“战场文学”出现之时，中国抗战文学家任钧、郁达夫、林焕平、以群、巴人、张十方、沙雁等人纷纷撰写文章，予以抨击。巴人在《关于〈麦子与士兵〉》一文中，尖锐地指出：这种“战场文学”是日本军部的“精神动员工具”，是“替日本帝国主义洗刷耻辱与罪行”，是“为侵略辩护与说教的‘侵略经’”。表明日本文学已被“日本军阀”“抛进了可悲的末运”[①]。尤其是通过对《未死的兵》的剖析，更猛烈地排击着日本法西斯文化。《未死的兵》日文出版后，中国翻译家夏衍、张十方等先后抢译成中文出版发行。冯雪峰、欧阳山、林林等国统区文学家著文评论。他们着重挖掘这部作品潜在的暴露日本帝国主义发动侵略战争的目的和日本士兵“原始兽性”的主观内在性。冯雪峰在《令人战栗的性格》一文中，从文化学视角指出：《未死的兵》表明日本法西斯主义在毁灭着人性，毁灭着人类伟大文化在日本投下的那还单

① 林焕平：《日本文学的末运》，《文艺阵地》第2卷第6期，1939年1月1日。

薄的影响,说明资产阶级文化的毒液和废料,在日本似乎很丰富,说明日本民族文化的危机。作品所写的这群士兵大都是受过较高教育的所谓文明的日本国民的优秀分子。他们那卑劣性格的特点在于他们在这种非人的残杀和非人的奸淫的实践上,找到了对于侵略战争的肯定,求得个人对于侵略战争的服服帖帖的一致。

以鹿地亘为代表的日本反战作家在华活动,以及中国抗战文学界对他们的接纳与支持,成为战时中日两国文学交流过程中的一件盛事。全面抗战爆发后,鹿地亘由上海而香港而武汉而桂林而重庆。他每到一地都得到了中国文学界的欢迎。他以自己的行动与作品,汇入中国抗战文学洪流。1940年5月8日,鹿地亘率领在华日人反战同盟西南支部巡回工作团到达重庆陪都,受到文化文学界两千余人的热烈欢迎。翌日,《新华日报》发表社论《欢迎日本反战工作团》,指出:在华日人反战同盟的工作,事实上证明中日两国人民已经携起手来为反对侵略而斗争!并对他们的有效工作表示赞赏与敬意。鹿地亘著、夏衍译的三幕剧《三兄弟》从1940年6月5日起,在桂林、重庆等城市公演数日,观众踊跃,获得一致好评。《新华日报》《国民公报》等报刊特出"《三兄弟》公演专刊"。《新华日报》在"编者介绍"中,对《三兄弟》的思想意义做了高度概括,认为该剧"是目前日本人民大众在战神铁蹄下所过血泪生活的写真","它将增进中日两国人民战斗的联合,并且以共同的力量迅速来消灭日本军阀财阀们的血腥统治"。鹿地亘的长篇日记体报告文学作品《我们七个人》,由文学家沈起予翻译,1943年6月由作家书屋出版发行,引起读者界的重视。1941年1月以后,鹿地亘等日本在华作家在"文化工作委员会"领导下,主要在重庆郊区赖家桥继续坚持反战工作与抗战文学创作。1943年7月,鹿地亘的论文集《日本当前之危机》,由国民图书出版社出版发行;他的又一部长篇书信体报告文学作品《寄自火线上的信》,由张令澳翻译,五十年代出版社出版发行。1944年1月9日,《新华日报》针对鹿地亘等在华日人反战作家在国统区大后方的艰难处境发表社论《援助在华反战日人》。社论表示支持鹿地亘关于建立"日本民族解放委员会"的要求,并大声疾呼:应该援助在华反战日人!1945年9月14日,毛泽东在重庆陪都谈判期间接见了鹿地亘等在华反战日本作家。这对鹿地亘自然是一件莫大的幸事。被称为“走在火焰上的女人”的绿川英子，在抗战爆发前夕来到中国，参加中国抗日民族解放战争。她一面从事对日广播，一面为《中国怒吼》《新华日报》《抗战文艺》等报刊撰写作品，为反对日本帝国主义的侵华战争，奉献出了她的精力与心血。《在战斗的中国》《暴风雨中的细语》《心直的人》便是她的作品结集。她的这些作品在国统区出版后，受到评论界的重视。大概正因为中国抗战文学与日本反战文学有着这样的情深意笃的交流，鹿地亘于1946年2月17日回国前夕在答谢会上还再三表示“回国后仍要与中国文化界取得更多联系，一定要继续做消除法西斯文化工作”。

二

法西斯主义在德国达到登峰造极的地步犹如法西斯主义在日本泛滥一样，除了有其社会历史与政治经济的原因外，还有其深广的文化背景与文学渊源。德国法西斯主义文化，大抵包括三种成分：尼采的超人哲学，施本格勒的历史学观点，民众的奴性。希特勒以他的智慧与手段运用这一法西斯文化而由一个下士登上总理宝座。他对德国现存文化中凡有碍于其法西斯统治的文化，实行一次次大扫荡。一些法西斯文人也对进步文化极端仇视。希特勒上台后，德国的2000多位科学家、教授与500多位作家，或被解职，或被关进法西斯集中营。到20世纪30年代末期，“纳粹德国已经没有文艺”[①]。当然是说没有反法西斯文化文艺了。

但是，德国进步文化在德国法西斯文化蔓延与独霸文坛过程中，依然生长着发展着。德国先后出现过独领世界文学风骚的文学潮流与文学大家。希特勒上台后，有200多位作家逃离德国，直接汇入世界反法西斯文化行列。他们先赴西班牙，帮助西班牙人民进行反法西斯斗争，后或在苏联或在美国或在别的欧美国家定居，继续从事反法西斯斗争。

中德两国近现代文学的交流，也是始于先进的中国知识分子向西方寻求救国救民之道的19世纪末和20世纪初。鲁迅、郭沫若等一批又一批中国知识分子为着发展中国新文化新文学，或间接或直接从德国现代哲学与现代文学中汲

---

① 刘盛亚：《德国文艺近况鸟瞰》，《文艺阵地》第1卷第6期，1938年7月。

取营养。战时,中国抗战文学与德国文学的交流,集中于德国反法西斯文学的评介方面。

中国抗战文学界译介的德国反法西斯文学作品,就题材而言,有现实的,有历史的。自然以现实题材作品的译介成就最为显著。1937年,流亡在异国他乡的德国进步作家,推出作品85部之多。这些新近作品的内容,多为针砭希特勒统治下的德国的时弊与希特勒的种种暴行。这些作品中,译介入中国最早的有列普曼的《地下火》和谟嘉德·李登夫人的《谁无儿女》。列普曼是一位在艰苦生活环境中成长起来的"富而好仁"的反法西斯战士与反法西斯作家。他是一个孤儿,到过美国谋生,做过花匠、饭店侍役、煤炭工人,后来在一家银行当差而逐渐发迹。他从事哲学与心理学研究。希特勒上台后,他帮助德国反希特勒的民众建立地下组织,提供活动资金。他也因此而遭逮捕,后越狱逃亡。这部《地下火》便是他根据自己所经所历所见所闻所感而写成的。这部作品由中国翻译家朱雯译成中文,进入国统区大后方文学界。中国评论界对这部作品十分重视,孙晦、伊冈等人先后著文对其大加称赞。孙晦在《"地下火"》一文中,认为"这是一本伟大的书",这是"一本震动世界的报告文学巨著",全书"暴露了希特勒的专横、法西斯的疯狂,而同时又描写到反法西斯同志们的英勇奋斗和艰苦抗争的事迹";"人物事件,表现得生龙活虎,紧张动人"。伊冈在《希特勒上台的时候——读〈地下火〉》一文中,认为这部作品描绘出了德国民众的真实心态:未被征服的心,就如一团烈火在地下燃烧。李登夫人与德国许许多多母亲一样,慈祥而又无畏。她的报告文学作品《谁无儿女》就是她描述儿子李登在希特勒牢狱里的言行及为其奔走营救的经过。作品中的李登(主人公)是一位律师,为人正直而极富同情心,热爱自由,憎恶法西斯。他被纳粹关进集中营后,遭受种种酷刑的折磨,最后被处死。作品中的李登形象在艺术内涵上成为现实生活中千百万遭受纳粹迫害而至死不屈的反法西斯战士的典型。这部作品由蓝雯译入中国后,受到中国读者界与评论界的青睐。紫默在《"谁无儿女"》一文中,认为这部作品是同类型作品中"杰出的一部",值得中国读者一读。国统区文学评论界于1943年对这两部作品加以再评论,把它们又一次推在读者面前,其意义就如《新华日报》"编者按"指出的:"现在希特勒已快要下台,而全世界法西斯势力还在挣扎着的时候,重温一下希特勒上台时候的历史,也还是有意义的事。"

德国流亡作家，无论是在西班牙战争中，还是后来定居于苏联或美国或瑞士期间，其创作都十分丰富。其中，为国统区文学界所译介的主要有托马斯·曼、亨利希·曼、布莱希特、凯塞和贝歇尔等作家作品。

托马斯·曼是一位蜚声世界文坛的作家，1929年荣获诺贝尔文学奖。希特勒上台后，他被迫离开德国，辗转到达美国以后，从事反法西斯斗争活动和文学创作。1943年，德国纳粹"国会纵火案"十周年之际，他应邀在美国国会图书馆做演讲，揭露法西斯主义对共产主义的恐惧。他说道："我认为，没有一个人会怀疑我是一位共产主义的拥护者。然而我却不能不看到资产阶级世界在'共产主义'一词面前表现出来的那种恐惧，法西斯主义正是在这一恐惧上支持得如此长久的，这是我们时代一种何等的迷信、何等的不成熟和主要的愚蠢。"他还强调文化与政治的密切关系。他说："文化回避政治是一种迷失方向，一种自我欺骗，要想离开政治是不可能的。"同年，他写成了《约瑟和他的兄弟们》等小说。亨利希·曼也是一位德国的著名作家。他逃离希特勒的魔爪之后，一直定居美国。他除了写作历史题材小说之外，还写成了《呼吸》和《观察一个时代》等现实题材小说及自传体小说。中国抗战文学界对这两位德国流亡作家及其作品，十分关注，不时著文评介。茅盾在《近年来介绍的外国文学》一文中，称赞他们是德国文坛上的"一代的大师"，为欧洲反法西斯文学贡献了"心力"。布莱希特也是举世瞩目的戏剧家。他逃离纳粹统治之后，投入反法西斯文学行列。他对西班牙反法西斯战斗深表同情，由此而创作出了剧本《特蕾莎·卡拉的步枪》，表达他对当时社会人生的一种哲理性思考：只有战斗才能生存。他在美国定居期间，创作出了众多而有世界影响的剧本。他的《西蒙娜之梦》和《第二次世界大战中的帅克》等剧本，都以生动的戏剧冲突、戏剧场面、戏剧人物，抨击法西斯主义。他那部至今还在中国话剧界富有影响力的《四川一好人》，就是那时创作而成的。世界反法西斯战争把他推进了生活旋涡之中，他把握住了现实为他提供的创作机遇，因而力作频频推出，构成他创作道路上的高峰期。德国另一位著名小说家与戏剧家凯塞，被希特勒逐出普鲁士艺术学院之后而避难于瑞士。他创作的《从朝到晚》和《加莱的市民》等作品，最为人们所喜爱。1945年6月逝世时，国统区文学界发表文章，哀悼这位杰出的表现派艺术家，并向中国读者推荐他的作品。贝歇尔流亡到苏联之后，和众多的苏联文艺家一道，握笔从戎，用钢枪消灭德国侵略军,用笔杆创作作品激励反法西斯战士的士气。他先后完成了《冬天的战役》和《元首肖像》等剧本的写作,他先后出版了诗集《德国在召唤》和《感谢斯大林格勒》。中国抗战文艺家茅盾等人通过译笔,把贝歇尔及其作品引入中国国统区文苑。

三

被法西斯党徒吹捧为“文化巨匠”的墨索里尼,在意大利建立法西斯专政政权之后,采取一系列强制性措施迫使文化与法西斯主义相结合。意大利一部分知识分子亦追随其间,发表《法西斯知识分子宣言》,一些未来主义文艺家也随声附和,公开声称服从墨索里尼的旨意。文化成了意大利法西斯国家与墨索里尼的重要工具。大战期间,意大利文坛充斥着“黑衫文学”。具有世界进步文化传统的意大利现代文化在法西斯文化滋生过程中,涌现出了一批反法西斯文化战士与文艺家。早在意大利法西斯主义与文化结盟时期,著名哲学家与历史学家克罗齐和法学家、政治家爱因奥迪等文化名流就针对《法西斯知识分子宣言》发表了《反法西斯知识分子宣言》,在世界现代文化史上第一次发出了“法西斯主义与文化水火不容”的怒吼声,提出了捍卫文化的自由主义原则。第二次世界大战爆发后,留在意大利国内的文艺家们诸如维多里尼、英拉维亚、普拉托里尼等人,不畏强暴,坚持写作,抒写意大利民众和作家本人反法西斯的心声。流亡到异国他乡的意大利作家诸如西龙尼等人,更是勤于笔耕,创作出了具有世界影响的作品。

中国新文学界从五四新文学运动开始就译介意大利文艺复兴时期及其以后的文艺理论著作与文学名著。意大利的多种文学思潮先后进入中国新文坛。战时,中国抗战文学与意大利文学交流,呈现出两种走向,即批判性地介绍其法西斯文学,赞扬性地评介其反法西斯文学。

黄峰在《意大利的黑衫文学》长文中,较为详细地剖析了意大利法西斯文学的状貌。他首先指出:意大利的法西斯文学是意大利法西斯国家的产物。它与所有法西斯文学一样,“只有独裁,而没有民众,更没有作家”。它每年虽有1000部作品出版,但实际上是一担一担供出卖的废纸。其次,他着重评述意大利“黑衫文学”与“战争文学”的本质特征即宣扬战争与独裁。事实上也是如此。那首《黑衫之歌》便是明证。诗中公开呼唤“诗人、艺术家、教师、农民”都要“受墨索里尼的训练”，都要“效忠于墨索里尼”，“准备在明天作战”；否则“一切打入地狱”！那些高喊描写法西斯统治下的意大利农村是“快乐的农村和快乐的农民”以及“安分守己，信任国家，跟祖国协调合作的工人”的作品，自然也属典型的法西斯文学。这些批判性的评介文字，让中国读者了解了大战期间意大利法西斯文学之一斑。

茅盾、李念祥、风耶华等文学家，及时地把意大利反法西斯文学作品译入国统区文苑。其中，他们最为推崇、读者最为喜爱的作品是西龙尼的《意大利的脉搏》。西龙尼为意大利的资深作家。他在墨索里尼上台不久就离开了意大利。他在瑞士定居以后，一面从事反法西斯斗争，一面创作。1940年，他担任意大利社会党国外中心站的领导工作，为流亡在外的意大利反法西斯人士的团结奋战做出颇多贡献。他先后写成了小说《意大利的脉搏》《面包与酒》《雪地下的种子》和剧本《他藏了起来》等。《意大利的脉搏》原名《丰塔玛拉》。“丰塔玛拉”，意大利文为“痛苦源泉”之意。“丰塔玛拉”在这部小说中是一个虚拟的地方。这部小说就是写“丰塔玛拉”村的农民的痛苦遭遇：法西斯党徒、地主、银行家，肆意盘剥农民，鱼肉老百姓。同时，小说也写出了这个村的农民的挣扎与反抗：他们请愿，他们向政府、银行家讲理。当然，其最后结局是农民家破人亡。作品透视出墨索里尼统治下的意大利农村，监狱遍地，黑暗无边。这部小说于1933年出版后，在世界文坛上引起了共时性的轰动效应。但是，这部小说在中国国统区文坛上得到呼应却还是1940年以后的事情了。当时，《新华日报》发表了《枫丹麦绿的奴隶们——〈意大利的脉搏〉》与《血和泪的笑料——〈意大利的脉搏〉读后感》等评价文章。这些评价文章，不仅充分肯定了这部小说内容所具有的思想深度，同时也论析了小说的显著艺术特色，表示应学习其所长，以提高中国抗战文学的创作水平。

这里，还有一则可视为中国与意大利战时文学交流过程中的佳话，须加说说。墨索里尼发动侵略战争需要大量储备兵源，曾下令意大利男人必须娶妻生子。这一带有世界性的法西斯命令，受到意大利民众和世界舆论的谴责。中国抗战文学界也著文加以抨击。荻原的政治讽刺诗《墨索里尼为什么要人娶妻生

子?》颇有代表性。原诗是这样的:

墨索里尼张大了眼睛与嘴巴,
对他的秘书哗啦哗啦地大骂:
"王八、贱种、乌龟、瞎马,
你不晓得在西班牙,
我们意大利牺牲了多少壮丁,
为的是帮同弗朗哥宣扬文明;
你不记得在阿比西尼亚,
给野蛮人宣扬高贵的文化,
反而给他们弄掉了20万人马!
还有人不想讨老婆、生儿子,
了得? 这成什么话?!
呀呀呀呀……"
墨索里尼急到两眼圆睁,
脸孔更像一个大冬瓜!
秘书从头到脚尖,
发着抖,一声儿也不敢响,
连忙咬着牙根应声是,
屁滚尿流跑到外边去出告示:

政府官员,学校教师,
如有不娶,至今无子;
令到之日,即行结婚,
如敢故违,革职无恕!

墨索里尼看了告示非常满意:
"万岁! 意大利——法西斯,
盟友——日本、德意志,
从今我不愁没有炮灰,

来呀，让我们努力制造战争
——也就是宣扬王道与文明！
为的是使我们的新百姓，
都变成自我牺牲的‘义勇兵’”！

这首类似打油诗的诗歌，充分表达了中国人民与意大利人民以及世界人民对法西斯丑行的鄙视与嘲讽之意。

战时，中国抗战文学与日本、德国、意大利等国的文学的交流，显示出中国抗战文学在走向世界过程中，对一个民族一个国家存在的两种对立文学所持的鲜明态度与两极评判准则，显示出中国抗战文学界在对外文学交流中，视域的高阔，以及蓬勃英姿与凛凛浩气。中国抗战文学，不愧为世界反法西斯文学大潮中的一支劲旅。

原载《西南师范大学学报（哲学社会科学版）》1994年第3期；中国人民大学书报资料中心《外国文学研究》1994年第5期全文转载；《高等学校文科学报文摘》1994年第5期要点摘要，原题目为《战时大后方文学与法西斯国家文学交往片论》

中国电影的国际交流

电影在可视性文学中,最能赢得观众。因此,大战期间各国政府和文化文学界总是把电影作为宣传教育的重要工具。战时世界反法西斯各国电影的相互交流,及时地传达战争信息,交流思想情感,成为反法西斯文化文学的重要方面军。中国抗战电影对外交流,正是在这一层面上显示出它的重要性与特殊意义的。

一

战时,中国电影进入了新的发展阶段,取得了较大成就,先后拍摄了100余部纪录片和40余部故事片。1939—1941年间,仅中国电影制片厂在极端困难条件下也拍摄了故事片8部。这些影片大多送往国外放映,供交流之用。抗战电影对外交流,克服了武汉时期抗战电影对外交流的自发性与零星状态之后,呈现出自觉的有序的交流态势。中央电影摄影场和中国电影制片厂以及广大电影工作者,一面继续深入前线、敌后和后方摄制新闻纪录片和制作艺术片,一面开展“电影出国”问题讨论,以期从思想上取得电影对外交流的共识。

1938年年底到1939年年初，抗战文化文学界掀起“文化出国”讨论热潮，“电影出国”问题也在此时提了出来。1939年1月10日，《新华日报》发表施焰的文章《关于“电影出国”》，在“电影出国”讨论文章中有一定代表性。文章指出：“电影是对外宣传强而有力的武器，生产大量抗战电影运到外国去放映，介绍抗战意义与真相，暴露敌人的暴行，并针对敌人反宣传以有力驳斥与打击，以使国际友人不再被敌人的反宣传所欺骗，而对我们抗战生出更多的同情，更大更多地援助我们，切实有效地制裁敌人。”同时，文章还认为：“对外宣传的影片不能重在情节方面，而应重在意识方面，在角色上，无论男女，需要粗线条的健壮美，这才能代表大时代的中国青年，象征着未来的新中国的雄壮姿态。”这就从思想内容与审美情趣的结合上论述了对外交流的电影所具备的水准及其意义，这也显示出中国抗战电影“出国”的自觉意识。自此以后，中国抗战电影对外交流得到深化，向前跨出了一大步。

1941年7月，国统区文化文学界在纪念全面抗战四周年时，对抗战文化文学进行全面清理与总结。其中，也自然对“电影出国”做了检讨。史东山、阳翰笙等人撰写文章，发表自己的意见。他们从不同角度，梳理中国电影发展过程中所受的外国电影影响、中国电影工作者对外国电影理论的爱好与研究。同时，描述抗战以来中国电影“出国”的状况：初期为抗战纪录片，中后期为故事片。纪录片与故事片，几乎都以抗战为主题。再则，表示向外国优秀电影学习，提高中国抗战电影的艺术水平，促使中国电影现代化与民族化。

随着中国抗战“电影出国”问题的讨论，中央电影摄影场和中国电影制片厂，通过多种渠道把一批中国抗战电影推向世界，诸如《保卫我们的土地》《热血忠魂》《八百壮士》《孤军喋血》《中华儿女》《好丈夫》《东亚之光》《火的洗礼》《胜利进行曲》《中国青年》《老百姓万岁》《中国小英雄》等。

抗战文学界关于“电影出国”问题讨论和“出国”的一批电影，偏重于思想内容的政治社会性与功利性，比较忽视电影艺术的审美功能。这不能不影响着电影质量的提高与正面效应的更大获得。今天，我可以用一些诸如“肤浅”“幼稚”的字眼来评价它，似乎也不过分。但是，在那个血与火的年代里，中国民族电影又刚刚跻身世界电影行列时，这一“电影出国”的理论探讨与电影作品出国，依然是十分可贵的。先行者的足迹，启迪着后来者的行进。

二

第二次世界大战期间,苏联电影获得了巨大发展。苏德战争爆发之后,苏联几家大型电影制片厂派出100余名摄影师分赴战场,拍成纪录片100余部,同时还摄制了100余部大型艺术片,诸如《保卫莫斯科》《莫斯科城下击溃敌人》《战斗中的列宁格勒》《斯大林格勒》《战争之一日》《会师柏林》等纪录片以及《区委书记》《她在保卫祖国》《虹》《望穿秋水》等艺术片。这些影片,不仅深受苏联观众的欢迎,而且在世界各国放映时,受到普遍好评。《战争之一日》仅在美国两个月内就有170座城市放映,《莫斯科城下击溃敌人》在美国放映后还获得1943年度奥斯卡奖。

中国电影从20世纪30年代初期起就开始接受苏联电影的影响。特别是苏联电影《生路》《重逢》《夏伯阳》等的传入中国,为中国电影的发展拓开了新的路径。

抗日战争期间,中国电影界多次呼吁苏联电影界声援中国抗战,恳请中苏电影界携手合作,反对法西斯战争,保卫中国文化和世界进步文化。中国电影界的呼吁,得到了苏联电影界的及时回应。苏德战争爆发前,苏联电影界和新闻界曾派出一批摄影师与记者来到中国。他们在中国战场上和国统区抢拍各种抗战场景和日军法西斯暴行的镜头,带回苏联各地放映。苏联塔斯社的记者,曾驾着自备的机器脚踏车驰骋于中国各战区,把枪林弹雨中的中国一一拍摄下来。苏联《消息报》特派员及摄影师卡尔曼于1938年来到中国后,在各地拍摄影片。他们在莫斯科等城市放映这些影片时,还向苏联观众演讲,阐述中国军民抗战的英勇和爱国主义精神。1938年10月,莫斯科电影制片厂完成巨型影片《英勇的中国》。影片映现中国军队作战之情形,特别再现了山西以及黄河沿岸战斗胜利之场面。《中国抗战电影特辑》中的电影也在苏联各大城市上映。这些影片,向苏联人民及时地传递了中国人民的抗战力量与决心,为苏联政府最先而且始终支持中国抗战提供了生动形象的史实依据。

与此同时,中国电影工作者与翻译家合作,翻译、介绍苏联电影。中国一批报刊还出了苏联电影译介专辑。苏联电影因它的政治与艺术的结合、争取人民自由与反法西斯的意识以及独具的艺术特色而获得了中国观众的认同,深深地吸引了中国观众。因此,苏联电影大量译入中国。1938年,国统区一些城市的电影院放映苏联影片1150余场，观众达44万人次之多；1939年1月—1939年7月，电影院放映苏联影片1100余场，观众达43万人次之众。其中，影片《夜莺曲》的观众有24万人次，影片《大张挞伐》有观众8.7万人次，影片《歼倭记》有观众5.2万人次。1938—1939年两年间，仅重庆国泰电影院所放影片中，苏联影片就占三分之二。1939年11月7日，为纪念苏联十月革命胜利21周年，国统区一些城市同时放映苏联影片12部。它们是：《游击战》《夜莺曲》《海上警卫》《无敌坦克》《粉碎敌巢》《雪中行军》《游击队之女》《巴黎公社》《远东之敌》《最后一夜》《忠心为国》《黑海洗心》。《彼得一世》与《马门教授》也于1938—1939年间在重庆先后放映。这些影片大多属于苏德战争之前，反映苏联国内战争与建设的影片，表面看来同当时中国抗日救亡现实生活无多少直接关系，但是这些影片所表现出的苏联人民强烈的爱国主义精神与顽强的战斗意志这一深层意蕴，却与当时处于高强度救国热情燃烧之中的中国人民，息息相通。中国人民和苏联人民通过银幕实现思想与情感交流。特别是反映苏联国内战争时期反对外国武力干涉的几部影片中的不少镜头与场景，更是牵动了中国观众的心。因此，电影院常常成为中国观众向日本帝国主义示威的场地，一些观众边看电影边高呼“打倒日本帝国主义”的口号，不少青年观众看了电影后，发誓要抗战到胜利，为创造未来的幸福、子孙的幸福，要像苏联青年那样，决死奋斗！

为着更好地通过银幕向苏联人民学习、向苏联电影学习，以适应中国抗战之需和有益于中国抗战电影的发展，中国电影界围绕两部苏联电影展开了讨论。

苏联著名历史艺术巨片《彼得一世》，是彼得特洛夫根据A.托尔斯泰的同名小说改编，由A.托尔斯泰导演，列宁格勒电影制片厂于1937年摄制的。该片于1938年11月在重庆陪都放映。1938年11月25日，中苏文艺研究会举行影片研讨会。中国翻译家、电影家、理论家、音乐家戈宝权、史东山、葛一虹、赵铭彝、宋之的、贺绿汀、盛宗伦、魏猛克、安娥、罗荪等人出席会议。戈宝权介绍该片的制作经过及其意义，史东山等人对该片的编剧、导演、技术、音响、画面等项分别发表各自的见解。他们一致认为这是一部优秀的历史影片，从思想内容到表现方法都给中国观众和中国抗战电影以深切的启示。在战争中，要像彼得大帝那样，失败后不气馁，要在失败中了解争取胜利的方法；要像彼得大帝那样，对内施行革新措施，打击封建势力与宗教势力；要像彼得大帝那样，培养新人，唯才是用。总之,这部影片给了中国观众以新的启迪。同时,他们还认为,影片的表现方法,也值得中国电影学习。英雄人物也是平凡人物,不是三头六臂的“超人”。这一点对于我们摄制抗战英雄片很有借鉴意义。影片的调匀、和谐与美丽的画面也为摄制中国抗战电影提供了范例。

如果说,影片《彼得一世》的讨论,重在从影片中汲取于中国抗战与中国抗战电影有益的养分的话,那么,影片《马门教授》的讨论,简直可以说就是一场反法西斯宣传战了。《马门教授》是根据德国著名剧作家沃尔夫的同名剧本拍摄的。苏联电影导演执导,苏联演员演出,苏联列宁格勒电影制片厂摄制。影片写德国犹太人医生马门教授在希特勒法西斯专制下的悲惨命运,揭露希特勒的法西斯罪行,颂扬德国人民反法西斯统治的斗争。这部影片于1939年8月初在重庆等城市公开上映,引起轰动性的效应。当时,有人这样描述道:“每场观众拥挤不堪,场内不时响起狂热的掌声。银幕上的动作和观众的心情,打成一片,发生了火一般的交流。在寂静中,台下的人们默默地熔化在银幕上的愤怒、欢喜、忧虑和同情中了。”[①]深受中国观众欢迎的这么一部影片,在重庆等城市放映时却几乎遭受扼杀。始而是德国驻华大使表示“不满”,认为“有碍邦交”“煽动复仇”,继而是重庆社会局以此为由命令停止放映,并派警察执行停演命令,终而是重庆政府张贴“违抗命令,停止营业三日”的牌告。这就引起重庆文化界与电影界的深切关注。他们纷纷撰写文章评介影片《马门教授》。仅1939年8月16日《新华日报》就发表了吴克坚的《从〈马门教授〉影片说到我们的外交方针》、企程的《介绍〈马门教授〉》、吴敏的《〈马门教授〉影片事件的始末》,以及《新华日报》社的《美国各报刊对〈马门教授〉的评价》等文章。这些文章,或详细阐释影片的内容,或揭示影片的折射性意义,或介绍影片在欧美各国放映时的盛况。关于影片的折射性意义,吴克坚在文章中指出:“影片直接透露出西方法西斯的狰狞面目中,正是间接反映出东方法西斯强盗在我们神圣领土上的獠牙鬼脸。影片直接描写的德国劳动人民反对希特勒的斗争,也是间接告诉在日寇铁蹄下的我国同胞如何去同日本鬼子搏斗。”关于欧美各国放映这部影片的盛况,企程和《新华日报》社的文章做了广泛介绍:影片在美国放映,成为美国的一件大事。美国政府希望全国大学生观看这部影片,希望好莱坞至少要仿制两部同性

---

① 吴敏:《〈马门教授〉影片事件的始末》,《新华日报》,1939年8月16日。

质的片子。法国巴黎几家大戏院连续放映这部影片达四个月之久。英国张伯伦政府虽然反对放映这部影片，但是在英国民众的要求之下，也在英国放映这部影片。影片《马门教授》在中国和欧美各国放映时，正值希特勒发动第二次世界大战的前夕，因此这部影片及其产生的影响与意义十分重大。它对于中国人民和世界人民起着反法西斯主义的宣传鼓动作用。它给予中国人民以世界眼光，认清法西斯主义的世界性、中国抗日战争与世界反法西斯斗争的一致性。

苏德战争爆发后，苏联反法西斯战争的大型纪录片和艺术片诸如《忠勇巾帼》《虹》《柏林的下落》《会师柏林》等都先后在国统区一些城市放映，常常是场场客满，座无虚席。

《忠勇巾帼》原名《她在保卫祖国》，1943年苏联中央联合制片厂摄制，导演为斯大林文学奖获得者爱姆莱尔。影片主人公巴夏是苏联边境地区奥命诺夫卡村的一位集体农庄的女农民。她的丈夫与儿子都被德国入侵军队杀害了，她幸存下来，参加了游击队，并成为游击队的领导人。她以P同志的名字闻名远近。后来，她在一次战斗中被俘了。德军正准备杀害她时，游击队救了她，并从德军中解放了被囚禁的妇女。影片就塑造了这么一位卫国战争时期苏联的巾帼英雄，一位苏联劳动妇女的典型。1944年7月17日，苏联驻华大使馆首先放映这部影片，招待中国文化文学界名流以及驻华各国使馆人员。同年8月2日，该片在重庆公映，重庆各界人士踊跃观看。中国俄文翻译家戈宝权还撰写文章《介绍一个苏联妇女英勇抗战的名片〈忠勇巾帼〉》，向广大中国观众推荐此片[①]。

《虹》是根据瓦希列夫斯卡娅的同名小说改编拍制的。影片写被德军占领的乌克兰一个村庄的老弱妇孺的悲惨遭遇及其英勇苦斗，以及他们同游击队相配合，赶走德军的故事。影片不仅具有强烈的现实性与战斗性，而且也是一部不朽的诗篇，惊心动魄的画面与抒情诗的意境相融合，细腻动人。1944年11月，这部影片在重庆上映，得到观众与评论界的称赞。认为这是一部不朽的杰作，它给予我们的启示是："人民不屈服，就得奋斗求真理，只有挺起身子才能寻求真理之路，只有歼灭敌人才能求得人民永远自由。"[②]

① 戈宝权的文章发表于1944年7月30日《新华日报》。

② 辛堤:《看了〈虹〉影片以后》，《新华日报》，1944年11月27日。

《会师柏林》是由40多位苏联摄影师于1945年4月21日至5月初随苏联红军一道攻打柏林战斗中摄成的。曾来过中国的苏联摄影师卡尔曼最先乘苏军坦克进入柏林城。影片详细而真实地记录下了攻克柏林的全过程以及苏联人民欢呼胜利的场景。这部影片于1945年7月31日起,仅重庆就放映一周之久,“观众甚为踊跃,场场客满”[①]。因为中国人民为之流血牺牲的14年抗战的胜利曙光已经在东方地平线上升起来了。中国人民正在期待抗日战争胜利的前夜,苏联和西方人民的反法西斯战争胜利了。这自然带给中国人民以无限的欣慰与鼓励。那银幕上显现出来的一个个长镜头诸如柏林中心大街陷落、红军把苏联红旗插上德国国会大厦屋顶、苏美英代表接受德方降将签订投降书以及莫斯科民众庆祝胜利时的狂欢、狂舞、狂吻、324尊大炮齐鸣和火箭在午夜天空中狂飞,使千百万渴望胜利的中国人民心潮起伏跌宕,奔涌回旋。

三

早在“五四”时期和20世纪20年代,中国电影就受美国电影的影响,好莱坞的几家电影公司的影片几乎垄断了中国电影市场,有人甚至认为“中国电影兴起时,成了美国好莱坞的附庸”[②]。20世纪30年代以后,这一状况得到了扭转,中国电影开始接受多方面的影响而独立向前发展了。“七七”事变以后,中国政府特别重视对美宣传,中国抗战电影与美国电影越过重洋开始双向交流。

1938年,国民党中宣部所属的国际宣传处将纪录片《南京日军暴行》和故事片《保卫我们的土地》《热血忠魂》等送往美国。翌年,美国哈孟电影公司在美国各地放映这些影片。自此以后,宣传中国抗战的电影相继进入美国电影市场。其中,主要有《大无畏之重庆》《中国反攻》《东战场》《长沙三次大捷》《威尔基来渝途中情形》《威尔基在西北前线》《鄂西前线》《日军暴行》《重庆一日》《常德会战》等纪录片与故事片。有的影片如《中国反攻》在美国6000余家电影院放映,轰动一时。1942年10月,美国总统私人代表威尔基访问重庆后,携带《中国始终不屈》抗战纪录片回美国放映。该片由中央电影摄影场编制,英文对白。该

① 《新华日报》消息《重庆人争看“会师柏林”》,1945年8月8日。

② 史东山:《苏联电影与中国电影》,《中苏文化》第7卷第4期,1940年10月10日。

片反映内容丰富，空间跨度较大，由北伐战争到“七七”事变，映现了中国人民的生活、各地风光，最后是重庆在大轰炸中新生的画面。同时，一些美国摄影师来中国实地拍摄影片，送回美国放映。比如美国著名摄影师史考特来到国统区的重庆及大后方，摄制出中国战况影片，在纽约放映了三个多月，美国评论家一致称赞该片反映了中国人民抗战之英勇，越战越活跃。这些影片，以其真实而又形象的画面，表现中国广大军民保卫祖国抗击日军入侵的精神、意志与力量，揭露日本侵略军在中国土地上犯下的种种罪行。这一幕幕烧焦的土地、血染的山河、愤怒的呐喊，赢得了美国各界人士广泛的同情与声援。

大战期间，尤其是珍珠港事件后，美国电影有了新的发展，特别是好莱坞影片从内容到风格都发生了较大的变化。许多导演、摄影师和电影明星以及电影公司，分赴欧洲战场与东方战区，摄制出一批反映抗击法西斯战争的纪录片与艺术影片，诸如《大独裁者》《我们为何而战》《中途岛》《空中堡垒》《轰炸东京记》《沙漠里的五个秘密》《缅甸的冒险》《飞虎队》《中国的呼声》《龙种》《卡萨布兰卡》《北极星》《俄国歌曲》《来自列宁格勒的孩子》《五口棺木在去开罗的途中》《高于一切》《玛格利之路》《时代进行曲》《战斗的法国》《契特尼克》《月落》等。美国电影界还摄制了一些反映大战时期美国人民的生活、思想情感与追求的影片，诸如《白衣大使》《与我同行》《双重保险》《米尼佛夫人》《一门五虎》等，还摄制了几部历史题材影片，如《愤怒的葡萄》《战地钟声》等。这些不同题材不同表现手法的影片，吸引了大量的美国观众。1940—1945年间，因放映这些影片，美国电影院由15115家增加到16500家，观众由30亿人次增加到50亿人次。这在美国电影史上，堪称盛况空前。

美国电影，不仅吸引了美国广大观众，同时也受世界各国观众的欢迎。美国电影虽然不像苏联电影那么多的进入中国，然而，美国电影在战时中外电影交流这一层面上仍然占据重要一席。战时，进入中国的美国电影，就内容而言大体多为反映美国之外的外部世界战斗生活的影片。其中，有这么几部影片在中国电影界与观众中产生了程度不一的影响。

《大独裁者》。这是美国反法西斯侵略的第一部电影，由著名艺术大家卓别林编制。该片以法西斯头目希特勒为模特儿，写他对内实行法西斯独裁统治，镇压民众，屠杀犹太人，对外进行扩张侵略，妄图称霸世界。卓别林之所以在美国电影界要率先摄制这么一部影片,是因为他憎恶独裁者,是因为他要使人发笑。他认为,在世界上要找到一个像希特勒这样大的冒牌人物,实在是很不容易的,希特勒是世界上一个讽刺与嘲笑的最好对象。他说,这就是他乐于摄制这部影片的原因。卓别林正是基于这一主观创作动机而于1938年12月希特勒吞并苏台德区后不久便写成《大独裁者》的脚本。1939年到1940年10月,他又花了近两年的心血秘密地摄制成了这部巨型影片。他自己扮演主角,并亲自布置每一个摄影场景,亲自检查每一台摄影机,目的是要创造出他所憎恶与讽刺的大独裁者希特勒这一形象。中国有句俗语,叫作"功夫不负有心人"。1940年10月15日,这部影片在美国上映时,轰动了美国。第三天,美国《工人日报》发表文章称卓别林创造出了一部"最现实的反法西斯的影片"。这部影片在苏联和英国放映也颇受欢迎。这部影片同时也震动了德国纳粹党徒。一位纳粹军官曾给美国影片商协会写信,提出抗议。美国《礼拜五画报》为此写道:"阿道尔夫·希特勒有千百万的敌人,但其中最厉害的敌人就是和他同年诞生的小人物查理·卓别林。"这部揭开希特勒法西斯画皮的电影也自然在中国倍受欢迎。1942年11月16日起,仅重庆陪都就有几家电影院放映这部影片,国民政府中央广播电台播送这部片子中的演讲词。《大独裁者》,一时间成为重庆陪都民众的热门议题,几乎家喻户晓,妇孺皆知。重庆陪都文学界和电影界人士撰写文章大加评介。认为希特勒吞并苏台德地区时,还没有一个政治家、哲学家和艺术家,敢于断然站出来替全世界人民讲一句要讲的话,而卓别林讲了:"那些大独裁者都是变态的疯子""我们要的不是疯狂的屠杀、战争、侵略,而是和平、人道与民主"。匹夫之怒,夺了王者之魂,卓别林够得上是一位反法西斯侵略的先驱[①]。戈宝权在《〈大独裁者〉的诞生和它的意义》一文中,指出:《大独裁者》是卓别林继《城市之光》《摩登时代》之后又一部新片,是卓别林电影创作道路上的一个新起点,揭开了电影史新的一页。同时,戈宝权在文章中还指出:这部影片已经透露出了创造人类新世界的曙光,显示了新人类的远景。只有消灭东西方的独裁者,我们才能见到这种光明[②]。卓别林的《大独裁者》在重庆放映,正值中国抗日民族解放战争处于最艰苦的时候,抗战文学运动进入低谷之际,因此,由此

① 伯约:《造梦和破梦》,《新华日报》,1942年11月23日。

② 戈宝权文章见1942年11月23日《新华日报》。

而引起的中国观众和中国电影界之强烈呼应，自然具有深切的现实意义。它激励着中国民众进一步认清中外独裁者、东西方法西斯的真面目，进而感知中国人民反法西斯斗争不是孤立的，反法西斯浪潮席卷了全世界。从而，顶住政治低气压，更加坚定了抗战到底的信心与决心。

《北极星》。如果说《大独裁者》属于喜剧型影片的话，那么《北极星》便是一部悲剧型影片了。这部片子描写苏联人民抗击德国法西斯入侵的故事。影片是根据著名剧作家丽琳·海尔曼原著制作而成。1944年10月，在国统区重庆陪都等城市放映。影片字幕为"1941年6月22日"。该片即是写的德国法西斯对苏联"不宣而战"的这一天，苏联与波兰交界的一个小村庄"北极星"的人民，在遭到德国侵略军突然袭击时，抗击入侵法西斯的可歌可泣的一幕。这个村庄的人民，本来处于和平、宁静之中：孩子们在歌唱，青年们在舞蹈，男女老少相亲相爱，中学毕业的学生正准备上大学读书。突然间，天空和地上，响起了轰鸣的飞机投弹声与大炮声，一队队德国鬼子如饿狼一般涌入村子。幸福、和平，突然消失了，到来的是非人性的残暴行径。但是，这个村庄的男女老少给予敌人的回答，不是跪着求饶，而是挺身而出，英勇反抗。这部影片的这一内容和写实手法，引起中国观众的共鸣，得到中国电影界的认同。巴莎在《永恒的北斗》一文中，做过这样的评论，他说：该片的剧作家、导演、演员，代表了美国大众。他们与苏联一起为反法西斯而战。影片成为苏美友谊的结晶。该片写出了苏联的真实、自由以及人民的英勇。巴莎还向远隔重洋的美国电影界与美国人民发出呼吁：让我们共同努力，消灭法西斯，消灭各自国家里的奸细、孤立派和失败主义者吧！

《飞虎队》。美国华纳影片公司出品，1945年11月在国统区重庆陪都等城市放映。"飞虎队"于1941年8月组建，由美军援华空军志愿兵组成，陈纳德指挥。"飞虎队"在保卫中国领空、抵抗日军入侵的战斗中，成绩突出，为中外各国人士所称赞。这部影片直接取材于陈纳德率领的"飞虎队"的战斗生活。影片写一位美国青年在太平洋战争爆发后，抛妻别子奔赴前线参加战斗，后被派到中国加入陈纳德的飞虎队，帮助中国抗战。这部影片在重庆陪都放映时，引起了中国观众的兴趣和评论界的重视。《新华日报》在介绍《"飞虎队"》一文中，对该片的得失做了较为中肯的论述。指出：从影片中，我们看到了美国青年对中国的热爱和对于敌人的仇恨,共同作战加深了中美两国人民的认识。该片的不足在于,始终带着浓厚的宗教气氛,把反法西斯战争的正义性与青年航空员的勇敢及安全返航归于“上帝”的意志与保佑,减弱了片子的现实性。同时,还认为片子的情节不够集中,发展也不够紧凑。

中国抗战电影在与苏联电影和美国电影频频交流的同时,还与欧洲的英国等国家的电影以及印度等周边国家的电影进行交流。英国摄影师、记者和中国摄影师、电影工作者先后拍摄了多部纪录片和艺术片送往英国放映。其中有这样一些影片在英国放映过:《中国反攻》《南京失陷》《截住日寇》《中国之战》《中国为自由而战》《广州遭轰炸》《中英签订新约》《英国女议员华德女士在重庆》《中国驻印军队活动情形》《英国议员团》等。《中国反攻》等影片,在英国伦敦连续放映了400余场次,获得英国广大观众的好评。“中国抗战电影特辑”中的影片,于1938年9月,先后在巴黎、日内瓦、利物浦等欧洲大城市放映,备受欢迎。特别是利物浦的华侨观看影片之后,掀起了支援中国抗战的献金运动。这些影片,把日本帝国主义在中国土地上的血腥暴行鲜活地呈现在欧洲各国人民面前,使之痛恨日本帝国主义,同情和声援抗战中的中国人民。印度在大战期间,依然是世界上的电影生产大国之一,每年制作的影片均在100部以上。其内容依然大都为爱情、宗教、神话,硝烟气味极淡。中国电影工作者摄制的《委员长访印》《新德里庆祝联合国日情形》《我国驻印军队活动情形》等影片在印度先后放映,不仅加深了中印两国人民的友谊与团结合作,同时也对印度电影生产现状给予了一定冲击。印度电影《官仇情记》《阿里巴巴与四十大盗被歼记》等于中国抗战胜利前后在中国放映,让中国观众和中国电影工作者了解了印度电影之一斑。

中国抗战电影与世界电影的交流,主题突出,题材多样,风格各异。中国电影与世界电影以反法西斯战争和维护世界和平、民主与进步为共同的支撑点,获得了巨大发展。有中国民族特色的中国电影与世界电影由此接轨,并在同一轨道上获得了同步发展的机遇。

原载《天府新论》1994年第4期,原题目为《大后方电影对外交往概观》

中国大陆新文学与中国台湾新文学

1895—1945年，中国领土的一部分——台湾为日本帝国主义所侵占，形成台湾地区历史上的“日据时期”。“日据时期”的台湾社会，充满着尖锐激烈的民族矛盾和阶级矛盾。这一严酷的社会生活土壤孕育着、影响着乃至规定着台湾抗日文学运动的发展与价值取向。

一

半个世纪的殖民地历史，既是台湾人民的屈辱史，也是台湾人民的悲壮斗争史。日本占领者，为使台湾“日本化”而成为日本的一部分，对台湾人民进行血腥的镇压，并先后施行了“绥抚政策”“同化政策”“皇民化政策”。台湾人民对殖民主义统治进行了不屈不挠的斗争，为中华民族反对侵略寻求解放的斗争增添了新的篇章。

50年来台湾人民的反抗斗争，大体采取了这么两种形式：武装斗争与非武装斗争。

“日据”初期20余年间，台湾人民掀起了连绵不断的武装驱日斗争。据1947年出版的《台湾年鉴》

统计,1895—1915年间,台湾人民武装驱日斗争事件达99起之多,其中主要有林大北的宜兰起义、柯铁的“铁国山”起义、林少猫的南部起义、蔡清琳的北埔起义、刘乾的林圮埔起义、罗福星的苗栗起义、余清芳和罗俊等人的礁巴年起义等。这些起义斗争,虽然先后都失败了,然而却沉重地打击了殖民主义统治,充分体现了台湾人民的守土决心和中华民族不可征服的民族意志与大无畏的民族气概。

“日据”中期20余年间,日本占领者大施同化政策,高倡“内地延长主义”,侈谈“一视同仁”与“内台如一”,企图通过教育、宗教、生活习俗等渠道同化台湾。日本占领者规定小学校全用日文教学,凡是想上学的中国人,必须以日语为日常生活用语;强迫台湾中国人穿日本和服,连警察与人力车夫也得一律穿上日本和服,戴日本帽子;在台湾各地大建日本神道祭坛与庙宇;在台湾农村大兴日本榻榻米农舍;死人坟墓也按日本坟墓形式修筑……其目的是要泯灭台湾中国人的民族意识而成为日本帝国主义的子民。这20余年间,台湾人民除了继续以武装斗争方式反抗殖民主义统治以外,更多的还是以非武装斗争方式抵制与打击日本占领者的同化政策。第一次世界大战后,世界性的民族独立、民主、平等思想潮流给殖民地和半殖民地人民的民族解放斗争以深刻的影响。台湾人民抓住这一世界民主潮流提供的机遇,开展了一系列自主、自决与自治的斗争活动。首先,是留日台湾学生蔡惠如、林呈禄、蔡培火等人与留日大陆学生马伯援、刘木琳等人联合成立应声会,以表示与大陆的五四运动同声相应之意。随后,留日台湾学生深感台湾社会改造之急需,便单独组建了启发会,意在启蒙台湾民众,增强台湾人的民族意识,向台湾人传播民主科学思想。其次,是蔡惠如等人组建新民会。该会有鉴于前两个团体务实不多收效甚微之弱点,而制定了行动纲领。其行动纲领包括三个方面的内容:一是为增进台湾同胞之幸福,从事政治社会改革运动;二是发行刊物,联络同志;三是图谋与祖国同志接触之途径。该会依据行动纲领,先后掀起了“六三”结案撤废运动和台湾议会设置运动,并创办会刊《台湾青年》。最后,是在大陆各地的台湾青年,纷纷组建团体,计有北平台湾青年会、上海台湾青年会、厦门台湾同志会、闽南台湾学生联合会、广东台湾青年团等。海外及大陆的台湾学生运动,大大激励了台湾本地的有志之士。他们在台湾先后组建了台湾文化协会、台湾工友总同盟、台湾民众党、台湾共产党等组织。台湾人民的民族解放斗争以新的方式在台湾各地普遍开展起来，台湾人的民族意识和民族精神，得以发扬光大。

1937年“七七”事变后，日本帝国主义在台湾强化其殖民主义统治，竭力推行皇民化运动，不准台湾人用中国人姓名，一律改用日本姓名；不准台湾人奉祀中国家神，一律改祀日本天照大神；不准台湾学校用中文教学，一律改用日语。其用心自然是要台湾人忘记自己是中国人，忘记自己的祖国是中国，忘记自己的心是中国心，成为日本天皇的臣民。但是，台湾人民仍以种种方式抵制皇民化运动，使之破产。尤其是一些台湾的有志之士，这时更常常感到，台湾的解放依赖于整个中华民族的解放，台湾抗日斗争的胜利必然以整个中国抗日战争的胜利为前提，因此辗转来到大陆投身于祖国的抗日民族解放战争行列。

1945年8月，中国人民为之浴血奋战14年的抗日战争胜利了，台湾半个世纪的殖民地历史结束了，台湾重新回到了祖国的怀抱。

考察“日据时期”台湾人民的反抗斗争，就会发现生存意识、斗争意识、民族意识是其支撑点与凝聚力。正是这一支撑点与凝聚力，构成了同一时期台湾抗日文学运动发生发展的生态与心态环境。其间充溢着血和泪。正是这血泪与血肉筑成了台湾抗日文坛。“日据时期”台湾抗日新文学运动真正是一朵“血泪奇葩”，涂抹着浓厚的时代色彩，具有鲜明的个性特征。

二

大陆抗日民族解放战争爆发前。台湾抗日文学运动在台湾人民武装驱日的斗争年代里，就有以抒写抗日情绪、激励抗日斗志为主要内容的旧体诗文问世。1895年，《马关条约》签订，台湾被割让于侵略者之时，爱国人士撰写诗文，表达了愤慨之情。清兵备道陈文騄即作《吊诸将诗》四首，呼唤爱国诸将力挽狂澜，拯救祖国，收复台湾。其中一首这样写道：

圣明何事召干戈，
万里扶桑骤沸波；
自大夜郎思比汉，

辨奸英主早烹阿。
疮痍无奈伤元气,
慈忍终当致太和;
壮不如人臣已老,
请君强起挽大河。

苗栗铜锣湾人吴汤兴也写诗表达自己与台湾人民的抗日坚强意志和同日寇斗争到底的决心。他在绝句《闻道》(之一)中写道:

闻道神龙片甲残,
海天北望泪惨惨;
书生杀敌浑无事,
再与倭儿战一番。

当然,台湾人民武装驱日斗争中的这些旧体诗文,没有形成一定的发展轨迹与一定的文学运动框架,特别是后来吟风弄月的无病呻吟的旧文学泛滥,自然不能算是我所要论述的台湾抗日新文学运动的起始。不过,它却在一定程度上标志着台湾抗日文学与台湾抗日斗争的同在。这里我要论述的对象是1920—1937年间发生发展的新型的台湾抗日文学运动。

1920年7月,《台湾青年》[①]的创刊标志着台湾抗日新文化运动从此开始。该刊编者在《卷头辞》中,表明了台湾抗日新文化运动先驱者们所具有的中国眼光与世界眼光。他们把台湾的改造放在中国的改造与世界发展潮流的广阔层面上来加以审视,呼吁台湾青年们奋起追随世界民主大潮和祖国大陆的五四运动,"讨厌黑暗,追求光明","反抗横暴,服从正义","摒除利己的排他的独尊的野蛮生活",探寻"自新自强的途径"。他们当时形成的一条思路可作如是观:文化革命——社会革命。核心是根除殖民主义,台湾回归祖国。该刊在存在的四年时间里,发表了多篇文章研讨台湾抗日新文学运动的开展问题。比如创刊号上陈炘的《文学与职务》、第3卷第3号上陈瑞明的《日用文鼓吹论》,还有《台湾》

① 1920年7月创刊,1922年4月改名为《台湾杂志》,1924年5月终刊。

杂志上的黄呈聪的《论普及白话文的新使命》与黄朝琴的《汉文改革论》等文章。这些文章阐述了开展台湾抗日新文学运动的目的、宗旨及步骤等问题。他们认为："改革文学"，旨在启迪民智，使文学真正能担负起传播文明思想、改造社会的使命。那么，怎么"改革文学"呢？他们认为：首先必须从形式到内容批判旧文学、否定旧文学。他们把当时充斥文坛的旧文学称为"死文学"。并列数了旧文学的种种弊端，诸如不能充分表达思想、不易普及、阻碍进取精神而致使中国文化之停滞与国民元气之沮丧，并进而要求付诸实践，从我做起。黄朝琴在文章中就指出：要用白话文写信，要用白话文发表意见；建议开设白话文讲习会，自愿担任义务教师；不用日文。同时，该刊还发表了几篇文学作品，诸如描写台湾人民在日本帝国主义统治下的痛苦生活的小说《神秘的自制岛》和抨击传统婚姻制度的小说《她要往何处去?》。这些文学作品和当时所发表的关于开展台湾抗日新文学运动的文章一样，都具有鲜明的抗日反封建的政治色彩。当然，也都显得稚嫩，只可看作是台湾抗日新文学运动的滥觞或先声。不过，这一拓荒与创新精神，是值得称道的，功不可没。由此，可以看出，台湾抗日新文学运动孕育于台湾抗日新文化运动之中，孕育于思想启蒙运动之中。

台湾抗日新文学运动，是以《台湾民报》的创刊为开端的。1923年4月15日，《台湾》杂志社发行的半月刊《台湾民报》创刊了。台湾抗日新文学运动以此为主要阵地蓬勃兴起。该刊编者在"创刊词"中，开宗明义地指出：倡导白话文，意在启发民智，振起民气。该刊发起创建白话文研究会，开辟文艺专栏，发表文学论文与文学作品。这一切，吸引着一批留日台湾青年和在大陆求学的台湾青年涌向该刊。首先，他们介绍大陆五四文学革命运动，以期台湾抗日新文学运动取同一发展路径。许乃昌的《中国新文学运动的过去现在将来》、苏维霖的《廿年来的中国古文学及文学革命的略述》便是其中有代表性的文章。张我军在《新文学运动的意义》一文中介绍五四文学革命运动的同时，提出了建设台湾抗日新文学的主张："白话文学的建设，台湾语言的改造"。张我军还撰写长篇论文《文艺上的诸主义》，介绍世界文学新思潮。其次，他们对旧文学展开了全面的批判。1923—1924年间，台湾文坛的旧文学气息还较严重，无病呻吟的旧诗词泛滥成灾。"扫荡废物，才能使新生命得以诞生的机运"，便成为台湾抗日新文学运动推动者们的共识。因此，1924年以后，新旧文学进行了激烈论战。张我军在《致台湾青年的一封信》中指出:旧诗文的作者们在旧文学的“粪堆里滚来滚去,滚到百年千年,也只是滚的一身粪”;呼吁他们“读些有用的书,来实际应用于社会”。他还在《糟糕的台湾文学界》一文中,指出盛行一时的旧诗文的严重危害性:“埋没了许多有为的天才,陷害了不少活活泼泼的青年。”他在《请合力拆下这座败草丛中的破旧殿堂》一文中,呼唤台湾青年们猛醒,同大陆新文学家一道,“合力拆下”留在台湾的“这座破旧的殿堂”——台湾“旧文学殿堂”。蔡孝乾、张梗等人也发表文章抨击台湾旧文学。同时,一批属于“真文学”“活文学”的新文学作品也先后面世了。赖和的《斗闹热》和《杆称仔》、杨云萍的《光临》及张我军的《买彩票》等小说、张我军的《乱都之恋》等诗歌、蒋渭水的《入狱日记》和林献堂的《环球游记》等散文,便是这批新文学作品中有影响的作品。

上述文学主张、文学论争和文学作品,不仅表明了台湾抗日新文学运动已经展开,而且也为台湾抗日新文学运动的进一步发展铺了基石。

1927年8月,《台湾民报》[1]移至台湾出版发行,随之众多文艺刊物在台湾问世,台湾新文学运动由台湾岛外而至台湾岛内轰轰烈烈开展起来。

一是全岛性的文艺团体的结成。1927年,台湾文化协会发生分化,左派人士主持该会日常工作。台湾共产党的领导通过该会在文化界得以广泛实现,文化界的抗日民族解放斗争汇入整个台湾抗日民族解放洪流。1932年10月,台湾最大的文学社团——文艺协会成立于台北,并创办会刊《先发部队》。其《宣言》公开宣称:“在社会生活或个人生活的碰壁期,期望于文艺所担负的任务,更见重大,唯有文艺才能够先时代先社会来启发未来的新世界与新生活!”郭秋生的序诗《先发部队》中号召台湾文艺工作者:“赶快齐集于同一战线,/把海洋凝固,把大山迁移,/动起手来,/直待,实现我们期待的世界。”1934年5月6日,台湾文艺界召开第一次台湾文艺大会,台湾文艺联盟于此组建。此次大会和文艺联盟的成立,为把台湾抗日新文学运动推向高潮做了广泛而深入的发动工作。该文艺联盟有明确的大众化文艺路线,先后在全岛各地召开文艺座谈会。这一切努力,就犹如其常务委员赖明弘所说的:“文联团结了作家,团结了知识分子,更熔化所有反封建的反统治的富有民族意识的台湾文学于一炉,展开了提高文学和文化水准的工作,并确保了台湾精神文化的基础,而对异族表示了

① 1927年8月1日至1932年4月2日止,为周刊;1932年4月15日起,改为日刊,且改名为《台湾新民报》。

坚毅不移的抵抗。所以我敢说，这是台湾知识分子的重大表现，其所留下的足迹是具有历史性的。”

二是众多文艺刊物的创办。1927年8月以后，台湾的文艺刊物如雨后春笋一般簇生于台湾文坛上。其中，有这么几个有成就有影响的刊物。

《台湾民报》——《台湾新民报》。《台湾民报》移至台湾后，特设文艺专页，作为文艺论文与文艺作品的发表园地。从1927年8月到1932年4月，该刊先后让出版面以供台湾话文学与乡土文学大论战之用；先后发表了一批文学作品，仅台湾人所写的小说就有70余篇。1932年4月，《台湾民报》改名为《台湾新民报》后，特设学艺部，负责组稿等事宜；特辟文艺专页，以供短篇和中篇文学作品发表之用。该刊为把台湾抗日新文学运动推向深入发展阶段做出了贡献。

《台湾文艺》。该刊系台湾文艺联盟的会刊，创刊于1934年11月5日（1936年8月28日出至第3卷第7期、第8期合刊终刊）。该刊为台湾文艺刊物之冠，不仅存在时间长，而且成绩卓著。该刊虽然打着“不偏不党”的招牌，然而其要旨是针对殖民主义统治的，其文艺主张是为人生为社会而艺术的。大概正因为这样，该刊才成了台湾全岛作家的精神堡垒。该刊发表了张深切、黄得时、雷石榆、杨逵等人的文艺论文，对台湾抗日新文学运动的诸多问题进行了有益的探讨。该刊发表了赖云、张深切、杨华等人“呕尽心血去写成的”小说，还发表了一些较有影响的诗歌与戏剧作品，以如此突出的贡献，成了台湾抗日新文学运动发展期的一块不可多得的文学阵地。

《台湾新文学》。该刊为杨逵、叶陶夫妇创办，赖和、杨守愚、杨逵、赖庆、赖明弘、黄病夫等人共同编辑。1935年12月创刊，1937年6月终刊。该刊是这一阶段台湾抗日新文学营垒中最后一个刊物。该刊实为《台湾文艺》的延续，不过其政治色彩与现实主义精神更为浓烈。杨逵为该刊编选的“汉文创作特辑”，被日本占领者视为“内容不妥当，全体空气不好”而遭到查禁。该刊在培养和扶持台湾文学新人等方面做了许多努力。吴浊流便是该刊发现的台湾极有希望的作家，他的处女作《水月》就发表在该刊上。

《南音》《福尔摩沙》《第一线》等文艺刊物也为台湾抗日新文学运动的迅猛发展起着积极的推动作用。

三是量丰质优的文学作品的问世。这一阶段台湾抗日新文学创作有了长足进步,无论小说、戏剧、诗歌、散文等创作门类都获得了丰收,尤其是小说创作甚为壮观。长篇小说有林辉焜的《不可抗争的命运》、赖庆的《女性悲曲》、陈重映的《暖流暖流》以及徐坤泉的三部通俗小说《可爱的仇人》《暗礁》《灵肉之道》,短篇小说有杨逵的《送报伕》、吕赫若的《牛车》和杨华的《薄命》。这些小说,不仅为台湾读者所喜爱,也为大陆和海外的华人读者所欢迎。这里,还应提及的是李献璋用三年时间编辑而成的《台湾民间文学集》。全书汇集台湾的传说、故事、谜语,记录台湾人的生活、情感、智慧、行动,凝聚着台湾民众的心血。该书对于启迪民智、振奋民族精神具有重要意义,成为当时和后世整个炎黄子孙认识台湾、了解台湾的百科全书式的文化典籍。

这一切,为中国抗日战争时期台湾抗日新文学运动的继续存在与发挥作用奠定了坚实的根基。

三

中国大陆全面抗日战争爆发后,台湾许多文艺工作者来到大陆参加抗日民族解放战争与抗战文学运动。留在台湾的文艺家们,囿于处境的险恶而布不成阵,呈游离状态。台湾抗日新文学运动就未能顺承上阶段的蓬勃之势而深入发展。1937—1940年间,台湾抗日新文学运动似乎销声匿迹了,文学之树似乎凋零了。1940年后,台湾抗日新文学运动犹如大石重压下的小草艰难而曲折地生长着。

日本占领者为着推进大规模侵华战争的需要,在台湾竭力推行"皇民奉公运动",其目的在于钳民之口、灭民之志,防止和消除台湾抗日运动的发生。日本当局要求在台湾的侨民成为该运动的推动者与实践者,要求台湾有产有业人士顺应日本"国策"努力"奉公";要求台湾文化人士认清"时局",体验日本文化;要求台湾广大民众改变生活习俗彻底"皇民化"。这一"皇民化"运动控制了台湾文坛,先后掀起了阵阵恶浪。

处于日本占领者高压与文学恶浪之中的台湾文艺家们,或则隐居乡间,静观时局之变化,待机而行;或则欲写不能,欲罢不忍,背负着历史赋予的沉重的十字架,苦闷彷徨;或则渗透进"皇民化"运动中,利用"合法"场合,从事"非法"

活动，开展有限的抗日新文学运动；甘心于做“皇民”的文人，自然也有。因此，1940年以后，台湾抗日新文学运动仍然无形地存在着、开展着。

1940年，日本号称建国2600年(根据神话传说，日本建国要比西历纪元早660年)。日本政府在日本各地召开庆祝会议，夸耀其“悠久的历史”和“世界无双的国体”，进一步鼓吹法西斯主义，推进侵略战争。日本占领者也在台湾大搞庆祝活动。就在这一庆祝活动中，台湾文艺协会成立了，翌年《文艺台湾》杂志创刊了。该刊是由在台湾的日本人发起组建的，得到了《台湾日日新报》和《台湾新民报》“学艺部”的支持。其主要成员有台湾帝国大学、台北高等学校的日籍教授和台湾总督府的警察局长、情报部官员以及文教局长。该刊的撰稿人也多为在台湾的日本人。该刊是一家综合性文艺刊物，以发表评论、小说、诗歌为主。该刊在发行的最初一年间，表面上标榜为艺术而艺术，实质上却与台湾文艺协会保持着主从关系，依然烙上了一层政治色彩。1941年12月，太平洋战争爆发后，该刊的殖民主义政治色彩十分浓厚，一再声称“奉公尽力的决意”“文章报国的决意”，公开成为“台湾奉公会”的宣传工具，连续刊登皇民奉公会的《岛民剧》，并举办“大东亚文艺讲习会”，举行第一次台湾文学赏。1942年4月，台湾文艺协会自动解散，另行组织台湾皇民奉公会所属的台湾文艺奉公会，纳入日本占领者的政治轨道。同时，还成立日本文学报国会台湾支部。这两个团体是一套人马两块牌子，其共同任务为“努力宣扬岛国文化”，从事台湾“皇民文学”活动。台湾文艺奉公会存在的几年间，选派人员赴日参加“大东亚文学者大会”，主办“台湾决战文学会议”。“台湾决战文学会议”是1943年11月召开的，得到了台湾总督府情报课、皇民奉公会中央本部、日本文学报国会台湾支部的全力支持。会议讨论的中心议题是“确立本岛文学决战态势，文学者的战争协力”。会后，台湾所有文艺杂志被迫合并成为台湾文学奉公会的机关刊物，1944年6月，台湾文学奉公会应台湾总督府的要求，把台湾文艺工作者(包括在台日本文人)分成几支队伍，分别派往台中、台南、高雄、金爪石等地农场、道场、兵团、矿山进行参观，并规定每人将其所见所闻写成小说(后，这批小说结集为《台湾决战小说集》)。这时的台湾文坛被日本占领者强占，所谓“台湾文学”大半成为殖民主义的政治传声筒。

台湾有良知、有爱国心的文艺家们，在极其险恶的境遇中，仍然保持着民族气节。其中,一些台湾新文艺家采取了新的方式,争取生存权与发展阵地。台湾抗日新文学运动,像一股地火在燃烧,像一条暗流在流淌。

台湾作家邱炳南、黄得时、龙瑛宗、张文环等人参加台湾文艺协会,成为《文艺台湾》的编辑、委员。这是中国抗日战争爆发后,台湾文艺家冲破禁锢与沉默之后第一次出现在台湾文坛上,显示出台湾抗日新文学的存在与再起之势。张文环、黄得时等人,虽然为台湾文艺协会成员和《文艺台湾》同人,然而其政治分野和共识差距却十分明显。对此,张文环在《台湾文学杂志社的诞生》一文中做过这样的剖白:"我虽然也是《文艺台湾》同人中的一分子,但每当召开编辑会议时,我就觉得头痛。与其说它是独裁风格,宁可说是像富婆办家家酒似的,那种样子,真叫人忍耐不住。"因此,当《文艺台湾》公开成为"皇民文学"工具时,他们立即退出,并于1941年5月成立启文社,创办《台湾文学》。该社与该刊成为当时台湾文艺家们不可多得的一块阵地与大本营,而与"皇民文学"工具的台湾文艺家协会和《文艺台湾》形成对垒。《台湾文学》虽然只能发表用日文写作的作品,但是其特质与色彩却同《文艺台湾》迥异。它富有浓郁的中国民族特色与台湾的乡土风情。《台湾文学》由张文环编辑与发行,共出十期,1943年12月终刊。张文环、吕赫若、黄得时、吴新荣、吴天赏、杨逵、王碧蕉、张冬芳等台湾文艺家都在该刊上发表过作品。该刊之所以能在日本占领者高压与"皇民文学"恶浪之中生存那么久,台湾大部分作家的作品之所以都能在该刊发表,是因为该刊及发表的作品涂上了一层层"保护色"。"保护色"之一便是台湾乡情民俗。不能写或不能发表直接反日的文学作品,就转入写台湾风土人情、地方掌故、家庭生活,流露出浓浓的乡愁与深沉的愤懑情绪。这也许会被认为是一种逃避现实的表现。然而从适者生存角度说,不得不然!何况,风土人情与民俗,蕴含着台湾人民的深厚情思,浸润着台湾人民的民族意识。抒写这一情绪的文学作品,自然是有着特殊价值与意义的,理应予以肯定。

1942年11月和翌年8月,两次"大东亚文学者大会"在日本东京召开。台湾皇民奉公会与文章报国会支部,先后选派张文环、龙琮英、杨云萍、周金波等人参加。1943年,台湾皇民奉公会还举办台湾文学奖,张文环应征写了《夜猿》,并获得了奖赏。但是,无论"大东亚文学者大会"也好,还是台湾文学奖也罢,其客观效应与主持者的主观愿望反差极大。当时报刊文章就有这样的议论:两次

“大东亚文学者大会”，“对于中国文学界好像并没有怎样明显的影响”[①]，参加会议的台湾作家“带回来满箧歌颂日本风土名胜古迹之类的文章，而不曾见过一篇如何致力于大东亚文学建设方案”，“大会终了，代表们的任务也终了”[②]。张文环的《夜猿》散发出台湾人民被日本占领者铁蹄践踏的痛苦心声，印现出台湾人民挣扎的痕迹。就连那些屈服于日本占领者淫威的作家，在情感上也并非就没有颤抖。陈火尔的中篇小说《道》，向往做“皇民”之意流贯全篇，然而炎黄子孙的血统却无法连根拔去。小说主人公要求做“志愿兵”时写的一首诗流露出了这样的意向：“此事虽谓日本民/自叹连系血缘盆／愿做大君御前盾／奋勇赴死报皇恩。”

台湾抗日新文学与台湾中国人同在。这是我们研讨战时台湾抗日新文学运动时应得出的认识。

四

战时，台湾抗日新文家们在生存环境极端险恶的情势之下，自觉地调整了文学创作方向。文学作品较少反映抗日救亡的直接现实性，较多探寻社会心理的暗流微波。这就淡化了文学作品的表层政治宣传功能，突出了文学作品自身应有的审美期待，文学本体价值在一定程度上得到了回归。因此，战时台湾抗日新文学作品，虽然不如战前那么繁富，然而却形成了新的创作风貌与新的艺术特征。

一是沉郁的时代色彩。不同时代的文学作品，总是具有不同的时代色彩。当一个民族处于被侵略被凌辱的时代，其文学作品必然会烙上鲜明的时代印记。战时，中华民族劫难空前，作为中华民族整体中一部分的台湾人民，更是倍受蹂躏。这时，台湾人民的抗日救亡呼声与强烈的民族抗争意识，像藏于地壳中的“阴河”里的流水，蠕动着、流淌着，带有较浓重的伤感情绪与悲剧意蕴。剖析这一深层次的社会心理的文学作品，自然不能不涂上一层厚厚的、沉郁的时代色彩。这主要表现在三类题材的文学作品中。

---

① 谢刚：《“文学者”与“文化人”》，《文友》第36号，1944年11月1日。

② 何干：《四点希望》，《文友》第36号，1944年11月1日。

第一类题材的文学作品,写婆媳冲突。

传统意识、传统观念,存留于中国几千年的历史长河中,形成根深蒂固的心理定式与思维框架。时代虽然不断地流变,朝代虽然不断地更替,然而中国人依然一代代背负着因袭的重担生存下来。就是被日本帝国主义侵占了半个世纪的台湾,也不例外。台湾“日本化”过程中,传统意识仍然严重束缚着台湾中国人的头脑。摧残人性的婚姻关系造成的悲剧仍在不断地上演。这一生活现象也就一直为台湾的现实主义文学家们所重视,而引入文学创作领域。战时这类题材的作品,写被损害女性在凶悍的对立面的淫威之下做出的反抗,显得十分凝重、哀伤。吕赫若的《月夜》是战时这类题材作品中颇有代表性的小说。婆媳冲突,婆婆虐待媳妇,造成媳妇或被“休去”,或悬梁自尽,以此表达反传统伦理习俗。这类文学作品,可以说带有很强的中国传统性,其源头可以上溯到汉乐府的《孔雀东南飞》。小说《月夜》,题材虽旧,但意蕴却新。新就新在有鲜明的时代特色这一点上:严酷的“皇民化”运动中,台湾中国人仍然是“中国人”。他们的思想观念,他们的生活习俗,他们的饮食男女,并没有被同化。不是吗?小说中的翠竹所受的伤害,主要是中国传统式的。她在第二任丈夫家里,受尽了小姑与婆婆的辱骂、毒打与饿饭的责罚。这是夫权占统治地位家庭中不少媳妇儿的共同境遇。她逃回娘家,想要离婚,这又分明是新女性的思想性格特征。然而这又与“我们不可能在祖宗的灵位上祀奉姑婆”的古训相左,而为娘家父母与亲戚们所不认可。这又分明是“五四”以后中国一般新女性所难于冲破的罗网。最后,翠竹是欲生不能,欲死也不能。小说以她投河自尽被救结尾,意味深长,象征着她尚未走完这苦难的人生旅程,类似于她的中国女性还会继续走下去。这就向读者展示到:在“皇民化”高压之下,台湾中国人、台湾中国女性,多半还是过的中国旧式传统生活,他们还是那样的生,不幸的婚姻还是那样把一个女性的一生引向毁灭。这可以说,间接地曲折隐讳地表达了作家对战时日本“皇民化”运动的最大蔑视与反抗。当然,这种蔑视与反抗,同翠竹抗议姑婆的诬蔑与侮辱一样,是凝重的哽噎的。

第二类题材的文学作品,写母子矛盾。

任何社会现象得到的反馈信息,大凡皆有正负两面:随和者有之,反对者亦有之。特别是一个民族奴役另一个民族时,在被奴役者中,有做顺民的,有为虎作伥的，有宁死不屈而保持民族气节的。这大概是带规律性的历史现象。战时，日本占领者强迫台湾中国人的家庭日本化，吃饭、穿衣、住房、葬礼等生活方式一律日本化，企图彻底摧毁中国传统社会根基与中国民族传统习俗。这无疑会在台湾中国人中引起普遍的极大的反响。接受“日化家庭”，还是维护传统的“中国化家庭”，在许许多多家庭中自然会引起层层波澜与尖锐激烈的矛盾冲突，乃至形成“一家两制”的局面。战时不少台湾文学家从不同角度描绘这一生活事件，表达台湾中国人的反日斗争精神与强烈的民族意识，鞭挞背叛民族传统的丑行。吴浊流的《先生妈》便是反映这一社会生活热点的力作。小说中的先生妈，是当地“街坊上也算是数一数二”的有钱人家的老太太，吃穿优裕，生活起居有丫头侍候。然而，她感到不平与不满。她认为，自己从前虽然“穷得很”，但是“比现在还快活”。现在“有钱能有什么用？有儿子不必欢喜，大学毕业的也是个没有用的东西”。她施舍金钱于乞丐，与乞丐亲近，倾吐衷肠。这表明，她不愿与世俗同流，仍然保存中国传统女性的慈善美德。小说着力描写她的最大不平与不满是“日本化家庭”。对于纯粹日本式的生活，她由不适应到反感到发怒。她根本不喜欢吃“咪噌汁”“忍不住在日本草席上打坐的苦楚”，那又大又难挂的日本蚊帐“恼得先生妈满腔郁塞”。对于儿子为她准备好的日本和服，她不仅“始终不肯穿”，而且“用菜刀乱砍断了”，边砍边说道：“留这样的东西，我死的时候，恐怕有人给我穿上了，若是穿上这样的东西，我也没有面子去见祖宗。”愤怒与憎恶之情发泄得淋漓尽致！临死时，她向儿子“嘱咐死后的事”：“我不晓得日本话，死了以后，不可用日本和尚。”表明了她对“日本化”恨之深深，痛之切切！小说中描写的先生妈的儿子钱新发，“率先躬行”“日本化家庭”，也未必就是虔诚的。他劝阿妈学习日本话时，便泄露了心迹——“知得时势者，方为人上人”。他“没可奈何，不得不把膳堂和母亲的房子仍然修缮如旧”，不就是明证吗？中国有“大义灭亲”之说之事。钱新发的“奸义”却无法“灭亲”，反证明其“奸义”的不真诚！这也使小说透露出了当时复杂的台湾社会心态之一面。小说透露出当时复杂的台湾社会心态的又一面是先生妈因反对日本化而孤苦寂寞。她是在不平不满、郁郁寡欢之中死去的，显得十分悲凉与凄苦。

第三类题材的作品，写孩子们的游戏。

日本占领者，在强迫台湾中国人改换姓名、改用日语、改穿和服、改造房屋的同时,还向台湾中小学生竭力灌输法西斯的军国主义意识。这一最残忍的侵略行径,自然为抗日的现实主义作家所瞩目。坚贞不屈的爱国作家杨逵,顶着黑风恶浪,及时写了小说《泥娃娃》,表达他对日本帝国主义发动侵略战争及其在台湾推行军国主义教育的愤慨之情。小说中的"我",几次吟诵东方朔的赋文:"穷隐处兮掘穴自藏,与其随佞而得志兮,不若从孤竹于首阳。"以示宁死不屈,矢志不移。正因为如此,"我"的忧患意识才特别深沉,"殖民地的儿女的悲哀"才特别沉重。"我"从自己孩子受军国主义教育影响而用泥巴做飞机、坦克相互进攻的游戏,想到孩子的未来:"直到昨天,还在同弟妹捏塑泥娃娃的这个孩子,如今竟然也画起滑翔机的设计图:想着不久之后,也许他就要告诉我他要画一张真正的设计图,竟一个人微笑起来,然而,占领新加坡、占领爪哇、占领整个南洋的时候,像昨夜一样,孩子们到底谁要先攻什么地方呢?告诉过他们弟妹间要互相忍让的。那么,也许他们竟是手携着手去践踏别人的国土欺侮别的民族呢?""不!孩子,再也没有比让亡国的孩子去亡人之国更残忍的事了……"所以,小说结尾,让"一场雷雨交加的倾盆大雨,把孩子的泥娃们打成一堆烂泥……"这一意味深长的结尾,暗示出日本军国主义教育必然破产的命运,宣泄作家至深、至甚、至切的愤慨之情。

这三类题材的作品,表达了一个共同的主题:日本占领者,不可能征服台湾中国人的心!这些作品,或写家庭中的婆媳矛盾,或写家庭中的母子冲突,或写家庭中孩子们的游戏,表现手法隐讳曲折,然而沉郁的反日之志、民族之情的时代色彩十分浓烈。

二是悲怆的艺术特征。

如果说,台湾"日据时期"是近代人类文明史上最为残酷的悲剧时期的话,那么,中国大陆抗日战争期间,台湾则处于这一悲剧的巅峰。悲哀、悲伤、悲痛、悲惨、悲慨、悲壮,既是半个世纪以来台湾社会的一种心理积淀,更是战时台湾人民共同的多层次的心理状态。这当然来源于日本占领者的"皇民化"运动,以及"皇民化"运动中台湾人民深感反抗的孤独无援、孤苦无告而生的忧愁、愤懑、愤激与幻灭。这一心理状态,在敏感的代表台湾社会良知的爱国文学家心中,形成了一股股浇不灭的情炎。悲怆成为他们的情感与情绪的情结核心。这自然赋予了战时台湾抗日文学创作以"悲怆"的艺术个性与审美特征。战时,赖和与吴浊流的作品在这方面具有代表性。

赖和具有非常坚定的民族意志。他一生都身着中国服装，不穿日本和服；他一生都用中文写作，不用日文写作。他行医，为台湾人民医治肉体苦痛；他作文学，为台湾人民代言。他既是一位高明的医生，又是一位卓有成就的文学家，也是一位执着的抗日志士。这一切，自然为日本占领者所不容。1941年12月，赖和又一次被捕入狱。他在监狱中身心备受摧残。狱中一则日记这样写道：

> 门锁上，心里恐喉渴，不能自由饮水，便溺亦不利便，屡想愈不能眠，血液愈奔腾脑际，血压在高起，溺尿多，喉屡觉到干渴，要恳求屡为开锁，恐于其怒，只有强忍。

对于一位性情刚烈、矢志不渝的文学家的战士来说，身陷囹圄时的苦状，是比常人要高出许多倍的。这时的惆怅、悲怆之感，充溢于心间，流露于笔端。他写下了这么一首诗：

> 闻到今朝月正圆，
> 几回搔首向窗前，
> 榕荫漏出娟娟影，
> 只碍墙高不见天。

这与他前不久写的充满憧憬与信心的诗句"人间苦热无多久 / 回首东方月一痕"相比较，却又是一番风味了。字里行间印现出一位矗立于敌人铁窗前"独怆然而涕下"的前行者的身影。显然，这首诗具有浓郁的悲怆美。读罢这首诗，再联想到他出狱后不久的病逝，令人为之悲哀且悲愤，同时也令人感到欣慰与愉悦——一位与作者合一的抒情主人公，在如此险恶境遇里想到的不是个人安危而是台湾的命运。

吴浊流是在反日斗争事件连年不断的血与火中度过童年与少年生活的。台湾人民著名的北埔起义、苗栗起义、西来庵起义就发生于他8至16岁之间。乡亲与兄长的被杀戮、长辈们的愤怒与仇恨，在他的心田里播下了爱与恨的种子。他在读书时,参加过罢课斗争,他曾用所谓“过激”“文辞”讥讽时弊与趾高气扬、飞扬跋扈的日本占领者。抗战爆发后,他由台湾到大陆。他目睹了日本帝国主义践踏上海、南京中国民众的惨景。不久,他又返回台湾。吴浊流这一生活经历,确如龙瑛宗在《冥想》中所说的:“讵知先生一出世,便陷于暗淡时代,狂风怒涛,生活于黑暗中,不无感时花溅泪的情怀。”他的作品——无论是诗歌还是小说,都带有历史性的性格、社会真相的一断面与时代情形的一投影,自然也有自我意识与自我形象的投入。他在战时写的短篇小说《先生妈》和长篇小说《亚细亚的孤儿》,便达到了这一现实主义的最高品位。

《先生妈》中的先生妈抵制“皇民化”运动和反对“皇民化”运动,确实最勇敢、最坚决、最彻底,好似民族尊严、民族灵魂的象征。然而她又是孤军奋斗的。她在家里,没有一个同道者,没有一个可用汉语交谈的人。她苦闷,她孤独。她不讲日本话,不懂日语,“在家里没有对手说话”,只得在儿子接待客人时“以出客厅来与客人谈话为快”。尤其是一家人“每夜不缺”娱乐时,她“冷冷淡淡”“孤孤单单”。小说这么写道:

> 独有先生妈,绝不参加,吃饭后,只在自己房里,冷冷淡淡。有时蚊子咬脚,到了冬天也没有炉子,只在床里,凭着床屏,孤孤单单拿被来盖脚忍寒。

看来,最勇敢坚决最彻底地反对“皇民化”的先生妈,在这个堪称典范的“日本化”家庭里,完全是一个“多余人”“零余者”。她的处境确实十分孤立,心绪确实不佳。这里的“忍寒”一词似乎颇有文章可做。“寒”者,不仅指天气的严寒或寒冷,更包含家庭乃至整个社会充斥着的逼人“寒气”,也许还有先生妈主观感觉上的“清冷”。“忍”者,亦非仅仅“忍耐”,也许更含“忍受”之意。这不仅描绘出了先生妈此时此境中的心理状态,而且也为先生妈的反日行为涂抹上了一层层悲凉、悲慨、悲怆的色彩。其中,自然投入了作家的自我意识与自我形象:战斗着的孤独者及战斗中的孤独感。

《亚细亚的孤儿》可以说是《先生妈》的大扩展。主要体现在这么三个方面:一是由家庭扩展到整个社会人生,二是由孤独意识扩展为孤儿意识,三是由隐忍死去而为“疯狂”奋起。悲怆的艺术特征体现得最为充分。这部长篇小说以主人公胡太明一生的经历为中心情节，深刻地剖析了台湾沦入日本之手后社会生态与社会心态的流程。台湾是中国领土不可分割的一部分，台湾人民是中华民族的“嫡系”子孙。台湾被日本占领后，台湾人民的反抗斗争，虽然也得到了大陆各界人士的声援，但是，大陆人民给予的实际援助确实是十分有限的。因为大陆也遭受着世界列强的欺凌。这就使得台湾人民的反日斗争往往处于孤立无援之境。一面是孤立无援的反抗，一面是铁血统治，两者构成了台湾50年间日趋严重、日趋严峻的社会生态环境。台湾人民、特别是台湾的爱国仁人志士，那犹如被母亲抛弃般的“孤儿意识”就在这一生存环境中孕育着、滋长着。中国抗日战争时期，大陆人民全力抗击日寇入侵，海外华人一致声援抗日民族解放战争。这时，台湾的爱国志士们在挣扎反抗中，倍感被遗忘、被遗弃乃至被误解，“孤儿意识”随之也更为强烈。因此，“孤儿意识”日益成为台湾多重社会心态的主体。对此，吴浊流感同身受。他以近距离观照现实的方式，将台湾现实社会浓缩为小说艺术世界、将台湾现实社会心态凝聚在小说主人公胡太明的身上。艺术形象胡太明既是一个“拼凑起来的角色”和“亚细亚的孤儿”典型，又仅仅是其中的“一个”。“优柔不断十余年”。这是胡太明对自己过去“十余年”生活的恰切描述，何尝又不是胡太明大半生心理状态的真实剖白呢！他之所以“优柔不断”这么久，根本因素是对儒家古训的信奉与困惑。儒家古训与时代潮流的撞击，使得他不能把握自己，不能抓住机遇而在社会人生中确定自己的位置。于是彷徨苦闷与孤独寂寞就伴随了他“十余年”，伴随了他大半生。彷徨苦闷与孤独寂寞，通常是一个人觉醒之后感到失落的心理症候。童年时期，胡太明按照祖父的安排，读四书五经。一次偶然机会，他从亲戚孩子们能歌会舞游戏中“发现了另一个茫然无所知的世界”。然而，他不能踏入这个世界的大门，因为他的祖父要他接受汉学教育。他“感觉到自己离群的孤独”“宛如一叶漂流于两种不同时代激流之间的无意志的扁舟”。造物主好像要他生来就接受苦闷与孤独的熬煎。青年时期，他在学校执教时，因持明哲保身的古训，对“日籍教员和台籍教员间的不平等待遇，以及自己到差以后笼罩在周围的郁闷的空气”“没有什么不满或不愉快”，然而却又不能麻木不仁，因此晚上睡觉时“思潮起伏，老是不能入眠”。因怀民族自卑心理，既爱日籍女教员而又顾虑重重，并自责自己血管里流淌着的“以无知淫荡的女人做妾的父亲的污浊血液”。他所“建立的那微不足道的明哲保身的理论”被曾导师事件和返乡留日学生的谈话重重一击而“完全崩溃了”。由此,他“获得一个光明的启示:忘记过去的一切,到日本去留学,打开自己新生的扉页”。在日本,他决定“专心一意地求学”,但高涨于留日学生中的爱国热情又偏偏袭击着他。长于自省的他,又“觉得自己和豪情奔放的他们比起来,似乎过于贪图安逸,因此在他的心灵深处,难免对自己发生一种厌恶之感”。于是,他接受邀请去参加中国同学会主办的演讲会。这可算是他第一次参加政治色彩十分浓烈的集会。同学们的政治热情,激起了他心灵的颤动。但是,那“‘台湾人?’恐怕是间谍呢?”的窃窃私语,好似铁棒劈头打来,他立即“像遁逃假装地跑出会场”。对此,他“愤怒而没有发怒”“只感到空虚和寂寞”。看来,他在留日时,也未脱离既成的漂流的一叶扁舟的人生命运,也未找到打开新生扉页的钥匙。返台后,失业问题、家庭问题、社会问题纷至沓来。面对这一切,他想采用躲避主义,找一个地方安居乐业。但是现实的台湾根本不存在一方净土,于是“他只有独自岑寂地徘徊在荆棘满道的歧路上摸索”。如果说,他去日本留学只是受了曾导师影响的话,那么“游归大陆”则完全取决于曾导师的安排了。他在大陆的生活与心境也是一波三折的。他有了固定职业,结了婚,尝到了人生乐趣;然而新女性的妻子热衷于政治运动,生活不规范,跳舞玩麻将,他又很快失去了家庭的温暖。他为朋友张的思想所同化,打算凭借教育力量去激发学生的爱国热情;然而又不愿跟随友人与妻子从事实际的抗日活动,以致受间谍嫌疑而被捕入狱。越狱之后,又只身返回台湾。他踏上台湾土地时,就受到日特的监视,感到异常忧虑;“皇民化”狂潮使他神情颓废沮丧。他研读《墨子》,对现实人生做了理性思考,认为老子、庄子、陶渊明等古人可以避免卷入历史洪流,但现代人却不可能;他们的智慧,对现代社会已失去规范力量。因此他判定:在现代“总体战”的体制下、在“国家至上”的命令下,任何人都难逃卷入战争旋涡的命运。然而,当他接到“参加海军作战”的命令时,又身不由己地战栗起来。他在广州目睹无辜同胞惨遭杀害,精神受到过度强烈的刺激而病倒了,被送回了台湾。胡太明经历人生这一幕之后,对“圣战”的本质有了了解,对广大民众的力量与意志有了认识,好像“在黑暗看到了一线曙光”。但是,“他没有克服现实的勇气,结果只得向一切事物妥协”。不过,“一切事物”却不与他妥协。他连唯一的亲人弟弟都被奴役致死了。本来就超负荷运转的他,怎能再经得住这一沉重的打击呢？太多的苦痛、太多的自责与自省,使得他的肉体与精神都无法承受,终于“疯狂”了。但是,他在“疯狂”中站立了起来,成了一名铮铮铁骨的斗士。他痛骂日本占领者与民族败类。他在胡家大厅墙上题写“反诗”,大声疾呼:“志为天下士,／岂甘作贱民?”“汉魂终不灭／断然舍此身!”“六百万民齐崛起,／誓将热血为义死。”他来到大陆的大后方参加抗日民族解放战争。胡太明的这一人生归宿,既符合生活真实,也符合艺术真实,既是现实主义的,又是浪漫主义的。小说结尾展现出的这一“亮色”,给悲怆的审美特征增添了一种新的色调——壮美！给予读者的,不仅仅是愉悦,更多的是振奋。

三是驳杂的地区风味。

文学作品的地方风味,自然来自文学作品所反映的地方生活与来自作家对地方生活的深切感受以及所采用的表达方式。鲁迅笔下的江南水乡、沈从文笔下的湘西苗乡、艾芜笔下的西南边陲、沙汀笔下的川西北农村……无不具备地方特色,无不是一幅幅震撼人心的风情画、民俗图,又无不表达了作家对社会人生思考与审美价值的判断。作为大陆新文学延伸的台湾抗日新文学,自然也具有地方风味这一特性。事实上,台湾抗日新文学家们,更注重于台湾乡土生活的描写,以弘扬乡魂与民族魂,抵制“大和魂”。因此,台湾抗日新文学作品的乡土味特别浓烈。如果说,战前台湾抗日新文学作品的乡土味比较“纯”些的话,那么战时台湾抗日新文学作品的乡土味就显得比较驳杂一些了。这当然取决于战时台湾地区生活的驳杂和作家对这一驳杂地区生活的多种感受。战时台湾抗日新文学地区风味的驳杂主要在于固有的传统风味之中夹杂了“皇民”狂潮味,因而殖民地区风味较重。

战时台湾抗日新文学作品,写了多种乡土本色,如传统的民俗、礼节与父权、夫权等。《先生妈》中的先生妈,每月十五日,照例到庙里去烧香,向菩萨供奉三牲与金银纸香。哪怕“战局紧迫粮食开始配给,米也分配”,她仍然照例在每月十五日把钱或米施舍给乞丐。她临终前,还吃乞丐送来的油条,还拿钱给乞丐。先生妈死时,乞丐望先生妈的灵柩而啼哭,以后到每月十五日,乞丐一定备办香纸到先生妈坟前去烧。台湾已有50年殖民地历史了,然而台湾土地上的中国人还是那么唯礼、唯义。富而好礼、贫而好义,这一传统基因或者说传统德性依然未灭,这一传统民风依然尚存。《月夜》中写的夫权父权主宰翠竹的命运,也是代代相传的:

> 至少在婚姻上一度失败的男人,也会有机会享受幸福生活的可能性,若是女性的话,在社会上,道德上都会使得她不得不屈就更不好的婚姻。漂亮而有教养的姑娘,由于一度解除婚约,就失掉了对所希望的结婚对象期盼的资格,或者才过了二十五岁,就只能被当作后妻的对象,这种事实,我们看过不少,因此,台湾女性的父母亲,想冷淡地处理自己的女儿,也是无可厚非的。

翠竹无法也无力挣脱这种人生罗网的束缚,最后选择了不少中国传统女性与台湾现实女性的道路——自杀。《亚细亚的孤儿》中的那座云梯书院,最具台湾殖民地地区色彩。

> (书院)利用庙宇的一栋房屋作教室,小小的书院里也有三四十个学生。教室里琅琅的书声和学生们的嬉笑声混成一片,一直传到户外……室隅有张木床,床上摆着四方的烟盘,烟盘上封灯闪着黯淡的火光。那昏暗的灯光凄厉地照耀着烟枪、烟盒、烟桃等杂乱无章的鸦片用具和横躺在旁边的一个瘦骨嶙峋的老人。床前桌上堆满了书籍,还有一个插着几支朱笔的笔筒……正面墙上挂着一张孔子的画像,线香冒着一缕缕的青烟。

这座云梯书院,就其陈设、气氛、主人气质而言,可算是古老的旧中国随处可见的私塾房的典范。旧中国一代又一代的少年都像胡太明那样,由其长辈送去发蒙读书。然而,它又不是纯粹的旧中国大陆上的私塾房,因为它已严重地受到了日本占领者“教育制度大改革”风雨的吹打。它的主人和胡老人谈话时,总是喜欢用“斯文扫地”“吾道衰微”之类的话,大叹其圣学没落。这就给具有旧中国特色的地方笼罩上了一层台湾殖民地地区色彩。

日本占领者在台湾竭力推行“皇民化”运动。一时间,“皇民化”狂潮席卷着台湾每个中国家庭和人生角落。这是战时台湾殖民地地区的特有现象。当时,不少文学作品都做了如实而不讳饰的反映。《亚细亚的孤儿》中,写了义民庙的“拜拜”被废止。平时每逢七月中元,14个乡镇的数万居民,都聚集在枋寮的义民庙,供上1000多头牺牲猪羊,热热烈烈地举行“拜拜”。但现在连地方戏也不准上演,就像烟消云散似的显得冷落凄凉。这一历史传统根深蒂固的民情、民俗也在战时的台湾被改变了。更有甚者,是钱新发及其家庭的彻底改变。日本占领者要台湾人民换姓名时,他争先恐后,把钱新发之姓名改为金井新助,并且马上挂起新的名牌。日本占领者要台湾人生活“日本化”时,他马上改造房子,变为日本式的,设置新的榻榻米和纸门,并穿上和服,讲日语。那个“每夜不缺”的“娱乐”更充分体现了钱新发家庭生活的“日本化”:

> 晚饭后,金井新助的家庭,以他夫妇俩为中心,一家团聚一处娱乐为习。大相公、小姐、太太、护士、药局生等,个个也在这个时间消遣。到了这时候,金井新助得意扬扬,提起日本精神来讲,洗脸怎样,吃茶、走路、应酬作法,这样使得,这样使不得,一一举例,说得明明白白,有头有尾,指导大家做日本人。金井先生说过之后,太太继续提起日本琴的好处,插花道之难,且讲且夸自己的精通。药局生最喜欢电影,也常常提起电影的趣味来讲。大学毕业的长男,懂得一点英语,常常说的半懂不懂的话来。大家说了话,小姐就拿日本琴来弹,弹得叮叮当当。最后大家一齐同唱日本歌谣。此时护士的声音最高最亮。这样的娱乐每夜不缺。

作家写这样的“皇民化”狂潮,当然没有半点儿“展览”之意而饱含辛酸、愤怒与憎恶之情。这一“皇民化”狂潮的写入文学作品,构成了战时台湾抗日新文学特有的殖民地地区风味。

总之,战时台湾抗日新文学作品,反映了台湾现实社会,反映了台湾人的生活与心理愿望以及多色调的民情风俗。尤其是长篇小说《亚细亚的孤儿》,包含有巨大的历史容量,即如作家在《亚细亚的孤儿》的“本篇概略”中所说的:“把日本统治下的台湾,所有沉淀在清水下层的污泥渣滓,一一揭露出来了。登场的人物有教员、官吏、医师、商人、老百姓、保正、模范青年、走狗等,不问日人、台人、中国人的各阶层都网罗在一起。不异是一篇日本殖民统治社会的反面史话。”这样的“乡土”文学作品,自然是具有较为驳杂的殖民地地区风味的。

原载《台湾研究》,1995年第2期;中国人民大学书报资料中心《中国现代、当代文学研究》,1995年第8期全文转载,原题目为《论战时台湾抗日新文学创作的审美特征》

中国大陆新文学与中国香港新文学

1842年，香港被英国霸占。这之前，香港仅是中国南海之滨的一座小小荒岛，渔人栖息之地，海盗出没之所，不为国人瞩目。英帝国主义用战舰利炮轰开中国古老大门之时，强迫清王朝把这块不毛之地割让于它。从此，英国殖民主义者在香港组建政府，构筑“属地”社会，移山填海，大兴土木。先进的科学技术与管理技能和中国人的智慧与廉价劳力的结合，使香港迅速地成为南中国的门户、欧亚交通枢纽、世界金融贸易中心、商业与军事良港。但是，新文学运动却迟迟不得以发生。到中国抗日战争时期，香港历史上才出现了第一次新文学高潮。

一

胡适在《南游杂忆》中说道：“香港应该产生诗人和画家。”然而，“应该”是一回事，“事实”又是另一回事。一个经济腾飞与繁荣的社会，一般说文化事业是比较发达而生气蓬勃的。香港却属例外。这，自有其诸多因素。在《香港小记》一文中，

这样剖析道:

香港为商业之地,文化绝无可言,英人之经营殖民地者,多为保守党人。凡事拘旧章,执行成法;立异趋奇之主张,或革命维新之学说,皆所厌恶,我国人之知识浅陋与思想腐迂者,正合其臭味,故前清之遗老遗少,有翰林、举人、秀才等功名者,在国内已成落伍,到香港走其红运,大显神通,各学校之生徒,多慕此辈,如吾国学校慕之某博士硕士焉,彼辈之为教也,言必称尧舜,书必读经史,文必尚八股,盖中英两旧势力相结合,牢不可破,一则易于统治,一则易于乐事也。

事实上也是这样。政治上,英人移植英国议会政治于香港,议会中的中国人由英政府指定,普通中国人不得过问;军事上,由英国陆海空三军驻守;文化教育上,以"大英帝国为中心",中文仅限于儒家典籍,企图使香港中国人安于顺民与奴隶地位;生活方面,大力引进西方生活方式,崇尚欧化;在市民组成成分方面,中国人最多,还有英国人、印度人、葡萄牙人、日本人、美国人等。随着岁月的流逝,香港中国人在英国殖民主义统治下,在与不同种族、不同民族的人交流过程中,社会地位、思维意识与生活习俗都发生了分化。飞黄腾达者有之,随遇而安者有之,固守奴隶地位者有之,关心祖国命运和自身命运者有之。鲁迅在《再谈香港》一文中,曾对香港"小照"做过这样极形象的描绘:

中央几位洋主子,手下是若干颂德的"高等华人"和一伙作伥的奴气同胞。此外即全是默默吃苦的"土人",能耐的死在洋场上,耐不住逃入深山中。

大概正因为如此吧,香港在文化文学方面才保守落后,被称为一块"文化沙漠",一座不易种植文学之树的"水泥岛"。这也许说得过火了一些,但在一定程度上勾画出了现代化大都市香港的文化文学落后的实际状况。

文化文学落后而经济繁荣,这一畸形社会现象,不可能阻挡现代文明之风的吹入。香港聚居的市民毕竟多是炎黄子孙。他们不可能不受到祖国变法维新、革命运动和新文化新文学运动的影响，不可能不接受世界民主大潮的感染。19世纪末和20世纪初及其之后，祖国的思想文化革新潮流渐次渗透进了香港，香港新文学运动随之缓慢地萌生了。

19世纪末，香港有志之士关注祖国的命运。他们在香港创办报刊，撰写文章，呼应祖国内地的改革运动。1874年香港《循环日报》的创刊和王韬发表的言论，便是一例。王韬多次为该报撰写社论，描述救治中国病症的“药方”。他认为要改变中国的面貌，必须一切学西方，仅有经济上与军事上的西化还不能使中国富强而与西方诸国并驾齐驱，还必须废除八股考试，在文化上向西方学习。他的这一见识，既有感于当时祖国内地的洋务运动，也有感于香港的现状。这一“全盘西化”的观点，虽然不合中国国情而不可能拯救中国，然而，却表明香港中国人的爱国意识仍然留存，与祖国的爱国志士仍然一息相通。

“废除八股考试”之说，并未给香港旧文化多大的冲击。后来，有些热血青年高喊“打倒旧文学，肃清八股文”的口号亦未产生动摇旧文学根基之力。一直到20世纪20年代中期，香港文化界依然是旧文学占据优势。当时的文言文派别繁多，诸如“太史派”“游逸派”“书画文学派”“旧小说派”“小报派”等。以至如胡适在《南游杂忆》一文中说的1927年鲁迅在香港讲演时，“因为攻击国粹，得罪了若干人”。即使到了20世纪20年代末30年代前期，旧文学在香港依然大量地存在着。以至1935年1月，胡适来香港大学接受名誉博士时，还深感香港最高学府——香港大学的教学内容完全处在中国大陆新文学大潮之外。

香港新文学运动就在这样的社会人文环境中艰难地跋涉着。

香港新文学运动始于20世纪20年代中期。当时，有两家报纸副刊发表香港文学青年的新文学作品。一是《大同日报》副刊，多刊登谢辰光、侣论、张吻冰、岑卓云等人的新文学作品。二是《南华日报》副刊《劲草》，多刊登侣伦、张弓、刘火子、李育中、易椿年等人的新文学作品。这两家报刊所发表的新文学作品，仅是在旧文苑里插上的几株新文学幼芽。因为这两家报刊，还不是纯粹的新文学刊物，它们还发表了旧文学作品；同时，还因为这些作家作品本身的稚嫩而未具备造成一个新的文学运动的震撼力量。

1928年以后，随着《伴侣》《红豆》等纯新文学刊物的面世，香港新文学运动得以形成，使旧文学阵地日趋缩小。《伴侣》于1928年8月创刊，张稚庐主编，侣伦、吻冰、小薇、凤妮、稚子、柰生、孤燕等人为其基本作者。大陆作家沈从文也在该刊上发表过作品。该刊多发表这些作者创作的小说,也发表他们的翻译小说与散文。该刊之所以成为香港新文学的第一个刊物,一是因为编辑方针的“新”——公开反对旧文学,主张面对香港现实社会人生,倡导写出有特点的香港都市文学。这自然是呼唤现实主义精神与现实主义文学的举动。二是因为发表小说内容的“新”——该刊举行过《初吻》和《情书》两次征文活动,应征作者百余之众,其作品大多为个性解放与婚姻自由追求的抒写。该刊虽然存在时间不长,其意义与作用却十分显著。它开启了香港新文学运动的航程,成为“香港新文坛的第一燕”。自此以后,十余种新文艺刊物先后涌现。《伴侣》停刊后,香港第一个新文艺团体岛上社继起,主要成员为谢辰光、张吻冰、岑卓云、侣伦、陈灵谷等人。他们常常集会,研讨新文艺问题。这一群“孤军突起似地挣扎在这个黑暗环境之中”的新文艺青年们,先办《铁马》后办《岛上》。虽然前者只出一期便停刊了,后者也只出三期就终刊了,但为开辟香港新文苑确实倾注了心力。《红豆》是继《伴侣》之后,香港新文坛上最有影响的新文艺刊物。该刊于1933年12月创刊,1936年8月停刊,前后共出4卷6期。第4卷第4期以前,该刊为综合性的文艺刊物,刊登小说、诗歌、戏剧、散文、论文,最后两期如《编者启事》中说的“利用原有篇幅实行纯化,改为诗与散文月刊。”该刊包容性很强,熔东西方新文学于一炉,既有香港作者的作品,也有大陆作家作品,还有西方文学作品。香港文学青年梁之盘、李育中、侣伦等人为其基本作者;大陆作家欧阳山、唐弢、路易士等人不时在刊物露面;《英国文坛十杰专号》《世界文学专号》为该刊译介西方文学的重要专号之一。该刊确如《编者启事》中所说的:“成为南方历史较长之文化刊物,其间不惟形式日新,内容亦见进步。”为香港新文学呈现欣欣向荣之势做出了重要贡献。

香港新文学运动初期的这一系列活动,为香港新文学出现第一次高潮奠定了基础,对于使香港成为中国南方的一个新文化中心具有开拓之功。

二

祖国大陆抗日战争全面爆发以后,北京、天津、上海、南京、广州等内地人士纷纷来到香港，使香港人口骤增了二三十万。他们中虽有寻找新的安乐窝的人、发国难财的人乃至汉奸之流，然而更多的则是富有爱国良知的人，利用香港特殊的社会环境，同香港爱国同胞一道，组织抗日救亡团体，积极开展抗日救亡活动。其中，先后南来的一批文化界人士，在香港办报纸、出刊物、集会结社。于是，一种崭新的抗战文学运动在香港文坛上出现了。这一刚成雏形的香港抗战文学运动完全汇入了中国抗战文学大潮。这时的香港文坛成了中国抗战文学通向世界的窗口和中国文化人士的集散地与驻足站。

1938年至1945年，香港抗战文学运动大抵经历了这么三个发展阶段。

1938年至1939年3月，为香港抗战文学运动的初期。

在这一阶段里，南来香港的中国新文学工作者们，在各自的聚居地集会、办报刊、撰写作品，移植大陆抗战文学活动于香港文坛。就集会而言，主要有中华艺术协进会、大风社、良友画报社、东方杂志社先后主办的旅港文艺家座谈会。先后来港的大陆文艺家们出席了会议，诸如茅盾、阳翰笙、许地山、戴望舒、徐迟、陆丹林、简又文、萨空了、马国亮、成舍我、陈衡哲、姚风、杜衡、穆时英、叶恭绰等三四十人。这些集会或意在呼朋引类联络感情，效力国家；或意在弘扬民族精神，抗战到底。特别是中华艺术协进会文艺组主办的两次集会，对于香港抗战文学运动的展开更有积极意义。一次是1938年3月12日，李育中、杜埃以该会文艺组名义召开的文艺座谈会，赴会者30余人。茅盾应邀出席，并就香港抗战文艺问题和香港文艺界所关心的文艺问题发表了讲话。一次是1938年10月的鲁迅逝世两周年纪念会。这次纪念会拟有纪念工作大纲、确定有纪念会主题。这次纪念会召开时，阳翰笙致辞，茅盾做报告。与会人士对学习鲁迅精神、坚持抗战到底、巩固与发展抗日民族统一战线的主旨，展开了讨论，获得了共识。这两次集会和茅盾等人的讲话，犹如一石投进水潭生起层层波浪，大大激发了旅港文艺家和香港文学青年的抗日救亡热情和从事抗战文学活动的热情。就创办或复刊的报刊而言，主要有《大风》《立报·言林》《星岛日报·星座》《大公报·文艺》。《大风》于1938年3月创刊于香港，1941年12月5日终刊，陆丹林主编。这是香港报刊中存在时间较长的一份文史综合性杂志。郁达夫、许地山、施蛰存、徐迟、许钦文、谢冰莹、老向等人在该刊上发表过作品，柳亚子、简又文等人在该刊上发表过“近代史料”文章。该刊的宗旨及政治倾向鲜明突出：

"拥护中央,抗战到底。"《立报》副刊《言林》于1938年4月1日复刊于香港,茅盾主编。该刊在茅盾主编期间所起的作用,正如林友兰在《成舍我先生与香港报业》一文中所说的:对香港成为中国文化中心给予了一项历史性的影响。这当然有赖于茅盾所持宽容的编辑方针与用稿原则。他根据抗战时代要求和香港读者水准而又顾及《言林》一贯风格,把该刊办成一个"五花八门,雅俗共赏"的文艺园地,并认为"应当有一连载半月或一月之长篇小说作为主柱,而用五花八门的短文以为陪衬"①。他以身作则,躬行其事,他的《第一阶段的故事》即《你往哪里跑?》就是为该刊写的"雅俗共赏"的抗战长篇小说。他为该刊写的短文,"上下古今",无所不谈,触及时势,为香港文坛和香港读者,确实提供了"明目清心"的精神食粮。《星岛日报》副刊《星座》于1938年8月1日创刊,1941年12月停刊。戴望舒主编。该刊被称为当时香港文坛"甚热闹有生气"的抗战文艺园地②。该刊宗旨是为着"早日终了"那阴霾气候而与港岸周遭的灯光同"尽一点照明之责"③。该刊发表大陆各地知名作家创作的作品和撰写的文章,还报道边区抗战文艺活动的消息。郭沫若、艾青、郁达夫、沙汀、沈从文、卞之琳、方敬、徐迟、萧军、萧红、端木蕻良、芦焚、袁水拍、适夷、许钦文、马国亮、萧乾、罗洪、施蛰存、刘火子、欧阳山、韩北屏、陈残云、叶灵凤等人的小说、诗歌、散文、报告文学作品,均在该刊上发表。这些作家的作品,把大陆中国民众抗日救亡的呼声和抗日军民的英雄壮举生动而形象地传递给香港的中国读者,使之产生认同感,奋起声援与支持大陆抗战。该刊以其巨大影响力,起着中国抗战文学海外据点的作用。1938年复刊于香港的《大公报》副刊《文艺》,也是这一阶段香港抗战文坛上重要刊物之一,对于香港文坛热气腾腾战歌四起的新局面的形成也尽了应尽之责。就文学作品而言,主要是大陆各地文艺工作者创作的短小精悍的抗战作品,其中最有代表性的是茅盾的长篇小说《你往哪里跑?》。这一切,表明抗战文学运动已经在香港开展起来,香港新文坛发生了巨大变化,与整个中国新文坛开始取得了同一步调。

1939年3月至1941年12月为香港抗战文学运动的高潮期。

---

① 茅盾:《谈编副刊》,《战地》第6期,1938年11月。

② 适夷:《文艺工作者在广州》,《抗战文艺》第2卷第6期,1938年10月。

③ 戴望舒:《创刊小言》,《星岛日报·星座》,1938年8月1日。

在这一阶段里，香港文艺界抗日民族统一战线组织"文协"分会成立了，而且发挥了团结全港文艺工作者从事抗日救亡工作和抗战文艺运动的核心作用；在这一阶段里，香港文艺界呼应大陆文艺界开展了一系列重大文艺问题的论争；在这一阶段里，香港文坛问世了一批颇有成就的作品，涌现了一些有才华、有希望的香港文学新人。这些都标志着香港抗战文学运动的汹涌澎湃，构成了香港新文学史上的第一次文学高潮期。

1939年3月以前，抗战文学活动虽已开始在香港文坛呈现翻腾之势，然而作为一个新的文化中心却刚成雏形。因为这时的香港文坛与大陆抗战文坛在共识上仍有差距，同时也还没有一个健全的统一战线组织。这一点，旅港文艺工作者大多数有所认识，并不时发表文章，分析香港文艺界所担负的重任，呼吁团结、组建统一战线团体。黄绳就这样指出过："文艺工作者的大团结，不需要不分部门的千百人集拢来喝喝茶，交换交换意见；而要的是各地部门的工作者，在统一战线的原则下，联系起来和加紧工作。"[①]1939年3月26日成立的"中华全国文艺界抗敌协会香港会员通讯处"，便是香港文艺界所期待的统一战线组织[②]。该会在存在的三年时间里，楼适夷、许地山、戴望舒、叶灵凤、陆丹林、简又文、乔木、杨刚、施蛰存、袁水拍、黄绳、徐迟、林焕平、茅盾、夏衍、端木蕻良等人先后担任理事，陈占元、周刚鸣、马耳、宋之的、郁风、林林等人先后担任候补理事。该会下设总务部、组织部、宣传部、研究部及文化服务部；开展了一系列活动，基本上实现了预期愿望，那就是："变更过去留港同人各自为战的方式，而一致归于全国文协旗帜之下，立刻团结起来"[③]，"利用香港这个沟通国内外声气的中继站地位"，"多做点国际宣传工作"，"尽量的检举失败主义者以及发和平谬论的汉奸，和敌人的种种宣传，并随时予以打击"[④]。该分会与文协总会合办的《中国作家》，促进了中国抗战文学走向世界。该分会热情接待过往文艺工作者，起着中继站和传递站的作用。该分会还举行了鲁迅纪念大会和郭沫若祝寿

① 黄绳：《我的建议》，《星岛日报·星座》，1939年2月4日。

② 文协总会函聘许地山、戴望舒等在港作家同文协总会组织部主任楼适夷，共同组建。此名称一直沿用到1940年4月才改名为"中华全国文艺界抗敌协会香港分会"。

③ 《成立宣言》，《立报增刊》，1939年3月27日。

④ 评论《文协香港通讯处成立，希望能全始全终奋斗到底》，《立报》，1939年4月10日。

大会。同时,该分会还根据香港文化状况开展了一些卓有成效的文艺活动,如香港文艺通讯活动。开展香港文艺通讯活动,意在促进香港文艺与香港社会结合、与香港人民大众结合。为着大规模地开展文艺通讯活动,该分会于1939年6月8日成立了"文艺通讯部"(简称"文通")。"文通"举办"文艺讲习班",聘请茅盾、胡风、黄绳、林焕平、戴望舒、冯亦代等十位作家、诗人、理论家讲授抗战文学理论与抗战文学创作问题,向香港广大文学青年普及文学理论知识。"文通"举行的两项文艺活动应大书特书。第一项是《香港一日》征文活动。该活动是与文艺生活出版社共同发起的,其目的是"通过《香港一日》的号召,来全面地深刻地暴露香港一日间万花缤纷的生活动态——光明与黑暗、繁华与贫困",同时"也想借此做一个'文艺通讯'的普及运动,促使文艺上的生气与活动"[①]。也即是如黄绳在《关于〈香港一日〉》一文中所概括的:借此反映出抗战期间港侨生活的全貌和吸收文艺工作者扩大香港文艺运动的营垒。《香港一日》征文启事见报之后,应者云集,收到稿件200余篇,颇得各界之赞誉。这可以说是香港文学史上的第一次"文学造山"运动。它开启了新文学与香港社会生活与香港民众相联系的道路。第二项是"文通"单独举办的"八月文艺竞赛""七月文艺通讯竞赛"活动。1939年8月6日,"文通"发起《八月通讯竞赛》,在应征一个半月时间里,收到稿件30余篇,大多出自工人、店员、学生之手,反映香港广阔的社会人生,为香港文坛增添新的气息。1940年7月,"文通"发起了《七月通讯竞赛》,以表纪念"七七"事变全民抗战三周年之意,进一步动员香港文艺工作者讴歌光明,抨击黑暗,一致努力于民族民主解放事业。这次竞赛收到稿件70余篇,如黄绳在"反新式风花雪月"座谈会上的发言说的大多较"深刻地刻画出社会上每一个角落的本来真面目",使文艺通讯这一文体样式真正成了"反映现实最突出、最有力的工具"。由此,香港文坛呈现出了轰轰烈烈的局面。为使香港文学青年形成一支坚强队伍,"文通"还成立了香港青年文艺研究社。这是香港文艺青年们思想理论学习和文艺创作学习的园地。他们研讨最多的文艺问题是文艺与政治的关系、文艺创作中的典型以及抗战文艺的性质等问题。他们参加香港文坛出现的文艺与政治等问题的论战。在这些活动中,他们的政治水准与写作水平有了不同程度的提高,有些人甚至以此为起点开始了新的人生征程。陈

① 文艺生活出版社《"香港一日"征稿》,《中国晚报·文艺通讯》第14期,1940年4月5日。

汉华在《回忆“香港青年文艺研究社”》一文中就认为这是他们“走上革命道路的启蒙阶段”。事实上也是这样，他们中有些人成了进步的革命的文艺家，有些人为民族民主解放事业献出了生命。

该会除配合总会先后开展“民族形式”讨论、“与抗战无关论”论争之外，还引导香港文艺界就香港文艺创作中出现的“畸形创作倾向”即“新式风花雪月”展开了论战。这场论战，有着深刻的政治背景，酝酿良久，一朝爆发。日本帝国主义打入中国之后，民族矛盾上升为中国社会的主要矛盾。中国各派政治势力和中国人民在中国共产党倡导的联合抗日的旗帜之下，一致抗日。不过，阶级矛盾并未减弱，依然尖锐激烈。这集中体现在国共两党又联合又斗争上面。香港文化界并非世外桃源，大陆政治上的“左”“中”“右”势力也渗透其间。“中华全国文艺界抗敌协会香港会员通讯处”，包含有不同政治派别与文艺流派，共产党倡导的抗日民族统一战线的路线、方针、政策基本上得到了贯彻执行，成为香港文艺界广泛的抗日民族统一战线团体。对此，一部分文化人却十分不满，从一开始便认为该组织不是“联合团结和合作共进”的团体，而另外成立一个文化团体①。这就是国民党中央立法委员简又文、国民党港九地区党部书记胡春冰及国民党港澳总支部文化设计委员陆丹林秉承国民党中央旨意于1939年9月17日成立的“中国文化协进会”②。他们以该会为大本营，以《国民日报》为喉舌，开始了与文协香港分会争夺领导权、争夺阵地的明争暗斗。国民党报刊《国民日报》和汪派报纸《南华日报》，一面攻击文协香港分会及其所属的“文协里的仁兄们，连文艺的本质也没有弄得清楚”；一面刊登“有眼泪”“有向故乡凝望”“有流亡的心”之类“仿造抒情”文章③，散布消极的、腐蚀人心的思想情绪。简又文及其“协进会”和《国民日报》的言行活动，从一开始就受到了抵制与批评，称他们是“文化绅士”，嘲讽其所为是“人上沙场我进‘沙龙’”“东北西南又一风”。1940年10月，杨刚《反新式风花雪月——对香港文艺青年的一个挑战》一文发表后，

① 简又文：《和香港文化界建议》，《大风》第44期，1939年8月5日。

② 1940年4月14日，简又文代表“中国文化协进会”出席文协香港分会年会时，在讲话中说道：“‘中国文化协进会’系秉承中央旨意促进香港文化活动。”见《立报》1940年4月16日的《廿九年度本会全体会员大会记录》。

③ 娜马：《关于写生竞赛的批判——给大公报文艺版编者的公开信》，《南华日报》，1940年7月20日。

立即引起了一场论战。双方各有人马,各有阵地,形成对垒之势。一方是胡春冰、曾洁孺、黎觉奔等人,以《国民日报》等报刊为阵地;一方是杨刚、黄绳、乔木、林焕平及“文通”成员,以《大公报》《星岛日报》《立报》《文艺青年》为阵地。双方又是撰写文章,又是召开座谈会。香港文坛上的明争暗斗,由此公开化与白热化。论战中,以杨刚为代表的一方,可以说始终占据优势,处于主动地位。杨刚文章发表后,《文艺青年》发表了《新式风花雪月讨论大纲》,“文通”召开了双方和香港文艺界百余人参加的“反新式风花雪月”座谈会。中心议题不是有无“新式风花雪月”不良倾向的问题而是如何克服这一不良倾向的问题。杨刚、乔木、黄绳等人一致指出:“新式风花雪月”是香港文艺创作中存在的一种不良倾向,必须加以克服。克服之法是加强生活实践,改善创作方法。胡春冰在讨论中也承认,用“新式风花雪月”来概括目前香港文艺的病态,是没有什么不可以的。这场论战以左翼文艺人士为主体的香港“文协”分会的胜利而结束。这场论战巩固与发展了香港抗战文艺阵地,在理论与实践结合上深化了香港抗战文艺运动,提高了现实主义文学的创作水平。

1941年1月,皖南事变发生。香港“文协”分会及其所属的“文通”为新四军的遭遇赢得中外舆论的广泛同情而开展了一系列活动:《新四军解散事件讨论大纲》的发布、中国共产党“通电”的印发、“争人权活动”的参与。“坚持团结、反对分裂,坚持进步、反对倒退,坚持抗战、反对投降”的呼声,一时间响彻香港全岛。国民党右翼文人为之大为恼火,伺机出击。同年3月12日,《星岛日报》发表社论《中山先生十六周年忌辰》。《国民日报》总主笔王新命以“造谣生事,含血喷人”的手段加害《星岛日报》,说该报“反国府反国民党”,并对左翼报刊《华商报》等进行攻击。茅盾、邹韬奋、羊枣等人对此予以有理、有利、有节的还击。羊枣等人在辞去《星岛日报》编辑的《告别辞》中,认为王新命及《国民日报》的所为是“国内政治逆流”的一种呼应和国民党喉舌的真实面目。

香港抗战文学运动高潮更表现在文学创作上。这一阶段里,香港抗战文学创作甚为繁富。其中,主要有茅盾的长篇小说《腐蚀》及散文《白杨礼赞》《如是我见我闻》;萧红的中长篇小说《呼兰河传》《马伯乐》《小城三月》及四幕哑剧《民族魂鲁迅》;端木蕻良的中长篇小说《大江》《新都花絮》《江南风景》;许地山的小说《铁鱼的鳃》及剧本《凶手》;夏衍的长篇小说《春寒》;邹韬奋的长篇散文《抗战以来》和范长江的长篇散文《祖国十年》,以及戴望舒等诗人的大量诗歌。同时,大陆一大批小说家的小说、诗人的诗歌、戏剧家的剧本也先后发表于香港报刊上,诸如艾芜的长篇小说《故乡》、巴人的长篇小说《沉滓》。在这一阶段里,一批有才华、有朝气的香港文学新人登上了香港文坛。不畏、彭跃芬、陈善文等人,可算他们中的佼佼者。他们的作品,为香港抗战文坛增添了新的光彩。

1941年12月至1945年8月,为香港抗战文学运动的沉寂期。在这阶段里,大陆南来的文艺工作者和香港文学青年大都离开了香港,在祖国大陆继续从事民族民主解放斗争和抗战文学活动。留下的少许文艺家,或被日寇投入监狱,或隐姓埋名,或俯首称臣。轰轰烈烈的香港抗战文坛不复存在。然而,中国人的民族意识是不可能被日寇铁蹄泯灭的,反映这一民族意识的抗战文学也就不可能绝灭。事实上,抗战文学暗流在沦陷后的香港土地上,仍然在缓缓流动。

日本帝国主义侵占香港后,一面大肆搜捕爱国志士和抗战文艺家,一面创办或复刊报刊,企图把香港变成其扩大侵略战争的基地。《香港日报》《青岛日报》《华侨日报》《南华日报》及《东亚晚报》便是当时香港仅有的日寇控制的报纸。这些报纸自然是日寇大肆宣扬"大东亚共荣圈"的阵地。出狱后的戴望舒与爱国的文艺家挤进这些报纸,编辑文艺副刊,以隐晦曲折的方式,"尽一点照明之责"。1944年1月后,戴望舒先后编辑《华侨日报·文艺周刊》《香港日报·香港文艺》《香港日报·日曜文艺》,发表了留港文艺工作者和编者的诗歌及翻译作品。他们通过这些副刊及其发表的作品,沟通香港与祖国大陆的联系,沟通香港与世界华人的联系。这正如《华侨日报·文艺周刊》编者在发刊词《给读者》一文中所说的:"燕子来了的时候,他自会将我们的消息带给海外的友人,带给远方的故国。"抗日政治倾向鲜明突出的文艺作品不能公开发表于当时的报刊,爱国的文艺工作者便创作民歌民谣流传于民间。戴望舒当时就创作有十余首饱含民族愤恨之情的歌谣,诸如:"忠灵塔,忠灵塔,今年造,明年拆。""大东亚／啊呀呀,／空说白话,／句句假。"这些歌谣在香港民间广泛流传,诅咒与揭露了日本侵略者的罪恶行径。同时,留港爱国文艺家还创作出了一批表达其不可遏制的抗日救国之情的诗文。这些诗文虽然未能在当时公开发表,却成为香港抗战文学暗流不可多得的组成部分。最具代表性的是戴望舒的《狱中题壁》《我用残损的手掌》《等待》等诗歌。这些诗歌抒写了香港中国人在日寇蹂躏下的痛苦生活、不屈意志、爱国精神和美好愿望。

1945年8月以后,香港新文坛日渐复苏。特别是1947年后两年间,香港新文学再次出现高潮,成为"尾声"期中国新文学的构成部分。

三

战时香港文学既是整个中国抗战文学的延伸又是整个中国抗战文学的一个凝聚点、一个窗口。它犹如一面放大镜,折射出烧焦的土地、血染的山河、焦灼的心灵、忧患的意识、愤怒的呐喊。它也犹如一个人的眼睛,通过它可以窥视整个中国抗日民族解放战争的大千世界与风风雨雨。同时,它又反映了香港地区社会生活与香港中国人的思想心理状态。政治功能意识比较强烈。因此,战时香港文学创作既有"侨寓"性又有香港都市气息。

一是题材丰富。文学创作题材的丰富性,自然来自作家生活的广阔性及其对生活感受的深广强力。抗日民族解放战争把中国文艺家们推向了社会,使之进到了兵间、民间和现实生活的旋涡中心,与疾速跳动的时代脉搏和动荡不安的社会心态产生了强烈的感应乃至共振。他们把多样性与深刻性的生活内容带进了文学创作领域。这里,有对日本帝国主义侵略暴行的控诉,有对大后方新生"劣点"的针砭,有对边区新生"优点"的颂扬,有对沦陷区人民悲苦生活的描述,有对日军士兵厌战情绪与行为的实录,有对忧郁彷徨而又挣扎求索心灵的抒写,有恋乡情结的回味与历史的沉思,等等。这一切,构成了战时香港文学创作题材丰富性的特定内涵。

抗战时期,日本帝国主义对我国后方不设防城市进行丧心病狂的轰炸,企图摧毁中国人民心中的"防线"。1939年"五·三""五·四"的重庆大轰炸,同年"六·一一"的成都大轰炸,给两市民众造成的灾难不是什么"雪上加霜"之类的词语所能描述得了的。两市的文艺家们与广大民众,感同身受,一起哭泣,一起呼号。他们"亲眼看见火光与烟影,瓦砾与灰烬,惊恐与愤怒,血与肉"。他们把这一切"变成动人而有力的文字,由报纸传布开去""变成动人而有力的声音,由收音机传布开去"[①]。这样的"文字"也传布到了香港文坛,这样的"声音"也传进

① 方敬:《爱憎》,《星岛日报·星座》,1940年4月26日。

了香港民众的心田。在香港报刊上发表的《爱憎》等作品,在这些“文字”与“声音”中具有一定的代表性。《爱憎》是诗人、散文家方敬写的一篇叙事抒情散文,发表于戴望舒主编的《星岛日报》副刊《星座》上。方敬以饱蘸爱憎情感的笔触,描述着1939年6月11日,27架日机轰炸成都时,自己的所经、所历、所见、所感。那“排成一字形,横亘长空”的“二十七架敌机”,蹂躏着善良的灵魂,造成他们神经失常,神情狼狈;投掷的炸弹,燃烧着这座不幸的城市,浓烟冲起,涌腾空际,二三十条大小街道成了废墟;在这断垣瓦砾之上,有无家可归的女孩、寻找食物的乞儿和殉职的警察。这就写出了日寇的暴行给中国民众的心灵与物质上造成的双重灾难。面对这一切,诗人和“不屈的民众”一样,“激怒得跺脚”,“伤心得叹气”,并由此“更深地认识了爱与憎。对养育我的国土,我要奉献上我真诚的爱”。这就是诗人和中国民族对于日寇狂轰滥炸的回答!这篇散文与先后发表在香港的《大风旬刊》《大公报·文艺》等报刊上的《整天的轰炸》《重庆两遇空警记》《劫后的张家庄》《海》等文学作品,不仅形象地描述着日寇的暴行及其加于中国人民的空前灾难,同时也描述着中国人民仇恨的递增和更顽强的反抗。因此,这些文学作品,虽然鲜血淋漓,废墟满纸,然而那充满着的一股股愤怒激情却牵动着千百万中国人的心。这些文学作品,便是大陆作家为香港文坛献上的一束束“血泪奇葩”。侵华日本士兵,毕竟是血肉之躯的人。他们身上虽然充斥着兽性,然而人性终究难于泯灭。所以,他们随着日本军部泥脚一天天深陷,内部出现裂痕时,一面对中国人民大肆烧杀抢掠,一面也产生了反战厌战悲观失望的情绪。发表于香港《大公报》上雨田的作品《罪》就是写这一内容的。小说中的主人公梅吉,受着日本军部的驱使,抛弃亲人,来到侵华战场,做了坦克司机。他目睹种种杀人惨状,产生了“为什么要来杀人或被人杀死”的疑问。在与日俱增的难以排遣的一个个疑团面前,他最后选择了自杀之路。这篇小说与《日兵的乡愁》《新生的早晨》等作品,从不同角度、不同层面上,描写了日本侵华士兵内心的矛盾冲突——人性与兽性的搏击,以及反战厌战的情绪和人性复归的言行。这里,有深刻的揭露,猛烈的鞭挞,反战的呼喊,显示出敌败我胜的战争走向。如果说,大轰炸题材作品,重在日寇外在凶残的描述,那么这类题材作品自然重在日寇内在虚弱本质的剖析了。因此,这类题材作品,不仅加深了香港民众对日寇的仇恨,而且大大增强了香港民众抗战必胜的信念。这类题材作品,自然也为香港文坛增添了新的色调。

抗战前期,香港虽然远离抗战前线,然而香港文坛依然弥漫着战争硝烟,缭绕着抗日烽火。这仍然得力于大陆作家的辛勤劳作。他们以文学作品为传播媒介沟通前线与香港的联系。发表在《战地通讯》《大风旬刊》上的《台儿庄血战实录》《两极》等报告文学作品,描述着正面战场上中国军队广大官兵英勇抗日的悲壮场面和高强度的民族意志;发表在《笔谈》《时代文学》《时代批评》上的《大江》《仇恨》《太阳》《假娘子》等文学作品,以较大的容量反映一个被侵略的民族在战争中的崛起,形象地揭示出一个真理:战争教育了人民,人民推动了战争的行进,中华民族不可侮,中华民族是不可战胜的!发表在《华商报》上的《远天的怀念》《土地的誓言》《湖滨》《山居之恋》等作品,抒写了作者对失陷土地的眷恋之情,系着一串串解不开的恋乡情结。这类作品,写得逼真而感情喷涌。大好河山,美丽故土,岂容日寇践踏!抗战到底,收复失地的决心,跃然纸上。发表在《大公报》《笔谈》《华商报》上的《延安的月色》《开荒》《白杨礼赞》等文学作品,把大西北人生中"沸腾的血和热烈的心"带进了香港文苑。1940年3月,茅盾途经西北高原,对边区的军民及其生活有了切身感受,一股敬佩之情油然而生,于是便写出发表于《华商报》副刊《灯塔》上的优美散文《白杨礼赞》。文章实写白杨,虚寓具有白杨品格、白杨精神和白杨生命力的西北军民:

> 当你在积雪初融的高原上走过,看见平坦的大地上傲然挺立这么一株或一排白杨树,难道你就只觉得树只是树,难道你就不想到它的朴质,严肃,坚强不屈,至少也象征了北方的农民;难道你竟一点也不联想到,在敌后的广大土地上,到处有坚强不屈,就像这白杨树一样傲然挺立的守卫他们家乡的哨兵!难道你又不更远一点想到这样枝枝叶叶靠紧团结,力求上进的白杨树,宛然象征了今天在华北平原纵横激荡用血写出新中国历史的那种精神和意志。

所以,礼赞白杨,即礼赞白杨象征的北方农民,象征的民族解放斗争中所不可缺的朴质、坚强以及力求上进的精神。这样的品格与精神正是中华民族立于不败之地的内在特质,正是中国人精诚团结的内驱力。这类题材作品与正面战场上的浴血奋战题材作品相辉映，展示出战时中国天空中的阴云一定会消失，一轮红日必将披着霞光冉冉升起的胜利前景。

战时，中国社会生活中的“新生优点”确实在到处滋生着。与此同时，中国社会生活中的“新生劣点”确实也在到处簇长着。中国清醒的现实主义文学家们，不仅用文学作品写出了“新的人民领导者，新的军人，新的人民”，同时也用文学作品针砭“新的人民欺骗者，新的‘抗战官’，新的‘发国难财’的主战派，新的卖狗皮膏药的宣传家……新的荒淫无耻，卑劣自私”，“一切新的把民族命运开玩笑的家伙”[①]。《华威先生》《新都花絮》《东窗之下》《腐蚀》，便是针砭“新生劣点”的颇有影响的作品。《华威先生》是张天翼的代表作，发表于茅盾在香港编辑与出版的《文艺阵地》创刊号上。这篇小说，针砭只做抗战要人不做抗战工作的“抗战官”，显露出这批“抗战官”由压制真正抗战运动到不抗战这一发展趋势的端倪。端木蕻良的长篇小说《新都花絮》发表于香港版《大公报》副刊《文艺》上。这部长篇小说，竭力抨击的是发国难财的高利贷者们的丑恶行径，反映大后方社会的黑暗。易庸的《东窗之下》发表于香港出版的《大众生活》，借古喻今，鞭挞皖南事变的制造者。茅盾的《腐蚀》连载于《大众生活》上，更是一支刺向大后方黑暗“黑心”的利箭。这批小说与胡风、夏衍发表在香港出版的《笔谈》《青年知识》上的杂文一道，描绘出了大后方政治舞台上的风云变幻与人民生活的动荡不安，表达了大后方人民要民主、要自由、要抗战到底的呼声。

香港文坛上，如此丰富题材的作品，宛如一只万花筒。通过它们，香港读者们看到了大陆各地区的社会生活与人民的精神风貌，显得多层次、多侧面而又五光十色，具有一定的整体性与立体感。

二是流派纷呈。

战时香港作家作品就风格流派而言，大陆抗战文学的多种风格流派都汇集于香港文坛。“社会剖析派”、“七月派”、“浪漫派”、“现代派”、东北作家群等文学流派都在香港文坛争妍斗艳。当然，其中最为活跃最有影响的是“社会剖析派”和东北作家群。

“社会剖析派”，形成于20世纪30年代初中期的上海文坛，延伸于大后方文坛，并“流”到了战时香港文坛。这一流派的开创人与代表作家自然是茅盾。

① 茅盾:《论加强批评工作》,《抗战文艺》第2卷第1期,1938年7月。

战时,茅盾在香港创作的小说、散文,保持了20世纪30年代创作的《子夜》及《林家铺子》与《春蚕》等作品的风格,代表了这一流派的最高水平。皖南事变后,茅盾在香港写的长篇小说《腐蚀》,描述了女特务赵惠明在特务营垒中的一段生活,罪恶的深渊激起了她内心的焦灼与痛苦,最后她决定改过自新重新做人。小说描述赵惠明这段生活经历时,不是孤立的静止的,而是与当时抗日阵营中消极势力企图与日汪合流及其制造的皖南事变这样两项重大政治事件纠结在一起的。这样写,独具匠心,颇含深意。一方面通过赵惠明的观感生动地把这两项大事件展现出来,另一方面又使这两项大事件促进赵惠明内心矛盾的激化。这样,赵惠明的逐步觉醒和走上自新之路,就有了广阔的社会背景与生活逻辑依据,人物性格发展与人物生活环境构成了有机的整体。正是在这一点上,小说通过赵惠明的52则日记的披露,剖析她被腐蚀、受骗、犯罪而又不甘堕落所出现的内心矛盾与痛苦,尖锐地抨击了重庆陪都社会无限腐蚀人们心灵的现实状况,显示出小说强烈的时代性与鲜明的社会性,体现了茅盾的创作与政治斗争紧密配合的艺术追求。同时,在政治的尖锐性与及时性方面,保持了社会剖析派小说的一贯特征;在心理剖析与社会剖析结合上(或者说,融社会剖析于心理剖析之中),又超越了前期社会剖析小说,使之更加臻于成熟,成为文坛的重要文学流派。艾芜也是社会剖析派的重要作家之一。他发表于香港《时代文学》杂志上的《戏院中》,同他写的而又在大后方出版发行的三部长篇小说《丰饶的原野》《故乡》《山野》及别的一些中短篇小说一样,都是为着"把周遭的荆棘、茅草、刺藤,尽量拔去"而暴露黑暗、剖析社会,都具有明丽而又淡泊的风格。《戏院中》的主人公是一位县长,基层政权的当权者。他在国难之时,过着挥霍无度的奢侈生活,吃的是鸡鸭鱼肉,穿的是绫罗绸缎,然而唱的却是"抗战"高调。他训诫县民时说道:"前线的将士,多苦啊!有时候,饭都没得吃;我们在后方,天天吃肉,这是要不得的!"这就惟妙惟肖地剖析了"前方吃紧,后方紧吃"的社会现状以及发国难财的官员们的丑态。战时,香港文坛的后期"社会剖析派",不仅有大后方的作家作品,同时还有寄居于香港的大陆作家和香港土生土长的作家及其作品。因此,战时香港文坛上的社会剖析派,虽然是大后方后期社会剖析派"流"来的,却有了新的色彩。傅不畏的短篇小说《一片爱国心》发表于《时代批评》上。这篇小说同张天翼的小说《华威先生》在社会价值上有相似之处，在审美上有异曲同工之妙，各有其社会剖析小说的味道。小说中的钱先生与华威先生一样，都是救亡活动中的“大忙人”，都拿“救亡”大题目做个人小文章。钱先生是香港大世界上流社会的一位绅士。他住的是洋房，吸的是三五牌洋烟，雇有女秘书，出门乘的是汽车。他有各种有用的头衔：什么董事会理事，这是专为开会用的；什么处长、局长，这是专为拜访当道或应酬僚属用的；什么洋硕士、洋博士，这是专为普通应酬用的。这就不是大陆一个县城的“抗战官”华威先生所可比拟的。钱先生是一位道地的殖民社会培育出来的高等华人。国难当头，钱先生与华威先生一样，忙于“救亡”大事，星期六都不能陪伴家人，一直忙到夜深才回家。他一天之中(上午10点到下午5点之间)参加了七八个会议，诸如“兵灾赈济会理事会”“送许公陵博士放洋”“劝销救国公债筹备会”等。这与华威先生一样，都忙于开会，忙于应酬，忙于赴宴。然而，却都是“假忙”。当然“假”中有别。华威先生的“假”，包含着“为公”，“公”在推行当政者的片面抗战路线，压制全民抗日救亡活动。钱先生的“假”，完全“为私”，“私”在为个人捞取资本即“他之所以为国事特别出力，不外想活动活动，拉拢拉拢，对将来出路上也许有些帮助”。他的这一未能明言的心迹，就是他的“忙”的价值所在。小说着力写了他在“劝销救国公债筹备会”上的表演：他迟到了，一听主席说筹委会委员已选过时，便担心未选上委员而惊愕；一听主席说他被选为劝募组长时，他又喜形于色，并对劝募公债滔滔不绝地大发议论，什么“晓之以理，动之以利害”或“用爱国的大帽子”，没有人不拿钱买救国公债的。但是，当主席提议，委员们躬行其事，身体力行，带头“购买一些”救国公债时，他先是沉默，接着说道：“我兄弟第一个是穷人”，“实觉着心有余而力不足啊！”一个十足的“卖狗皮膏药的宣传家”的真面目暴露无余了。作者还把笔触伸向钱先生所代表的整个绅士阶层，把一个个“有了钱，血都变冷了”的角色，通通推到前台，加以曝光。什么沈先生、子翁、老曹等绅士，参加救亡活动都是为着捞名。需要出钱时就“直率”地说道：我们既已有力出力，至于那有钱出钱一层，似乎该让别人。这就把一颗颗由钱、名浸泡着的殖民统治下高等华人的心和盘托出了。这与他们的太太们的忙于打麻将、“买公债不如买马票”、国事管他妈的、爱国学生“像强盗”，严格说来别无二致，如像一个铜板的两面。这就是战时香港大世界中有钱有闲的高等华人们的“救亡”，这就是抗战在香港上流社会荡起的“救亡”波澜！

由此,深刻地剖析了香港上流社会的情状与高等华人的心态。这针砭时弊的尖锐性与及时性,显示出它具有社会剖析小说的特点。

东北籍作家萧红、萧军、端木蕻良、舒群、罗烽、白朗、李辉英等人,在20世纪30年代中期已形成了一个作家群落。他们满怀民族忧患意识,抒写自己对故土沦陷的悲痛和对日本帝国主义侵略的义愤,其作品具有豪放、粗犷而又略带程度不一的凄婉情调。抗战爆发后,东北作家群的作家们,有的驻足延安,有的先后驻足香港。在香港的萧红、端木蕻良、李辉英等作家,继续从事文学创作,为香港文坛奉献出多种形式的作品,为香港抗战文学大增声色。萧红是以描写“北方人民的对于生的坚强,对于死的挣扎”而升起于20世纪30年代中期新文学浩空里的一颗新星、东北作家群的中坚。战时,她在香港完成了长篇小说《呼兰河传》、中篇小说《小城三月》、四幕哑剧《民族魂鲁迅》以及散文《给流亡异地的东北同胞书》等作品。她的这些作品,在题材上虽然与20世纪30年代中期的《生死场》等作品有别,然而艺术追求上依然一致,风格上依然显得凄婉。《呼兰河传》,通过“我”的叙述与回忆,反映了呼兰河社会生活的停滞、守旧,呼兰河城人们的善良与愚昧,刻画出了沉默的国民的灵魂。愚昧迷信、陈规陋习、逆来顺受,绊住了呼兰河城人们的脚步,窒息了呼兰河城人们的生机,使之固守于奴隶地位。其中,也不乏反抗与求救的呼声。让人们看到这就是几千年传承下来的呼兰河城,这就是代代相因的呼兰河人,这就是旧中国的缩影。《小城三月》,把传统婚姻制度摧残人们的精神与肉体的状况鲜活地呈现在人们的面前。这两部作品所写的内容,似乎与抗战显得“无关”,距离较远,然而其深层意蕴仍与抗战“有关”。这可以说是作家对中国人的历史的沉思:探讨中国近百年来,何以屡遭侵略,何以贫弱到如此程度,但又为什么终于未曾灭亡?这两部作品,在客观上,可以促使人们惊醒起来,去改造人生,去创造新的生活。历史的沉思与基调的低沉,构成了萧红在香港问世的作品的新特色。《呼兰河传》和《小城三月》,重在剖析“国民劣根性”,而《民族魂鲁迅》却重在高扬民族“脊梁精神”。剧本着力描写鲁迅的业绩,赞颂鲁迅的精神,揭示鲁迅人格的伟大意义,显得雄浑、峻拔,起着“唤起国魂,砥砺士气”的审美效应。萧红在《给流亡异地的东北同胞书》中,奋笔疾书,大声呼唤流亡异地的东北同胞们,“回老家去”,做“第一个打开了门而是最末走进去的人”。总之,萧红在香港问世的这些作品,有恋乡情结的抒写，有故土人生的剖析，更有收复失地为民族解放而献身的急切呼喊。这就把一位流亡在香港的东北作家此时此地此境中的思考、心理、愿望，交给了香港的读者，以期得到回应，引起共鸣。端木蕻良、李辉英与萧红大抵一致，随着岁月的推移，视野的扩展，都从历史的纵横交错点上描述中国人的挣扎反抗与人生追求，代表了东北作家群对于民族解放和抗战文学做出的新贡献。

三是“广现实主义”特色。

战时香港文学的创作精神与创作方法，居主导地位的无疑是现实主义。但是，这种现实主义已不再是所谓纯客观反映的现实主义，而是一种“广现实主义”。“广现实主义”是抗战初期卓有才华的文艺理论家李南桌界定的文学理论概念，即广义的现实主义之意。这也就是今天人们常说的现实主义的包容性与开放性，把浪漫主义、象征主义、未来主义、表现主义、意识流等表现手法融于现实主义描写之中。这种现实主义文学创作，在抗战前期的大陆抗战文坛尚属少见，然而在其时的香港文坛上似乎形成了潮流。因此，“广现实主义”成为战时香港文学创作的主要特色。

东北作家群中的萧红与端木蕻良的小说，无论是写故土的回忆，还是写现实抗战生活，都在客观描写之中加进了一些现代主义写法，写了一些印象感觉与象征物象，拓宽了现实主义的表现领域，增大了作品的厚度与力度。比如萧红写马伯乐洋奴气息表露前后的变化。马伯乐是萧红小说《马伯乐》中的一个人物。他的遗传基因中就有洋奴气息。少小时候，这种气息并未散发出来；成人以后他对日寇的入侵，是步步退让，时时逃跑，而且对此扬扬自得，洋奴气息变成了逃跑主义。作家对他的这一切都做了较深入而细致的客观描写。这是现实主义的。作家为着进一步挖掘其内心深处的变化，就写了他少时的朋友王小姐（《马伯乐》中的另一人物）对他的印象感觉：

> （他的）眼睛在从前是又黑又蓝的，而现在发黄了，通通发黄了，白眼珠和黑眼珠都发黄了。

作家采用色彩变异的手法，通过马伯乐不同时空中眼睛色彩的变化，发掘了马伯乐内心世界的变化：这时的马伯乐再也不是从前的那个天真的聪明的少年了,而是一个奴性十足的极端利己主义者了,“真妈的中国人”中的“一个”了。这种颇带印象主义的表现手法在《呼兰河传》中也不少见。《呼兰河传》,通篇没有一条贯串性的情节线索,故事和人物也显得零零碎碎,片片段段。是一些故事、一些人物、一幅幅风俗画连缀成书的。近似于卡通式写法,跳跃性很大。这种手法融印象主义写法于现实主义描写之中,增添了“一些比‘像’一部小说更为‘诱人’些的东西:它是一篇叙事诗,一幅多彩的风土画,一串凄婉的歌谣”①。端木蕻良的《大江》,以现实主义的笔调写反对日寇入侵的斗争故事,然而小说中的不少描写象征意味十分深长。书名“大江”便包含着极其深刻的象征寓意和浪漫遐想即中国人民反抗外来入侵者的斗争就像长江一样,波涛汹涌,奔腾不息:

> 大江流泻着成为一个无可比喻的意志的激流……她的呜咽和吼叫,都是从四万万人民的眼泪合成的愤怒的哭声和感激的笑声所凝成的……她里面埋藏着中国古代的船板,泥土的儿子的尸身……她带着我们民族的欢呼和苦楚,忍耐和自信,工作和前途,希望和梦想,瑰丽和奇伟,广大和饱满,震撼和疯狂……

这不仅增加了小说的现实性,而且也增强了小说的历史凝重感。

战时香港的诗歌创作更具现实主义开放性的特点,现实主义诗歌呈现出现代主义色彩。这里,既有大时代卷起的一朵朵浪花的抒写,也有个人愁怨的倾诉,强音、弱音乃至哀音,汇成一个宽厚的音域。陈善文是从香港底层民众中升起的一颗诗星。他是一位码头苦力工人。生活的重压,他苦撑着拼。他对现实人生,尤其是香港社会底层人生有着极深的体验与感受,他在现实主义理论家的指导下,开始写作新诗。他的一些诗,内容是现实主义的,而表达形式却似乎是现代主义的。我们看看他的《苦撑着拼》一诗吧:

> 牙贴着心,
> 咬了一口!

① 茅盾:《呼兰河传·序》,黑龙江人民出版社1979年版,第9页。

齿痕嵌在心的深处；
顶不住，倒在血泊里，堆着的骷髅，
无边的黑暗，风带来了一阵刺耳的狞笑。
不行！还得从这尸场上苦撑着站起，
跟连串的苦难拼！
苦酒比醍醐更够味儿。
呷着苦杯，挨着鞭，
在没有断气之前。

短短十行诗，通过一系列意象的具体描绘，把一个苦力工人所受的熬煎、内心的苦痛以及“苦撑着拼”的人生态度，写尽无余了。“牙贴着心，/咬了一口！”便是现代主义的写法。这首诗，虽不能算是佳品，然而却出于1939年一个诗歌爱好者之手，却分明表示着香港诗坛从一开始便具有宽松和谐的气氛。

曾以“雨巷诗人”和“现代”诗派首领著称的戴望舒，在抗日民族解放斗争的推动之下，人生道路和诗歌创作道路发生了极其深刻的变化。他由忠于自己进到忠于自己与人民的结合，他由“现代派”诗人变成现实主义诗人。他在战时香港写的诗歌，既有“单一”的现实主义型的，又有“开放”的现实主义型的。1939年第一天，戴望舒站在香港诗坛上发出的第一声战斗呼号，便是《元旦祝福》：

新的年岁带给我们新的希望，
祝福，我们的土地。
血染的土地，焦裂的土地，
更坚强的生命将从而滋长。
新的年岁带给我们新的力量，
祝福，我们的人民。
坚苦的人民，英勇的人民，
苦难会带来自由解放。①

① 戴望舒:《元旦祝福》,《星岛日报·星座》,1939年1月1日。

这是战时戴望舒奉献给祖国和人民的第一首颂歌。诗中再也没有什么“孤独”“寂寞”“愁怨”一类表达个人哀感的词语了,跳跃着映入人们眼帘的乃是“土地”“人民”“力量”“自由解放”。热情的语言,直抒胸臆;明快的节奏,印现出时代的脉搏,给人以感奋和鼓舞。这首诗在戴望舒诗歌中不算佳构,然而却标志着诗人的人生追求、审美情趣、诗歌风格进入了现实主义阶段。这首诗奠定了戴望舒在香港诗坛上诗歌创作的路子。接着而来的是《心愿》《等待》《口号》等诗歌。如果把他的这些诗歌放在当时盛行的“中国诗坛派”与“七月”诗派的诗歌中,是难以辨认出是戴望舒的诗歌的。这是因为,这些诗歌抒写的是抗日救亡的激情,以祖国、人民、民族为抒写的主要对象,直抒胸臆成为表达情感的主要方式;诗意明白晓畅,节奏抑扬顿挫,语言简练纯朴。最能体现战时戴望舒诗歌创作成就的是他的那些融象征主义于现实主义之中的诗歌:《白蝴蝶》《致萤火》《狱中题壁》《我用残损的手掌》。《白蝴蝶》和《致萤火》可算是由象征主义向融象征主义于现实主义之中过渡的两首诗。这两首诗同他20世纪30年代前期的《夜蛾》《寂寞》等诗,近乎同一诗路,纯属用象征主义手法抒写个人内心哀怨,诗情与诗风不易区别开来:“寂寞已如我一般高:/我夜坐听风,昼眠听雨,/悟得月如何缺,天如何老。”(戴望舒《寂寞》)“翻开的书页:/寂寞;/合上的书页:/寂寞。”(戴望舒《白蝴蝶》)然而,战时的戴望舒并未被“寂寞”所淹没,他在家庭的变故和事业的受阻的困境中奋力挣扎。所以,他在《致萤火》中呼喊道:“萤火,萤火,/给一缕细细的光线——/够担得起记忆,/能把沉哀来吞咽!”这首《致萤火》就不是《夜蛾》所可比拟的了,“萤火”与“夜蛾”所含的意蕴就大不一样了。《狱中题壁》和《我用残损的手掌》,属于“现实的情感”“超现实写法”的现实主义诗歌。诗人的思想意识,经过种种磨炼,得到升华,达到新的高度。他把自己对祖国、人民的深厚情感和美好向往,注入具体物象之中,造成奇美的意境,情与景融和,意与景一体。这两首诗,不仅是戴望舒现实主义诗歌创作中的珍品,也是整个现实主义抗战诗歌创作中的名篇佳作。

原载《抗战文艺研究》1987年第3期;《世界文学》1988年第1期全文转载,原题目为《抗战文学在香港——试论三十年代末、四十年代初出现在香港的文学》

中国新文学交流特征

包括电影在内的中国新文学国际交流，不仅取得了重要的成就，而且形成了显著特征。这里也主要说说抗战文学国际交流呈现出的特征。

一、结合而成的交流阵地

所谓结合而成的交流阵地，是指专门性的交流刊物与综合性的交流刊物的结合。也就是说，抗战文学国际交流有专门的刊物，也有非专门的刊物，这两者构成了一块较为庞大的交流阵地。专门性交流刊物主要有三家。一是《西洋文学》。该刊于1940年9月创办于上海。顾名思义，该刊是西洋文学交流的媒体或平台。该刊上发表的文学作品是直接从英文译介的欧美文学作品。这在20世纪前50年，特别是在“五四”到20世纪30年代的译介文学中是个大的变化。所谓“大变化”是说，这之前的译介欧美文学作品，不少是经过日本为中介的，由日文再译为中文，其原因就如鲁迅在1934年7月27日致唐弢的信中说的：“日本的翻译界，是很丰富的，他们适宜的人才多，读者也不少，所以著名的作品，几乎都找得到译本。”加之，中国留日学生多，精通日文的人多,所以20世纪二三十年代通过日译本转译欧美文学作品,在中国翻译界,几乎占主要地位。这以后,情况就大不同了。一是日本侵华战争转移了译界的视线,由东洋转向西洋了。二是由西洋留学归国的人多了,有条件有能力直接译介西洋文学作品了。第二个专门性交流刊物是《文学译报》,该刊于1942年5月创刊于桂林。该刊译介的外国作家作品,面宽量大,重心突出。该刊还注重译介批评文章,注重译介文学质的提升。这又与20世纪二三十年代译介文学有了不同。20世纪二三十年代的译介,就如鲁迅当年在《为翻译辩护》一文中说的:外国文学“在中国的流行,实在也过去得太快”,“靠翻译为生的翻译家,如果精心作意,推敲起来,则到他脱稿时,社会上早已无人过问。中国大嚷过托尔斯泰、屠格涅夫,后来又大嚷过辛克莱,但他们的选集却一部也没有”。有鉴于此,鲁迅在《硬译与文学的阶级性》一文中指出:“最要紧的是要看译介文佳良与否。”《文学译报》不仅译介文学作品,而且刊载译介批评理论文章,大力提倡译介质量,促使译文成熟做出了贡献。第三个专门性交流刊物是《世界文学季刊》。该刊创办于1945年8月的昆明。该刊依然是以发表西洋文学作品和理论批评文章为主。如杨周翰的《论近代美国诗歌》,卞之琳的《新文学与西洋文学》以及方敬的《托尔斯泰的两个中篇》,等等。非专门性的交流报刊就不胜枚举了。《时与潮文艺》《大公报》《国民公报》等都不时发表过不少译介文学作品与批评理论文章。可以这样说,凡发表文学作品的报刊很难找到没有发表过译介文学作品和批评文章的。专门性与非专门性刊物的结合构成了抗战文学国际交流的一块重要阵地与助推力量。

二、结合而成的翻译文学队伍

这是指由专门的翻译家与兼职翻译家结合成的翻译队伍。前面说的较为强大的交流阵地,自然也标志着翻译队伍的壮大。没有壮大的翻译队伍,较庞大的阵地由谁来建构?由谁来支撑?反之,也促成了翻译队伍的壮大。两者相辅相成,相得益彰。20世纪前30年,专门性的翻译文学家几乎没有。正如鲁迅在《对于左翼作家联盟的意见》一文中说的:作家们“既要翻译,又要做小说,还要做批评,而且也要做诗”。鲁迅、郭沫若、茅盾、巴金、卞之琳、戴望舒等作家,莫不如此。但，这的确反映出翻译人才少，翻译力量的不足。这无疑会影响翻译文学质量的提高与成熟。这就如鲁迅在同一文中说的："一个人做事不专，这样弄一点，那样弄一点""怎么弄得好呢？这都是因为人太少的缘故，如果人多了，则翻译的可以专翻译"。20世纪40年代，翻译人才多了，有了专门从事翻译的人。他们是翻译队伍的主体，其次才是兼职的翻译家。而且，还有了分工：戈宝权、铁弦、茅盾等人主要翻译苏俄文学作品；李健吾、卞之琳、徐仲年、周煦良、孙晋三、陈敬容等人，主要翻译欧美文学作品；林林、夏衍、张十方等人，主要翻译日本文学作品。这样就使得翻译文学具有了自身的独立价值与功能，易于促进翻译文学的成熟。

三、结合而成的意识

这是指民族解放意识与个体生命意识的结合。这实际上是标示翻译文学观念与价值取向的选择问题。也就是在"增多激励，广为宣传"的急功近利原则指导下，大量译介世界反法西斯文学作品；从民族精神和民族文学建设与发展出发，译介世界文学名著与现代主义文学作品。这表明中国抗战文学翻译家对于译介文学作品的多元化认知。这从一些文学刊物的表达文字可以看出。比如《时与潮文艺》在"发刊词"中就说道："我们相信，一个民族精神，明显地表现在它的文学艺术中，所以要彻底了解我们的世界，我们还需要更深入到民族灵魂的源泉。"又说：该刊的"主要对象是世界文学。所以，我们对世界文学名著，对中外作家，将逐个加以分析和译介，研究与批评"。这就是说，通过译介世界文学，了解世界各民族的精神，沟通各民族的心灵交流。该刊在《致读者》一文中，说得更明白："两次世界大战，使各国接触更频繁，关系更密切，因而更需了解各民族。以往中国介绍世界的不足，在乎偏，在乎编，在乎缺乏集思广益；而了解各民族最易着手、最自然、最能奏效的方法莫如介绍世界文学。"又如《西洋文学》的"发刊词"，说道："文学原无所谓种族国家之分，我们希望能够陆续把西洋古代和近代最好的文学作品介绍过来。"又说："虽然现在是非常时期，我们决不能忽视文学。相反地，同人以为现在正需要它的激发与感化力量。"沟通人类的灵魂，这是一个民族的民族意识觉醒的真正体现。同时，他们还认识到中华民族与世界各民族是平等的,不是你高贵我低俗的。这更反映出中国抗战文学翻译家们的民族意识的觉醒与张扬。正是有了这么一种意识,中国抗战文学翻译家们,认同于"增多激励,广为宣传"的交流原则,努力把世界反法西斯文学译进来,同时又将欧美的现代主义以及浪漫主义文学译介进来。他们了解浪漫主义与现代主义偏于张扬个体人的生命意识。所以,乔伊斯的小说、劳伦斯的小说、卡夫卡的小说译介进来了。《西洋文学》第7期辟"乔伊斯专辑"发表乔伊斯的作品。这些现代主义文学作品,映现出的个体生命意识,激励中国抗战文学家以顽强的生命力来领受、面对、担当战争带给的苦难。当然,现代主义文学的译介,也更丰富了抗战文学的创作方法。

四、结合而成的艺术追求

这是指现实主义与现代主义艺术追求的结合。中国抗战文学家绝大多数是以现实主义精神、现实主义原则与现实主义方法反映现实的。但还有一些抗战文学家把现实主义与现代主义的艺术追求结合起来。比如,卞之琳、汪曾祺、冯至、盛澄华等作家追求的便是诗与哲学的融合。汪曾祺在《短篇小说的本质》一文中,以乔伊斯的《尤利西斯》为例,认为:短篇小说应当"像诗、像散文、像戏"。从戏里得到"一点活泼、艰深、顽皮、作态";从散文里得到一点儿"参差荇菜,左右缭之,喜欢到亭边小道上张张望望的,不衫不履,落帽风前,振衣高岗的风派";从诗里得到"纯诗理想",人所要的是诗,一个小说家的气质也是一个诗人。盛澄华以诗和哲学的结合来评论冯至的《伍子胥》。冯至的《十四行集》,也的确是典型的诗与哲学结合的作品。这部诗集抒发的便是"存在的非永恒性"这一哲理。特别是在战争环境里,有生命的树木、虫子以及人更是"非永恒性"的。鲜活的生命,瞬息间化为乌有,消失殆尽。怎么办?逃避吗?绝望吗?都不行。唯一的是领受、面对、担当。激发人的生命意识与生命力,以生存下去。生活与工作于西南联大的沈从文从《边城》的"表现人生形式"到《看虹录》与《摘星录》的"表现生命形式",似乎也明显地吸收了现代主义的影响。戴望舒的《我用残损的手掌》受超现实主义影响较深。先说几句这首诗的写作背景和超现实主义问题。太平洋战争爆发后,日军派兵侵占香港。戴望舒未与众多作家离港,他被日军逮捕入狱。在狱中,他身心受到了伤害。这首诗便是他出狱后写成的。他这首诗采用了超实主义方法抒写他的情感与心理流动。所谓超现实主义,按布勒东的说法便是:“纯粹的精神的无意识的活动。人们凭借它,用口头、书面或其他方式来表达思想的真实过程。在不受理性的任何控制,又没有任何美学或道德的成见时,思想的自由活动。”戴望舒在如此险恶环境和如此身心状态下,那纠结于心的凝重的爱国情怀,需要释放——不受任何约束的释放,他使用了超实主义写法写作这首诗。诗中的意象,一为残损的手掌,二为无形的手掌。诗人用残损的手掌,摸索有形的广大土地时,感到“这一角已变成灰烬,/那一角只是血和泥”。这就是说,他摸索到的广大土地也是残损的。残损的手掌与残损的土地,是现实的,实在的,二合一的。表达他揪心的爱国主义思想。由此扩展开来,由有形到无形,由有限到无限:“无形的手掌掠过无限的江山/手指沾了血和灰,手掌沾了阴暗。”“无形”与“无限”便是抽象的想象的了。这是由现实的实在的转到抽象的想象的超现实的境界了。在这一境界里,一个“永恒的中国”出现了。这个“永恒的中国”并非海市蜃楼,而是“实在”的——“在那上面,我用残损的手掌轻抚”。这里的“实在”与前面那个“用残损的手掌摸索这广大的土地”的“实在”,又不一样,而是一种信仰,一种坚定的信心——“永恒的中国”定会到来,定会屹立于地球的东方。爱国情怀,在诗人的“有形”与“无形”、“有限”与“无限”的抚摸过程中,自然地流动,通向“永恒的中国”。这是全用现实主义方法表达爱国之情所不能企及的。

抗战文学的国际交流及其取得的成就与特征,不仅表明抗战文学为抗战和世界反法西斯战争的胜利做出了自己的贡献,同时也表明抗战文学跻身于世界反法西斯文学之列了,并赢得了国际话语权,也开启了未来中国文学国际交流的新航程。

原载《我说抗战文学》,黄河出版社2016年1月

后抗战文学及其长与短

后抗战文学是我新界定的一个文学命题。这个命题特指抗战和抗战文学成为历史陈迹之后,中国作家以抗战为题材写的作品,包括小说、戏剧、电影、电视剧等文本。后抗战文学的起始时间,我选择为1949年7月第一次文代会的召开。当然,随之一个问题就自然出现了:抗战是1945年8月结束的,抗战文学是1946年5月结束的,那么1946年6月到1949年6月这三年间就没有以抗战为题材的文学作品问世吗?这三年间,的确出现了不少以抗战为题材或为背景的文学作品,就我所知道的,仅长篇小说就有马宁的《将军向后转》、张恨水的《虎贲万岁》、吴浊流的《亚细亚的孤儿》、丁易的《过渡》、巴金的《寒夜》、李劼人的《天魔舞》、李广田的《引力》、师陀的《结婚》、夏衍的《春寒》、孙了红的《蓝色的响尾蛇》、路翎的《财主底儿女们》(下)等。短篇小说、中篇小说、诗歌、剧本也还有些。那么,又为什么不从1946年6月算起呢?我是基于这么两种文学事实来考虑和选择后抗战文学起始时间的:一是这些文学作品是在这三年间问世的,没有错。问题在这些文学作品中,有的文学作品是在抗战和抗战文学进行时写的,比如吴浊流的《亚细亚的孤儿》就是在1943—1945年间写成的；有的文学作品是在抗战和抗战文学结束前就开始写作的，比如巴金的《寒夜》就是1944年冬开始写的；有的文学作品是在抗战和抗战文学结束前就写成而在后来修改问世的。当然，也不排除有的文学作品是在这三年间酝酿、撰写与出版的。二是这三年为中国新文学史的尾声期。抗战文学是现代新文学的组成部分。这三年的文学理应纳入现代新文学之列。有鉴于此，我才把后抗战文学的起始时间划在第一次文代会召开。那么，后抗战文学的迄止时间呢？我无法划定，因为后抗战文学至今还未完，完不了！

关于后抗战文学，我拟从六个方面加以言说。

一

这里，我说说1949年7月到2014年年底的后抗战文学创作概况。

1949年7月到2014年年底的后抗战文学是同一时段中国当代文学大厦中的一木一石。因此，后抗战文学的创作态势及走向总是与这60多年间中国当代文学的创作态势与走向息息相关的。这，可以说是我理解的后抗战文学与中国当代文学之关系，这是我言说后抗战文学必须持的一种眼光。那么，后抗战文学与抗战文学是什么关系呢？抗战文学有抗战的文学与抗战时期的文学之分，且由爱国主义母题系连起来形成抗战文学整体。后抗战文学很明显延展了抗战文学中的抗战的文学的精神内容。这也是我言说后抗战文学必须具有的另一种视野与眼光。

我是这样来表述后抗战文学在这60多年间的创作态势及走向的：由题材单一、主题思想一元到题材多样、主题思想多元。这样的创作态势及走向，大抵以20世纪80年代为界。20世纪80年代前，后抗战文学创作题材单一、主题思想一元；20世纪80年代后，后抗战文学创作题材多样、主题思想多元。多样、多元，意味着丰富，意味着多彩。

1949年7月的第一次文代会，确定了未来新中国文学即当代文学的发展方针与方向，那就是继续践行边区与解放区时期文学遵循的1942年5月毛泽东《在延安文艺座谈会上的讲话》规定的文艺为政治服务的方针和工农兵文艺方向。文学创作继续以新的形式大写新的主题与新的人物形象。“颂歌”继续成为文学创作追求之时尚。

这次文代会至20世纪50年代初,当代文学第一次出现“颂歌”创作潮流。后抗战文学创作便是这一创作潮流中的一朵浪花。其中,《战斗里成长》《新儿女英雄传》《平原烈火》与《风云初记》第一集、第二集,显得特别耀眼。这四部作品,我以为有如下共同点。

抗战文学中的边区文学创作特征之一是主题意蕴与审美意识的现实化。这自然取决于边区文学创作写的就是边区工农兵及作家们所从事的抗日战争。文学创作直接切入作家们当下的现实社会人生,直接通向特定历史时期的时代主潮。如果我把《战斗里成长》《新儿女英雄传》《平原烈火》与《风云初记》第一集、第二集放入边区文坛,跟《洋铁桶的故事》《吕梁英雄传》等作品放在一起,我以为是很难发现二者的时空差异的[①]。当然,并非就没有差异。我认为其差异主要在作家的情感情绪方面。后两部作品的作家是在严酷的战争环境里怀着高强度的爱憎情感从事文学创作的。这四部文学作品的作家是在刚刚建立的新中国和刚刚兴起的当代文坛上抱着极大的激情和兴奋心情写作的。写的内容都是作家们四五年前经历过的人生。这四部作品写的都是冀中地区民众的抗日故事。这四部作品的作家都先后在冀中地区参加过抗日战争。抗日战争的硝烟虽然已过去了四五年,然而当年并肩作战的战友与广大民众依然浮现在他们的眼前。中华人民共和国和当代文坛,不就是这些战友以及千百万广大军民用血汗乃至生命换来的吗?带着这一不容置疑的共识,他们不约而同地写了这四部作品。这四部作品的主题意蕴与审美意识,依然具有现实化的特点。不过,这四部作品的现实化较之《洋铁桶的故事》与《吕梁英雄传》等作品的现实化多了一层向度,那便是中华人民共和国的现实——适应作家生活的当下社会人生需要的现实。

这四部作品的第二个共同特点,我归纳为彰显大智大勇的民族精神。大智大勇作为中华民族的传统精神到了近现代日渐萎缩了。抗日战争时期,这一民

---

① 《洋铁桶的故事》发表于1944年延安出版的《边区群众报》;《吕梁英雄传》于1945年6月连载于《晋绥大众报》;《战斗里成长》于1949年写成,同年冬在北京首演;《新儿女英雄传》于1949年写成;《平原烈火》于1950年三联书店出版;《风云初记》第一、二集于1950—1952年写成。

族精神得到了极大的弘扬，成为中国广大军民团结抗日的凝聚力与精神支撑。因此，抗战文学、特别是其中的边区文学大大彰显了这一民族精神。这集中体现在作品所写的英雄人物形象身上。这四部作品继承边区文学创作主潮，大写英雄人物。《战斗里成长》中的赵钢是抗日英雄，其子赵石头是抗日英雄。《新儿女英雄传》顾名思义就是为抗日英雄做传的，牛大水、高屯儿、刘双喜、杨小梅等个个是抗日英雄。《平原烈火》中的周铁汉是铁骨铮铮的钢铁战士，大队长钱万里、副政委薛强以及战士丁虎子、罗锅子、三生等人物，都具有英雄本色。《风云初记》第一集、第二集中的芒种、春儿也是抗日英雄。可以说，这些抗日英雄，个个会打仗，个个敢于与日军拼命，个个能打胜仗。这些英雄人物无一例外地具有大智大勇的民族精神。大智大勇的民族精神成为他们共有的精神支柱。

这四部作品的第三个特点，我以为是彰显了共产党和八路军的作用。边区是共产党领导的地区。边区的保卫者与建设者之一，无疑是八路军。共产党与八路军决定着边区的存亡与兴衰，影响着整个抗日战争的胜利推进。边区广大作家把握住了这一时代命脉，所以其作品自然而然地凸显了共产党与八路军在抗日战争中的作用。这四部作品写的冀中地区掀起的抗日烈火，其不断燃烧，谁是播火者？是共产党与八路军。共产党与八路军发动组织领导冀中广大民众掀起了抗日斗争运动。那么，这四部作品中写的英雄人物是与生俱来的吗？是外星空投到冀中地区的吗？当然不是！这些英雄人物本是平凡人物，草根人物，他们之所以能成为英雄，那是共产党的教育与培养，那是八路军和抗日斗争熔炉冶炼的结果。比如赵石头，他本是一个苦大仇深的农民孩子，家产被抢夺，祖父被逼死，父亲被逼离家出走——家破人亡了。他为躲避追杀更为复仇而参加了八路军。他在八路军这所大学校里，经过共产党的教育与启发，逐渐弄明白了家仇与民族仇的关系。他这块生铁经过一次次战斗冶炼成钢了——民族解放战争的英雄。《风云初记》的第一集、第二集写的是滹沱河两岸的五虎堂与子午镇两地为什么会成为抗日根据地？这两地的农民为什么能掀起抗日洪流？是因为共产党与八路军的组织与领导。春儿本是一位农村姑娘，为什么会成为坚强的抗日战士？芒种本也是一位普通农民，为什么会成为一位八路军的军事指挥员？答案还是共产党的教育与培养以及抗日战争的冶炼。

此外，1950年东北电影制片厂拍摄了沙蒙编导的《赵一曼》。这部片子根据东北联军抗日女英雄赵一曼的事迹改编而成,当然也属于歌颂共产党和英雄人物的作品。1954年、1955年上海电影制片厂还拍摄有《鸡毛信》与《南岛风云》等影片,讲述了一北一南的抗日斗争故事,赞颂了海娃与符若华等英雄人物。

二

20世纪50年代末期与60年代初期,当代文坛出现了回忆录写作热潮。作者几乎都是土地革命战争、抗日战争与解放战争的参与者中还健在的将士。在这一次回忆录创作热潮中,后抗战文学创作热潮应运而生了。特别是1958年,可以说是后抗战文学创作丰收年。小说创作中就有三部长篇小说同时问世。这三部长篇小说分别是:雪克的《战斗的青春》、李英儒的《野火春风斗古城》、冯德英的《苦菜花》。电影作品也有三部在这一年放映。这三部影片分别是:王萍、林金编导的《永不消失的电波》、史文炽编导的《狼牙山五壮士》、朱文顺的《古刹钟声》。还有1959年拍摄的冯一夫、李俊编导的《回民支队》、魏荣的《粮食》和1961年拍摄的刘琼的《51号兵站》以及1962年拍摄的顾宝璋等编导的《东进序曲》以及唐英奇、徐达编导的《地雷战》等。这些作品,我拟从两个方面去言说。

一是题材选择问题。决定作品质量的不是写什么而是怎么写,这一理论应该说是符合文学创作实际的。但是,并非说题材与作品的质量就毫无关系。写什么?是与作家对生活的感受、体验与认识分不开的。任何一位作家总是要写自己熟悉的题材。很难想象一种题材对于作家来说完全无知,仅凭创作才华就会写出高水平、高质量的文学作品的!我想这应该是最基本的文学常识。我想,明白了这一文学常识,就可理解我为什么从题材选择角度来言说这些作品。这些作品中不少选择的是抗战时期敌后扫荡与反扫荡的题材——日军对敌后抗日根据地扫荡,八路军对此进行反扫荡。这是抗战时期、特别是1941—1943年敌后普遍出现的斗争事件。日本帝国主义眼见敌后抗日根据地有了较快较大的发展,便先后派遣几千乃至上万人的军队以及飞机对敌后抗日根据地进行扫荡。特别是太平洋战争爆发后,日本军部妄图把它在中国的占领地区变成支撑太平洋战争的"兵站补给基地",所以就对敌后抗日根据地实行了疯狂的大扫荡，推行极其野蛮的烧光、杀光、抢光的“三光”政策，致使敌后抗日根据地面积与人口锐减。为扭转这一局面，共产党和八路军便采用了“敌进我亦进”的作战方针——日军向敌后抗日根据地进攻，八路军也向敌后的敌后深入发展，组织领导开展抗日斗争，开辟新的抗日根据地。这样的战略战术方针的践行，不仅挫败了日军的预谋，同时也支持了正面战场和世界反法西斯战争。1942年的冀中地区扫荡与反扫荡，可以说是整个扫荡与反扫荡中最为严酷的也是最为重大的事件。这一重大事件成为后抗战文学描写的重大题材，这对于参加过当年冀中地区反扫荡的人或虽未参加而有一定的直接记忆的人来说，在回忆录写作热潮氛围里，我以为会有一种不吐不快的创作冲动。比如雪克，抗战时期，他就在冀中地区从事抗日工作。《战斗的青春》所写的内容便是他当年经历过的人生。小说就是写1942年“五一大扫荡”中，冀中地区抗日根据地的惨遭毁坏、民众惨遭屠杀、抗日政权惨遭破坏。然而共产党县委、区委依靠广大民众，历尽艰难险阻重新开展抗日斗争，并取得了胜利。雪克在《讨论〈战斗的青春〉给我的启发》一文中，说这部小说意在“表现出对敌斗争、反奸斗争、路线斗争、革命的两面政策及武装斗争等各种斗争的互相交错”，从而“表现出敌我力量的消长转化”，表明我方“从战斗到挫折，到再战斗，到胜利的反复性”。没有亲身的经历、感受、体验与认知，仅凭想象与创作才能，是不可能写出这么复杂、曲折的抗日斗争故事的。这部小说在同类题材的作品中，在写斗争的复杂、艰难和敌人的凶残、狡猾等方面，略高一筹。李英儒于1938年参加八路军。1942年“五一大扫荡”时，他在冀中工作，后被党组织派到河北保定从事地下工作。正是有了这样的人生经历，所以才写出了《野火春风斗古城》这部深受读者喜欢的小说。这部小说写的便是1942年，“五一大扫荡”后，共产党派得力党员到敌后从事地下工作的故事。所写内容也是作家经历过的。冯德英1935年才出生，不可能像雪克与李英儒那样直接参加八路军从事的抗日斗争活动。但是，冯德英却出生在一个被称为共产党“干部窝”的家庭里。冯德英的家人和邻居几乎都参加了八路军从事的抗日工作，不少人在斗争中流血牺牲了。所以，冯德英对八路军的英雄事迹和家人邻里的悲壮牺牲是感同身受的，对于日军大扫荡的野蛮、残忍是铭刻于心的。这，可以说是冯德英后来从事创作的生活积累与创作素材。冯德英当年虽然身临其境，但毕竟不曾参加过战斗，所以写起《苦菜花》来就不如雪克写《战斗的青春》和李英儒写《野火春风斗古城》那么顺当,而是经历了七八年时间、几经周折才终于定稿的。这部作品写了日军的扫荡,叛徒、汉奸的破坏,胶东半岛昆仑山区抗日政权建立的曲折、反复与艰苦斗争历程。因有共产党的领导,斗争最终取得了胜利。这部小说出版后和根据这部小说改编的电影放映后,引起了强烈的反响,产生了轰动一时的效应。就我而言,我曾用了一个整晚和一个上午读完这部小说。阅读时,我好像完全进入了小说的艺术世界里,把热泪洒向八路军将士和"母亲"为代表的民众,把仇恨投射给日军与汉奸。《苦菜花》和前两部作品一样,由于写的内容都是作家熟悉的,所以才给读者以真切之感。这些作品中,有的写作时虽然受政治思想因素的影响,但因为真切还是令人觉得可信!

二是谍战问题。谍就是间谍,就是搜集对方政治、军事、经济等领域里的情报人员,就是俗话说的"特务"。谍战,就是对抗——谍报人员之间的对抗、谍报人员与执政者的对抗。其中,有重在谍的,有重在战的。重在谍的,就是主要搜集对方的情报,提供给自己一方使用。重在战的,就是深入到对方里去从事战的工作。这种谍战,被称为内线作战。内线作战带有隐蔽性,外线作战是公开的,是敌我双方公开对抗。这二者,有时是隶属关系,有时是相互配合的关系。总之,在近现代战争中,二者不可或缺。谍战作品,在中国现当代文学史上出现的较晚。抗战文学进行时,徐讦的《风萧萧》,可算是一部谍战小说——重在谍的小说。谍战作品,应该说在后抗战文学进行时出现的次数才逐渐多了起来。《野火春风斗古城》,可以说开了后抗战文学创作中谍战作品之先河。李英儒根据自己在1942年被党组织派到敌伪占领的河北省省会保定市从事地下工作的亲身经历,又集思广益而写成的这部谍战小说。保定是一座古老的省城,是冀中重要的政治、军事、经济、文化中心,也是冀中的物资集散地。抗战时期,日本帝国主义侵占保定后,建立了敌伪政权,驻扎有特高科人员,收买了汉奸与共产党的叛徒,形成了一股较大的敌对势力。国民政府也派有特工潜入保定,从事谍报工作。有鉴于保定的重要与形势的复杂严峻,为着践行"敌进我亦进"的战略战术方针,共产党组织决定派优秀共产党员打入保定开展抗日斗争。冯德英当年便是被派去的一位共产党员。这部小说,实际上便是冯德英这一亲身经历的艺术再现。小说写八路军的一个团政委兼县委书记的杨晓冬只身打入保定这座古城，做了大量的抗日斗争工作，比如智斗兰毛、奇袭伪治安司令部、与伪军团长关敬陶较量等。这些对敌斗争，充分彰显出杨晓冬对党的忠诚及其具有的胆识、智慧、果敢。但是，冯德英并未把杨晓冬写成独行侠式的人物，单靠个人之力做一系列抗日斗争工作，而是有一个集体力量在支撑。其中，有保定城郊武工队为外线配合，有城内地下交通员金环，有一批忠诚于党的杨晓冬的母亲、韩燕来、周伯伯、小燕、银环等人物，团结在杨晓冬的周围。杨晓冬潜入保定后，开展了大量的发动、组织与领导民众的工作，做了争取中间势力的工作，摸清了敌、我、友各方面的情况，既知己又知彼。因此，哪怕环境险恶、处境危险，依然取得了抗日斗争的胜利。

三

"文革"结束，中国当代文学的春天开始到来。随之，后抗战文学也逐渐形成了多样与多元的创作态势。1980年到2014年间，后抗战文学作品数以千计，小说、电影、电视剧，出现了竞写热潮，而且这种热潮是一浪高过一浪的。

1985年为抗战胜利40周年，1987年为全面抗战爆发50周年。在这两个纪念年中，小说家和影视家创作了不少后抗战文学作品，以示纪念。这可算是第一波后抗战文学创作热潮。电影有《将军与孤女》《闯江湖》《血战台儿庄》《破袭战》《八女投江》《关东大侠》《红高粱》《屠杀血证》《黑太阳》等；电视剧有《海啸》《血战台儿庄》等；小说有《皖南事变》《战争和人》三部曲中的第一部、第二部等。

1995年为抗战胜利50周年，1997年为全面抗战爆发60周年。后抗战文学出现了第二波创作热潮。小说计有《长城万里图》《大顺店》《龙凤旗》《战争启示录》《非红》《胭脂地——雪莲湾风情录》《新战争与和平》等；电影有《血战昆仑关》《步入辉煌》《七七事变》《巧奔妙逃》《枪神无敌》《飞虎队》《大捷》《新上海滩》《浴血太行》《燃烧的港湾》等。

2005年为抗战胜利60周年，2007年为全面抗战爆发70周年。后抗战文学创作进入了第三波创作热潮。小说计有《文峰游击队》、《虎啸八年》(第三部)、《遍地鬼子》、《八月桂花遍地开》、《气血飞扬》、《狼毒花》、《零炮楼》等；电影计有《栖霞寺·1937》《王树声征战豫西》《鲁南抗日游击队》《太行山上》《狩猎者》《山林喋血》《山啸》《东京审判》《昆仑日记》《飞虎队间谍战》《萧锋血战陈庄》《盘尼西林·1944》《小小新四军》《杨成武强攻东团堡》等;电视剧计有《小兵张嘎》《吕梁英雄传》《八路军》《抗日名将左权》《非常出击》《亮剑》《红幡》《兵变·1938》《记忆之城》《中天悬剑》《敌后武工队》《大刀向鬼子们的头上砍去》《血色湘西》《血色玫瑰》《生死谍恋》《虎胆雄心》《地雷传奇》《狙击手》《蓝色档案》《花篮的花儿香》《烽火少年》等。

这三波后抗战文学创作热潮之前之间之后,还出现有众多后抗战文学作品。比如电视剧在第三波创作热潮之后的2009年,就有电视剧《梦想光荣》《反抗之真心英雄》《江城令》《我的兄弟叫顺溜》《中国兄弟连》《十三省》《我的团长我的团》《历史的进程》《地道英雄》《生死线》《沂蒙》等;2010年就有电视剧《特战先锋》《决战华岩寺》《风语》《抗日奇侠》《松花江上》《中国远征军》《永不磨灭的番号》《借枪》《战火四千金》等。小说与电影创作,大概也如斯。

那么,2015年和2017年会不会再一次掀起后抗战文学创作热潮呢?从2013年、2014年的后抗战文学创作态势来推测,加之日本右翼政治集团的一批高层人物对第二次世界大战成果的挑战和对侵华战争的否定等言行观之,我以为很有可能出现第四波后抗战文学创作热潮。2013—2014年后抗战文学创作中,小说如《汉奸》,电视剧如《战神》,电影如《血色挂云山》,都是具有代表性的受到读者与观众好评的作品。

所有这些林林总总蔚为壮观的后抗战文学作品,内容十分繁富,几乎囊括了抗战时期中国与世界发生的故事,集大千世界于笔尖。这些后抗战文学作品中,有全景式反映抗日战争时期社会人生的,具有抗战史诗的价值意义。我举几部长篇小说来加以叙说。一是王火的《战争和人》三部曲。《战争和人》分上、中、下三卷,共160余万字。小说按抗战行进过程的前、中、后三个阶段谋篇布局。因此,三部曲既独立成篇,又浑然一体。小说的中心人物或称视点为童家父子。这两位何许人也?能承载这样的容量吗?童家父亲名叫童霜威,其子叫童家霆。童父是国民党高官又是法学权威。他官场失意,对现实不满,拒绝多方诱惑,带着儿子由南京到武汉到香港到重庆,最后父子俩投入民主运动行列。小说就这样以童家父子的行踪,观照现实社会人生,映现不同地区的人生百态。小说题目《战争和人》,意即战争冲击人生,人生在战争中演绎各自的故事。全景式记叙中国抗日战争和第二次世界大战的小说更要数周而复的《长城万里图》。这部作品在抗战文学和后抗战文学乃至整个中国现当代文学史上都是少有的超长篇小说,共6卷,370余万字。这6卷小说是《南京的陷落》《长江在奔腾》《逆流与暗流》《太平洋的拂晓》《黎明的夜色》与《雾重庆》。这6卷以中国抗战为中心线索与主要内容,把第二次世界大战各参战国勾连起来,形成了一个完整的中日战争和第二次世界大战全景图。小说的纪实性强于虚构性、文献性大于艺术性。6卷小说构成的超长篇小说,堪称中日战争和第二次世界大战的文艺百科全书。三是李尔重的《新战争与和平》。小说从1931年"九一八"事变一直写到1945年"八一五"抗战结束,历时14年的艰苦卓绝的抗战。小说写有"一二八""塘沽协定""热河失守""一二九运动""何梅协定""西安事变""七七事变""血流南京""华北根据地""山西战场""转战江淮""皖南事变"等重大战役或事件。历史事件众多,上千个人物登场。敌人的残暴,我方的英勇抗战,展现在读者面前。四是柳溪的《战争启示录》。这部全景式反映抗战的小说很特别,特别之处就在于以人写战争。小说着力写三个人物及不同经历:共产党员李大波和女学生红微以及日蒋两面派特务曹刚。三人的不同人生,把一些战争场面如红格尔图与百灵庙浴血奋战和不同地点的特工如北平、天津、保定、上海等地我方特工谍报工作以及日军内部上层的矛盾等都串联起来,14年抗战的全景图绘制出来。

当然,除了这些琳琅满目的后抗战文学作品外,并非全景式地反映抗战的作品也尤多。其中,战争中的惨案和战役的描写也有历史的价值意义。这里我拟说两次惨案描写的作品和一次战役描写的作品。

写南京大屠杀及审判的作品。南京大屠杀,不是中日两军对抗中的厮杀,而是日军对无力抵抗的伤兵和手无寸铁的民众的残杀。所以,我将它称之为战争中的惨案。1937年12月13日,侵华日军攻占南京后对南京中国人进行绝灭人性的大屠杀,致使30万中国同胞倒在血泊之中。这次大屠杀是日本军国主义反人类反人性罪行的铁证。但是,现而今,日本顶层人物却不时加以否认。这无疑会激起熟悉和不熟悉这次大屠杀的人们的强烈不满,或拿出历史资料

(图片、日记),或创作作品,予以回击。后抗战文学作品中有三部电影,堪称南京大屠杀及审判的完整记忆。一部电影是谢光宁编剧、罗冠群导演、福建电影制片厂和南京电影制片厂于1978年合拍的《屠城血证·1937》。影片一是写主人公展涛目睹日军公然违反国际法则闯入国际红十字会设在南京城内的安全区,屠杀中国伤兵和难民,并目睹自己所爱的女护士被日军强奸与枪杀。二是写展涛从日军随军记者手上得到的大屠杀照片而遭日军追捕,他以自己的年轻生命使这批照片由另一人送出南京城。这部电影,其实是讲的南京大屠杀的人证与物证。一部电影是《栖霞寺·1937》。栖霞寺位于南京,是中国四大名刹之一,寺中的宗教人士一直都是爱国爱教的。这部影片,写南京大屠杀时,栖霞寺法师寂然组织全寺僧人,创办难民收容所,保护与救助南京无辜市民。僧人们在与日军对抗中,不少人倒在了日军的刀枪之下。但是,他们仍然一面掩护抗日军人与部分难民过江,一面拍摄日军大屠杀的照片,并把照片胶卷送出南京城。这部影片又一次提供了南京大屠杀的人证与物证。南京大屠杀的刽子手们,天理不容,应该而且必须受到审判。蒋晓勤编剧、付小健导演的电影《押上刑场》便是这样的影片。日本战犯谷寿夫是南京大屠杀的指挥者。盟军同意中国政府和人民的要求,将谷寿夫押回中国受审。影片就是写的押解谷寿夫到南京途中的曲折而激烈的斗争。谷寿夫最终还是被押解到了南京,押上了刑场。三部影片作品合在一起,可以说较完整地再现了南京大屠杀及其指挥者被押上刑场的历史事实。

写“皖南事变”的作品。这次事变,我之所以纳入战争中的惨案来言说,是因为这是抗战时期八路军和新四军称为友军的国军按蒋介石的预谋而制造的一次残杀事件——新四军8000余人,猝不及防而招致残杀。这次事变是1939年以来,国民党蒋介石推行“限共”“溶共”“反共”方针而制造的最大惨案。1941年1月4日,新四军9000余名将士奉命北移,1月6日行至皖南泾县时突遭国军8万余人的袭击,致使新四军8000余人遇害。这一“千古奇冤”在当年震惊了世界。40多年后的黎汝清以此为题材创作出同名长篇小说《皖南事变》。小说按这次事件的过程——事件前、事件中、事件后为线索,以3卷45章之巨,再现这次历史事件的原貌。小说不仅抨击了这次事件的制造者,同时也披露出新四军上层的错误及其应负的责任。对读者了解事件真相有一定帮助。

四

后抗战文学创作延续和扩展了抗战文学中的抗战的文学这一主潮。我以为后抗战文学创作延展抗战文学中的抗战的文学，主要表现为两个方面：一是范围的延展，二是精神意识的延展——延展中华民族至大至刚的民族气节与精神，延展我军将士如周恩来当年在《追悼张荩忱上将》一文中说的“只有打，只有苦打，只有拼命地打，才能胜利”的意志与行为方式。后抗战文学无论写国军抗战、写八路军新四军抗战和写民众抗战，都贯穿了这一延展向度。

写国军抗战。抗战爆发后，国民党和国民政府，在“军事第一，胜利第一”的总目标之下，不断完善军事指挥机关建制和战区划分，始终支撑中国抗战的正面战场，有力地推进着中国抗日战争和世界反法西斯战争。抗战文学进行过程中的1939年前，写国军抗战的作品较多，这以后就少见了。一则是边区文艺家不愿写；二则是国统区左翼文艺家不敢写；三则是政治立场倾向于国民党的文艺家人数有限，少写；四则是被称为“独立作家”的文艺家也少写。因此，1939年后写国军抗战成了抗战文学创作领域里的一个最为薄弱的部分。后抗战文学翻过20世纪80年代，写国军抗战的作品日渐多了起来。当然，作为后抗战文学组成部分的台湾作家在1974年和1977年就拍摄成了三部电影作品写国军抗战（《英烈千秋》《八百壮士》《笕桥英烈传》）。

后抗战文学写国军抗战，大概是从如下几方面展开的。

一是以战役为题材写国军抗战。“七七”事变以后，国军与日军开展了多次较大规模的战役对抗。如卢沟桥事变、淞沪战役、台儿庄战役、武汉保卫战、桂南会战、长沙会战、昆仑关会战、滇缅会战等等。这些会战，歼灭了日军大量有生力量，灭减了日军嚣张气势，支撑着中国抗战正面战场，支持了世界反法西斯战争。这些战役中有的在抗战文学创作里已留下了印记。这些战役在40年后成为众多后抗战文学家的创作题材。李前宽、肖桂云把卢沟桥事变搬上了银幕，电影名称叫《七七事变》。这部电影通过战争场景的演示把这次事变的前因后果披露了出来，把日军为全面发动侵华战争而制造的这次事变的真相和国军的英勇抵抗呈现在观众面前。与之相联系的是连奕名的电视连续剧《大刀向鬼子们的头上砍去》。这部电视连续剧是根据国军第29军大刀队抗日的真实故事改编的。大刀队本成立于1933年。当年大刀队就夜袭了侵犯长城的日军。“七七”事变时,大刀队直接参加了抗战,与发动卢沟桥事变进而侵占北平与华北的日军展开了激烈战斗。在战斗中,打出了大刀队的威势,让日军一开始大规模侵华就遇上了一个强硬对手。大刀队成了中华民族抗击日军的一种利器和中国血性男儿的象征。大刀队之歌成为鼓励中国军民奋勇杀敌的号角。淞沪会战是抗战以来规模最大、最为惨烈的战役,中日双方投入兵力100万之多,激战3个月之久。这次战役在抗战文学刚刚兴起时就进入了中国文艺家的视野。反映这场战役的作品有报告文学、小说、诗歌等。有的作品的作者就是这次战役的参与者。这次战役的70多年后,中国文艺家将其搬上了银幕。其中有电影《淞沪会战》和电视剧《淞沪会战》以及电影《八百壮士》。《八百壮士》是台湾文艺家于1977年拍摄成的电影。这部片子是从一个点来反映淞沪会战的。八百壮士死守的是四行仓库。四行仓库有那么重要吗?不是四行仓库本身有多么重要,而是四行仓库所处的地理位置极为重要。四行仓库位于上海苏州河畔,东南西面有英美法租界和越界筑路防务区,对面是国统区,北面是日本租界和越界筑路防务区。日本租界和越界筑路防务区是日军在上海作战的基地。这便是四行仓库所处位置的重要性所在。淞沪会战中,为着掩护国军撤退,国军88师524团团长谢晋元率领480名青年军官坚守四行仓库达三个月之久,与日军拼命抵抗,有力地牵制了日军。抗战文学刚刚兴起时,不少文艺家以此为题材写成报告文学、诗歌、剧本,大加称颂,极力谴责日军罪行。40年后的丁善玺以《八百壮士》为题目拍成电影放映。电影《淞沪会战》与电视剧《淞沪会战》和《八百壮士》一道,再现了这一战役的历史面貌,彰显了国军广大官兵大无畏的意志和不怕牺牲的精神。同时,也反映了当时上海广大民众对国军的大力支持。

二是以具体部队抗日为题材写国军抗战。不管是战役性的抗日,还是非战役性的抗日,都有一支或几支部队参加。我说了以战役为题材写国军抗战后,说说以国军具体部队抗日为题材写国军抗战的作品。这里,我说说后抗战文学写国军中的三支部队抗日。一支部队抗日是航空第四大队。航空第四大队是当时中国空军中的王牌部队,高志航为队长。他率领该队与日军空战,可以说战功赫赫,令日机人员胆寒。特别是1937年8月—11月的对日空战,已永载史册。1937年8月14日，高志航奉命率第四大队，与日军木更津航空队激战。个个队员表现神勇。比如沈崇海，他驾机撞击日军出云号而悲壮牺牲，刘粹刚驾机与敌机同归于尽，高志航一人就击落敌机6架。国军空战大捷。同年11月21日，日机来犯，高志航奉命驾机迎敌。他在击毙日空军将领原田浩后为国捐躯。高志航及其第四大队在当时刚刚兴起的抗战文学中就有洪深与萧乾等作家以剧本或小说的文学样式加以描述。高志航被称为“飞将军”。几十年后，这支部队又进入后抗战文学创作中。这就是1977年台湾“中央电影事业股份有限公司”拍摄的电影《笕桥英烈传》。笕桥位于浙江杭州东北郊。笕桥机场为国军1933年改建。这部影片写的便是高志航率领的航空第四大队对日作战。写出了这支部队的神勇和视死如归的精神。这支队伍的队员个个是抗日英雄。一支部队是川军。川军是国军中的一支部队。抗战开始后，川军300万将士出川开赴前线抗日。川军出征时的誓言是“失地不复，决不回川”。川军在山东、江浙、山西等地，参加多次对日作战，伤亡60多万人，打出了“无川不成军”的威名。川军是国军中的一支重要抗日力量，但常常遭到国军上层的不公平待遇，致使川军遭受到不该遭受的伤亡。这是川军抗日面对的现实。这一创作领域，不为抗战文学进行时的文艺家所关注而未写入作品，四五十年后，后抗战文学家写了川军抗日，弥补了这一不该遗忘而遗忘的空档。2014年花箐的电视剧《壮士一去》便是这一创作领域的代表。这部影片具体写川军一位学生连长张抗带领战士，转战山东、山西、湖南、湖北等地与日军进行殊死战斗。其队员杨得贵、王长生、吴天禄、何阴阳、黑娃等人为掩护连长张抗脱险而就义。抗日的川军及这支连队，不愧为英雄之师。另一支部队是中国远征军。中国远征军是国军中的精锐之师。所谓“远征”即是开出国门去对日作战。开到哪里去对日作战？开到缅甸去对日作战。为什么？这得从滇缅公路说起。滇缅公路即云南到缅甸的公路。这条公路于1938年修建开通。这条公路对中国来说是条交通运输生命线，国际援华的物资和军事用品基本上是靠这条公路承担运输。1941年年底，日军侵犯缅甸。为着保护滇缅公路的安全与畅通，国民政府决定组建中国远征军。这支部队由国军第5军、第6军、第66军约10万人组成，卫立煌与杜聿明分别任正副总司令。1942年2月，中国远征军进入缅甸对日作战。中国远征军在缅甸对日进行了同古保卫战、平满纳会战等。广大官兵在对日作战过程中,做到了如第200师师长戴安澜说的"准备死战"。由于英军一直未能较好地配合而单独撤退,导致中国远征军在滇缅路的重大失利。其中,第5军所属的第200师,在师长戴安澜率领下奉命通过野人山撤退回中国云南。这一条路对任何人来说都是一条不归路。该师伤亡惨重,戴安澜师长身受重伤而牺牲在了野人山。当年,抗战文学家写滇缅公路的有之,而写中国远征军的,我却一直未见着。几十年后的今天,董亚春与杨军以52集之巨将中国远征军搬上了银幕,这就是电视连续剧《中国远征军》。这部片子,从国外写到国内,从前线写到后方,全方位观照出当年中国官场、国军内部以及民间的实际状况,特别是再现了戴安澜师长由担架抬着同官兵一起行进在野人山的情景,令观众触目惊心,不寒而栗。同时,观众也由衷发出了赞叹之声和敬佩之情。这部52集电视连续剧及演员们的出色表演,让观众了解了中国远征军出征和归国之路的艰险。可以说,这是一部中国远征军的历史文献纪录片。

三是以国共合作抗日为题材写国军抗战。抗战时期为国共第二次合作时期。国共联合抗日,已成为广大国共官兵的共识与行为方式。即使在1939年后,这一共识与行为方式,依然为国军广大官兵、特别是中下级官兵所认可。所以,国共军队中的不少部队在具体对日作战中,总是互相支援,协同作战的。这一创作题材不为抗战文学进行中的边区作家和国统区左翼作家所撷取,这一题材的作品自然就不多见。后抗战文学进入20世纪80年代后,写这一题材的作品陆续问世了,如《亮剑》《中国兄弟连》《生死线》《战神》等。《亮剑》写晋西北八路军的一位团长李云龙与国军的一位团长楚云飞的联合抗日。他们两人率领各自的官兵共同进攻日军重兵把守的县城,全歼守备部队,战斗获全胜。在联合抗日过程中,两位团长成为好友,两支部队结成了兄弟连队。《生死线》电视连续剧的一个环节是表现国军和八路军游击队及民间抗日组织共同抗日的。具体是日军在沽宁城外修建机场而妄图做垂死挣扎。国军在游击队的引领下,加上民间抗日组织"四道风"的协助,一举摧毁了日军机场。这部电视连续剧被称为是第一次——抗战文学和后抗战文学第一次写不分党派与阶级的抗日作品。这确实是极少见的抗日作品。《战神》电视连续剧中的龙马支队司令龙大谷与国军的严道藩团长,有过几次相互配合、互相支持的经历,共同抗日。龙大谷带领龙马支队袭击日军机场,炸毁日机,不仅歼灭了日军对自己部队的威胁,而且大大减弱了日军对严道藩团的攻势。严道藩把一批包括重型武器在内的枪支弹药送给了龙马支队。这批武器在龙马支队与日军争夺杨家山的拼杀中起了重要作用，击退了日军的一次次进攻。

五

写八路军与新四军抗战

抗战时期，中国有两个战场，一个是国军支撑的正面战场，另一个是八路军新四军开辟和支撑着的敌后战场。两个战场抗击着侵华日军人数的70%左右，为世界反法西斯战争的顺利进行做出了重大贡献。抗战文学进行时，边区作家用了大量笔墨写八路军和新四军抗战，充溢着赞颂之情。这一书写路子一直延续到20世纪80年代。20世纪80年代后的后抗战文学家，多角度多题材多文本地书写八路军与新四军抗战。作家们的创作热情有增无减，作品的数量与质量有大的提升。有全景式反映八路军抗战的作品，如电视剧《八路军》。宋业明与董亚春的这部连续剧，顾名思义，就是全方位反映八路军对中国抗战的贡献而具有史诗般的意义。这是后抗战文学创作中不可多得的一部作品。有反映八路军与四新军进行的一些著名战役的，如百团大战。百团大战在八路军抗战史和整个中国抗战史上都是威震世界的大战。写这一战役的电影有《浴血太行》《杨成武强攻东团堡》《血色挂云山》等。这几部电影作品从不同侧面反映了百团大战。《血色挂云山》，不是正面写百团大战的，而是写百团大战时的斗争。《浴血太行》也不是全方位写百团大战，而是写刘伯承与邓小平率领的129师参加百团大战。邓小平在延安由毛泽东与朱德操办而与卓琳举行了婚礼。婚后，邓小平即带卓琳回到了太行山，投入百团大战之中。129师为百团大战的胜利做出了不可磨没的贡献。《杨成武强攻东团堡》也不是全面写百团大战，而是写百团大战尾声时的一场硬仗、恶仗。东团堡位于河北涞源。这里驻扎有日军的一支教导大队。这支部队装备精良，训练有素，战斗经验和武士道精神十分充足。此地又易守难攻。因此，成为日军据点中一块难啃的骨头。杨成武率领部队专啃这块骨头。经过曲折而艰难的战斗，最后歼灭了日军这支部队，取得了攻坚战的胜利。至此，百团大战大抵可以鸣金收兵了。还有写八路军高级将领抗战的。如电影《太行山上》,写1937年9月到1940年5月,朱德奉中央之命率八路军主力部队开赴抗日前线。其中,写了从平型关大捷、阳明堡战役到黄土岭战役等重大战役,把八路军将士们的神武和朱德作为伟大军事家的形象,活灵活现地搬上了银幕。电影《徐海东血战町店》,写徐海东这位八路军将领在治病期间,率领部队两次歼灭日军的故事。电影《萧华挺进冀鲁边区》,写萧华组建东进抗日挺进纵队开辟冀鲁边区的故事。还有写新四军抗战的作品,如电视剧《雳剑》和《游击兵工厂》。前者写新四军与日军直接正面交战,且五战五捷取得了胜利。后者写新四军的一家兵工厂的故事。这家兵工厂,严格说不是一个工厂,没有固定的厂房,没有固定的设备,也没有固定的工人,手工式分散制造步枪。那么,谁来组织领导呢?新四军派干部组织了铁工会,并组建了一支铁工队。这支铁工队一边参加制枪,一边参与对敌斗争。终于制造出了70000多支七九步枪,为新四军打击敌人做出了贡献。还有不少写冀中和胶东扫荡与反扫荡的后抗战文学作品。

这些写八路军与新四军抗战的作品,较之20世纪80年代前写八路军与新四军抗战的作品,有较大突破,集中体现在三个方面。

一是创作题材的突破。比如同是写日军对敌后根据地的大扫荡,20世纪80年代后的后抗战文学创作却另辟蹊径,寻找新的创作题材——常常是以大扫荡为背景写八路军与新四军内部发生的故事。我举两部小说和一部电视连续剧来具体说说。一部小说是权延赤创作的《狼毒花》。小说写日军大扫荡时,八路军内部就如何处置嫌疑犯时出现的意见分歧。一种意见认为应立该处决这批嫌疑犯;一种意见则反对处决这批嫌疑犯。显然后一种意见是对的,因仅仅是嫌疑而已,尚未查清更未经法律程序,为何就处决呢?哪怕是情势危急,也是不应允许的,何况这批嫌疑犯中的不少人员是被怀疑的被误解的抗日志士。前一种意见,反映出其时八路军内存在的所谓“整肃”“除奸”过左思想意识的存在。一部小说是谢颐丰创作的《气血飞扬》。小说写日军大扫荡时,八路军监狱在押犯人的故事。这批犯人,几乎都有劣迹,或是赌徒,或是盗贼,或是流氓。日军袭击这座监狱,打死打伤了八路军看守人员。这批犯人无人看守,监管成为空档。应该说这是这批犯人逃生而获自由的大好机会。但是,这批犯人没有一个逃走。他们在拥戴的受伤八路军干部的领导下,与日军展开拼死抵抗。活着的犯人中,有人凭自己的"本领"弄钱来买药为受伤八路军战士治疗。这就写出了大扫荡险境里,一批特殊中国人没有失掉中国人的人格和中国的国格而表现出的强烈的民族意识与民族精神。一部电视连续剧是指张军钊的《一个和八个》。"一个"是指遭受不白之冤的八路军指导员王金。"八个"是八路军关押的八名罪犯,其中有土匪、投毒犯、奸细。王金与八名罪犯同关押在八路军随军的监狱里。八名罪犯在土匪大秃子的策划下撞开牢门出逃。王金以自己的言行教育、感化了他们。王金还背着脚受伤的大秃子,同这批犯人和八路军看守人员到达了安全地。由于日军扫荡日益加剧,随军监狱与八路军大部队失去了联系。他们被日军包围。王金率领八名罪犯及活着的八路军看守人员,与日军拼杀。活着的罪犯,最后表示洗心革面,重新做人。王金重新获得了党组织和八路军的信任。这些作品,虽然同是写日军大扫荡,但却另寻新的题材,写八路军和中国人中一群特殊人对日军的同仇敌忾,共谋杀敌。这类题材的开拓,在20世纪80年代后的后抗战文学创作里屡屡可见。

二是写战争的曲折与惨烈的突破。不管是冷兵器对抗时代,还是热兵器对抗时代,战争都是一定会死人的。死的多是双方广大中下级官兵。20世纪80年代前的后抗战文学写八路军与新四军对日作战时,较多的是写日军的伤亡,而写我军的伤亡时常常一笔带过,意在凸现日军是"纸老虎",我军是真老虎。两强相斗,勇者胜。我军个个勇敢顽强。20世纪80年代后的后抗战文学创作,日渐改变了这一思维方式,而贴近战争实际来写战争。比如电视连续剧《战神》,写日军残暴,肆意屠杀敌后民众,一个村一个村的民众遭受屠杀,日军叫"屠村"。同时,也写八路军龙马支队和日军柴田联队的伤亡。仅杨家山阻击战,敌我双方人员大减,死亡人数众多。柴田联队对龙马支队,先是用飞机低空扫射,接着是用重炮轰击,然后是士兵冲杀。龙马支队中的马铮一支队,全部阵亡,龙支队人员也死亡惨重。日本士兵冲杀时,遭受到活着的龙马支队人员操作的重机枪和手榴弹的还击,也是一批批的日军倒下。这一仗,真是尸横遍野。我看后,极度地感叹道:这就是战争!这就是战争!这样写,让人感到真实,令人可信!这样就更能激起今天的观众对战争的愤恨和对现今日本当局否认侵华战争的愤怒。关于八路军与新四军抗战的复杂性与曲折性描写,我也以《战神》为例。《战神》写一个没有八路军编制与番号的龙大谷司令员的龙支队——龙马支队在八年间对日的浴血奋战。中间有过一次次胜利,一次次失利,最后抗到日军——日本帝国主义投降,抗战结束。具体说,这八年间,龙支队——龙马支队始终与日军的佐藤师团对抗。对抗复杂曲折。复杂在于:龙支队——龙马支队与佐藤师团对抗,国军严振藩师团与日军对抗,与佐藤师团对抗;龙支队——龙马支队与国军严师团相互配合共同抗战。龙支队收编川军马铮队伍后,有纠葛有矛盾;严师团与其上级军事指挥机关有矛盾。这是从我军与友军方面的复杂性来说的。日军中的佐藤师团与其上级柴田联队有矛盾冲突。除此之外,谍战也甚为复杂。八路军方面有打入佐藤师团内部从事谍报的人员,有中共地下党从事谍报的人员。从日军方面说,佐藤两弟兄一个叫川一掌管佐藤师团,一个叫光一掌握特务机关从事谍报工作;哥哥佐藤川一战死后,弟弟佐藤光一冒充哥哥继续掌握和指挥佐藤师团的军事工作;这两个屠杀中国人民的战争罪犯,有一个妹妹名叫幸子,无意间看见了兄长屠杀中国民众的照片,认为太冷酷了,太残忍了,加之又知晓了自己的身世,就在中共地下党的安排下到了延安。正是因为复杂,才使对抗曲折。龙支队——龙马支队便是在这样复杂曲折的网中,左右冲杀的,才显示出他们的会打、敢拼、能赢的"战神精神"的。写百团大战的作品,写太行山八路军抗战的作品,写八路军高级将领抗战的作品以及写冀中反扫荡的作品,都有其残酷性、复杂性与曲折性的特征。

三是人物形象塑造的突破。现实主义文学的思想倾向,主要靠塑造典型人物形象来体现。中外现实主义文学创作大抵如斯。从边区文学到前30年当代文学,似乎形成了一种人物形象塑造传统,那就是以写正面人物为主,反面人物为辅,正面人物中又多写积极向上的人物、模范人物、英雄人物。到"文革"十年高、大、全式的人物霸占了当代文学人物画廊。不少作品中,人物一出场,读者和观众就知道了此人是好人,彼人是坏人。20世纪80年代前的后抗战文学作品塑造的人物形象,大抵也未能例外。20世纪80年代后的后抗战文学的人物形象塑造有了较大的突破。不管是正面人物或是反面人物,都不是扁平的,而是圆形的,多面的。从作品所写的不同战线的人物来划分,有军事战争的人物,如八路军新四军中的李大波(《战争启示录》)、李云龙(《亮剑》)、常发(《狼毒花》)、欧阳山川(《生死线》)、王金(《一个和八个》)、龙大谷(《战神》),国军中的楚云飞(《亮剑》)、严振藩(《战神》)、韩绍功(《中国远征军》)。属于战争中转变的人物，如顺溜（《我的兄弟叫顺溜》）。有谍战中的人物，如中共党员夏潇雪、龙薛梅、田烽、西里、国民党员唐问生（《生死恋》）等。还有汉奸吴守仁（《汉奸》）以及日军中的佐藤师团司令川一及其弟弟光一等。可以说，这些人物，个个是活鲜鲜的人物。他们都有各自的信仰与追求，他们都有各自的性格特征，他们都有各自的命运。我觉得这些人物中，塑造得最好的要算龙大谷。龙大谷是一位会打、敢拼、能赢的人称"战神"的人物形象。每次战斗，他不仅运筹帷幄，而且总是在前沿阵地指挥打仗，总是在前沿阵地上与战士们一道打仗。他甚至用自己的身体为战士挡子弹。在杨家山阻击战中，他挺住了日军飞机的轰炸与大炮扫射。身体受伤，依然端起机枪向进攻的日军射击。他是一个遍体伤痕的战士和司令员。他的龙支队——龙马支队是他白手起家组建起来的。他原本是红军的一位副师长。抗战开始后，他的上司田烽给了他50块大洋和一个警卫员与一个参谋，叫他去招兵买马组建游击队，并任司令。他就是凭自己的智谋与倔强及果敢，很快组建起了一支跟他一样会打、敢拼、能赢的龙支队——龙马支队。起初叫龙支队，后来以马铮为首的部分川军失散官兵与之结合而组建为龙马支队。但是，作品并未只写他的战绩与战功，而还写了他的另外几面。一面是屡立战功，屡次打胜仗，却屡次受处分——批评、关禁闭乃至撤职，军区副司令的任命也被取消。为什么？他打仗前不向上级汇报，打完一仗后也不向上级及时汇报，被视为一个组织性差的指挥员。他知道"军人以服从命令为天职"。然而，他觉得，战机是会稍纵即逝的，等汇报了，上级同意了再打，机会就丧失了。所以，他常常是不按程序做事——打仗。上司对他既器重又不完全放心。一面是他的柔情。

其柔情，令人可敬可爱可亲。唯有令人可敬可爱可亲，才觉得真实。这样的人物才不是作家思想的传声筒，才不是作品为了传达某一信息而设置的傀儡。

六

后抗战文学在其行进过程中，长与短总是相伴相随的。后抗战文学的长与短贯穿于文学创作之中。后抗战文学创作的长与短，我以为主要体现在三个方面。

一是功利意识的长与短

文学的功利,应当是远功而非近利的。当然,也有例外。抗战的文学和后抗战文学就是自觉追求“近利”的。抗战的文学追求的“近利”为强烈的爱国主义意识。后抗战文学追求的“近利”集中体现为珍惜来之不易的和平和对日本右翼政治集团否认侵华历史、否认对中国人民和东南亚各国人民造成的极大伤害的侧击。日本右翼政治集团的赖账言行和挑战“二战”胜利成果的言行,是必须加以警惕与谴责的。前面评述的三次纪念年及之前、之间、之后问世的后抗战文学作品,这样的功利意识都日益鲜明突出。无论是写淞沪会战、台儿庄战役、平型关战役、长沙会战、百团大战的作品,还是写中国民众以自己的方式抗战的作品和飞虎队及海外华侨抗战的作品,都贯穿着中国作家和中华民族对日军侵略的仇恨和受难民众的爱。这些文本把日军绝灭人性的反人类的屠杀——屠城、屠镇、屠村的滔天罪行,与中国广大军民的民族大义,一一呈现在读者与观众面前,引人深思,给人警示。这应当是后抗战文学功利意识之长所在。那么,后抗战文学功利意识之短呢?我以为短也在长之中,那就是缺乏从日本历史与日本文化角度去深层次地挖掘日本军国主义侵略成性、日军非人性残暴的根源。日本从1894年甲午海战开始就不断占领中国领土、屠杀中国军民、掠夺中国财物,一直到1937年“七七”事变,妄图“三个月灭亡中国”,还把侵略魔爪伸进了东南亚各国。日本为什么会侵略成性?全面的大规模的发动侵华战争,为什么未达目的而失败?这些问题未能在作品情节发展过程中透露出解答信息。功利意识强了或太强了,就易于使文艺家沿着这一功利意识之路去思考问题,而忽视其中隐藏的深层原因的思考与挖掘。举一个例子来说,《战神》这部电视连续剧,可以说是我爱看的片子。这部片子中,写日军柴田联队及其下属佐藤军团的罪行,我想凡是还有良知的人看后,都会咬牙切齿地给予诅咒的。柴田因其妻子在日本国内自杀就把痛失爱妻的恨撒在中国民众身上。他命令日军把上官镇全体民众赶到一个大坝上,然后用机枪射杀。全镇民众无一幸存。日本军部,反而给予嘉奖。柴田为什么要这样屠杀手无寸铁的中国民众?日本军部为什么还要嘉奖这位刽子手?片子只是写出了日军的罪行,却未深究其内源性因素。

未从文化的历史的角度去挖掘日本侵略成性的根源，这恰是后抗战文学创作之短。

二是战争反思的长与短

所谓“战争反思”，一般而言是指战后人们对战争的思考。这里的“战争反思”，无疑是指后抗战文学家们对日本发动的侵华战争和中国人民的抗日战争的反思。20世纪80年代以来，后抗战文学创作书写了这一战争反思内容。

反思战争与人性恶。日本的侵华战争，使一部分中国人异化为了复仇机器。失去了人性善，把人性恶激活了，充分调动起来了，人不是原来的人了。比如，刘恪的小说《红帆船》，写一个名叫龙海江的中国人。他原本是一位身心健康的正常的有良知的中国普通人。然而，当他目睹日军屠杀中国民众、强奸中国妇女后，就变成一架复仇机器了。他发誓要让日本女人受到相同的非人待遇。为达目的，他主动配合土匪攻打日军。在战斗中，他疯狂地拼命地砍杀日军。他把一个被俘的日本女人活活折磨致死，用烧红的甲板将其肉体烤焦。仇倒是报了，他却成了充满恶的人，不是正常的原来的他了。战争使人异化、战争使人成为恶人这一诉求在作品中体现得十分鲜明突出。辛烈平的《汉奸》，反思战争的内容是战争使有的中国人失去为人的人格和国格，变成了汉奸。小说主人公吴守仁为了替父报仇，便趁机向日军投降当了汉奸，还做了日伪守备队队长。他认为当汉奸值得。一是复了仇，二是改变了他的生存状态。但是，做汉奸毕竟是不光彩的。于是，他制造了汉奸理论，认为“让汉奸越变越多，我这汉奸就算不上汉奸了”。战争颠覆了吴守仁的人格与国格。吴守仁不守中国人为人的仁义道德了。

反思战争与人性善。作为人性之一的善，有多种体现，其一便是男女之爱，其二便是人与人间的相互同情与帮助。但是，战争常常是与这样的人性善相背离的。战争扼杀人性善，这成为后抗战文学反思战争的内容之一。石钟山的小说《遍地鬼子》我认为便是从这一角度来反思战争的。小说写了多对相爱男女而未能成为眷属，被战争阻止了。比如长工出生的土匪头子鲁大与东家女儿的爱被阻止了，投身革命的杨少爷与叔叔的养女菊的爱被阻止了，抗联朝鲜支队战士金光柱与同村少女卜贞的爱被阻止了。男女之爱为战争所不容，以此否定战争,反对战争。但是,战争消灭不了爱。比如小说写的谢聋子,就用生命保护自己所爱的女人柳金娜,还写了东北一对母女救助异国青年。小说一面讨伐战争打杀男女之爱,一面讴歌人之爱。不管哪种境遇里只要有爱,就有希望,只要有爱就有未来。这似乎是作家对战争做出的又一反思与见解。

反思战争与启蒙。启蒙与救亡是鲁迅提出并践行的创作要义之一,并形成了中国新文学的一种传统。后抗战文学承传了这一传统,诉求即使在战争中,启蒙仍旧需要。余华的小说《一个地主的死》,应该说表达了这一诉求。地主王子清因儿子王香火被日军杀害,成天忧愁,家里两个女人也因此而成天哭泣。此三人未有任何复仇举动。看来,此三人的思想意识必须得到启蒙才有可能摆脱任人宰割的人生状态。更需要启蒙的是村里的一大群人。日军来了,他们逃走了;日军走了,他们回村了。他们暂得苟活之时,不是在想法对付日军而是围观公羊与母猪交配。余华泼墨似的大写这一场景。一个精瘦男人强迫一只公羊与一只母猪交配。一群人在一起哄笑与吆喝。公羊与母猪交配未遂,有人建议把母猪翻过来,让它四脚朝天,像女人侍候男人那样。众人附和。于是,四个男人跪在地上把母猪的四条腿按住,另四个男人把公羊的四条腿分开按在母猪身上。这时,公羊与母猪发出绝望的喊叫,围观人群的笑声如同狂风般爆发了,经久不息。至于地主家发生的事,没有人过问,一个已死去的捕鱼的人,也没有人同情。日军给地主家造成的伤害,日军给村子造成的伤害,没有改变村人们的生存状态。他们还是那么愚昧,还是那么低俗,还是那么无聊,还是那么冷漠!这是何等的令人痛心疾首啊!鲁迅《示众》等小说中类似的看客和围观场景再次出现了。表明启蒙是多么重要啊!竹林村的村人们的思想意识得不到启蒙,抗战的政治目的意义就会大打折扣。周梅森的《军歌》,写国军1000余名被俘人员被日军押到煤矿去挖煤。这群人中,不少人为了自己能苟活,告密的告密,出卖战友的出卖战友,投敌的投敌。这篇作品与前篇作品一样强调在战争中启蒙的重要性与迫切性。

以上便是后抗战文学对战争做出的多角度的反思,算是后抗战文学战争反思之长所在。那么,短在何处呢?我以为短在罗列现象多,深入挖掘少。未多从文化信仰与坚守角度来追寻问题的答案。多强调战争造成了人的异化,未多从人的自身去加以拷问。这样的短就使作品的深度与力度大为减弱。

三是市场经济适应的长与短

中国共产党十一届三中全会后，中国由社会主义计划经济时代转入社会主义市场经济时代。市场经济对于文学来说，既是挑战又是机遇。从社会进化论"适者生存"的角度讲，文学要生存要发展必须要面对与接受市场经济。20世纪80年代后的后抗战文学与同步进行的当代文学一样，都经历了一个从不适应到适应的过程。其中有过阵痛，有过迷茫。在市场经济大环境里，读者与观众被推到"上帝"或"衣食父母"的位置。票房和收视率被视为经济效益与社会效益的标杆。近30多年来的后抗战文学的确问世了一些贴近时代、贴近民众的作品。如获"五个一工程"奖的《长城万里图》、获茅盾文学奖的《暗算》、获电视剧"飞天奖"的《潜伏》等。这些后抗战文学作品，写的都是几十年前的故事，为何能贴近时代、贴近群众呢？以《潜伏》为例稍加解说。孙红雷与姚晨主演的《潜伏》里的故事，的确离我们今天的现实三四十年了。然而，这部片子演出时，恰逢中华人民共和国成立60周年之际。追忆往昔，缅怀先烈，赞美新社会，这既是国家所主导，也是民众所需求。二者结合，就使这部片子放映时，在广大观众中产生了强烈的反响，千家万户收看，人人都谈余则成与其假妻子翠萍。好像余则成与翠萍就生活在现实社会中，就在我们身边一样。这样的后抗战文学作品，可称之思想性、艺术性与观赏性结合的作品，社会效益与经济效益俱佳的作品。这是后抗战文学适应市场经济之长，那么之短呢？我想主要有两个方面的短。一是不少后抗战文学作品的人物与情节雷同。文学创作，可以模仿，可以借鉴，但不可以雷同，雷同易有抄袭之嫌，会让读者与观众认为在作假，而嗤之以鼻！比如后抗战文学创作中，常有日军小分队扮成八路军打入敌后根据地，而八路军与民众又很快会识破而消灭之。八路军小分队扮成日军打入日军内，常常如愿以偿！一两部片子有这样的情节与人物可以，但太多了，读者就会感到不可信、不真实。这样的雷同，是一种带惯性的思维与书写方式。二是追求"好看"。"好看"才有票房价值，才有高收视率。怎么才能做到"好看"？其一便是"抗战+恋爱"。"革命+恋爱"在鸳鸯蝴蝶派作家徐枕亚的《玉梨魂》里就有了。到无产阶级革命文学期，以蒋光慈为代表掀起了"革命+恋爱"的创作潮流。到了抗战文学时期，又出现了"抗战+恋爱"的创作现象。20世纪80年代以后的后抗战文学，可以说把"抗战+恋爱"写烂了——抗战离不开恋爱，恋爱离不开抗战,抗战使有情人不能成为眷属,抗战使有情人终成眷属。有些后抗战文学作品,甚至写三角恋爱、多角恋爱、交叉恋爱!等等。非常离奇,也非常不靠谱!这样写抗战,这样写恋爱,可以吸引读者或观众的眼球!可以满足一部分人的好奇心,收视率可能会上升。但上升了的收视率与票房,应该不在观赏性之列。文学的观赏性是一种高境界的审美活动,是读者与观众获得美的陶冶与心灵净化及提升的审美效果。

盼望2015年与2017年及其后的后抗战文学创作,能扬其长而避其短,出现更多的思想性、艺术性与观赏性相结合的好作品。

原载《中华文化论坛》2015年第1期,原题目为《后抗战文学及其长与短的思考》,内容有所增加

参考文献

图书类

瞿秋白:《饿乡纪程》,商务印书馆1922年版。
瞿秋白:《赤都心史》,商务印书馆1924年版。
丁丁:《革命文学论》,泰东图书局1928年版。
蒋光慈:《俄罗斯文学》,创造社出版部1927年版。
霁楼:《革命文学论文集》,生路社1928年版。
陈西滢:《西滢閒话》,新月书店1928年版。
李何林:《中国文艺论战》,中国书店1929年版。
李初梨:《怎样建设革命文学》,江南书店1930年版。
鲁迅:《文艺政策》,水沫书店1930年版。
前锋社:《民族主义文艺论》,光明出版部1930年版。
周作人:《中国新文学的源流》,人文书店1934年版。
赵家璧:《中国新文学大系》,良友图书印刷公司1935年版。
吴宓:《吴宓诗集》,中华书局1935年版。
陈铨:《野玫瑰》,商务印书馆1942年版。
梁乙真:《中国民族文学史》,三友书店1943年版。
欧阳凡海:《文学评论》,当今出版社1943年版。
周扬:《马克思主义与文艺》,解放社1944年版。
冯雪峰:《论民主革命的文艺运动》,作家书屋1946年版。
朱光潜:《西方美学史》,人民文学出版社1979年版。
鲁迅:《鲁迅全集》,人民文学出版社1981年版。
胡风:《胡风评论集》,人民文学出版社1984年版。

路翎:《路翎短篇小说选》,四川文艺出版社1986年版。
黎汝清:《皖南事变》,解放军文艺出版社1987年版。
茅盾:《茅盾全集》,人民文学出版社1989年版。
老舍:《老舍文集》,人民文学出版社1991年版。
张大明:《不灭的火种——左翼文学论》,四川文艺出版社1992年版。
苏光文:《大后方文学论稿》,西南师范大学出版社1994年版。
曹禺:《曹禺文集》,中国戏剧出版社1988年版。
王火:《战争与人》,人民文学出版社1993年版。
巴金:《巴金全集》,人民文学出版社1993年版。
周而复:《长城万里图》,人民文学出版社1994年版。
都梁:《亮剑》,解放军文艺出版社2000年版。
苏光文:《中国新文学发展史研究》,中国戏剧出版社2012年版。
苏光文:《我说抗战文学》,黄河出版社2016年版。

报刊类

英华:《大公报》,1902年6月17日创刊。
上海商务印书馆:《东方杂志》,1904年3月11日创刊。
陈独秀:《青年杂志》,1915年9月15日创刊。
邵力子、施存统:《民国日报·觉悟》,1919年6月16日创刊。
王西神、恽铁樵、沈雁冰:《小说月报》,1910年8月29日创刊。
吴宓:《学衡》,1922年1月创刊。
邓中夏:《中国青年》,1923年8月创刊。
现代评论社:《现代评论》,1924年12月5日创刊。
太阳社:《太阳月刊》,1928年1月1日创刊。
蒋光慈:《时代文艺》,1928年10月1日创刊。
前锋社:《前锋月刊》,1930年10月10日创刊。
丁玲:《北斗》,1931年9月20日创刊。
胡秋原:《文化评论》,1931年12月25日创刊。
施蛰存:《现代》,1932年5月10日创刊。

上海文学社:《文学》,1933年7月1日创刊。
鲁迅:《译文》,1934年9月16日创刊。
张深切:《台湾文艺》,1934年11月15日创刊。
杨逵等:《台湾新文学》,1935年12月28日创刊。
茅盾:《呐喊》,1937年8月22日创刊。
夏衍:《救亡日报》,1937年8月24日创刊。
胡风:《七月》,1937年9月11日创刊。
蒲风、黄宁婴等:《中国诗坛》,1937年10月24日创刊。
中苏文化协会:《中苏文化战时特刊》,1937年11月1日创刊。
潘梓年:《群众》,1937年12月11日创刊。
华岗等:《新华日报》,1938年1月11日创刊。
茅盾:《文艺阵地》,1938年4月16日创刊。
罗荪等:《抗战文艺》,1938年5月4日创刊。
戴望舒:《星岛日报·星座》,1938年8月10日创刊。
雷石榆、罗铁鹰:《战歌》,1938年8月16日创刊。
梁实秋:《中央日报·平明》,1938年12月1日创刊。
文艺月报社:《文艺月报》,1940年1月15日创刊。
艾思奇:《中国文化》,1940年2月15日创刊。
《解放日报》,1941年5月16日创刊。
战国策社:《战国策》,1940年4月1日创刊。
战国策社:《大公报·战国》,1941年12月3日创刊。
启文社:《台湾文学》,1940年5月创刊。
时与潮社:《时与潮文艺》,1943年3月15日创刊。
周瘦鹃:《紫罗兰》,1943年4月创刊。
冯和仪(苏青):《天地》,1943年10月10日创刊。
胡风:《希望》,1945年1月7日创刊。
杨振声、李广田:《世界文学季刊》,1945年8月创刊。

后　记

编撰本书时，恰逢我80初度。时间过得真快，不知不觉就到80岁了。之所以有这种况味，从主观上讲，在于我执着于读书，执着于教书，执着于思考，执着于写作。

从私塾到大学，我整整读了20年书。这20年间，我没厌过学，更没逃过学。我觉得读书快乐。1963年大学毕业后留校任教，退休后又到一所民办大学执教，2013年才完全离开学校讲台。粗略计算，我教了50年书。这50年间，我没厌过教。教书是我的事业，教书不断激发我的潜能，教书不断积累我的智慧，教书让我不断思考一批一批青年人的生活内容及其未来面对的社会人生。我感到教书有意义，也有乐趣。不过，我并未成为“宅男”或“校男”。因为我的视域不仅仅限于学校与学生。我对社会人生有着一些真切体验与感受。我把这些体验与感受常常融于我的教书与科研之中。由此，两者形成了良性互动关系。这就使得我的教学内容与科研成果，不仅具有学术性，同时具有科学性和一定的现实性。1979年后，我先后主持过国家社科课题两项和教育部社科课题两项。我先后出版个人撰写的学术专著8部。我先后出版主编的学术专著4部。我先后出版主编的教材2部和史料丛书10部。我还先后发表个人撰写的学术论文80余篇。近年的思考与写作，还有养心与养脑之意。

以上便是我借“后记”想说的一些话。

还想在“后记”中说的话是有关本书框架体系构建与纳入的论文问题。我以我对中国新文学的感悟与理解所得来构建本书框架体系和统摄纳入的论文。本书上篇为“文学观念新/多元”,中篇为“文学文本新/多样”,下篇为“文学交流新/深广”。这里,我要特别交代一下,我理解的“文学观念”与“文学文本”两个概念。前者是指文学理论主张与文学思想思潮;后者是指文学语言负载的意义世界和文学语言负载的艺术表现形式及审美特征。本书纳入的论文中,有我20世纪70年代末80年代初撰写发表的论文,距今30多年了。它们和纳入的其他论文一样,个别词语有所改动,个别题目有所改换,不过未伤筋动骨,即使由两三篇合成的一篇论文,观点也未改变。我想这应当是被允许的,应当会得到谅解的。本书纳入的论文和上述的学术专著一样,大抵呈现出了我几十年来教书、思考与写作的概况和与时俱进的跋涉历程。

还想说一句由衷感谢的话。本书为文学院创设的“雨僧文库”丛书之一。在此,我对文学院及其党政领导特致谢忱!对出版社及责编表示感谢!

苏光文

2020年1月